得好别人称赞我们,那仅仅是因为我们干得好,而不是因为我们本来已经有了被称赞的优势。我们希望真价实的工作赢得尊重,我们也不怕没有别人的帮助,自尊不意味着拒绝别人的好意。只想帮助别人而一概拒绝别人的帮助,那不是强者,那其实是一种心理的残疾,因为事实上世界上没有任何人不需要别人的帮助。

我们既不能忘记残疾朋友,又应该走出残疾人的小圈子,怀着博大的爱心,自由自在地走进全世界,这是克服残疾、超越局限

史铁生
作品全编
·增订版·

3

中短篇小说

(1978—1984)

人民文学出版社

图书在版编目(CIP)数据

史铁生作品全编. 3, 中短篇小说. 1978—1984 / 史铁生著. -- 增订版. -- 北京：人民文学出版社, 2025.
ISBN 978-7-02-019083-6

Ⅰ. I217.2
中国国家版本馆 CIP 数据核字第 202435A2Y0 号

·史铁生像·

本 卷 说 明

本卷收入 1978 年至 1984 年发表的中短篇小说,共 25 篇。

目 录

爱情的命运 …………………………………………… 1
兄弟 …………………………………………………… 13
法学教授及其夫人 …………………………………… 19
午餐半小时 …………………………………………… 27
古城月色 ……………………………………………… 33
我们的角落 …………………………………………… 43
"傻人"的希望 ………………………………………… 55
绿色的梦 ……………………………………………… 63
树林里的上帝 ………………………………………… 68
绵绵的秋雨 …………………………………………… 70
神童 …………………………………………………… 80
黑黑 …………………………………………………… 86
小小说四篇 …………………………………………… 101
人间 …………………………………………………… 108
巷口老树下 …………………………………………… 110
我的遥远的清平湾 …………………………………… 118
白色的纸帆 …………………………………………… 135
夏天的玫瑰 …………………………………………… 151
老人 …………………………………………………… 161

在一个冬天的晚上 ················· *169*

白云 ··························· *184*

奶奶的星星 ····················· *186*

关于詹牧师的报告文学 ··········· *218*

足球 ··························· *270*

山顶上的传说 ··················· *282*

爱情的命运

过去的事就让它过去吧——人们常常这样说,劝人或者自慰。但过去的事如果真能过去,不留任何影响于今天,人们大概就不需要如此的劝人或者自慰。不是么?这样说的时候,一定是为了往事的波涛又在浸痛尚未结疤的伤口……

一

我们从小就认识,她叫我大海哥,我叫她小秀儿。她是我家阿姨的女儿。

阿姨才来时我刚上小学。一天放学回家,一推开门,见一个农村打扮的女孩子坐在沙发上,睁大眼睛怯生生地望着我。

"你是谁?"我问。

"我是小秀儿,我妈在厨房。"她说。

"你妈妈是谁?"我又问。

她摇摇头,依旧那么怯生生地望着我,似乎没有懂得我的话。我饿了,在屋里东翻西翻地找吃的东西,小秀儿睁大的双眼一刻也不离开我。

见我坐下来狼吞虎咽地吃着苹果,她像是放了心,带着几分乡间怯音问我:"你是大海哥?"

"是呀。"我一边嚼着苹果。

她笑了,说:"婶婶说你回来跟我玩……"

"什么婶婶？哎呀！你怎么把新娃娃包上这么多破布！"我看见她怀里抱着舅舅新从国外给姐姐带来的洋娃娃。

"怎么是破布？是被窝……"

"把新娃娃弄脏了！"我跳起来，一把抢过洋娃娃。

小秀儿不声不响，再度睁大了眼睛望着我。然后，开始慢慢地叠手里的几块破布。

妈妈来了，身后跟着一个农村打扮的妇女，小秀儿立刻跑过去，偎依在那个妇女的怀里。那就是小秀儿的妈，我家阿姨。

妈妈狠狠训了我一顿，并要我把所有的玩具都拿出来，和小秀儿一起玩。

晚上，妈妈把台布拿来给洋娃娃当被子，小秀儿的笑声充满了房间，她的天性是活泼的。"大海哥，我当洋娃娃的妈，你当她的爹，行吗？"小秀儿一句话，把爸爸妈妈都逗笑了，只有阿姨却垂了头。

"不，我要当师长，不，当司令官！"我正把帽子捏扁，腰里插着两把"手枪"，在屋子里昂首阔步。

"当官？大海哥，你别当官，当官要坏良心……"

"啪！"阿姨一巴掌把小秀儿打了个趔趄，喊："不许胡说！"

"您说的嘛……又不是我……"小秀儿小声叨咕。

"啪！啪！"又是几巴掌，"再胡说，打死你！"阿姨真的生气了。

小秀儿哭了，阿姨也哭了。妈妈劝阿姨，爸爸哄小秀儿，我和姐姐吓坏了。

大了，才知道这事的原因。有一次，看完《霓虹灯下的哨兵》，妈妈说，陈喜这个形象颇有典型意义，小秀儿的爸爸看了不知怎样想，他比陈喜多走了一步，进城不久，便抛弃了这母女俩。这样的人有，只是不好搬上舞台。

小秀儿越来越漂亮。大伙儿也都这么夸奖她的时候，我们却很少在一起，偶尔见到，话也少了。阿姨嫁给了一个工人，小秀儿有了爸爸和哥哥。阿姨照样在我家忙，小秀儿却在她家忙，要上学，要做饭，要洗一家人的衣裳。每个学期的期末，阿姨都要拿来一张三好学生的奖状，笑着给爸爸妈妈看，说是小秀儿进步得这样快，多亏了我爸爸和妈妈。

二

"文化大革命"的第一阵飓风便吹毁了我家的四合院。红漆大门贴上了封条，爸爸失踪了，妈妈被四处游斗。我是干部子弟中最不幸的一个，还没容得我穿上军服、戴上袖章，去造反，去高歌，去奔腾叱咤，"黑帮子弟"的头衔便打得我晕头转向。像一片树叶，任飓风吹去，随飓风盘旋，凭飓风安排我的命运。

那时我似乎才真正踏进了人世，长者亲昵的抚爱变作惶恐的冷眼，朋辈的戏谑之言成了罪责的依据，亲戚们的阿谀逢迎改为望风而逃。"革命后代"一旦为"黑帮子弟"所替代，赞扬便永远地消失，嘲讽和呵斥随即袭来……我迷惑、恐惧，我感到了苦闷和凄凉……

妈妈又得了心肌梗塞。每夜在医院看护她的时候，我甚至感到绝望，在心底哀叹着命运的无情。往事浮上眼前，而往事又都已破碎，包括"人生""幸福""革命""理想"，——这往日侃侃而谈的一切。

这时小秀儿来了，带来几样饭菜，说是阿姨叫她送来，妈妈和我都爱吃的；说是阿姨虽已不在我家，却时时挂念着我们。

小秀儿坐下来，用少女特有的善良和同情的目光望着我，说："伯伯和婶婶都是好人，我总也不会忘记他们对我的教导。我不相信他们会是'黑帮'，事情总会弄清楚的。"

"清楚？可有时那是命运。"我说。

"命运？你怎么也相信命运？"她露出惊讶和焦急的神色，久久地望着我。

直到我把饭菜吃光,她才又说:"有一回伯伯跟我说起了命运——他知道我妈总把'命啊命'的挂在嘴边上——伯伯说,"说到这里她仰起头,望着天花板,像背一条物理公式似的继续说,"命运绝非造物主的安排,因为那样的造物主是没有的。可是人们的头脑中却又为什么产生了命运的概念呢?……却又为什么产生……噢,我的本子上记着呢。"她说着从书包里掏出个日记本,翻开,认真地念下去,"那是因为客观世界里总有一些我们尚未认识的矛盾,而它们却又不依我们的主观愿望为转移,有时会影响我们,甚至伤害我们。这就是被人神化了的命运的本来面目。"

"我知道,当时我也在。"我说。

"可伯伯还说,"她急忙又往下念,"我们共产党人的任务,就是要认识那些矛盾,掌握矛盾的规律,驾驭人类的命运。这你还记得么?"

我说:"记得。"

小秀儿的眉间现出轻松的笑容。

二十几岁的年华,毕竟是人生最美妙的季节,是春天。它充满了活力、激情和向往。小秀儿尤其是这样,她的眼睛在闪光,她的激情在驰骋,她的青春在迸发,虽然她又是那样的文静。那时,我们便又谈起了人生、理想和幸福。人生是什么?是斗争;理想是什么?是革命;革命呢?是无私地为人民服务;幸福呢?便是这一切的总和。我们为共同的结论而兴奋,直到远处车站的钟声响过十下。"大海哥,你先睡会儿吧,妈要我替你,你都熬瘦了。"小秀儿不由分说,在走廊里找好一条长椅,硬把我拉去,按下,把大衣盖在我身上……

那夜,我做了一个梦,梦见小秀儿紧紧地抱着那个洋娃娃,睁大眼睛问我:"我当娃娃的妈,你当娃娃的爹,行吗?"还没等我回答,就听得"啪!啪!"几声巨响,小秀儿哭了,一边哭一边叠着手里的几块破布。

"小秀儿!"我喊了一声,惊醒了。

我悄悄地走进病房,轻轻地推开病室的门,一眼就看见了妈妈那张憔悴的脸,但憔悴的脸上却挂着久已不见了的笑容。

小秀儿背对着我坐着。看不见她的表情,只听见她说:"……不怕,婶婶,我不怕,妈妈也不怕。"

"可他们说我是'黑帮'。"妈妈说。

"不,婶婶,我不信您和伯伯会是黑帮,我妈也不信。"我想象,小秀儿那时一定又是焦急的神情。

我看见妈妈在擦眼泪。

小秀儿慌得站起来:"婶婶,您别难过,事情总是会弄清楚的。"小秀儿天天都来,给我们带来可口的饭菜,更给我们带来了安慰和温暖。妈妈的病渐渐好转了,脸色也红润了许多。

真的,那毕竟是人生最美妙的季节,是春天。当春风吹醒了希望和理想,感情便也像解冻的溪水,潺潺而流了。二十几岁是逃不脱爱情的。可是,二十世纪六十年代末的中国人,说起结婚多是那么坦然,而一听到"爱情"这个字眼,都是轻则脸红心跳,重则斜目横眉,甚至嗤之以鼻。小秀儿便是个轻的,那时的我么,自命是一个例外。

一天,车站的钟声响过十下,我对她说:"小秀儿,我想听听你对爱情的看法。"

"什么?"她睁大的双眼和小时候一样。

"爱情,你对爱情怎么看?"

"爱……噢不……我……"她惊惶地环顾四周,然后羞红了脸,用食指抠长椅的边缘。我永远不会忘记她那健康、朴素的美。

"我今晚要早点回去……"她站起来。

"这个你拿去。"我掏出一本书。

"什么?"

"《马克思的青年时代》,你看吧,无产阶级也需要爱情。"我当时很觉得自己是个男子汉,是个指导者,甚至为此飘飘然了。

第二天她来得特别早。我吃着她亲手做的饭菜时,"爱情"这个字眼第一次从她嘴里说出,尽管仍带几分羞涩。她说她为马克思和燕妮的爱情所感动。燕妮家有钱有势,好些纨绔子弟追求她,而她却选择了贫穷而又名禄全无的马克思。

"是共同的理想把他们联在了一起,理想指引着爱情,爱情又增添了他们为理想而奋斗的力量。"我总结。

她同意,还特别翻出书上的一句话给我看:她不会拿他去换任何一位爵爷。

就这么,我们谈起了爱情。小秀儿在她固有的一切美之外,又添进了开放的思想和热烈的感情。我以为那是我的功劳,她也承认。那时的小秀儿啊,笑声和歌声是她的影子。我们朝夕相处,读书、发议论、品评现时、回忆过去、憧憬未来……春天,万物都在更新、生长、创造。

我总不能忘记,我们一起读了鲁迅的《伤逝》。我们为涓生和子君的结局而悲哀,为我们生在今天而庆幸,并且坚信了一条哲理:只有共同的理想和斗争能使爱情时时更新、生长、创造;一旦沉入卿卿我我,为家庭的天地所束缚,爱情便要无聊,便要僵死。于是我们商定,我们要爱得不同凡响——革命而又浪漫。这就是我们为什么同去边疆而又不在一起的原因。

三

塞外的寒风并不能吹去春天,并不能吹毁萌芽。柏拉图式的爱情插上了书信的翅膀,三年,书信积成了捆,小秀儿说那是我们的鹊仙桥,我说那还会是我们的证婚人。

翻开那些书信,随时可以找到马克思、列宁、毛主席,可以找到曹雪芹、鲁迅;可以找到巴尔扎克、车尔尼雪夫斯基、奥斯特洛夫斯基;还可以找到"九二〇"、土壤、育种……

然而,命运到底有没有呢?

爸爸解放了,我上了大学。如今我已无需说谎,是的,正是从后门。但那时我并没有告诉小秀儿,为了我们共同的理想,为了小秀儿的爱。小秀儿绝对地相信我,那时她在信中竭尽嬉笑怒骂,她笑行贿是黑夜的偷儿,骂走后门是明火执仗的强盗;她为钟志民的反戈而振奋,为张铁生的得势而愤怒;她为总理的艰苦朴素和谦恭下士所感动,为江青的附庸风雅和勃勃野心而惊诧。她是一炬燃着的火,而我却已像一堆烧尽的灰。我每日只在 English 的领域中思想,只为出国的前景所激励,而这一切都不过是后门的恩泽。我不愿说穿它,或者竟是不敢,为了小秀儿纯真的爱和连接那爱的理想。我随声附和着她,欺骗着她,甚至躲闪着她。

慢慢的,小秀儿的信稀疏起来,信中透出了忧愁、彷徨和沮丧。记得她从兵团写来的最后一封信是这样结尾的:"……又一批人走了,当兵去了,回城去了,进歌舞团去了,进报社去了……都是靠了好爸爸的功劳。试验田荒芜了,农科站倒闭了,人心散了,各谋归宿去了,八仙过海,各显神通……大海,这间屋子里只剩下我一个人了,我也渐渐觉得模糊。"

我接二连三地给她写信,却不见回音。大概是她终于发现了我的虚伪和欺骗。

一天,她忽然来了,从兵团回来了。然而那迷人的笑靥没有了,欢快的歌声没有了,迸发的活力没有了。小秀儿变得倦怠,愁苦。

当我们踏着香山落叶的时候,我胆怯地问她,还爱我不?她苦笑着点了点头,说:"大家都一样,何必怪你呢。"

我怕她的苦笑,那使我感到陌生,使我感到在我们之间隔了一道无形的墙。"小秀儿,你现在怎么想?"我问她。

她叹了一口气,说:"我在想命运是怎么一回事。"

"怎么,你相信命运?"

"我也不知道……当然,我知道造物主是没有的。"

爬上了鬼见愁,夕阳已经沉在了脚下,飞鸟叽叽喳喳地归巢。小秀儿忽然说:"你不觉得《红楼梦》上那句话很现实么?"

"哪句?"

"好一似食尽鸟投林,落了片白茫茫大地真干净。"她又是那么苦笑。

我怕她的苦笑,那使我心酸、心疼。"小秀儿,你也回来吧……"我建议,但那实际像是央告。

"怎么回来?"

"把我们的关系向爸爸妈妈公开,然后让爸爸想办法把你转回来。"

她沉默了,但她心里一定在搏斗,我听见她急促的呼吸,看见她起伏的胸脯。直到远山渐渐模糊,她才说:"我妈也这么说,还说我的命比她好多了。"朦胧的月亮已经升起,她又说:"前几天,我看了几句诗'一切都破灭了,唯有那纯真的爱,像飞瀑长流,像青松不衰。'可那是小资产阶级情调呀,我心里特别矛盾……"

"我们在一起,我们还要革命,还要携手向前。"我说这话时,见她眼睛里又闪现了向往的光。

她大胆地靠紧我,含着泪水点了头。

四

那时,妈妈虽已常常向我提起婚姻问题,却从来没想到过小秀儿。为了不同凡响,我也一直没向她公开。但我知道妈妈是喜欢小秀儿的,我相信她准会同意。妈妈同意,爸爸准会帮忙。

然而,命运到底是怎么一回事啊!

偏偏这时,小秀儿的哥哥被抓起来了,罪名是参加了"反革命组织",恶毒攻击"中央首长"。不久,小秀儿的爸爸也被查出了问题,说他本来就是个坏分子,说不定还是个漏网地主。

"那不会是真的!难道你没尝过那些人的信口雌黄?"我几乎是在朝妈妈喊。

"我们最好还是,暂时少和他们来往吧。"妈妈还是这么说。

"不,这不可能!我爱小秀儿,我们已经确定了关系!"

"什么?"妈妈惊呆了。

"是的,还要请爸爸帮忙,把小秀儿转回来……"

妈妈考虑了许久,对我说:"爸爸和我虽是解放了,问题却没了结。尤其是因为爸爸当时说过一句'江青是戏子',他如果帮这个忙,会招来不可想象的后果。再说,你学外语,将来出国,出身和社会关系都是重要的……"

"妈妈,你这是庸俗!是的,是庸俗!甚至是卑鄙!"我喊着,跳着,怒不可遏。

"大海!你愿意爸爸再被打倒,愿意妈妈心脏病复发吗?大海,我……"

我把决心暂时藏起来。

为了学校里的事,我有几天没去找小秀儿,再去的时候,就感到一种异常的气氛。小秀儿默默不语,阿姨忽然变得客气,便是邻居,也用异样的眼光看我,开始,我以为那还是为了小秀儿的爸爸和哥哥。我安慰阿姨,没想到阿姨却哭着对我说:"你以后别来我家了,不要连累了你们。这些年没少麻烦你家,尤其是小秀儿小时候那几年,我们孤儿寡母,多亏你家。咱不能忘恩负义,做出没良心的事来。"

"阿姨,你说什么呀?"我简直发蒙。阿姨出去了。

"阿姨这是怎么啦?"我问小秀儿。

小秀儿当时的样子啊!我现在还常常在梦中见到。她一动不动,脸上毫无表情,只有眼泪如泉水般地涌出,沿着苍白的脸颊流淌。

"小秀儿!你怎么啦?"我摇撼她。

许久,她才抹去泪水,说:"我们出去走走,我告诉你……"

在小胡同昏黄的街灯下,她告诉我:"婶婶今天来了。"

"是这样?妈妈发昏了!我去找她!"我蹬上车要走。

小秀儿拉住我,不让我去,并要我保证,要我发誓,不许跟妈妈吵。因为她答应了妈妈,不把这事告诉我。

"既然如此,我们就不要管她了,现在是恋爱自由,婚姻自由!"我说。

"不!绝不!"

"什么绝不?"

"咱们断绝来往吧。"小秀儿说。

"这不可能!我们为什么要分开?"我觉得恐怖。

小秀儿倒仿佛平静了,她说:"我不愿意连累你和伯伯婶婶,我也不愿意做那种角色……"

"哪种角色?小秀儿,这就是你的庸俗了!"

"难道你才发现我的庸俗?"她第一次用这种语气跟我说话,但马上她就向我道歉,求我原谅,说一切都等以后再说,她明天就要回兵团。

"小秀儿,我一定想办法把你转回来!一定!"我喊。仿佛这一切都是因为那条狭窄的胡同和昏黄的街灯,每在噩梦中,我都在把它们砸灭,把它们捣毁。

五

爸爸妈妈不同意,我更不能去做强盗,但我可以去做偷儿。然而,偷儿毕竟在乡间容易得手,乾坤朗朗的城市里有警察。我的"中华"和"茅台"并不能打动知青办的心,反而招来了斥责。爸爸为此大发其火,说我比林育生有过之而无不及,这样下去如何接革命的班。并得出结论:与妈妈的娇惯有关,是阶级敌人作祟。

我看透了,看透了世间的虚伪与滑稽……而我自己也包括在内。

偷儿无需再做了,小秀儿走了,再也没来信,阿姨搬了家,并嘱咐邻居不告诉我新居所在。做得真彻底,一切可能向我泄露秘密的地方,都向我翻着白眼儿。

我和爸爸妈妈闹翻了,也为了不让那些旧景戳痛我的新伤,我再也没回家,再也不去走那条狭窄的胡同,看那盏昏黄的街灯。

暑假,我回了一趟兵团。尚在兵团的人们都羡慕我的当时,祝福我的未来。他们告诉我,小秀儿已转回北京去了。一个有办法把她转回去的人爱上了她,只是因为不久前阿姨忽然得了半身不遂,而反革命家属自然不易享受"有一个子女在身边"的革命待遇,小秀儿才同意了那门婚事儿。

回到北京不久,我收到了小秀儿一封没留地址的信。信中说,她正准备和一个比她大十五岁的人结婚;说她此生此世只在心底爱着一个人,就是我;还说她也渐渐感到自己是那么软弱、庸俗,甚至卑鄙。她求我忘记她,愿我幸福……

信是这样结尾的:"我相信了命运,当然不是因为我发现了造物主的确有,而是因为当我在数学界寻求安慰之际,懂得了有限的系数无论多大,在无限面前也等于零。世界上的矛盾和规律是无限的,而人们的认识永远是有限的。"

　　小秀儿如今怎样了,我不知道。这是我第一次向别人讲起她。几年来,我靠了"过去的事就让它过去吧"来度日,来苟安,来麻醉。我爱上了做梦,在梦中能见到小秀儿,我要唤醒她的理想和激情,我要她恢复那属于我的纯洁的爱。

1978 年 4 月 24 日　北京

兄　弟

我见过一回枪毙人的。我表哥在法院工作。

前年,我和妈妈一起到舅舅家去,是舅舅家的新居落成后我们第一次去。表哥要结婚,事先讲好妈妈送给他一套沙发,就是那天运去的。

舅舅的新居是一座两层的楼房,就在原来的后院。房子盖得挺讲究,打蜡的地板能照见人影,宽阔的阳台够演一出戏。可我惋惜原来的后院。那些能引起小时记忆的枣树,如今一棵也没有了;尤其是那面挂满爬山虎儿的灰色的老墙,竟为施工而被推倒。那面灰墙下原来是一大片花丛,小时候常和表哥表姐在那儿捕蜻蜓,逮蛐蛐,捉迷藏……

噢,对了,后来表哥问我看不看枪毙人的,要看跟他去,那天下午就有。

"嘀,我可不敢。"我说。

表哥说:"你如果明白人民的利益需要我们这样去做,你就不应该不敢,也不会不敢了。"

我表哥就是这样,正经着呢。可我还是没想去。

表哥就损我:"大慈大悲,阿弥陀佛。嘻,你们女的呀……"

大概是这一损起了作用,我跟他去了。

空荡荡的审讯室中央,坐着一个五大三粗的年轻人。

表哥开始读宣判词:"于犯志强,男,二十三岁……"

这名字挺耳熟,当时我就觉得。

表哥继续说:"为盖私房,先后盗窃砖瓦灰沙等国家建筑材料,价值达二百五十余元。因其所盖房屋阻碍了邻居张××的进出道路,双方发生口角和冲突。后经街道居委会调停,勒令于犯缩小盖房面积。于犯声称,所盖房屋为其兄结婚所用,执意不肯缩小,并扬言报复居委会负责同志,恶语中伤邻居张××。张××忍无可忍,与于犯讲理,竟被于犯当场用铁锹砍死。查于犯一贯打架斗殴,逞凶逞霸于左右邻里,为强化无产阶级专政,保护人民利益,判处于犯志强死刑,立即执行。"

整个宣判中,于志强毫无惧色,不时看看表哥,看看窗外,似乎他早已料到,早已准备去死了。真是个十足的坏蛋,我想。可我总不能明白,二十三岁的人,何至于能如此。

"带下去!"表哥最后说。

恰在这时,有人告诉表哥,说是犯人的家属求见。那语音很低,但于志强分明是听见了。他站住,脸色变了,瞪着眼睛直视表哥,低声道:"是我哥,他老实……你,你们别吓唬他。"

"带下去!"表哥厉声道。

"哥……"于志强叫了一声,晕了过去。

来人正是于志强的哥哥,与弟弟不同,他单薄瘦弱。

"我给于志强送几件衣服。"他说着拿出一套崭新的涤卡制服,一双白边懒鞋和一顶黄呢子军帽,又说,"这是他一直想买的,为了我结婚总没……噢,反正是要死的人了,也许可以……可以让他穿上?"他的眼泪在眼圈里转。

"当然,这可以。不过,"表哥严肃地看着他,"你应该想一想自己,想想对一个杀人犯……嗯?"

他忽然抬起头,眼睛里充满了恐怖。大概是"杀人犯"三个字给了他刺激。但很快,他的眼神就变得黯淡,呆滞。"是的,杀人犯。是我害了他,是我……"

"你是于志强的哥哥?"表哥问。

"是,我是他唯一的亲人,我叫于志刚。"

"于志刚?!"我一惊,大概是喊出了声。于志刚把脸转向我,看了好一会儿。我不知该怎么办,只是怔怔地站着看他。

他一定也认出了我,把衣服放在表哥面前,便匆匆地走了。

是上小学六年级之前的那个暑假,妈妈要去外地工作一段时间,我便搬到舅舅家去住。

一天,下暴雨,后院那面灰色的老墙塌了一块。雨一停,我便和表哥表姐跑去看。刚跑进后院,就见枣树上站着一个男孩子,正在摘枣,边吃边从领口上往背心里装,肚子上已经鼓鼓的了。

"哥,快来呀!可多啦!"男孩子朝老墙塌开的缺口处喊。

缺口处露出个大些的男孩子的脸:"快回来,我告妈去!"

这便是于志刚和于志强。

"谁摘枣?!"表哥喊。

于志强吓了一跳,但马上露出不屑一顾的神情,一边继续摘枣一边说:"你管着么?"

"当然管得着。"表哥说。

"是你们家的么?"

"当然是。"

于志强不吭气了,但还是摘。

老墙缺口处的于志刚不见了,只听见他喊:"小强,快过来!要不我去厂子叫妈去。"

于志强从树上下来,朝缺口处走。

"把枣放下!"表哥挡住他的去路。

"就不!"

"你为什么跑进来摘枣?"

"……"

"拿人家东西是小偷儿,你是小偷儿!"

"你才是呢!"不料于志强竟一拳朝表哥打去,随即两个人扭成一团。

我和表姐吓得叫起来。

舅舅来了。他问清了情况,首先批评了表哥,说"小偷儿"是不能随便叫人家的。又对于志强说,枣还没熟透,熟透了一定请他吃够。还告诉我们,枣树是大家的,要欢迎工人家的小朋友来玩;从阶级角度来讲,我们同他们是一家人,大家本应该像亲兄弟姐妹一样,也许比亲兄弟姐妹还亲,因为我们是同志。

那天,于志强在舅舅家一直玩到天黑。他为厕所在屋子里感到怪异,为家里有浴室感到离奇,尤其是那沙发令他惊愕;他坐在上边不停地颤,说是他家的被垛也没这么软。

舅舅很喜欢于志强,为我们不如他勇敢而感慨了许久。"教小弟弟唱支歌子吧,你们这些哥哥姐姐们。"舅舅说罢,便又去工作了。

我和表哥、表姐都唱了一支歌后,于志强窘红着脸说:"那我会唱的,你们还不会呢。"

"你会唱什么?"我问。

"嗯,嗯……'小白菜地里黄',你们会么?"

我们不会,他便得意地唱起来:"小白菜呀,地里黄呀,两三岁时,没了娘呀……只怕爹爹娶了后娘,弟弟吃面,我喝汤呀……"唱完他对我们说:"一岁我就会,是我妈教的。"

这时,舅舅领着于志刚进来,边说:"看,你就不如弟弟勇敢,来玩嘛,怕啥?"

"哥!"于志强朝于志刚奔去,于是拉了哥哥的手,去看浴室,看厕所,坐沙发。"这当然比咱家的被垛软啦,大爷说这里头有弹簧。"他按着沙发对哥哥讲。没有人指点,他已经称舅舅为"大爷"了。

于志强坐在沙发上使劲颠,忽然他停住,对表哥说:"你爸爸真好。"

"你爸爸好么?"表姐问他。

"不知道。"

"怎么会不知道?"

"我一岁,他就死了。"他又开始颠。

记得他那天临走时说,他长大了也要做舅舅那样的人,除去把浴室和厕所弄到屋子里,再把椅子里放些弹簧之外,他也要让灰墙那边的小孩来玩。

开学了,妈妈来信说一年半载怕是回不来,我便转到了新学校。真巧,我和于志刚一班,而且是同桌。我问他为什么不到舅舅家去玩了,他说,那天他妈狠狠地骂了他们一顿,再不许他们去了。

于志刚胆子小,不爱讲话,可功课好,这倒跟我很合得来。有一回考算术,全班只有他和我得了一百分,老师说,要是全班都能像我们俩,他就高兴了。

班里有个闹将,我只记得他外号叫"大砖头",是孩子王。为这事他领着几个男生哄我们,说我们是"一对儿"。

"你们胡说!"我朝他们喊。

"你们胡说。"于志刚也说。

"你们再胡说,我告老师去!"我又朝他们喊。

"你们再胡说,我告老师去。"于志刚也又说。

"噢!噢!""大砖头"他们哄得更凶了。

这事让于志强知道了,那时他才三年级。放学时,他在学校门口等到了"大砖头",说:"你哄我哥?"

"我!怎么样?小嘎崩豆儿。""大砖头"挑衅地说。

于志强瞪圆了两眼,冷不防跳起来,一拳打在"大砖头"鼻子上。"大砖头"一捂鼻子,血流下来了。于志强并不跑,乘机揪住

"大砖头"的头发。自然,"大砖头"个子大,于志强狠狠地挨了一顿揍,但直到老师来,于志强也没松手,没哭。

我和于志刚一班,直到毕业。所以我还记得他们。

当然,枪毙于志强我看见了,可是没看太清楚。群众愤怒地喊口号,随即是一声枪响。记得身旁一个人幽默地说:"怎么回事?他的血也是红的。"

表哥结婚那天晚上,我又去舅舅家。谁都说表哥的新房布置得不俗,不论是作为卧室的里屋,还是客厅兼书房的外屋。尤其是那两个相对而放的写字台和书橱里那些精装的马列经典著作,说明了主人的超脱。

新房里坐满了客人,我和表姐走上阳台。推倒的灰色老墙已为一道崭新的红墙所代替。越过那墙,是一片民房,一座座小院落连接起来,直铺向灰黑的天际。在一处灯火明亮的地方,我看见一群男女正奋力地盖一间小房。

"你看那儿。"我碰碰表姐。

"噢,那是干什么?盖房?"

"你还记得他们兄弟俩吗?"

"哎,真可怜。"表姐叹了口气。

1978 年

法学教授及其夫人

"之死"在这里是一个专用词,那是法律系解教授和他夫人陈谜的外号,前者为"之死先生",后者是"之死夫人"。就连他们的独生子也这样叫。两位老人也不免为之尴尬,但所幸的是只有熟人才这样叫,而且叫起来也并无恶意。

解教授身材高而且不瘦,脸上的表情总是很认真。他觉得自己一辈子不曾欺骗过任何人。他常说,他是研究"法"的,"法"就其维护真理、伸张正义的本质来讲,是最光明正大的事业,从事这一事业的人,本身就不能有任何一点点欺骗行为。

陈谜个子小而且不胖,一张孩子般小而圆的脸上,布满了皱纹,看上去很善良。她认为自己一辈子不曾被任何人欺骗过。她常想,不欺骗人固然很好,但如果总觉着自己被人欺骗了,岂不把别人想得太坏?岂不也等于欺骗人?

曾有过一位朋友,向这两位老人借了三十元钱,不知是因为遗忘还是有意,竟一直没还。解教授皱皱眉毛,说:"这不好,三十元钱我们可以白送,如果他需要。但欺骗……不好。"陈谜立刻像受了什么冤屈似的反驳:"倘若人家有钱,人家就会还;人家不来还,就说明人家实在是有困难。你怎么能这样想?"解教授欣然同意了妻子的正直,并且由衷地感到惭愧。这以后,两位老人甚至不敢登那位朋友的家门了,因为怕人家以为是来讨账,那样岂不既有被骗之嫌,又有骗人之嫌么——这是他们的独生子当笑话向别人讲的。

这样两位老人,何以竟有"之死"这样一个不好听的外号呢?据说那是在公元一千九百六十九年得来的。

在一个有风的下午,两位老人去参加一个斗争"走资派"的大会。原来的学校党委书记弯着腰在台上站了六个多小时,头上还流着血,血还把白头发染红了。陈谜看着看着,忍不住哭出了眼泪。散会后,在回家的路上,好心的同志对她说:"要是心里难受,就回家哭,在会场上哭,你真是老糊涂了。"陈谜顿时惊得站住,眼睛愣愣地瞪着,嘴里说道:"哎呀哎呀,啧啧啧……"仿佛彻悟了世间的一切。

待她总算走回家,把这事告诉了解教授。解教授平生第一次像做了贼似的看着妻子,半晌才说:"这,这可是明目张胆的同情……"两位老人晚饭没吃,觉也不睡,背着独生子,商量该如何澄清一下"事实"。

"你不能说你是想起了别的什么辛酸事么?"

"那不是欺骗吗?再说,那样人家会说你是不认真参加政治活动……你看我是不是说沙子迷了眼?"

"那也没人信,沙子怎么会一下子迷了两只眼,你不是两只眼睛都流了泪吗?……我看你可以说你有'见风流泪'的毛病。"

"对对对!我年轻时还真有过'见风流泪'的毛病,不过现在好了,不过这也就不算欺骗了。"

"你还得强调一下,你根本不是哭,确实是……"

"对对对……"

半夜,陈谜去敲了临时革委会主任的家门,对主任说,她年轻时就留下了"见风流泪"的毛病。本来她还想说,在斗争会上她根本不是哭,但灵机一动想到,那岂不是"此地无银三百两"?就没说。主任莫名其妙了,以为陈谜年轻时留下的大约是"梦游"的毛病,便一直把她送回了家。

"她为什么一直送我回家?还总是这么紧拉着我?"陈谜对尚

未睡下的解教授说。两位老人都心惊肉跳了。

天还没亮,陈谜又到了"造反司令部"门前。一个多小时以后,她对第一个来开门的造反派说,她年轻时留下的"见风流泪"病到今天确实还不见轻。那个造反派戴个黑边眼镜,仔细看了看陈谜因彻夜未眠而发红的眼,认为她定是走错了地方。因为校医院是在"造反司令部"的旁边,他把她指引到校医院的眼科门诊室去了。

"莫非真要让我检查眼睛?"她想着,在眼科门诊室前战战兢兢地徘徊,渐渐她感到半身麻木,头晕目眩,直到摔倒在地为止。

就这样,陈谜得了脑血栓,偏瘫了。看过契诃夫的小说《一个官员之死》的好心人,便给解教授夫妇取下了"之死"这样一个不好听的外号,并且不怀恶意地叫他们。陈谜听了感到尴尬,但却也感到幸运:没有追究她眼科检查的结果。从此以后,她处处谨慎小心,强令自己的感情紧跟形势,再没犯错误。解教授也为此事感到难堪。从那时起,他觉得在他与别人之间,别人与别人之间,甚至自己与自己之间,欺骗出现了。

一个不曾欺骗过任何人,一个不曾被任何人欺骗过,两位老人和谐地度过了几十年,活到了六十岁,活到了二十世纪七十年代中期。这真正是个风雷激、云水怒的时代,一切都要变。

解教授在家里常常看着看着报纸便骂出声来:"狗屁不通!"可到了教研组的读报会上,却一言不发。他岂不是变了? 变得欺骗了? 有时,解教授的老朋友来家聊天,或是独生子的同学来家谈事,陈谜——她的半身不遂大有好转了——总是不厌其烦地说:"小点声,小点声,无论说什么都要小点声。"然后,她就战战兢兢地走上凉台,战战兢兢地四下张望。虽然四周什么事也没发生,但她战战兢兢的毛病算是留下了,那或许是半身不遂的后遗症。陈谜岂不是变了? 变得多心了? 独生子也变了,他有什么事都瞒着二老,他害怕二老的诚实。就是两位老人之间和谐的关系也变了,变得常拌嘴了。解教授说:"民族将亡,我还有什么可活!"陈谜央告:"你就小点声吧,老糊涂了?"解教授生气地拍桌子:"你才老糊涂呢!"陈谜便在床边愣愣地坐下,叹一口气,觉得世间的一切总不能彻悟。

一切都要变。到了一千九百七十六年春,一个巨变降临在解教授家:独生子——他们一向认为还是个孩子的独生子,在天安门事件中被抓进了监狱。解教授捶胸顿足地发怒,陈谜抽抽搭搭地啼哭。

解教授拍着桌子喊:"悼念周总理何罪之有?"

陈谜哆哆嗦嗦地关上窗户说:"哎呀哎呀,啧啧啧……你就小点声吧!"

解教授气愤地来回踱步:"宪法规定,人民有言论自由!有集会、游行的自由!这样抓人是违法的!"

陈谜坐在角落里:"哎呀哎呀,啧啧啧……可言论自由、集会和游行的自由只给人民,不给敌人呀,你不是也这么说嘛。"

解教授一愣,马上说:"我们的儿子不是人民吗?"

"可自从他在天安门自由言论了之后、自由集会了之后,人家就不承认他是人民了,还给不给他言论的自由、集会和游行的……也就难说了。"

"什么?"解教授完全愣住了。

"唉,这孩子真不听话!用自由的言论把言论的自由给弄丢了,要不自由言论,本来他可以永远言论自由,也就还是人民。可这自由言论了之后,之后,之后人家就有理了,你说人家这还违法吗?"陈谜巴望丈夫给她一个满意的回答。

但解教授一下子跌倒在椅子上,呆呆地望着妻子,默默地听着角落里的啜泣声。许久,许久,他一动不动。

陈谜害怕了,叫一声:"解……"

"谜,"解教授慢慢地说,"我教了一辈子法律,却一直没发现这个毛病。这毛病,就出在——什么样的人是人民,什么样的人是敌人,没有一个严谨的法律标准,而是由那些凌驾于法律之上,逍遥于法律之外的人说了算,法律在这儿成了装饰……给瞎子戴一副眼镜,给哑巴的嘴上吊一个扩音器,却要把能看的眼睛挖掉,把能说的嘴巴缝上……"

"你,住口!"陈谜腾地站起来,惊叫道,"你疯啦?儿子还没出来,你也想进去吗?你老糊涂了!"

解教授严肃地说:"不,我老明白了。你也并不糊涂,你是被法西斯式的镇压吓出毛病来了。"解教授平生第一次用负疚的目光看着妻子,"你被欺骗了,真的,欺骗你的,也有我。"

陈谜不说话了,她想:"再说下去,不知老头子会说出什么来,反正说什么也没用了,儿子毕竟是坐了牢,老头子要是再……"她战战兢兢地走上凉台,战战兢兢地四下张望。她那小而圆的脸上布满了恐惧的皱纹,因为她看见不远的地方有一个穿红衣服的人,那人要是听见老头子刚才说的话可怎么办?……

这之后,解教授整天埋头于马列著作、毛主席著作以及其他参考书之中了,他开始重新研究他的"法"。陈谜埋怨他不关心儿子,他说:"这不是儿子一个人的事。"

这之后的若干天内,陈谜都是在战战兢兢和抽抽搭搭中度过的。她白天想儿子,夜里就梦见儿子,眼边的皱纹没有了,代之以一片发亮的红色。

有一天她梦见儿子被打断了腿,哭着喊妈妈。第二天,她决心写一封信说明儿子的情况。写什么呢?写儿子只是悼念周总理,并没干别的?不行,这岂不又是"此地无银三百两"?写儿子并没烧汽车,只是在一边看着?也不行,看着为什么不制止?要不,光写儿子不懂事?还是不行,不懂事怎么懂得反王张江姚?……再不,只写儿子身体不好,请别打得那么厉害?更不行,这岂不又成了明目张胆的同情?唉,可怎么写呢?再说,写给谁呢?写给毛主席？不行，怕落在江青手里。写给党中央？也不行，王张江姚正得势哪。写给市委？唉，天安门抓人打人，市委又不是不知道……她忽然眼睛一亮，写给法院！告那群坏蛋！但她的目光马上又黯淡了，目前的法院似乎只管离婚，政治案件只有刚才想过的那几个地方能管，可那又都不行。唉，怎么办呢？陈谜战战兢兢地走上凉台，望着蓝色的天空，她仿佛听见棍棒打在骨头上的声音，不由说道："老天爷保佑吧！"待她说出这句话时，不由浑身一抖，心想："这样的话我怎么竟在屋子外面说出了口？要是让别人听了去，会说我是宣传迷信，会说我是妄图复辟封建……"她急忙翘首四望，不远处又是那个穿红衣服的人。陈谜小而圆的脸上出现了死人般的皱纹。她急忙跑回屋里，跑到解教授跟前，说："哎呀哎呀，我刚才又说了一句错话，办了一件错事，而且，而且肯定被人听去，报，报告了。"一阵半身麻木头晕目眩，她的脑血管里又有了栓塞。

　　陈谜病倒了，住在医院里，在她神智最不清醒的时候，她也没呼唤过儿子，因为在她的大脑里铭刻着一个逻辑：真心话绝不可在家门以外的地方说。在她心里最明白的时候，她也总觉得自己是住在眼科病房里，人家要来检查她的"见风流泪"，新账老账要一起算了。无论解教授怎样安慰她，怎样向她解释，她都是将信将疑。

　　一切都在变，到了一千九百七十六年秋，似乎一切都已经变了。十月九日晚上，当解教授激动、兴奋地来到医院里，把那个好消息——"四人帮"被逮捕了——小声告诉陈谜的时候，她惊吓得赶紧捂住了丈夫的嘴。只是在值班护士向她证实了这一消息的时候，她才把手从解教授的嘴上拿开，急切地要听下文。

　　陈谜已经有十几年没扑在丈夫怀里哭了，如今这老夫妻又重温了一次年轻的梦。她尽情地哭着，时而又像孩子那样擦着眼泪微笑。

陈谜抽抽搭搭地说:"哎呀,这回可有办法了,有办法了,儿子出来时我也出院。穿红衣服的……也不怕了。"

解教授紧捏着妻子的手,说:"这些日子我在偷偷地写一篇论文,题目是《社会主义的民主与法制》。"

陈谜又有些惊慌:"你可先别,先别瞎写什么哪,再看看……等儿子出来,就挺好的了,可别再……"

解教授听了,沉吟了许久,之后,不明不白地说了一句:"谜,我这辈子对不起你,不过我也是刚刚……我们有个好儿子。"

过了几天,陈谜的身体好多了。在一个有风的下午,她出来走走。风不知从哪里吹来了一句话,吹进了她的耳朵。她顿时惊得站住,眼睛愣愣地瞪着,嘴里说着:"哎呀哎呀,啧啧啧……"仿佛又一次彻悟了世间的一切。

陈谜战战兢兢地溜出医院,战战兢兢地溜回家来。

"你怎么啦?"解教授赶紧扶住歪歪斜斜扑进家门的陈谜。

她哆哆嗦嗦地关上窗户,抽抽搭搭地说:"儿子恐怕还不是人民,我听人说了,在'四人帮'没打倒之前,儿子就自由言论……唉!'四人帮'没打倒之前,自由言论之后……恐怕儿子还是'反革命'。这之前……那之后……之前……之后……"

"之死!"解教授第一次说出了这两个字,而且是异常气愤地,而且是对着他的"之死夫人"。

陈谜却充耳不闻,急着说她的:"你可别写什么了,把写的烧了吧……"她冲到桌前,抓起写满字迹的稿纸,一看,上面竟也有"老天爷"三个字。

解教授让她回忆一下《国际歌》,于是轻轻地唱道:"从来就没有什么救世主,也不靠神仙皇帝……"然后又说:"也不靠老天爷。"

陈谜"啊!"地惊叫一声,向后倒去。

解教授抱住她的时候,她的目光正在黯淡下去,黯淡下去……

"老天爷!"她喃喃地说,目光最后一闪,又像是希望着什么。

"之死夫人"带着她那胆小而混沌的灵魂死去了。"之死先生"再生了。解教授要用勇敢去捍卫诚实,要用民主和法制去捍卫真理。

死去的妻和狱中的儿,消灭的妖和还魂的鬼……怎样才能保证这一切不重演呢?——诸位看官,解教授为陈谜送葬的时候,想的就是这些。

1978年10月

午餐半小时

"轧轧轧"的缝纫机声骤然全停,世界轻松了下来。暖洋洋的太阳从倚里歪斜的小窗户里照进来,光柱中飘着无数飞尘。人们纷纷伸懒腰、打哈欠,互相瞧瞧,张张苍老而呆板的面孔都像是融化了,从眼窝和嘴角现出淡淡的笑来。半小时午餐时间到了,喘口气的时间到了,尽情笑骂一阵子的时间也就到了——这是照例的规矩,就像是西方的愚人节。

最幸福的人就在于他们有一种天赋——自行其乐。"什么叫福分?你他妈觉着是福分,那就是福分,喊!"这理论是熨活儿的白老头嚼着馒头夹臭豆腐时发明的。至于是谁热情传播的却搞不清,反正所有的人都信服。也许这理论与阿Q的精神胜利法相近,可总共这八个半人(有一个双腿瘫痪的小伙子只能算半个人)谁也不知道阿Q是什么,倒是有人知道鲁迅。为了他是否也住在中南海,大伙昨天刚刚探讨过,尽管那个瘫痪小伙子表示了不同意见,但最后大伙还是同意了白老头的见解:那么有名的人,还用说?喊!

搪瓷缸子响了一两阵,这间低矮的老屋里弥漫着浓厚的韭菜馅味儿。"搁了几毛钱肉?""肉?哼,舌头肉!"于是世界又是那么安静了。别忙,逗闷子的合适话题眼下还没找到。

后窗户外传来汽车急刹车的声音,人们一齐停止了咀嚼,支棱起耳朵。"活腻啦!"——准是什么也没轧着;又一阵发动机的隆隆声,汽车开远了。序幕也就拉开了。

"昨天下班,"眯缝着两只小圆眼睛的夏大妈向前探了一下脖子,急忙把嘴里的一块烙饼咽下去,"昨天下班,"她又赶紧喝了口水,作了一次深呼吸,"昨天下班,差点没把我吓死,走着走着,脊梁后头就是这么一响。"

"妈呀!怎没把你噎死呢!"坐在对面的"小脚儿"掰了一块菜包子扔进嘴里,"就这点屁事,我还当你捡了个金刚钻呢。"她撇一下嘴,转过脸去,右腿搭在左腿上,四五寸长的缠足得意地摆动几下。

瘫痪的小伙子边吃边扒拉着算盘:"夏大妈,您这月半天事假,半天病假,扣你九毛二。"

"我回头一看,"夏大妈接茬说,"胡同这么窄,汽车这么宽,我可往哪躲?我这个跑呀……要是你那两只宝贝脚,非给汽车打眼儿,没治儿。"她瞅空报复了"小脚儿"一句,"赶我跑到胡同口,汽车才开过去。几个小学生说是'红旗';光听人说红旗车,可咱压根儿也不知道什么样的算红旗车,你说……"她在腿上拍了一巴掌,似乎颇为没能把红旗车看个仔细而遗憾。

众人听到"红旗"都肃然得没有了笑声,只有白老头不以为然地"喊!"了一声说道:"你可真算白活。红旗车?个儿大!漂亮!窗户上的玻璃枪子儿打不透,德国造儿,全那样!"他的目光和瘫小伙子的目光相遇了,于是又补充道:"眼下中国也试验成功了,坐那车的全是中央的名人,早年马连良……"听见瘫小伙偷偷地笑,白老头含糊了。

然而"小脚儿"却独自哧哧地笑了起来,众人越是骂她"疯老婆子",她越是笑得前仰后合了。

"叫车,叫车!这儿疯了一个!"白老头一本正经地朝门口跑去,"今儿早晨一来,我就看她屁股不像屁股,脸不像脸的了……"

"白大爷,一天事假,俩半天儿病假,扣您一块八毛五。"瘫小伙儿又算清了一笔账。

"扣吧扣吧,省得钱多贼惦记。"白老头在门旮旯蹲下来,慷慨地说,眼睛却仍旧看着"小脚儿",一脸得意而狡猾的笑。

"小脚儿"终于止住了笑,却打起嗝逆来:"呃! 刚才这老东西说我,"她戳了夏大妈一指头,"呃! 我非给汽车打眼儿不可,呃! 我要是给红旗车打了眼儿,可他妈算我造化了,呃! 消消停停一躺,来俩勤务兵伺候我,吃香的喝辣的,呃!"

"您还抽点什么不?"白老头眯缝起眼睛凑过来,脸上又换了一副恭维的神情。

"呃! 那是!""小脚儿"斜扫了白老头一眼,板起面孔,"白老头子——哼! 到那咱我还未准用你呢;白老头子! 买两条中华过滤嘴儿去。"

"喳!"白老头应道,随即抓起"小脚儿"的手,认真地号起脉来,"您是醒着呢吗?"他又说。

"小脚儿"搡了他一把:"怎么着? 他撞了我!"瞧她的意思,仿佛"造化"绝不是什么难事。

"就冲您这把糟骨头? 还消消停停一躺呢? 是消消停停一躺——在太平间,要不火葬场。"白老头撅断一根火柴,不紧不慢地剔着一嘴黄牙。

"小脚儿"圆睁着眼睛没了词儿,事情真有点窝囊了。"我死了有我儿子呢!"她忽又来了精神。

"儿子死了还有孙子,子子孙孙是没有穷尽的,这山挖一点就会少一点,有什么挖不完呢? 三七二十一,三下五除二……"瘫小伙子念经一样地自言自语,头不抬,眼不斜,清理着账目,咬着半拉火烧。

"你儿子怎么着?"有人感兴趣地问。

"他得给我儿子找房结婚! 我儿子三十二了,对象二十九了,着哇!""小脚儿"眼睛都亮多了,虽说菜包子滚到了地上,"这回算抄上了! 房管所那破房咱还是看不上了,得他妈给我一个单元,有厨房有厕所的。我儿子儿媳妇住一间,我自个儿住一间……"

白老头捅捅她:"我提个醒儿——你可早让车撞死了。不要紧!那间房我替你住着,将来还能给你看看孙子什么的。"他又耸耸鼻子,大约流些眼泪也容易,"你就算积了阴德,下辈子准托生只好东西。"

有人刚要笑,可是话又被另一个老太太接了过去。说是老太太,其实也并不怎么老,不过是拔了满口的牙一直没镶上,外加有点哮喘。嗓子里的"小哨儿"一响,她说道:"不知怎的!让汽车撞着也分个命好命歹。我们老头子地震那年让车撞折了腿,是农村的手扶拖拉机撞的,你讹谁去?开车的穷得叮当响,怪可怜的……可我们老家有个傻丫头去年让一辆'上海'撞死了,怎么着?一千块钱!一千哪!才是辆'上海'……"

众人的眉毛都皱成八字,嘴张得唯恐不圆。这儿再没什么开玩笑的意思了,每个人都放慢了咀嚼的频率,似乎盘算着什么。一时老屋里颇有些寂寞,就连白老头脸上也没有了狡猾的笑纹。

"罗婶儿病假三天,扣您两块七毛七。"唯瘫小伙子例外。

"要是我,"被称作罗婶儿的说,"我就不要那一千块钱,多少钱也有花完的时候,我让他们给我找个正式工作,或者给坐'红旗'的他们家当保姆就行。我们有个老街坊,不知哪辈子积了德,在一个大干部家当保姆,人家顺手给你点什么破的旧的,用不着的,吃不了的,就他妈够你一发。当然,给我分个正式工作也行……"

众人眉间的竖纹一齐消失,可以算茅塞顿开。

"要不还得说是现在好?"专管钉扣子的卢奶奶从老花镜上头挑着一只眼(对了,她只有一只眼)看着大伙,也有了感触,"早年我们老头子给个开药铺的掌柜的拉包月车,十冬腊月我抱着我们大闺女去找他,他从厨子那儿给大闺女拿了块年糕,还不挨了顿骂?有钱的吃什么?吃……"她伸开两手的拇指和食指,似乎中间是偌大的一个碗或者盘,"吃、吃"了半天,终于也没"吃"出什么来。花镜后面的一只眼眨了又眨,"你瞧,头两天我们老头子还念叨着……噢,吃绿毛乌龟,还让海军捞了活对虾,空军给运……"

"那是林彪!您弄混了。"瘫小伙子双手捧腮,似笑非笑地说。

"喊!"白老头咧着嘴站起来,就地转了个圈又在凳子上坐下,"你可跟着瞎掺和呀?林彪又成药铺掌柜的了吧,你又吃了林彪的年糕了吧,老了老了弄个历史问题你可怎么跟儿女交代!"

哄笑声中,卢奶奶慢慢合拢伸开的手指,满脸羞愧地笑了一会儿,不言语了。

人们重又回到原来的话题上。

"要是我,说什么也得让他们把我们孩子他爸调回北京来,支援三线时说是三年就回来,这可倒好,我们小援子今年都十三了。"墙角处有人叹了口气。

火炉前有人点了支烟:"甭提了,要是我,能求他们帮着把我儿子从云南转回来就行了。"

"还得给分个正式工作!"柱子后头吐出了一口痰,"我们二小子从内蒙回来两年多了,一直分配不出去。要是红旗车开到厂门口,下道命令?厂长也得屁颠屁颠的!可惜……"

"唉!也甭贪心不足,能给咱们老姐们儿涨几块钱工资就行啊……"

低矮的老屋里又一次沉默了,说是水足饭饱后的发呆,显然不准确,因为一双双眼睛都闪着一种奇异的光——向往的光?欣喜的光?还是如愿以偿的光?说不好。总之,是这间东倒西歪的小车间里罕见的光,是这些年过半百的眼睛里少有的光。人们像一尊尊石像,直勾勾地望着一个固定的地方;有的在抠腮边的痣,有的在揪鼻孔里的毛,有的从鼻孔里抠出些东西来在手指间揉着……好像都在谛听着什么福音。

"冰——棍儿!"深秋的风送进来一声悠长的呼唤,竟把人们从那忘我的境界中唤醒过来。

"唉,我可不想让汽车撞死。"不知是谁最先恍然大悟了。小巷深处响起一阵开心的笑,夹杂着庸俗的污言秽语。

"轧轧轧"的缝纫机声响了,世界又紧张起来。

1979 年

古 城 月 色[*]

月亮升起来了,照着这座古城:黄土的远山,黄土的旷野,黄土的窑洞和河滩,黄土的街道和挂满黄尘的商店……一切都是黄褐色的,只凭黑暗的阴影,万物显出它们的轮廓。就像在一张牛皮纸上用浓淡不同的墨汁勾画出来的一般。

一

街上的商店都已关门,终日挤在古城饭店门前谋生的乞丐们也都已散去——毕竟是小雪过后了,太阳早早地落山之后,寒气便催得他们去找住所。此刻,古城饭店门前的水泥台阶显得异常宽阔,凄清的月光只在上面投下了三个人影:大宝妈搂着二妮和三羔在寒气中打战。

大宝妈是有生以来第一次进这座古城。唉!要不是为了住在医院里的大宝,要不是为了赶紧找到大宝爹,她讨饭也只愿在山沟沟里讨,何苦跑了一百多里路到这台阶上来受冻?想起大宝,大宝妈又觉得鼻子发酸,她悄悄地抹一把眼泪,像是自语又像是对两个刚懂事的孩子说:"都怨我不好,大宝这些日子眼皮就常是肿的,可我还让他上山去砍柴……大宝到冬至才十二岁……"

大宝妈转脸看看二妮和三羔,三羔缩在她的怀里已经睁不开

---

* 发表时署名"铁冰"。

眼睛了,二妮正仰着菜色的小脸儿呆呆地看月亮。月亮已经快圆了。这月亮使大宝妈又想起三天前的那个晚上……

那时,大宝妈正在灶火前"呼哒呼哒"地拉着风箱;糠团子的香气把三羔诱到锅边,吮着筷子,眼巴巴地看着锅边冒出的热气。

"妈,今年冬天咱不出去了么?"正在炕上跟奶奶学针线活的二妮问。

"不啦!"大宝妈停了风箱。

二妮又问:"不出去,把家里的粮冬里就吃光,开春活紧了爹和哥吃啥?"

奶奶用针拨亮灯芯,笑道:"到底是女子娃懂事,二妮才九岁,啥也懂了。"

大宝妈也笑了,说:"咱娘儿几个攒下的那两篮子鸡蛋,你爹今天拿进古城换粮票去了。冬里价高,听说一斤鸡蛋能换六斤粮票,三六一百八,五六三十,能换二百来斤哪!等你爹回来,先给你们吃一顿白面馍。"

"那……爹啥时回来?"三羔问。

大宝妈拍拍腿上的尘土站起来,望着窗外的天,说:"盼着月亮快圆吧,月亮圆了你爹就回来啦!"

正说着,前村的康儿爹跑了来,对大宝妈说:"快去吧!你家大宝砍柴回来,昏倒在村前的河滩上啦!"

亏得乡亲们帮忙,把大宝连夜抬到了县医院。大夫说,大宝昏倒是因为营养不良性肝脾肿大造成的,得住院,要先交五十块钱。大宝妈哪有那么多钱哟!好说歹说,医院同意先收下大宝,但三天内必须把钱送去,否则……

大宝妈从医院回到家里时明白了,今年冬里她又得带着二妮和三羔出去讨饭了。那两篮子鸡蛋也许能换来五十块钱,但那要是够救大宝的命就算谢天谢地。

那个月亮被乌云遮住的晚上,她带着二妮和三羔动身到古城去找大宝爹。她心里盘算：找到大宝爹，马上让他把钱给医院送去，也许能来得及；然后自己就带着两个孩子在外面过冬了。

如今这月亮是真的快圆了，可大宝爹在哪儿呢？

大宝妈娘儿仨是太阳挺高的时候到古城的。在"古城饭店"，她们挤进终日在那里谋生的乞丐群中，好不容易要到了两个馍，三羔的一个早已吃光，二妮的一个现在还剩一半捧在手里。

"妈，你吃了吧。"二妮摇摇母亲的胳膊说。

"不，妈不饿，你吃吧。"大宝妈又抹了一把眼泪。

从太阳挺高到月亮升起，大宝妈带着两个孩子已经跑遍了全城。在乞丐中间，她问遍了熟人，谁都说没见着大宝爹。她娘儿仨又回到了古城饭店门前，为的是同着那些乞丐们去寻一个过夜的地方。大宝妈是第一次进这座古城呀！可是偏偏那群人又都已散尽。

月亮怕冷似的往云彩里躲，寒冷的夜风却总把云彩吹开，吹得像破絮一般。月亮似乎也在打颤。

"等月亮落山，三天期限就满了，那时再找不到大宝爹，医院里的大宝可怎么办呢？"大宝妈想着，感到一阵彻骨的寒气钻进她的破棉袄，钻进她的心。她把两个孩子紧紧地搂在怀里，失声哭了起来……

许久许久，她才站起身，抱起睡熟的三羔，拉着发抖的二妮，随便朝一个方向走去，去找一个避风的住处。三个枯槁的人形，慢慢消失在凄清的月色中。

二

古城宾馆的宴会厅里灯火辉煌，袭人的花香和扑面的暖气，使人忘却窗外的寒冷。倘若诗人提笔，定会写下"人人心中春风吹"之类的佳句来。

老孟毕竟不是诗人,而是地委书记,多少大事装在他心里,遗憾不能在这盎然的春色中享受一息的轻松。这时,他坐在沙发上,又拧紧了眉头。"已经八点钟了,省委雷副书记为什么还不来呢?"他想着,又走到窗前,掀开淡蓝色的纱帘。宽阔而僻静的沥青马路反射着月光,然而却不见那辆吉姆轿车的影子。月亮在云彩中紧张地穿行,老孟喃喃地自语道:"不会出什么意外吧?"

"不会的,孟书记。"答话的是公安局吴局长,"街头巷尾我都布置了人,投机倒把分子统统抓了起来,一个也没漏掉。我可以保证,过去的事不会重演。"

所谓"过去的事"是指这样一件事:两年前,搞限制资产阶级法权的时候,这位雷副书记来古城检查工作,老孟的前任被免了职。那位倒霉的前任竟"欺上瞒下,行资产阶级作风,袭修正主义路线,致使古城地区自发资本主义势力猖獗"。据说,正当那位倒霉的前任处境危急的时候,一个投机倒把分子竟找到雷副书记的随行人员头上去换粮票。

这会儿,听了吴局长的保证,老孟心里安稳了些。

"不过,我们绝不可掉以轻心哟!"这次说话的是年迈的地区主任郑海。他搔搔满头白发,点燃一支香烟,待巧克力味的烟雾轻飘漫舞之后,又说道:"所谓修正主义路线和资产阶级作风嘛……很难说得清楚,假如雷副书记是另外一种人的话,"他指指圆桌中央那些精巧别致的萝卜花,"这也可以说是……所以我总还是担心,或许还是不摆这桌宴席的好。"

吴局长素来享有善于权衡利弊、行事果断的盛名,这使他更看不上郑主任的多虑。他说:"那么,假设雷副书记不是另外一种人呢?"

郑主任吐出一缕香烟,困惑地摇摇头,说:"所以,真是难哟!"

"我认为,倘若是另外一种人,我们顶多作一番检查。"吴局长不无得意地说,"这固然不好,但假使不是另外一种人呢?我们不表示一点实际的欢迎……依您郑主任的经验,还难想象出将来的后果么?更何况……孟书记,您不是以汇报工作的名义请雷副书记来的么?"

老孟淡淡一笑,没回答。他看不起郑海,也并不欣赏吴局长。郑海优柔寡断,进了棺材也只能做到第二把手;吴局长又失之鲁莽轻率,这样的人难免要跌大跤。至于这个宴会嘛,老孟胸有成竹;可惜这两个下级,全不懂孙子兵法"知己知彼,百战不殆"的妙处。老孟朝一直没有机会说话的王秘书会意地笑笑,说:"你可以把情况向郑主任和吴局长介绍介绍。"

月亮终于钻出云彩不动了,显得明朗而沉着。老孟放下纱帘,心里觉得更踏实了。是嘛,知己知彼,还会有什么意外发生呢?

三

月亮升到头顶上了。

大宝妈娘儿仨终于在古城车站的候车室里找到了住处。躺在那群乞丐中间,二妮和三羔很快就睡熟了,大宝妈也似乎因为不再感到那么孤单而镇定多了。"大宝爹总能找到,大宝的病就会好的。"她在心里不断这样安慰自己。

不知"阿波罗"飞船是不是在那夜又登上了月亮,反正人类几千年来的这个梦想已经变成了现实的时候,大宝妈迷迷糊糊地做开了梦。她梦见月亮圆了,大宝爹带着大宝回到了家。大宝爹把一叠粮票塞在她手里,对她说,还剩下一百来斤……

四

夜深了,冬天的夜里也没有那么多虫鸣,万籁俱寂。古城睡熟了。

然而不,"转朱阁,低绮户,照无眠",老孟此刻却不能入梦。他脑子里像是有个怪物,总絮絮叨叨地学着人声:"怪事,真他娘怪事!怪事!真他娘怪事!"他无论如何是躺不住了,身旁妻子的鼾声在今夜竟像是猪哼。"真他娘的怪事!"他骂一句,坐起来。

老孟索性穿好衣服,走到窗前,站在月光里发愣。

"三更半夜的,干什么哪你?"妻子嘟嘟囔囔地说。

"睡你的,别管我,我又不跳楼!"

"哼,丧气劲……"妻子又翻身睡去。

丧气?真是丧气!自从雷副书记走进宴会厅,对众人的问候和欢迎报以严肃的脸色之时,老孟就感到了丧气,那时他脑子里的怪物便已诞生,"哎呀哎呀"地学着人声叹气了。

待酒菜上桌,雷副书记竟问道:"你们这是搞的什么名堂?不是找我来谈工作的么?"

郑主任就低了头,吴局长也闭了嘴,王秘书更冒了汗。老孟慌忙解释:"噢噢,嗯,不过是请您顺便吃一顿便饭,呵哈哈,便饭……"

然而,最遗憾的是,雷副书记却熟识桌上的每一道佳肴。"琵琶大虾,红烧海参,芙蓉鱼翅……没有燕窝和熊掌么?"雷副书记冷冷地说着,竟是用了那样尖锐的目光看老孟的呀!

宴会厅里静极了,人们都低下了沉重的头。

雷副书记忽地站起,一拍桌子问道:"荒唐!古城人民平时就吃这样的便饭么?"

宴会厅里静极了,人们都仰起了悔恨的脸。

明月斜向天边的时候,宴会不欢而散。看见雷副书记掏了自己的腰包,老孟第一回付出了那么昂贵的饭费——五元!不,也许要更多,多到无法用人民币来计算。

想起雷副书记严肃的脸色和尖锐的目光,老孟现在仍然心有余悸,并且预感到更严重的后果在等着他。他焦虑而苦闷地在月光里踱步。

他踱出卧室,踱进书房。看见墙上那一只墨画的雄鹰仍在展翅飞升,脑子里的怪物便又操起了人声:"谈何容易?谈何容易?"

他踱出书房,踱进客厅。华丽的席梦思沙发,精美的日立牌电视,别致的落地式台灯,以及古朴的条幅上那苍劲的草书——"艰苦奋斗"……一切都闯入他的瞳孔,脑子里的怪物竟还会念一句古诗:"别时容易见时难哟!"

他又踱进餐室和厨房。触景生情,那怪物又说:"这个家呀,说不定又要换一个主人喽!"

他再踱进走廊里。听着每个寝室里发出的甜蜜的呓语和轻鼾,怪物的语气已令人心酸了:"唉,孩子们哪里会想到?母亲一定会病倒,妻子也不会懂得……"

可有谁能懂得呢?几天前老孟就得知雷副书记要视察三个地区:秦郡、汉州,最后一个是古城。那时,老孟先给吴局长布置了任务,又悄悄地派王秘书到秦郡和汉州外调。在雷副书记到古城之前,王秘书匆匆赶了回来,向老孟报告说:"秦、汉两地都摆设了丰盛晚宴欢迎雷副书记,海参鱼翅都上了。雷副书记绝不是另外一种人。是的,我的调查完全可靠。"

老孟依然在月光里踱步,越踱越快,越踱越快,脑子里的人声像是唱片跑了针似的叫着:"怪事,怪事,怪事……"

"怪事!"老孟大喊一声,一脚踢翻了走廊里的花盆。

全家人都惊叫着跑出来,见老孟木然地站在月光里。

五

月色也笼罩着雷副书记下榻的地委招待所。如水的月光洒进静静的卧室,雷副书记桌上的一纸电文,道出了怪事的原因——那是明月出山的时候省委打来的:

"中央首长×××的夫人×××今已出发去古城视察。她反对事先通知古城地委,并拒绝省委派人陪同保卫。"

只此寥寥几句,能说明什么呢?

雷副书记毕竟通达哲理,老练精明。他想,"反对事先通知古城地委",这就说明对古城地委的工作不满意,有怀疑;而"拒绝派人陪同保卫",就更表示了对省委的不信任。"怀疑"说明什么呢?必然说明古城地委有欺上瞒下的行为。是呀,古城有要饭的,这并不是秘密;"不信任"又说明什么呢? 无疑是认为省委会包庇,或者已经包庇了古城地委。看来省委树古城为"学大寨先进地区"是欠妥当了。

为了迎接中央首长夫人的到来,仅有如上的推理,并不能算得高明,仅有古城宾馆里的预防措施,也还不能算得全面。雷副书记翻身起床,抓起了电话。

雷副书记:"地委孟书记吗?"

电话里传来老孟颤巍巍的声音:"是我。我正准备向您作检查。"

雷副书记:"古城至今还有要饭的,你知道吗?"

老孟:"我正准备召开常委扩大会,认真研究这个问题。"

雷副书记:"希望你能马上改变这种状况,因为这样的事在我们的社会主义国家中是不应该存在的。另外,在我们的工作中要讲实事求是,反对任何资产阶级工作作风。请把这一点逐级传达,做到家喻户晓。"

六

美梦中,大宝妈被人推醒,又迷迷糊糊地被人推出了候车室。直到她领着两个孩子,裹在那群乞丐中间,走在一条东拐南弯的小路上的时候,她还没有完全清醒过来。明月衔山,她觉得似乎是出工的时候到了,正在走向田间……

忽然眼前红光一闪,明晃晃的灯光下矗立着一面涂满了红漆的墙。一伙人正吆喝着,把四个一人多高的金字挂到墙上去。

大宝妈觉得奇怪,这才清醒了许多。她问身旁走着的一个男人:"这是啥?"

"语录牌儿呗!"那个男人回答。

大宝妈随着人群走进了一座大庭院,拐了几个弯儿,又走进了一间大厅。她完全清醒了,想起了几天来的一切。"大宝还在医院里,大宝爹还没有找到,我到这儿干啥来?"她想。

"这是哪儿?"她又问那个男人。

"公安局呗!"

"公安局?"她惊愕地看看周围的人们,人们都看着她笑。

她领着二妮和三羔慌忙往出走,刚走到门口,大门"咔嚓"一声锁上了。"你们干吗关起我来?你们让我出去!"她喊。

周围的人都笑出了声。一个老汉挤眉眨眼地对她说:"睡觉吧,憨婆姨,这儿不比车站强?比车站还避风呢!说不定还能给咱两个馍吃哪。"周围又是一片笑声。

"那不行,你们让我出去!我家大宝住在医院里,我是来找我们大宝爹的呀!"大宝妈喊着,发疯似的撞着门。

最后一线月光照进大厅。在大厅的角落里早就睡着的一堆人,被乱哄哄的笑声、骂声惊醒了。其中一个脸色黝黑的男人站了起来,张望了一会儿,朝大宝妈走去。

"爹!"二妮和三羔朝那个男人喊。

"他爹!"大宝妈朝着那个男人扑过去。

"大宝病了?"大宝爹低声问。

大宝妈猛地抬起头,用恐怖的眼睛盯着大宝爹问:"那两篮子鸡蛋呢?"

"唉,没了,全被没收了……"

七

最后一线月光照着古城中央的那座红光闪闪的语录牌,上面挂着四个金光闪闪的大字:实事求是。

不知那位中央首长的夫人什么时候才到古城,月亮圆了的时候?

1979 年 2 月 23 日

我们的角落

她像一道电光,曾经照亮过这个角落,又倏地消逝了。

这是我们的角落,斑驳的墙上没有窗户,低矮的屋顶上尽是灰尘结成的网。我们喜欢这个角落。铁子说这儿避风,克俭说这儿暖和。我呢?我什么也没说。我只是想离窗户远一点,眼不见心不烦——从那儿可以看见一所大学的楼房,一个歌舞团的大门和好几家正式工厂的烟囱。我们喜欢这个角落,在这儿才可以感到一点做人的乐趣。这儿是整个"五七"生产组最受人重视的"技术角"。铁子把仕女的图样设计得窈窕婀娜,大妈大婶们才能整天在那些仿古家具上涂涂抹抹,然后只有我和克俭能为仕女们长上脉脉含情的五官。大妈大婶们都很看得起我们,"啧啧"地赞不绝口。

"到底是年轻人哪!"

克俭得意地吹起了口哨。

"咱们生产组可离不了你们。"

铁子舒心地点上一支烟。

"就是正式工厂真的要你们,咱也不能给!"

我说:"那公费医疗呢?工资还是一天八毛?"

"就你矫情。要依着我们还不好办?我们都是有儿有女的人……"一个大妈竟擦起眼泪来。

我们哼起了《菩提树》,互相谁也不看谁。

"门前有棵菩提树,站立在古井边,我做过无数美梦,在它的绿荫间。"这深沉的旋律能够安慰心灵。我想,铁子和克俭一定也和我一样,想起了那梦一般的童年和那梦一般的插队生活,在陕西,在东北和内蒙……

我们?我们是怎么回事?唔……

清晨、晌午或者傍晚,你会在这条幽深的小巷中看见我们。我们三个结队而行,最怕碰见天真稚气的孩子。

"妈妈你看哟!"

我们都低下头。

"叔叔们受了伤,腿坏了,所以……"

铁子把手摇车摇得飞快,我和克俭也想走。快些,但是不行。

"瘸子吗?"

母亲的巴掌像是打在我们心上。

这最难办,孩子无知,母亲好心。如果换了相反的情况,我们三个会立刻停了下来,摆开决死的架势……还有什么舍不得的么?那些像为死人做祈祷一样地安慰我们的知青办干部,那些像挑选良种猪狗一样冲我们翻白眼的招工干部,那些在背后窃笑我们的女的,那些用双关语讥嘲我们的男的,还有父母脸上的忧愁,兄弟姐妹心上的负担……够了!既然灵魂失去了做人的尊严,何必还在人的躯壳里滞留?我不想否认这世间存在着可贵的同情。有一回,一个大妈擦着眼泪劝我说:"别胡想,别想那么多,将来小妹会照顾你的,她不会把哥哥丢了……"我不知当时我的脸色是什么样子,那个大妈哆哆嗦嗦搂住我,一个劲叫我的名字。天哪,原来这就是我活在世上的价值!废物、累赘、负担……没有人相信我们可以独立,可以享受平等,就像没有人相信我们可以得到正式工作一样。可我们的仕女图画得并不比那些正式工人画得差,画得少。我们忍着伤痛,付出比常人更大的气力,为的是独立,为的是回到正常人的行列里来,为的是用双手改变我们的形象——残废。

"算了吧,"铁子对我说,"等到二老归西,难道咱们还这么不知趣地活着?"

"弄个炸药包,和他们同归于尽!"克俭说。

"和谁?"

"谁冲咱们翻白眼就和谁!"克俭把拐杖使劲往地上一杵,险些摔倒了。

幸亏人可以死。我们好像什么都不怕了,哼着歌走在小巷深处。"今天像往日一样,我流浪到深夜,我在黑暗中行走,闭上了我的两眼。"春风乍起,吹绿了柳条的时节,她来的。

"我叫王雪,我坐在这儿行吗?"她走进了我们的角落。

"当然。"

"只要你乐意。"

"有什么行不行的?"

我们每人一句,都是冷冰冰的拒人于千里之外的腔调。克俭在我耳边嘀咕了一句什么,不外乎"德性""臭酸相儿"一类的评语。铁子冷酷的目光在眼镜后面闪了几下,"哼"了一声,低下头去。这是一种防御,一种以攻为守式的防御,防御什么呢?

她是一个相当漂亮的姑娘。

"你也是病退回来的?"我问。

她摇摇头:"我是困退回来的。"

"你干吗不去正式工厂?"我的语气就像是在说:"您何必屈尊到这个角落里来呢?"

"待分配,和你们一样呀!"她总想朝我们笑一笑,但都被我们依次"抵抗"了回去。

"和我们一样?"铁子冷笑了一声,没抬头。

她朝大妈大婶群里望了一眼,说:"你们不也是待分配的知识青年吗?"

我们谁也没吭声。待分配?天知道我们待了几年了。像处理西瓜似的被人扒拉过来扒拉过去,拍拍听听,又放在了一边。最后我们就"来自五湖四海","走到一起来了"——有了我们的角落。

"我先坐在这儿看看你们是怎么画的。"她终于有机会朝我笑了一下,大概是因为我在我们之中还算好惹一点的。

角落里静悄悄的。那所大学里在做广播体操。

她把头和铁子挨得那么近,她的肩和克俭的肩碰在一起了。这两个蠢家伙,竟像是两个大气不敢出的小学生!刚才的威风哪儿去了?我想笑。他俩都没闯进过姑娘的心,都还没来得及和姑娘挨得那么近就……只有我,但那也都是往事了。

克俭一连画坏了好几笔,铁子把仕女的头发画得像拆下来的旧毛线。我脑子里一下子闪过好多往事,都是什么呢?好像又是那封信……但她突然"咯咯咯"地笑起来了。

我们尴尬地抬起头。

她还在"咯咯咯"地笑。

铁子脸上最先出现了恼怒。

"我能看见我的鼻子!"她说,"我正看你们画画,就看见了我的鼻子,原来人可以看见自己的鼻子!"她那大而黑的眸子对在一起,轻轻地晃着头寻找鼻子,依旧"咯咯咯"地笑个不停。

我们都笑了起来。角落里吹来一阵轻松的风,好像还有一点温暖。

春雨蒙蒙,天空里闪过一道电光,搅动了三颗枯萎的心。

我们的角落里从早到晚萦回着歌声:《菩提树》《土拨鼠》《命运》《茫茫大草原》……先是轻轻地哼,后是低声地唱。我看见铁子认真地控制着自己的口型,克俭竭力压低自己的下巴颏,为了使歌声更低沉浑厚一些,似乎那样更能显出男子汉的气魄。我偷眼去看王雪,我发现铁子和克俭也在偷偷地看她。王雪随着我们歌声的节奏轻轻地晃着头。两个小辫一个弯了一个直,一个直了一个又弯。我们的歌声更响亮了。

"老人河,啊,老人河——你知道一切,但总是沉默……"

"你的嗓子真好,男低音!"王雪忽然说。

我们三个一齐望着她。

"你。"

"我?"

"就是你!"王雪被逗笑了。

铁子和克俭向我投来羡慕的目光,我不敢说其中没有一点嫉妒。

"你们干吗光唱这些让人伤心的歌?"

"你爱听什么?"克俭说。他的脸红了一下。

"《晒稻草》。我最爱听胡松华唱的《晒稻草》。"王雪清了一下喉咙,唱起来。

"我们从早到晚在一起把稻草晒干,你在那边我在这边,两人相距很远。"

…………

我又想起了那封信,那是一个好心人写给我心上的姑娘的……算了。不要想那些过去的事吧。

"她爬到赶车台上去,让妈妈上草堆,她在那边我在这边,两人快乐向前。"

王雪还在轻轻地唱。随着欢快的节拍摆着两条小辫。

我们三个干脆停下了手里的活,愣愣地看着她,目不转睛。心中的防御工事已经拆除了,没有进攻,没有退守,没有伪善也没有卑屈……心就像和平的蓝天,就像无猜的童年。眼前出现了一池春水,闪着无数宝石一样的光斑,轻轻拍打着寂寥的堤岸。她长得多美!但并不像那些做作的演员,用浓眉大眼招待观众,用装腔作势取媚邀宠。她,怎么说呢?长得真实。她的心写在脸上。她看得起我们。

忽然铁子唱起了那支歌。

"我愿做一只小羊,跟在她身旁。我愿她那细细的皮鞭。不断轻轻打在我身上。"

王雪像听了侯宝林的相声似的大笑起来,笑得喘不过气,笑得弯了腰:"这什么破歌呀?还有愿意挨鞭子的哪?准是你瞎胡编的……"

她那样随便地拽住铁子的胳膊,摆着、晃着。

她可真不像有二十三岁了。她还像个小姑娘呢。

正像歌中唱的那样,我们从早到晚在一起,我们边唱边画,边画边唱。唱《晒稻草》,唱《友谊地久天长》,唱《哎哟,妈妈》,唱那些欢乐的歌。我们的产额天天在增长,令大妈大婶们惊讶。王雪贪婪地学着,我们争着把看家的本事都端出来教她。不知从什么时候起,我们三个都用了长辈似的口吻和她说话,不是教训,是譬如:"王雪,你考大学吧,你别像我们似的。"

"王雪,你应该学外语,当翻译。"

"王雪,你不如学小提琴,只要下功夫准行。"

"王雪,你得注意锻炼身体。"

"王雪,你要记住'防人之心不可无'。"

"王雪,晚上回家走大街,别走那些小黑胡同。"

…………

王雪每天提前半个多小时就来上班,打扫车间,打扫我们的角落。灰尘结成的网没有了,斑驳的墙上挂上了漂亮的年历。遇上一天她来晚了或是请了假,我们就总会念叨她,角落里就没有了歌声,我们就又想起了招工干部挑剔的目光和母亲脸上的忧愁。那些日子,我们生活的全部乐趣更是都在这个角落里了,但要有王雪,只要有王雪,只能是王雪。为什么呢?我还没来得及细想。

我们三个也都早早地就来上班了,而且一天比一天早,一个比一个早,而过去我们都是踩着铃声走进角落的。开始我还没有意识到这是为什么,当我发现我们三个之间出现了一种隔阂的情绪时,我才明白了,那是由不自觉的嫉妒造成的,我们都想和王雪多待一会,一天八小时太短了!而嫉妒说明了什么呢?有一次铁子和克俭竟吵起架来,无非是要在王雪面前证明自己的见解是对的。年轻人啊,残废了,却还有一颗年轻的心在跳!

我感到了这个,不那么早早地去上班了。不,我绝不是小说中那种高尚的情敌,正是因为我深深爱上了王雪,心上的防御工事就又自然地筑起来了——那是一道壕沟,那是一道深深的伤疤,那上面写着三个醒目的大字"不可能"。何况还有那封信呢?那封信……哦,心在追求人间仅有的一点欢乐的同时,却在饱受着无穷痛苦的侵噬,这痛苦无处去诉说,只有默默地把它扼死在心中,然后变成麻木的微笑,再去掩饰心灵的追求。

铁子和克俭也都不那么早地来上班了,因为一个大婶无意中说了一句话:"自打王雪来了以后,你们也都不睡懒觉了。"唉,他们和我一样,我敢打赌!

王雪可真还是个小姑娘呢,她一点也看不出这些细微变化的缘故。夏天的晚上,她央求我们和她一块儿去附近的小公园看露天电影晚会。

她举着已经买好了的四张票,说:"《玛丽亚》,可好看了,去吧!"

"我不爱看电影。"铁子说,"那样的电影,看完了三天都堵心。"

"那咱们看《甜蜜的事业》,同时演好几部呢。"

"那我也不去。"克俭说,"甜蜜啥呀?甜蜜个屁!"

"那你去吧,啊?"她又对我说,"散了电影,路可黑了……"

"你害怕吗?"我们同时问。

她皱着眉,难为情地点了一下头:"嗯。"

我们都同意陪她去了。因为能保护她,我有一种自豪感。铁子和克俭大概也是。

小公园里晚风习习,凉爽,飘着阵阵清淡的花香。多少年了?

五年了!自从架上这两只拐杖,我就再没来过这儿。来这儿干什么呢?只能勾起往事:这儿是我童年时代的乐园,欢歌笑语恍如昨日。这儿遗留着我少年时代的希望,不过已经认不出哪棵白杨是我栽下的了。那片草地上曾有过一群即将去插队的青年,用心里涌出的朴素无华的诗句讴歌美丽的理想……可是后来呢?

天还没黑,银幕前只坐了几个孩子,仰着小脸望着空白的银幕。

他们怎么会那么有耐心?噢,他们会幻想出五彩缤纷的画面,去填补空白的银幕。他们还太小呢。

铁子和克俭也都沉默着。

王雪"哧哧"地笑起来。

小树林里对对情人在漫步,在依偎,在亲吻。

"你别笑,将来你也那样。"我不知怎么竟会说出这样的话。

王雪满脸绯红。"去你的,我才不呢……"她嗫嚅地说。

唉,还是别想这些的好。

可是铁子又冒出了一句不该说的话:"王雪,你跟我们在一起走不嫌寒碜吗?"

"寒碜?为啥?"王雪一跳,揪下了两片树叶,淘气地塞进了克俭的脖子。

"你不怕吗?"我问。

"怕?怕啥?"

我没法回答她了。那封信!那封信是这样写的:"你不要和他来往过密,你应该慢慢地疏远他。因为他可能会爱上你,而你只能使他痛苦,会害了他。"那时我就懂了,我没有爱和被爱的权利,我们这样人的爱就像是瘟疫,是沾不得的,可怕的。我就离开了我心上的姑娘。她现在在哪儿呢?

"怕啥吗?问你!"王雪在我肩上捶了一拳,手里托着一只花牛牛。呵,但愿你永远像个小姑娘。

"噢,我是说天黑了,你不怕吗?"

"去去去!"她不好意思了,"我们看《甜蜜的事业》还是看《三笑》?"她为了打岔说。

又是克俭说:"三笑?笑个屁!"

铁子说:"看《猎字九十九》吧,图个热闹算了。"

"不!我想看《甜蜜的事业》。"王雪站住不走了。

"那你一个人去看吧,散了电影一个人回去。"铁子故意逗她。

她不言语了,捧着花牛牛委屈地跟在我们身后走。

我真有点可怜她,但铁子和克俭忍着笑冲我挤眼。我忽然觉得世界是那么美好、甜蜜,我们像三个顽皮的小哥哥,逗弄着一个可爱的小妹妹。

她可真像是个小妹妹。一演到打斗和紧张的地方就闭起眼睛,紧抓住我的拐杖,或者嘟嘟囔囔地埋怨铁子和克俭。我有个强烈的愿望:时间停下来,让她永远是个小妹妹,让我们永远做她顽皮的小哥哥,永远这样相处在一起,忘记过去、现在和将来,忘记一切……有一次我真的忘记了我自己:为了去捡王雪掉在地上的毛线团,我的手竟离开了双拐,像健康人那样去追赶、弯腰伸手,"啪!"我的胳膊摔破在石头上……我愿意再摔十次,因为王雪当时心疼得快要哭了,是我满不在乎的样子才又使她破涕为笑。

人们说,爱情是压制不住的。真的,只需要找一个借口,理智就会服从感情,什么"决心"之类就都忘到九霄云外去了。那个夏天,在那个小公园里,我们一起度过了好多个甜蜜的夜晚。借口就是:在漆黑的小路上我们得保护王雪,得把她送上回家的汽车。都看了些什么电影,记不得了,只记得落日、晚风、明月、繁星和那个不把我们另眼相看的"小妹妹"。

秋风起了,吹黄了小路两旁的草丛,吹谢了草地上的野花,吹光了小树林的茂叶,吹去了小公园里甜蜜的夜晚……如今想来,那只是一场梦。

一天,王雪忽然发起愁来,独自默默地发呆,叹气,好像一夜之间变成名副其实的大姑娘了。

"你怎么了?"铁子问。

她看看我们,想说又没说。

"你病了?"克俭问。

她想说又没说,脸上起了一片红晕。

"有什么难事告诉我们,谁欺侮你了?"

"谁活得腻歪了?谁?告诉我!"克俭把手指弄得嘎巴巴直响。

"没有谁欺侮我。"她吞吞吐吐起来,"是妈妈,妈妈非让我见那个人不可……"

角落里静极了。

"是二姨给我介绍的,一个大学生……"

听得见风把电线刮得"呜呜"地响。

虽然这是早已想到了的事,虽然我早就筑起了防御工事,但我的心仍像掉进了一眼枯井,往下掉,忽忽悠悠地往下掉……我说不清那一瞬间都想了些什么。好像只想着明天,明天可怎么过呢?我还能拄着双拐兴致勃勃地朝这儿走么?希望,尽管那是可望而不可即的希望,但如果没有它是多么可怕!我迫切地想要一支烟……铁子和克俭已经点起了烟,把打火机递给我……"扑通!"我的心摔在了漆黑的井底。我真想就永远待在这井底,忘记世界,也让世界忘记我……

然而王雪那求助的目光望着我们,像一个信赖我们的小妹妹那样。"我应该去见他吗?"她说。

王雪是个好姑娘,她应该享有比别人更多的幸福,她最应该!她单纯,不会想到要避开我们,难道因为这个我反而要影响她的幸福吗?难道好人只有用牺牲去证明她的好么?难道幸福只是为那些把我们另眼相看的人预备的?我们的心灵不是在顽固地追求么？唔,已所不欲勿施于人!

"我不想见,有啥意思……"

她在盼望我们的帮助,她需要我们的帮助,因为她还像个小姑娘呢。原谅我刚才那一瞬间的罪过吧,我是多么自私。

"你应该去见。"铁子最先缓过劲儿来。

"爱情是有意思的。"我说。

"就是!"克俭也说。

"处理得好,爱情会使你幸福,对工作和学习都是一种促进力量,世界都会变得美好起来……"我是在背书么?但书的作者未必有我体会得深。

我们三个都一本正经起来,谁也不说谁"酸文假醋""装蒜"或"瞎掰"——像三个称职的哥哥似的。我奇怪我们都能说出那么像样的爱情伦理,唔,只不过是因为我们过去都像那只吃不到甜葡萄的狐狸罢了。王雪出神地、松心地、信赖地听着我们的"爱情伦理学",她佩服我们了,她更看得起我们了,她眼睛里的闪光告诉了我们这个。我们被一种自豪感驱使着,为了无私地爱护着一个小妹妹。

但是,那天晚上我们结队走在幽深而寒冷的小巷里的时候,又唱起了那支一夏天都忘了唱的歌。

"今天像往日一样,我流浪到深夜,我在黑暗中行走,闭上了我的两眼,好像听见那树叶对我轻声呼唤,朋友,回到我这里来找寻平安。"

我们又都早早地来上班了。不,跟过去不同,我们三个之间谁也不嫉妒谁,只是想和王雪再多待一会儿。因为她的男朋友有办法给她安排一个正式工作,王雪要走了,要离开这个角落了。她说以后还会来看我们。我们的心还要什么呢?在这世界上。

冬天,王雪当上了正式工人。她去报到的那天,我们三个冒了小雪又去了一次那个小公园。

雪花飘呀飘,像我们那紊乱的心绪,雪花无声地落呀落,世界是那样孤寂。

我们互相搀扶着走,小路上留下了奇特的脚印和车辙。这小公园里,好像到处都有她的歌声。

"我们从早到晚在一起把稻草晒干,你在那边我在这边,两人相距很远。"

我用手去接那晶莹的雪花,雪融化在掌心里,像一滴泪。她像一道电光,曾经照亮过这个角落,又倏地消逝了。我们祝愿她幸福,她是个好人。

1980 年 2 月

"傻人"的希望

缺心眼儿的人怕别人说他缺心眼儿,就像心眼儿多的人怕别人说他心眼儿多一样。这似乎是个规律。根据这规律,席二龙并不缺心眼儿似的。有一回,别人使劲拍他的后脑勺,说那无疑疙疙瘩瘩的像核桃,娶媳妇怕是困难了。二龙急了,说:"你要把我惹急了,我趁你不留神,一刀宰了你!"别人说:"那你也得挨枪毙。"二龙愤愤不平地喊:"我缺心眼儿!谁不知道?缺心眼儿的才不枪毙呢。"凭这一点判断,席二龙不仅有自知之明,而且对客观世界也颇有所知,即便算不得机灵,可也算不得傻。

可是二龙有时也真冒点傻气。从六十年代过来的人都记得,中国有过一回更名改姓的竞赛热潮:姓卫的倘若嫌原名不好听,女的就可以改作"卫红",男的就可以改作"卫革"或"卫东彪";姓向的也可如法改革;复姓东方者尤其得天独厚,除去"红"这个好字眼不得擅用外,什么"赤"呀、"亮"呀、"春"呀、"盛"和"胜"呀,随手拈来,无一不好。席二龙耳闻目睹,羡慕之余也动了改革之心。无奈姓席,"席红"?"席革"?总都像是一张什么席,毫无气派。要不就学某些姓"钱"姓"刁"的干脆连姓也改了?可他那位盼子成龙的父亲还在世,又不让。这天他抱了一摞报纸坐在桌前,那上面好听的字眼多啦,凭什么姓席的就不能叫得气派点呢?老天长眼,报纸上的头一行字里就有席,他乐得跳起来:"就叫'席万岁'吧!"然而他又坐下了,举起巴掌在脖子上狠狠一击,仿佛那儿落了只蚊子。前面说过,二龙对客观世界颇有所知,很快就明白了叫

"万岁"绝不高明。他又往下看。功夫不负苦心人,第二行又有席字。席二龙改名为"席身体"了,他也想叫"席健康",但那太俗。这都是往事了。揭人家的短总该适可而止。

林彪死后,席身体又叫席二龙了。只是在批孔老二的时候,别人又拿他开心,叫他作"席老二"。他拍拍厚实的胸脯喊:"他妈他是孔老二,他妈我是席二爷!"别人于是问:"席二奶奶身体可好?"他满脸涨红地笑了,两手端起棉裤的裤腰往上提,裸露的粗腰在更粗的棉裤腰里直转。唯男大当婚一事是二龙一块难言的心病。

细论起来,席二龙到底是有点缺心少肺的,但除了后脑勺长得欠佳,其余各部分都称得上粗壮、匀称、绝非一辈子难以为姑娘所爱的那一种。至于穿戴邋遢,那是因为母亲长年卧病,不能帮他料理之过。再者,他还要供养母亲(哥哥不孝,结了婚就一分钱也不给妈了)。也顾不上讲究穿戴,而且总得为日后结婚攒几个钱吧?二龙就没立轰轰烈烈的志向,图清洁队工资高点,当了淘粪工人。后来他觉得这实在是一大失算:猪肉少了,卖肉的有了可开的后门儿;一演外国电影,卖电影票的也有了资本;逢死人多的时候,火葬场都长了行市!唯独淘大粪绝无私利可图,谁缺那玩意儿?"虽说那玩意全是从后门儿来的!"二龙急了,管谁爱听谁不爱听呢,就这么说!二龙不傻,这笔账算得过来——挣钱多点顶屁用?没后门儿可开才不吃香呢!不吃香就难找对象,不吃香也没脸找对象,何况后脑勺还像核桃呢?二龙想起来就窝囊。怎么办呢?

二龙决计换个工作了。反正一时半会儿也找不着对象,他便把几年勒裤腰带勒下的二百块钱全取了出来,活动活动路子,换个有后门可开的工作去。"别以为席二爷不懂这一套!"他咕哝着,一边沾着唾沫嘎巴嘎巴地点钞票。

及至二百块钱只剩下一小把硬币的时候,傻小子有点傻造化,二龙当上了建筑工人,专管盖楼房的。他索性把剩下的硬币全买了猪头肉和二锅头,凑到母亲的病床边。人生难得几回乐,喝他一回！母亲也高兴,二龙更高兴。

喝着喝着二龙想起了哥哥,说:"妈,哥和嫂的房子也够小的了,等赶明儿我给他们弄一套单元。"

母亲就愿意看着俩儿子能亲亲热热的,说:"妈活一天算一天,将来还不是你们哥俩亲?"她直劲给二龙夹猪头肉。

吃着吃着,二龙又想起了叔叔,说:"妈,二叔家的房子也够不方便的了,等赶明儿我给他们弄一套单元。"

"你爸死后,二叔待咱不错。"母亲给二龙斟酒。

吃着喝着,二龙又想起对门刘三婶来,说:"妈,三婶待咱也不错,等赶明儿我给她们弄……"

"唉,先顾顾你自个儿吧,你都三十二啦!"

"妈,这回好办了。我弄一套单元,您一人住一间,我们俩住一间。"

"你和谁?"母亲眉开眼笑地看二龙,以为儿子真找着对象了呢。

二龙转了转脖子,在乌黑发亮的领子上蹭蹭痒,说:"不行,我得要三间一套的单元。"

"干吗?"

"将来孩子要是长大了呢?"

母亲在他后脑勺上拍了一巴掌,叹了口气。他嘿嘿地笑了,满脸涨红,两手端起裤腰,裸露的粗腰又在里面转了。

二龙独自核计了好几天,决定务必得让妈抱上孙子再死(嫂子生了两个全是丫头,而母亲的寿命看来不会很长),刻不容缓,他着手托人介绍对象了。他自知缺心眼儿,而且后脑勺出奇的难看,所以不打算找城里的姑娘。"我还看不上她们呢!一个个机灵鬼儿似的,往后欺侮我,我妈该难受了。"这是他的理由,似乎他自己难受与否倒还在其次。他对世界也了解,深信能弄到房子的人,弄到别的也不难;弄到什么都不难的人,托人给介绍个对象也就不必太难为情。他逢人便托、无论男女老少,见面没三句话,就端端裤腰说:"咱条件也不高,找个农村的,模样别太丑就行。我能弄到一套单元。"就这么一句,多了也想不出来。

过了一年多,他感到别人没把他的大事放在心上,都说"行啊行啊,我给你留神",可都是光说不练。常言道"智者千虑必有一失",二龙则是"缺心少肺忽生一智"——何不显显能呢?他开始了外事活动,只要是说得上话的,处处吹嘘:"等赶明儿我给你弄一套房子,我在建筑公司专管盖楼房,我有路子。"然后再说那句"模样别太丑就行"。一般熟知他的人都不信他的,可也不忍心泼他的冷水,打碎他的希望。却偏偏有一天他碰上了一个不了解他而又认真的人。

"等赶明儿我给你弄一套房子。"二龙说。

"你能弄到房子?"那人来了兴致。

"我在建筑公司专管盖楼房,我有路子。"

"噢!党委书记是你的亲戚?"

"那倒不是。"

"噢!革委会主任是你父亲的老战友?"

"没听我爸说过有老战友。"

"噢?"

"我跟领导说说就行,都是一个单位的,低头不见抬头见,谁和谁呢?"

那人像见了鬼似的蹦起来,立正了有一刻钟,然后哈哈大笑了。

"……模样别太丑就行。"二龙还在说。

"就凭你和领导说说?那我也会!"

"我们是内部,你算老几?"二龙觉得那人真可笑。

"算了吧老兄,你是真傻还是跟我装傻?"

二龙急了,因为总算有人认认真真地跟他商量终身大事了,机不可失!他站起来,抓住那人的胳膊:"你不信?"

那人吓得一哆嗦:"嗯,不太信……"

二龙把那人揪到窗前,指着远处,远处有一架起重机的长臂悬在落日的红光中。他说:"不信咱俩去看看,那座楼我们正盖着呢。领导说了,那座楼是给本单位职工盖的,重点照顾岁数大了要结婚的。我席二龙缺心眼谁不知道?不会说瞎话!"

那人听了也觉着有些道理,便又问:"可只照顾你,又不照顾我呀?"

"凭什么不照顾?"二龙脖子一梗。

"不是说照顾本单位职工吗?我又不是你们单位的。"

二龙提提裤子,心眼儿来得真快:"就说你是我弟弟!"

"嘀!我姓啥?你姓啥?"

二龙扑通一声坐在床上。是呀,这倒没料到。他傻了一会儿眼,又傻了一会儿眼,心里盘算:"这可又难了。"爱情的力量据说可以很大,二龙再傻了一会儿眼后,一拍大腿:"豁了!你要给我说成了媳妇儿,我把房让给你!"

"真的?"

"真的。"

"一言为定!"

"我席二龙不会说瞎话。"

从那人家出来,二龙不知不觉来到那幢尚未竣工的楼前。多好的一座楼呀!前面有阳台,后面也有阳台。二龙给它砌过砖,抹过灰,每一块砖他都是那么拿鸡蛋似的生怕碰坏一个角。那是自己的楼呀!二龙攀上脚手架,走到楼房里去。他记得砌这几个窗口的时候他当过一回临时小组长。他喊过一声:"这回谁不卖力气,让他妈谁绝后!"哥几个真给他争气——超额完成任务,受到了党支部的表扬。二龙又走到他早已看中的那套单元里去,他每天都要来这儿看看的。记得在这儿他差点和一个工人打起来,因为人家砌歪了一块砖,他骂人家是"丫头养的"。可现在呢?这房子八成得让给别人了……月光从没有玻璃的窗框里洒进来,洒了一墙、一地。二龙摸摸地板,地板是钢筋水泥的;又摸摸墙壁,墙壁砌得真结实。"我席二龙不能说瞎话。"他冲着墙说,泪珠子摔碎在地板上。

真不含糊,没过三天那人家就给二龙介绍了一个模样不太丑的农村姑娘。消息很快传遍每一个知道席二龙的人的耳朵。"谁?就是那个席身体,啧啧啧,傻小子有点傻福气!"人们背后说。"二龙,听说对象挺漂亮?"人们当面问。他嘿嘿一笑:"比咱强多了。"

二龙忘记房子的事带来的悲酸,高兴了,穿戴也干净利落了,干活比以往更卖力气;可是谁要让他加班或者开会,就火冒三丈:"他妈席二爷没挣那份儿开会的钱!就晚上有会儿工夫,我有约会!"管你是书记是主任呢,全这么说,而且说完就走。谁笑话?记住他!等结婚那天要给他喜糖吃才怪呢!

晚风中二龙和姑娘遛马路,转商场,逛公园。

湖波荡漾,柳丝依依。长椅的这头坐着姑娘,那头坐着二龙,中间放着二龙给姑娘买的红皮包。二龙想:"咱可不能那么搂搂抱抱的,让人看了,有多流氓?"

"二龙,城里可真好。"姑娘说。

"可不!"二龙说。

"二龙,我还是头一回逛这个公园呢。"

"可不!"

"二龙,那座楼房可真高。"

"可不!"

"二龙,听说楼房里做饭不用煤,取暖不用火?"

"可不!"

"二龙,咱以后也住楼房吗?"

"可……不……!"

"真的?"姑娘高兴了。

"……"二龙可难受了。

"你说话呀!"姑娘焦急的大眼睛望着他呢。

二龙心想:"豁了!"一拍大腿:"可不!"

二龙历来以"我席二龙不说瞎话"而自傲,这回可难坏了他。你说那房让给那人不让呢?不让?那人会说他席二龙说瞎话;让?姑娘又会说他说瞎话,而且天哪!姑娘将来就是"孩子他妈",会骂他一辈子的!这事实在是失算,可现在还有什么辙呢?

他独自默默地溜达,想啊想的,居然给他想出辙来了:"我又没说把一套房全让给他,让给他一间,妈住一间、我们俩住一间不就行了么?孩子?以后再说吧。"他朝那座楼跑去。自从脚手架拆掉以后,他就去盖别的楼了,一个月没来,喝!玻璃都安好了!二龙跑上楼梯,往左走有三个单元、往右走有三个单元,每个单元有三间房、一个厨房和一个厕所。"真他妈盖了!"二龙拍着阳台上的栏杆自言自语着。

二龙又天天来看这楼房了。母亲教他的:勤看着点,只要一能住人咱就先搬进去占两间,留一间给那个人,咱也不能坑害人家。

这天二龙跑进楼,发现有点古怪:左边楼道口安了一扇新门,右边楼道口也是;他又跑上二楼、三楼,全是。"管他的,多安个门还不好?"

这天二龙又跑到楼前,又有点稀奇:楼前砌起了高墙,楼后也砌起了高墙,楼左楼右全是。"管他的,多一道围墙更安全!"

这天二龙再跑到楼前,简直邪门儿:墙上拉起了电网。"管他的,现在贼多,不能不防。"

忽然有一天,建筑公司里到处传说:"那座楼房不归咱们啦!"二龙问了又问还是不信,没下班就跑到楼前,门口添了巡逻的士兵。左面楼道口的门上写着"1",右面门上写着"2"。很清楚:三套单元合为一套单元,每套单元里面有九间房,三个厨房和三个厕所。很清楚:两个厨房已改成贮藏室,两个厕所正在改成洗澡间。不太清楚的是:谁来住?

在那座楼房的每一个窗口都挂上了轻柔漂亮的纱帘的时候,建筑公司里到处传说:"席二龙这阵子可真是傻了,结婚的双人床都买好了,姑娘又不愿意了。"真是,二龙现在可是真傻了,人也瘦了。不信你就去那座楼前等着,每晚他都来,站在高墙外,痴呆呆地望着他早已选中的那个窗口。阳台上有时出现几个漂亮姑娘,二龙并不是看她们,二龙觉得她们并不比那个农村姑娘好看。他只是后悔自己不该说瞎话。他在高墙下站上二三十分钟,想起家里病重的母亲,觉得不该站得太久,于是叹一口气,自言自语地说:"谁让我席二龙说瞎话来?说让给人家一套,又只想让给人家一间,天报应,活该!"

他端起裤腰往上提,裸露的腰在里面转。

1980 年 3 月

绿 色 的 梦

不知为什么,我今天特别高兴。

下班出楼门的时候,我发现我不是在走,而是在蹦——像小姑娘那样一步一颠,而且还轻轻地哼着《猎人之歌》:树林是多么美丽,天气是多么好……我有多久没这么高兴了?好像就是从童年结束的时候起。童年,童年可真有意思……我总以为小河里的石子真就是天鹅下的蛋变成的。天鹅飞走了,把即将出世的小天鹅托付给了河床上的垂柳和野花。小河的低吟不正是妈妈那温柔的摇篮曲么?"呜呜哟哟"的,小天鹅才不会孤单。我和辉辉在河边茂盛的草丛里编花环。辉辉说他憋不住尿了,我说:"你尿吧,我给你看着。"看着谁呢?四周没人,而我才是他应该防备的女孩子……真可笑!然而童年真迷人,童年不懂得防备。这些我好像从来没跟伟男说过,今天回家应该跟他说说。

真怪,今天到底是为了什么呢?天空都显得清澈、深远。云彩真像是童话里说的那样,是一群"咩咩"叫的绵羊。很久没见过这样的云彩了。每次和伟男吵过架后我都独自寻找这样的"羊群",可天空总是那么一片铅灰色,散乱地飞着一群乌鸦。我们为什么总要吵架呢?有什么值得吵的呢?净是为了些鸡毛蒜皮的小事。我忽然觉得我从来没有像今天这么爱伟男,真是莫名其妙。我记起了他的一切优点,记起了他对我的关心和爱护……人真是应该经常像我今天这么高兴才对,否则会铸成偏见。

"'观世音'的意思么?用现在的话讲,就是体察民情,倾听群众的呼声。这不是很好么？"

"您真的相信有神吗？"

"噢,那倒不是……不过我相信善,雷锋也是善。"

"那么说,雷锋已经成佛喽？"

"哦嚙,我不敢那么说……"

"在我的印象中佛教总是和死联在一起。"

"其实是为了活。"

出大门的时候,我居然有兴致和那个看大门的还俗的老和尚聊了半天佛教。不,我今天真的没有想到"五台山",而往日常常想到青灯古佛、削发为僧、隐居深山的时候,也绝没有这么好的心境去和他闲聊。我只是忽然发现他在传达室里一个人捅那个没了热气的煤球炉子时,神态是那么落寞;他是孤独的,需要有人来聊聊天儿。有一瞬间我甚至想,不可以让他住到我家来么？我要和伟男说,起码我要让伟男知道,这老人是孤独的。

街上,人声鼎沸。异乎寻常的是,我没有感到腻烦,也没有在心里骂一声"讨厌",却想起了作家们常说的"生活气息"。路边,一群青年男女打打闹闹地说笑着。是久别重逢吧？是在回忆美好的往事或者询问其他朋友的行踪吧？在他们身后的那个阳台上,妻子正在拍去丈夫身上的面粉,亲昵地嗔怪着丈夫的粗心;小儿子抱着母亲的腿,而父亲正在冲儿子作怪样……啊,生活！友谊和爱情！伟男此刻大概已经到家了……

马路上的车辆像是一条喧嚣奔腾的江河。当我穿过马路的时候,我忽然感到了危险,而平常我都是漫不经心地穿过这条"江河"的——我常常希望,有一个喝醉酒的司机把我送到一个安静的地方去。

我在回忆,今天到底发生了什么特殊的事。

"你眼睛瞎了！"一个抱着一捆大葱的老太太冲我瞪眼。其实是她撞了我,是她踩了我的脚。"对不起。"我说,甚至还向她微笑着点了点头。我今天似乎不会发火了。而我也绝没有料到,老太太那双已经露出凶光的眼睛立刻羞愧地躲到大葱后面去了。我一贯是这样谦让的么?不,只不过是因为今天我特别高兴。我忽然明白了一件事:大街上之所以经常有人互相辱骂乃至厮打,人们之所以都有一副防范乃至憎恨的表情,就是因为他们心里没有什么值得高兴的事,或许倒有一肚子火。否则人们就会谦让得多了。

我一直在心里唱着那支童年的歌:我不打兔子山羊,我单打狐狸和狼……是的,我高兴,而且不知道为什么。而且还不知道为什么,我总想起辉辉——那个胸前总有饭嘎巴儿的男孩子……我们在儿童体育场旁边碰上了一个捡烂纸的老头儿。"你为什么不爱干净呢?"辉辉问。"你的衣服都破了!"我说。"你没有衣服吗?""你妈妈呢?""你也没有袜子呀?""你妈妈生气了吧?"……我们就一起跑回家去拿衣服。辉辉说我家太远了,应该到他家去拿。我们拿了他爸爸的呢子大衣,他妈妈的毛裤,还有他姐姐的白丝袜……童年!人如果能永远不长大有多好。我说"再拿两件给老爷爷的妈妈吧"的时候,辉辉绝没想到要说"你倒大方,敢情不是你家的";而辉辉说"别拿了,箱子都空了"的时候,我也没有想到什么叫"小气"。一切都是那么自然,那么纯真,没有猜度和怀疑,只有信任——用不着反复声明的信任。我们着急的是赶紧把衣服给那个老头儿送去。然而老头儿不见了。我和辉辉坐在白杨树下一直等到天黑……天黑了,我哭了;辉辉看看我,也哭了。两个孩子无言地啜泣着,抱着两大堆衣服坐在深秋的寒风里,很久,很久。

"老爷爷会冻死吗?"

"会。"

"也许不会吧?"

"也许会。"

我们抱起沉重的、拖在地上的衣服去找那个老头儿,在冷清的小路上走、走、走,走了很远。

"我累死了。"

"我实在走不动了。"

"也许是别人给了他衣服吧?"

"也许是别人给了他衣服,然后他就回家了?"

"准是!"

"嗯,是!"

然后我们就放心地往回走了……

孩子的心多么善良、单纯和坦白!童年啊,更迷人的是,你也用善良、单纯和坦白的心来理解别人。那条小路在哪儿呢?还有那个儿童体育场?那一排排的小白杨和那片飘着暮霭在夕阳下泛光的绿草地啊……

我坐在汽车上。我仍然觉得特别高兴。我的心里一片光明,耳边响着鸽子那悦耳的哨音。辉辉家养过两只灰脖子的鸽子,后来我们把它们埋在了小河边,还哭着为它们立了一个小石碑……"孙子!你骂谁呢?""骂的就是你,孙子!"站在我身旁的那个小伙子正摩拳擦掌地朝他的"对手"挤过去。"算了,算了。"我说,并且一把拽住了那个小伙子的手,把他藏在了身后;就好像他是我的什么亲人似的。他还在朝他的"对手"叫骂,使劲掰着我的手,想要挣脱出去。然而我把他死死地挤在角落里,我无缘由地相信他会听我的话;当然不能用呵斥、用鄙夷的目光,甚至不能用劝说……直到他不再挣扎了,直到我听不见了叫骂声。这时我才觉得有些难为情,悄悄地和他拉开一点距离。而那样一个鲁莽甚至野蛮的小伙子竟然老老实实地站在我身后,像大姑娘似的涨红了脸。下车的时候,他才抬起头慌乱地看了我一眼。我心里猛地升起一个愿望,我愿意和所有的人都谈谈心,即便是街上那些游荡着的"小玩闹"。周围的每一张脸都是慈善的、亲近的……噢,但愿我天天都像今天这么高兴吧!可今天到底是因为什么呢?

我的小屋就在前面了,在小巷的尽头。那儿传来"叮叮咚咚"

的音乐,像是天堂里的铃声。似乎周围还应该飞着一群安琪儿。我好像见过这样的场景。我又觉得我是个放假回家的小学生。我飞似的扑向我的小屋……

伟男正在摆弄录音机,背对着我。我蹑手蹑脚地走到他身后,想吓他一跳。我是一下子搂住他的脖子呢?还是在他耳边大喊一声"呔"呢?可就在这时他转过脸来。

"你到哪儿去了?"

他的目光充满了怀疑。

"谁使你这么高兴?"

他的微笑中掺杂着狡诈。

"你梦里总在叫着那个人……"

他的动作显得那么戒备。

"辉辉是谁?嗯?可以告诉我吗?"

天哪!周围的一切又都变得灰暗,悦耳的鸽哨声没有了,眼前滚动着一堆互相猜疑、防范、敌视和憎恨的脸……难道人们必须得这样么?难道人们的心灵真的不能相通么?可就在这时,我突然想起我今天为什么一直那么高兴了。就是因为昨夜那个梦,我想起来了:我和辉辉手拉手地走在晨光熹微、空气新鲜的树林里,到处都是清新明快的嫩绿色;我们唱着:我不打兔子山羊,我单打狐狸和狼……

1981 年 2 月 10 日

树林里的上帝

人们说,她是个疯子。她常常到河边那片黑苍苍的树林中去游荡,穿着雪白的连衣裙,总嘀嘀咕咕地对自己说着什么,像一个幽灵。

那儿有许多昆虫:蝉、蜻蜓、蜗牛、蚂蚱、蜘蛛……她去寻找每一只遇难的小虫。

一只甲虫躺在青石上,绝望地空划着细腿。她小心地帮它翻身。看它张开翅膀飞去,她说:"它一定莫名其妙,一定在感谢命运之神呢。"

几只蚂蚁吃力地拖着一块面包屑。她用树叶把面包屑铲起,送到了蚁穴近旁。她笑了,想起一句俗话:天上掉馅饼。"它们回家后一定是又惊又喜。"她说,"庆祝上帝的恩典吧!"

一个小伙子用气枪瞄准着树上的麻雀。她急忙捡起一块石子,全力向树上抛去。鸟儿"扑棱棱"飞上了高空……几个老人在河边垂钓。她唱着叫着,在河边奔跑,鱼儿惊惶地沉下了河底……孩子们猫着腰,端着网,在捕蜻蜓。她摇着一根树枝把蜻蜓赶跑……这些是她最感快慰的事情。自然,这要招来阵阵恶骂:"疯子!臭疯子!"但她毫无反应。她正陶醉在幸福中。她对自己说:"我就是它们的上帝,它们的命运之神。"

然而,有一种情况却使她茫然:一只螳螂正悄悄地接近一只瓢虫。是夺去螳螂赖以生存的口粮呢?还是见瓢虫死于非命而不救?她只是双手使劲地揉搓着裙子,焦急而紧张地注视着螳螂和瓢虫,脸色煞白。她不知道该让谁死,谁活。直至那弱肉强食的斗争结束,她才颓然坐在草地上,"我不是一个善良的上帝。"她说。而且她怀疑了天上的上帝,他既是苦苦众生的救星,为什么一定要搞成这你死我活的局面?

她在林中游荡,嘀嘀咕咕的,像一个幽灵。

一天,她看见几个孩子用树枝拨弄着一只失去了螫针的蜜蜂。那只蜜蜂滚得浑身是土,疲惫地昏头昏脑地爬。她小时候就听姥姥讲过,蜜蜂丢了螫针就要被蜂群拒之门外,它会孤独地死去。蜜蜂向东爬,孩子们把它拨向西,它向西爬,又被拨向东。她走过去,一脚把那只蜜蜂踩死了。她呆呆地望着天空⋯⋯

她从此不再去那树林。

1981 年

绵绵的秋雨

一连几天的秋雨总算想歇口气了。小路上铺满了落叶,被风吹起,像一层层五彩斑斓的波浪。昨晚,杨潇一直抱着吉他唱那支美国民歌〔……往日雏菊满山遍地,梅姬,到如今苍林无春意;旧水车已静寂在那里,梅姬,难温我们的往事……〕我后悔不该住在她家,我应该住到旅馆去。往事?唉,最好不要重温什么往事,尤其那往事如果是一团说不清的痛苦和恨悔。

我就要走了,就要离开这块古老的土地,到遥远的异国去漂泊。也许我不再回来,我宁愿永远漂泊。让人们随便去说好了。在这块土地上,我只欠着一笔账,一笔永远无法偿还的账……

潮湿的空气中带着发苦的霉味。太阳终于出来,却又无精打采地沉到古殿飞檐的后面去了;把一片沉静的黄光投向那片老柏树林。

离得远远的,远远的!忘却是医治一切创伤的良药。可我总该见见她——那个至今被蒙在鼓里的……

那是她吗?我的心一阵紧跳:一个满头白发的老太太独自坐在一棵老柏树下,微驼的脊背靠在粗糙的树干上,就像是那老柏树的一部分。她好像正望着什么。

我向她走去。我想这一定是她了。临来时,杨潇对我说:"如果你在家里找不到她,就到她家近旁的那个小公园去找。离儿童运动场不远,有一片老柏树林……"

我向她走去。我的腿在发抖。但愿这还不是她,但愿我没能找到她,但愿……如果我在最后那一刻没有胆怯,如果我和大勇同时冲上那座楼顶,如果……唉,往事毕竟难于忘却,何况我正是为了往事而来。

昨天,淅淅沥沥的秋雨中,我又来到了这座古城。"我总该看看她。"一路上我不断地说服着自己,虽然我也感到了透顶的滑稽。算来大勇已经死去十四年了。十四年前我离开这个城市的时候,也是迷迷蒙蒙地下着细碎的秋雨。杨潇昨天一见我就说:"喔嗬!未来的美国公民,除了每月一张'伍元整'的汇票,十四年啦,你多一个字都不写。""你怎么知道的?"我尽量使语气显得平静。"美利坚吗?听别人说的。"她也在竭力使表情显得自然。她的小女儿好奇地看着我。我忽然想到,每一个生命的出现都是偶然的。如果我没有胆怯,如果大勇还活着,还会有这么一个小姑娘么?"你给我写过几个字呢?""行啦,收支平衡,谁也别抱怨。""别人都好么?""也是每月一张'伍元整',证明都还活着。""她呢?""活着。"

古殿檐头的枯草在秋风中飘摇。这是一座荒废了的古苑。昔日的雕阑玉砌散落在草丛中,被风雨剥蚀得像一块块墓碑。秋蝉乘这今生最后的时光全力地叫着,使这古苑更显得寂寞、空旷。

我向她走去。她一动不动地坐在老柏树下,不知正张望着什么。夕阳把她的白发染得金黄。

"她怎么样?"我问杨潇。"你如果能多待几天,就能见到他。"她以为我是在问她的丈夫。

我不想问这个。如果不是为了打听大勇的母亲的地址,我也不会来杨潇家。虽然我的心早已麻木了,但昨天那个小姑娘说"我爸爸出差了"的时候,我还是感到了一阵轻松和庆幸。

"我是说大勇的母亲,她一点都没有察觉?""幸亏她聋了。她深信不疑。"杨潇把"疑"字拉得特别长,脸上露出一丝恶毒的苦笑。吉他声又响了起来……〔我今日上山漫游,梅姬,眺望山下的景致;小溪荡漾水车响,梅姬,仿佛当年周游时……〕她弹着,唱着,闭着眼睛。歌声就像窗外那绵绵的秋雨,缓慢、深沉,而又有点忧伤。我简直难以相信,这就是当年那个泼辣得甚至有点骄狂的杨潇——那个疯狂的宣传队的台柱子?她没有原谅我,我总觉得他们谁也没有原谅我。可是有一本心理学的书上说过,胆怯是正常的,怕死是人的天性。何况……算了!无论怎样自我安慰,我也明白,我的一生终归是被那最后一刻的胆怯给毁了。

城市在远处喧嚣。这儿是一片沉寂,只是偶尔从儿童运动场那边传来孩子们的叫嚷声。她坐在秋风里,正用牙咬开发卡,把一缕散开的白发拢向脑后;宽松的袖口落到了肘弯里,露出了枯干的胳臂。

我向她走去。但愿这是她。这么多年,我一直想看看她,却一直没有这个勇气。要不是下个月就要出国,我今天也还不会来,是呀,不敢来。当然,她什么都不知道,"她深信不疑",但我的心需要安宁,需要逃避那恐怖的回忆。否则怎么活下去呢?人要活下去,大约都不得不设法忘掉一些事情。

〔……岁月像无情的铁笔,梅姬,在我脸上留痕迹……〕我的"痕迹"在心里,我的岁月像一支长矛,永远扎在心上。我常常梦见狼,梦见熊和眯缝起眼睛的豹。昨夜,我又大喊一声从梦中惊醒。杨潇惊慌地跑了过来:"是你吗?""是我。"她扭亮了台灯,默默地坐在我身旁。屋檐下的破铁叮叮咚咚地响,雨不紧不慢地下着,下得那么有耐心。"你为什么还不结婚呢?"她说。我看着她,看着她那有些透明的睡衣。她永远不会知道,当年大勇让我吃了多少醋。如果我现在还能再吃他的醋就好了,我宁愿,宁愿!只要他还活着。"为了离开,为了不再回来。"我说。那也是真话,如今我已心如死灰,再唤不起什么爱的情感。我宁愿去漂泊,让异国的水冲淡我的记忆,让他乡的风吹散我的忧郁。

她到底望着什么呢?神情那么专注、安详。她双腿盘在一起,裸露的脚腕像是老柏树的根。

天快亮的时候起风了。我恍恍惚惚地又像是做了个梦,好像是在小时候:早晨,窗玻璃上挂了一层蒙蒙的水气,母亲从外面进来,对我说:"一场秋雨一场寒,把毛衣穿上吧。"那毛衣干松、柔软,带着一股樟脑的香味。我抱住了母亲的脖子。不知为什么,母亲哭了,叹气摇头,哭得那么伤心。我醒了。我看见身上多了一条毛毯,杨潇正悄悄地走出去。我听见杨潇的小女儿正在隔壁〔梅姬、梅姬〕地唱着。"妈妈,牛奶热好了吗……"门轻轻地关上了,仿佛把我关在了人世之外。我感到一阵可怕的孤独。

人不能没有爱,尤其不能没有所爱。不能被爱固然可怕,但如果你爱的本能无以寄托就更可怕。假如不能被爱是一条黑暗的小路,燃着爱的心还可以照耀着你前行,但倘若全无所爱,便如那绵绵的秋雨,把你的生活打得僵冷。杨潇如今把全部的爱都倾注在她的小女儿身上了。我羡慕杨潇。请不要谴责她爱得可怜。我们都曾有过博大的爱的胸怀,我们甚至不惜为之捐躯,但是……人们从噩梦中惊醒了,急于寻求爱的怀抱,那本身已经可怜!

那么我呢?我还爱着什么呢?不知道。

那么大勇的母亲呢?她孤独地坐在这古苑里,坐在那老柏树下,她望着什么呢?想着什么呢?

杨潇在热牛奶。我问她:"她心情好吗?""比你我都好。"杨潇冷冷地说:"她说她要乐观地活着,绝不能玷污了她儿子的英名。她的原话是:'决不能给我英雄的儿子丢脸!'怎么样?我们总算满意了吧?总可以心安了吧?"杨潇的眼睛里闪着泪光。

〔在这孤寂的城市,梅姬,善良的老少在一起……〕

我向她走去,去欺骗那个善良的老人。我们已经欺骗她十多年了,是的,还要继续欺骗下去。否则怎么办?怎么办?她已经失去一个活生生的儿子了,还要再让她失去心中那个英雄的幻影吗?她已经失去她唯一的儿子了,还要再让她失去心中唯一的骄傲和安慰吗？我摸摸上衣口袋里的六十元钱，厚厚的一叠，都是五元一张的——来自十二个不同的地方。每一张是一颗心，每颗心都是善良的，每颗善良的心都在欺骗她。十多年了，每月我们从十一个不同的省、市把钱寄到杨潇这里，由她给大勇的母亲送来，说那是"烈属抚恤金"。我们只有这一个办法能使她相信，她的儿子是为革命牺牲的。我们不忍用诚实来伤害这个孤单的老母亲的心。多么滑稽！欺骗是善良的，诚实反成了残忍，这滑稽的结果总该有一个更加滑稽的原因吧？我说不清，说不清！年轻的生命化作了尘灰，赤子的红心停止了搏动，本来你以为那是为了一个最壮丽的事业而献身，可是忽然你信奉的上帝告诉你："杂耍该收场了，孩子们！"于是，你还说得清什么呢？"他不是烈士，是歹徒，是坏人，是小混蛋！"于是，你还能再唱两句《国际歌》么？而我至今记得大勇死前对我的那句挖苦："我到马克思那儿去等你，就怕马克思不收胆小鬼。"他至死都以为他是在为革命和真理而战，含着童稚般的笑离开了这滑稽的人间！

我向她走去。

成群的雨燕低飞着，尖叫着，飞进古殿扭曲的檐下，又从那层层干裂的木椽中飞出来。那苍凉的叫声像一支古老的哀歌，绵长、凄婉，使人想起遥远的过去；想起古驿道，想起古战场，想起送寒衣的孟姜女和被焚毁的阿房宫，想起刀耕火种、骨针石斧，甚至想起满天飞翔的恐龙……生命的意义是什么呢？好像不过是一种无可奈何的存在。

我走近她了。我看见布满在她脸上的深深的皱纹和褐色的老人斑。她似乎是在笑着。她身旁停着一辆很旧的竹制婴儿车，车里面放着一把笤帚、一个口袋和一个柳条簸箕。干裂的柏子落了一地。

我走到了她身旁。这肯定是她。从那张瘦削而苍老的脸上，我又看见了大勇的影子：宽阔的额头，总是像在微笑的孩子气的嘴。大勇长得太像他的母亲了。她没有注意到我。一缕夕阳的残光照到她脸上,她把爬满青筋的手举到额前,遮住阳光,依然那么专注地望着。我顺着她的视线望去。

那儿有一个儿童运动场:一群孩子正尽情地游戏,笑着、叫着、追逐着……转椅飞转,像一只五彩缤纷的万花筒;秋千高荡,像一只只彩色的气球放上了秋空……像是一幕幻景,像是上帝丢落的一片春光。

我们也曾那样。孩子的心都一样。孩子的心里只有春光。他们那红红绿绿的衣裳像是故意对着断壁残垣炫耀,他们吵吵嚷嚷的笑声像是存心向这秋风残照挑战。童心是美好的,可惜他们早晚要长大;春光是美好的,可惜这世间不会没有阴冷的秋雨。他们知道么?他们怎么会知道。

她发现了我。"您也喜欢孩子?"她对我说。

"我也是。"她又转过脸去,朝儿童运动场上望着,说,"操心、受累、担多少惊怕,可花多少钱你买不来个情愿不是?"

原来是为这个!"离儿童运动场不远有一片老柏树林。""你怎么知道她会在那儿?""可能在那儿,她常常在那儿。""干什么?""你忘了,她给人家看了一辈子小孩儿,供大勇上的大学。"当时我还不明白杨潇这话的意思。"她还在看小孩儿?""不,她聋了。"

忽然,她拍着腿大声笑了起来,指着前面想要说什么,却又咳嗽得说不出话来。

在她手指的地方,一个蒙上了眼睛的男孩子正搂住了一个小姑娘。

我呆呆地站在她身旁,一句话也说不出来。杨潇的小女儿昨天晚上问我,能不能从外国给她寄一个"茹比克立方块"来。"一定。"我说。如果大勇还活着,他也早该有儿女了……

"看哪,您快看!"她双手捧住额头,笑得喘不过气来,笑声中带着喘息和痰音。然后又急忙抬头去望,似乎生怕放过了更精彩的场面。"您快看,快看哪……"

我什么也看不见。

我看见了一架高高的云梯,看见了寒光闪闪的长矛……"您快看,快看哪!"我看见了绿色的柳条帽,看见了红色的臂章,看见了宣誓时紧握的拳头……"您快看,快看哪!"……那已破旧的婴儿车里站着一个咿呀学语的男孩子,车边坐着一个怀着希望的母亲……婴儿车里站着别人的孩子:男孩子、女孩子、女孩子、男孩子……老保姆颤巍巍的手,颤巍巍的童谣……童年的大勇趴在母亲的背上;少年的大勇在阔野上奔跑;青年的大勇在灯下拉着计算尺……母亲老了,老了!头发白了,背驼了,看一眼膀阔腰圆的儿子,脸上露出舒心的笑……"您快看,快看哪!"我看见了赤子殷红的血,看见慈母被骗的心……

赶紧离开!我应该把钱交给她,然后赶紧离开!但我却依旧木然地站着。

老柏树又摇落了几颗柏子,无声地落在土地上。有一颗挂在了她的头发上,她没有察觉到。大约她是以为"酒逢知己"了吧,一直絮絮叨叨地说着。

"前两天来了个画画的老头儿。那老头儿也是喜欢孩子,画呀画的,画的全是些小姑娘、小小子儿……"

她好像是在对我说,又好像我根本不存在。她一直望着儿童运动场上。

"我在早市上见过那么一件小花褂儿,红地儿白花儿,就像那个小姑娘穿的那件。我看了好几回……"

想要忘掉的东西,正说明是忘不了的。如果我在最后那一刻没有胆怯,如果我和大勇从东西两侧同时攻上楼顶,就会分散对方的兵力,就不至于四支长矛一齐都对准了他的胸膛……

"那老头属鼠的,比我小五岁,有高血压;人倒是挺好的人,画画的。他也是喜欢孩子……"

只要我能吸引过一个来,凭大勇"高校花剑冠军"的本事,对付那三个是没问题的……

"那小花褂做得可真巧,五块多钱,不要布票。我看了好几回,后来让一个老太太给买去了。四五岁的小姑娘春秋天正好穿……"

然而我害怕了,忽然停止了攀登,站在云梯上,觉得心里一阵发凉……我听见一声惨叫,大勇摔下去了。那沉重的声音……他躺在担架上,轻蔑地望着我……下着雨,那也是秋天。杨潇疯了似的从雨雾迷蒙的远处跑来……

"您不信?"大勇的母亲忽然扭过头来,睁大了眼睛看我,像是受了什么侮辱。

"什么?您说什么,我没听清。"我连忙说。

"我说我这辈子看过十八个,四个姑娘,十二个小子。"

"您是大勇的母亲吧?"我问。我想赶紧把钱交给她,赶紧离开。

"您瞧,那还能掺假?"她没听清,然后掰着手指数了起来,"头一个是姑娘,叫小帆……"

老柏树叶窸窣地低语着,树梢上只剩了夕阳最后一缕血一样的红光。

"数小帆那孩子可人疼,小时候整天和我们大勇在一块玩,像亲兄妹似的。长大了也常来看看我。我给她做过一双带虎头的鞋,都说穿了那鞋吉祥。唉,谁承想她能打死了人呢?小时候那孩子最心软,死了只猫都哭半天儿……"

如果我冲上去了呢?!这么多年我好像从来没有认真地想过这件事。如果我冲上去了,后面的人也就会冲上去了,对方那四个人就完了。或者他们会投降?不会!谁都认为自己是在为真理而战,谁都不愿落得叛徒的耻辱……大勇那支剑是绝不会打输的……那么,今天我们就连欺骗这个老母亲的办法也没有了。公正的法庭会向她说明一切。这么说,我最后那一刻的胆怯也许倒是上帝对他的羔羊的怜恤了!多么滑稽!人间竟有死比活还幸运的时候。

那缕红光正在变淡,变成了暗紫色,变成了淡蓝色,慢慢地消失了。

儿童运动场那边也安静了下来。秋千垂着头,转椅歪着身子,孩子们三三两两地穿过树林回家去了,五颜六色的衣服隐没在静静的树林那边。

大勇的母亲不再说话,背驼得更深,头垂到了膝盖上,只有那双混浊得发灰的眼睛依然一眨不眨地望着远处,望着孩子们消失的地方。

〔……在这孤寂的城市,梅姬,善良的老少在一起……人们都说我已衰老,梅姬,如今步履难移……〕

昏暗的暮色笼罩了老柏树林,笼罩了这座废弃了的古苑。我感到一阵不可名状的忧伤。我就要走了么?不再回来?离开那被骗的赤子的坟塚?离开这被骗得心如坟塚的母亲?

大勇的母亲扶着老柏树站了起来,用衣袖擦着眼睛。然后,她从婴儿车里拿出笤帚,开始慢慢地扫那落满在地上的柏子。

"要这干什么用?"我问。

她听见了。"这是药材,挺值钱呢。"

"怎么,您缺钱用?"

"不,不缺。我有烈属抚恤金!"她直起腰喘了口气,"不是为卖钱,这东西国家需要。我那儿子是烈士,我不能……"

雨燕还在低飞着,尖叫着。那叫声是为了刺痛每一个将要离开母亲的儿子的心!我就要走了么?不再回来?离开这古老而善良的土地?离开我多灾多难的祖国?谁愿意离开母亲?谁愿意离开祖国?谁愿意如吉卜赛人般地到处流浪?谁愿意像犹太人似的没有了祖国?祖国!母亲!那不是一个抽象的概念,那是亿万颗活着的心……这是离不开的,走到天涯海角也离不开!唔,我多少年的决心竟这么被打碎了不成?不知道。我感到深深的不知所措般的凄惶……

她还在那儿扫着柏子。我终于见到她了,完了么?我的账偿还了?我的良心安宁了?我就是为了这个而来?为了找一个自我安慰的根据?

云又在天上聚集着,聚集着。雨星星的。这绵绵的秋雨!下到几时去呢?

我还要回来,还要回来。没有了爱的生活是不堪忍受的,何况这是骨肉般不可分离的爱。我还要回来,还要回来。如果我做事,还是要为我的故土而做,如果我唱歌,还是要为我的同胞而唱。我还要回来!但愿那时我能够明白,我能够告诉给母亲一切真话……

〔……在这孤寂的城市,梅姬,善良的老少在一起……〕这绵绵的苦雨,下吧,下吧,总有个完!

1981年10月5日

神　童

　　灯丝断了再接上,怎么会比原来还亮呢？明明两脚悬空地坐在大椅子上,望着头顶上的灯泡出神。他问过姥姥,姥姥说:"那当然,还能比原来黑么？"他又问了老师,老师说:"先把你的算术搞搞好,再说其他的!"算术！唉……明明只好先不去看那只灯泡,趴在摊开在面前的作业本上。8+(　) = 20。加几呢？总不至于是加"十五"吧？"八加几等于二十,八加几……"明明念叨着,啃着铅笔上的橡皮头。铅笔盒里有好几支带香味的铅笔,都是一毛二一支。他舍不得用。那是妈妈寄钱来买的。妈妈每月给姥姥寄五块钱,姥姥总给他买一支带香味的铅笔,还说妈妈让他好好学习,长大了当个有出息的人。可妈妈为什么总也不回来呢？姥姥说,妈妈回来得坐三天三夜火车,得花一百块钱。可明明都上了一年级了,妈妈的钱还没有攒够么？脚步声,姥姥回来了。她今天下班怎么这么晚呢？"八加几等于……"明明赶紧低头念叨,做出一副用心的样子。

　　"把裤子脱下来!"姥姥一边拍打着身上的白灰一边冲他喊。

　　明明从大椅子上出溜下来。"要洗澡吗？还没有热水呢,火、火灭了。"

　　"不是洗澡,把裤子脱下来!"姥姥又用围裙抽打后背。

　　"我再想一会儿,我能想出来是加几……"明明眼里涌起了泪水。倒不是因为怕打屁股,如果真是因为他没按时完成作业,或是考不及格,打一顿也应该。"我今天也没在外头惹祸……"明明又说。

"我知道。把裤子脱下来!"

明明使劲揪住裤子的松紧带。

"快点!"

好吧,打就打吧。姥姥就是这点不好,她说什么你就得听,要不打得会更疼。明明脱下裤子,趴在床沿上,仰脸望着墙上妈妈的照片。这是他的一大法宝:只要他望着妈妈的照片,姥姥就会不打或者打得轻些。妈妈长得多漂亮……

奇怪的是姥姥并不打,而是戴上老花镜摩挲他的屁股。明明想笑,但又不敢。

"没有,唉,是没有。"姥姥叨咕着。

看样子姥姥今天不会打了。"没有什么呀,姥姥?"明明壮着胆子问了一句。

"我记得你生下来时好像有个小尾巴,不长。"姥姥用拇指掐着食指的指尖说。

"尾巴?"明明摸摸屁股,笑了。

"可是没有,唉,没有了。"姥姥挺失望的样子。

"长尾巴?我?"

"也许是我记错了,也许是我当时没看清。快穿上吧,小心着凉!"姥姥亲昵地在他屁股上打了一巴掌。

"那不成了猴了?那不成了狗了?"明明一边提裤子一边问姥姥。他一点也不害怕了。除去打屁股的时候,姥姥从来就是个好姥姥。

"是什么也比是人强。"姥姥说着从他的作业本上扯下了一张纸,"有个小孩儿长了一身毛,又上电影又上电视又上报纸又上无线电。听说大首长还接见,连爹妈都跟着沾光。这样的小孩儿还愁上不了重点小学?你周爷爷说,长尾巴的也行。可我真是记得你有个小尾巴来着,不长。"姥姥又用拇指掐着食指的指尖。然后,她开始把扯下来的纸裁开。"你妈总想让你上重点小学,怕你跟坏孩子学了坏,怕你白天在家没人管出去惹祸,怕你将来考不上大学也得待业。还说你长得好,说不定将来能当电影演员呢!昨天来信又问你嗓子好不好……我问了,你周爷爷说,上重点小学要么得有后门儿,要么得是神童……"

"我是私生子!"不知怎么一来,明明想起了这件事。

姥姥顿时愣住了。

明明看看姥姥发白的脸。也愣住了。他不明白姥姥为什么会这样,他本来是想让姥姥高兴一下的。

姥姥一把把他拉到怀里,搂着,摸着,亲着。"是姥姥不好,是你妈不好,是你那个活该死了的爸爸不好……"姥姥的声音颤抖着。明明莫名其妙地趴在姥姥怀里,一动也不敢动。

姥姥忽然破口大骂起来:"谁他妈跟我们孩子胡说,我×他八辈祖宗!哪个混蛋这么缺德,让他不得好死!出门让汽车轧死!"姥姥擦起眼泪来了。

过了好一会儿,姥姥才又问明明:"这是谁跟你说的?"

"我也不知道是谁。今天中午我刚睡醒,就听窗户外头有人说,说明明聪明,私生子都聪明。"

姥姥的气似乎消了一点。

"姥姥,什么叫私生子呀!"

"别听那个,你不是,你不是。你爸爸不学好,和人打架让人给扎死了。等你再长大点,我再跟你说。你可得学出息,嗯?不打架,不骂人,好好用功,长大了当工程师,给你妈和你姥姥争口气,嗯?"

"嗯!"明明点点头,又问,"我妈怎么总也不回来呢?"

"你妈还得过两年才能回来。有了你,要吃要喝要穿,还要营养,这都得要钱!你妈那时又没工作……噢,等你再长大点就懂了。也别学你妈……"

"我妈好!"明明看看铅笔盒里的香铅笔。

"是呀,她疼你,她指望着你。"姥姥微笑了。

姥姥把那张纸裁成了几张小纸条,然后把枕巾蒙在了明明头上,说:"可别看啊。"

"干什么呀?"明明问。

"听你周爷爷说,有一种小孩儿能用耳朵听字,能用手摸字。不试不知道,一试有时候就行。这样的小孩也是神童。国家很重视。"

"怎么弄呀?"明明想掀开枕巾看看。

"哎,别掀!我在这纸条上写上字,揉成小小纸球儿,放在你耳朵眼儿里,你要能听出是什么字……行了,掀开吧。"

明明看见桌上摆着三个小纸球儿。"要能听出来就怎么啦?"他问。

"那你就是神童了!"瞧姥姥那高兴劲,仿佛明明已经是神童了。

姥姥把一个小纸球儿塞到明明的左耳朵眼里。

"怎么样,听见了吗?"姥姥的老花镜后面闪动着希望的光辉,两只粗糙干裂的手举在胸前,做好了随时拥抱明明的准备。

明明瞪大着眼睛,摇了摇头。

"你仔细听,别着急。"可是姥姥比明明着急。她把右耳凑到明明的左耳边,把老花镜都碰歪了。没什么动静,只有老座钟的滴答声。

明明又摇了摇头。他真不愿意辜负姥姥的期望,可怎么办呢?

"唉!"姥姥掏出了那个纸球,又把它塞进了明明的右耳,"这回好好听,别紧张。"可姥姥的手直发抖,还打了个冷战。也许是因为屋里太冷吧?火灭了一天了,而且还没有吃晚饭。"听对了姥姥给你买十支香铅笔,还告诉你妈,说你有出息……"

明明的大眼珠上又蒙上了一层泪水。"您不用给我买香铅笔,也别告诉我妈,只要您别又'唉!'的一声;不是神童我也会好好用功,有出息,给我妈和您争气,干吗非得上重点小学不可呢……"明明想着。他什么也听不出来。

"听见了没有?哭什么?!"姥姥急了,在明明的屁股上狠狠地踢了一脚。

只有街上的摩托车声和老座钟"当、当、当"的声音。八点了。

"听不见就说听不见!"

明明只好摇摇头。

"这回用手摸!"姥姥把纸球放在他手里。看样子姥姥已经不抱什么希望了。

明明忽然灵机一动,问:"您是写的字吧?"

"对呀!"姥姥坐在他面前,眼睛一眨不眨,嘴唇用劲缩在一起,恨不能帮他说出来。姥姥的希望又复燃了。

"是'毛'吧?"明明嗫嚅地问。

"嘿!"姥姥在他脸上使劲亲了一下。"再摸摸这个!"

"嗯……是'主'。"明明很快就说出来了。

"好小子!"姥姥捏了捏明明的小脸蛋,擦去他长睫毛上的泪珠。"还有一个,再摸摸。"

"是'席'!"明明这回连想都没想。

姥姥被惊呆了。她坐在床上呆愣了好一会儿,忽然抓起纸球儿往外奔去。

不一会儿,姥姥拉着周爷爷进来了。"不信你自己试!"她指着明明说。

周爷爷对姥姥说:"我不会写字,还是你写吧,别跟刚才重样儿。"然后,他在明明对面坐下,拉住明明的手说:"有了出息别忘了你周爷爷。"

明明第一次听见周爷爷这么郑重地跟他说话,一时不知怎么回答了。

姥姥又把一个纸球儿放在明明手里。

"是'万'。"

"你看怎么样?"姥姥把纸球打开,举到周爷爷眼前。"神童!别说他妈重点小学了,这回!"

可是明明却又想哭了。

又一个纸球放在明明手里。

"是'岁'……"明明说,大滴大滴的泪珠骨碌骨碌地滚到地上。

"全说对啦!你可还哭啥?!"姥姥把明明搂在怀里,满脸的皱纹都在笑。

"他也是高兴得……小孩子有心计,你姥姥没白疼你一场!"周爷爷说。

"那当然,这我就找人给你妈写信去……"

明明哭得更厉害了。只有他心里明白,他什么也没摸出来,他是猜出来的。因为他知道,姥姥这辈子只会写"毛主席万岁"。

1981年

黑　黑

需要首先说明，这是过去了的那个时代的事。

一

我那时是真的准备好自杀了，但我想，何不看看那阔别了多年的故乡之后再去死呢？反正是遣送，一切都用不着我费心去安排。

我给前妻发了最后一封信，独自登上了西去的列车。信很简单："在大家竞相高歌光明的时候，谁道破了黑暗，谁也就面临了没有尽头的黑暗——不知道这本身是光明还是黑暗。"反正我是准备去死了，不怕在我的档案中再加上一条"冥顽不化"。不，我不是英雄。英雄不都是高瞻远瞩，信心百倍，从来不曾有过悲观、沮丧和伤感情绪的么？我呢？凭良心说，那时只剩了悲观、沮丧和伤感。铺盖卷在行李架上晃悠着，那上面捆着一条很结实的绳子……

二

故乡的山水依旧，故乡的人却多是陌生的。有些上岁数的我还能认出他们，可他们却怎么也想不起我了。我无可奈何地向他们笑笑，想起了古人的诗句：少小离家老大回……但也颇觉无聊。只有故乡的黄土令我欣慰，大约埋在里面是很惬意的。

年轻的队长引我走上崖畔。清平河在村前无力地流着,真像小时候村里那个说书瞎子的琴声。然而我想起了贺敬之的《信天游》:羊羔羔吃奶眼望着妈,小米饭养活我长大……进村的时候,我看见一个挖野菜的孩子在啃着一块糠团子。

年轻的队长一直上下打量着我,态度并不严厉,而且和善得近乎谦卑。大约是因为我穿的是制服,而且皮鞋虽旧却毕竟是皮鞋。从公社来村里的路上,碰上了一个拦羊的老汉。队长走过去和他嘁嘁嚓嚓地说话。"咋?在北京当干部还嫌不美?这看做过了①没有!"是老汉惊惜的声音。游子的悲哀,莫过于慈母的误解了吧?

崖顶上有两眼破旧的窑洞,围着一道石头堆砌成的院墙。我的心颤栗了。母亲再也不会站在院前的磨盘上喊我回家吃饭了。那儿,曾经是我的摇篮。

"就是右面这眼。"队长说。

没想到这也是我的墓地,我想。

"你大爹过世后,这窑归了张山家。张山,认得?张世发的儿,不认得?"

院门"嘎"地被推开了。忽然一阵狗叫。

我下意识地后退了几步。

"别怕。"队长说,"黑黑没力气咬人了。"

"黑黑"!我以为是幻觉:左面那眼窑前趴着一只黑狗。小时候我也有一只黑狗。听瞎子说《大闹天宫》时,我曾憎恶过我那只黑狗。可是有一次,我拦羊时碰上了狼,要不是我那只健壮的黑狗,别说羊,连我也不至于有今天了。说来可笑,从那时起,我总认定二郎神的狗是黄的。孩子自有孩子解决问题的逻辑,他们想不出更好的办法解释无可否认的矛盾,却又急于按着自己的想象去

---

① 做过了:弄糟了。

编排,为了求得心理的和谐。

这不是幻觉,左面那眼窑前确实趴着一只黑狗,没有光泽的黑毛已经遮盖不住一条条的肋骨,瘪瘪的肚子两边立着尖尖的大腿骨,骨尖似乎随时要刺破它自己的皮。它充满敌意的眼睛盯着我,却一动不动,只是不时嘶叫两声。这时我才觉到,它的嘶叫是那么疲弱,简直像孤苦病老的人在呻吟。

狗,多少唤起了我的兴致,唤起了我的乡情。我向黑黑走去。

黑黑挣扎着站了起来,龇着牙,喉咙里发出"呼噜呼噜"的声音。

"别逗它了,黑黑活不了几天啦。"队长的声音充满了同情和怜惜。

我掰了一块剩馒头扔给了黑黑,可是它看也不看,依然警惕地注视着我。喔嗬!是只好狗,童年的经验告诉我。我甚至觉得它就是当年救了我命的那只黑狗,或者是它的子孙。我的那只黑狗早已经死了,最终是被一只狼咬死的,父亲把它的皮做成了褥子,捎给了我;我又把它带回来了。

"黑黑吃吧!那么好的白馍馍,傻黑黑!"一个十一二岁的男孩子站在窑顶上冲黑黑喊。

"你下来,让它吃。"我对男孩子说。

男孩子绕到窑前,一把抱住"黑黑"的头。黑黑眼里虽然还闪着凶光,但却趴在男孩子怀里,用一种奇特的声音叫着,像一只挨冻的母鸡发出的拖长的叫声。这声音我懂,它是在喃喃地诉说刚才的委屈呢。看来,这个男孩子是它最信赖的人。

我忽然产生了一个恶作剧的想法:如果此刻男孩子狠狠地揍黑黑一顿怎么样……

三

我住在东窑。黑黑守在西窑。从不见张山,西窑门上一直挂着一把大铜锁,发黄的窗纸上尽是雨点打过的泥痕。黑黑警惕着我,怕我侵犯它的领地。我警惕着别人,说不定什么时候要把我揪去批判一阵。黑黑顾不上理我,它饿;我也没心思理它,我想死。我们相安无事。各念各的经。只是偶尔男孩子来,送给黑黑半瓢泔水或是一把红薯须,黑黑便囫囵地吞下去,舔舔男孩子的手,依旧趴在窑前,守卫着它的领地。过往人、乡亲们常站在院门前往里张望,多半是为了参观一下北京来的人,然而却总要夸奖一阵黑黑才走。"婆姨带着娃走了,唉!张山倒是养了这么条好狗……"人人都这么说。

我之所以还没有动用那根行李绳,一是因为窑洞里没有房梁,二是因为我还没有看够故乡的山水。不过,也许这两点都不是原因。真算幸运,人们顾不上理我,他们为饥荒所奴役,于是我倒有了自由。我在田间小路上独自徘徊,看见雾一般盛开的荞麦花,听见蜂群"嗡嗡"地劳作;我去枣林深处悄然漫步,感慨老树根边又萌发了新苗,叹息鸟类追逐着生活;晚上到场院里望月,为母牛给小牛喂奶所感动;夜间噩梦难眠,为荒野里野兽的呼嗥而神往……万物都是本能地不愿意死的,何况人!可只有人有时候会想到自杀,人高级在哪儿呢?

七月里,一场暴雨,发了山洪。村前那条温顺的小河顿时激怒起来,波涛汹涌,浊浪排天,咆哮着,把山里的朽树举上浪尖,把来不及回村的羊群抛进涛谷……我跑下山去,跑到河边。平时这条简直称不上河的细水刚能没过膝盖,而此刻,河面足有几十米宽。雨雾中看不清对面的山,好像这黄水是与天相连的;天也是黄褐色的,时而亮起一道闪电,像火一样;滚滚的雷声片刻不息。我想起了那幅油画——九级浪；不过，那是海。但我想，要是有一条古老的帆船，这水也足以把它擎起，当然，也足以把它打翻……我被这黄河子孙的壮举惊呆了。在我的记忆里没有过这样的场面，也许是因为，那时的荒山还没有开垦到今天这般彻底，山间的树木还没有砍伐到今天这般干净。

"看！黑黑又在那儿发疯呢！"有人喊了一声。

我朝崖顶上望去。是黑黑！它站在崖边，伸长着脖子在狂吠，好像就要扑向狂涛似的。浑身的毛一缕一缕地贴在它瘦骨嶙峋的身上。雷声和水声太响，但凭黑黑那副样子，可以断定它的声音是暴怒的、嘶哑的，充满了恐惧也充满了怨恨的。

"这张山真是养了条好狗！"人们又都这么说。

我走上崖顶。

男孩子正倚在院墙上，披着一片破麻袋。

"黑黑这是怎么了？"我问男孩子。

"它难受呗。"

"为什么？"

"为的良心呗。"

"良心？"

"你看它叫得多心酸。"

黑黑在崖边蹲下了，趴下了，把头贴在地上，放在两只前爪中间；与其说它是在喘息，不如说是在战栗。我走近它，它竟然没有发觉似的，叫声却是呜呜咽咽的。黑黑今天实在是反常。

"它哭呢。"男孩子说。

"哭？为啥？"

"为张山呗，张山给人绑走那天，黑黑不在窑里。要不它是能追去，可它回来那辰儿山洪下来了，隔断了路。一发山洪，黑黑就哭呢，它好后悔……"

"张山是被抓走的？为什么？"

男孩子一愣,再问,他什么也不说了。

忽然,黑黑猛醒了似的跑向西窑门前,来来回回地巡察它的领地,看看那紧锁的窑门、打湿的窗纸和那结起了蜘蛛网的门楣,才又放心了似的在前门趴下。它的叫声又变成"呼噜呼噜"的,大约是化悲痛为力量了。

张山是一个谜。

在山间锄地的时候,我千方百计、拐弯抹角地向乡亲们探问张山的事,然而所有的人都是守口如瓶,或者说一句:"你慢慢就晓得啦。"但从乡亲们的叹气、摇头和沉思中我感到,所有的人都同情张山,并且似乎都带着一种内疚,有几次我甚至觉得,乡亲们爱戴张山,当他们叼着烟袋"吧嗒吧嗒"地沉思之际,大概是在为张山而祈祷上苍呢。

四

我诚心诚意想和黑黑作个朋友了。孤苦的心会因同命相怜而靠拢,我这样想。

我把一块红薯放在地上,"啧啧"地招呼黑黑。

黑黑睬也不睬。我举着红薯凑近它。它又挣扎着站起来,发出"呼噜呼噜"的声音。

"你也喜欢黑黑了?"男孩子又出现在窑顶上。

我解嘲般地笑笑说:"可它比我还不懂人情世故。"

男孩子没懂我的意思。他说:"黑黑可通人性,心忠着哩!可它怕你的皮鞋。"

"它能认得皮鞋?"

"当然,那些人也穿这!"

"谁?"

男孩子意识到说漏了嘴,又不言语了。

我换了一双球鞋，重又踢踢那块红薯，向黑黑表达友谊的愿望。

黑黑还是不理睬。

"你先躲起。"男孩子指点着我。

噢，是了，我得让黑黑相信，我的施舍毫不包藏祸心，而是彻底的好意。我若无其事地走进窑去，关了门，从门缝里观察黑黑。

黑黑真机灵，它也装出一副若无其事的样子，并仍"呼噜呼噜"地表示余怒未消，好像是在说："少跟我来这套吧！"但它毕竟是饿得很，左顾右盼了一会儿，便匆忙解除了警备，不叫了，并急着去吞掉了那块红薯。它吞得那么匆忙、慌张，不时溜一眼我的窑门。唉，那可怜的眼神简直像人。我从门里又扔出一块红薯，黑黑迟疑了一下，但一经尝到甜头，理智便成了俘虏，它又吃了。

真妙！此后，黑黑再见了我，虽然不停地转动着耳朵——心有余悸，但却不叫了，而且是那样眼巴巴地望着我；再扔给它什么食物，它也就自认卑贱地吃了。但是，它绝不允许我接近它身后的窑门。

有一回，我故意用一块蘸了油腥的菜团把它引开，悄悄走近那窑门。黑黑发现了，吼叫着向我奔来。我们是朋友，这只能保证它不咬我，但它却执意用吼叫（近乎于斥责般的吼叫）示意我离开。我忽然对那眼窑洞产生了神秘感，也许那是狗的神坛吧？也许里面有黑黑的偶像？

夏天的暴雨、冰雹、洪水铸成了大祸。没来得及收割的麦子被打烂在黄土里；正扬花吐穗的玉米、高粱歪倒在山坡上，裸露着紫红色的根须，预示着秋冬生活的艰难。家家户户都开始吃糠了，孩子们扛着小篮去山里寻野菜；人们把仅存的粮食更经心地贮存好，以备来年的春荒——春天可不能没吃的，那是要力气的时候。

谁还顾得上黑黑呢？虽然它是一只通人性的好狗。糠被人吃了，红薯皮、红薯须、泔水之类便只够供养猪的了。男孩子挨了家里的骂,空着手跑来安抚一下黑黑,也安慰一下自己。我呢?经常做梦又到了"全聚德""东来顺""丰泽园",醒来便狼吞虎咽地大吃其酸糠饼和隔年的苦红薯。黑黑却还是固守在窑前,不去行乞,不去偷盗,在领地万无一失的情况下,悄悄地出去寻觅一回,把人类的大便再来消化吸收一遍。

我有些厌恶黑黑了。我觉得它体现着一种反自然的丑行,倒不仅仅是因为它吃屎,而是因为它如此固执地守卫着它的神坛。

"好狗,真是条好狗!"过往的人们说。

"我家要是有粮,我就把黑黑领回去。"过往的人们又说。

"黑黑不会跟你走,好狗不嫌家贫,好狗是领不走的!"过往的人们还说。

黑黑呀!可也真是难,似乎只有甘心于受苦受难,方能作一只好狗。

我联想到自己。我为什么还不去死呢?这地球就是我固守的神坛么?我心灵上所受的凌辱和压抑难道比屎要香些吗?谁知道灵魂离开这血肉的躯壳,不会在别的地方找到真理、自由和幸福呢?

那夜里,我总听见黑黑在院子里叫。那种叫声是以前没听到过的:时而咿咿呀呀,时而吭吭哧哧,时而叽叽咕咕,像叹息,像怅惘,像受着煎熬。黑黑也感到空虚了吧?我想,苦笑了一下,开始整理那根久违了的行李绳。也许挂在门楣上就可以达到目的了,我下意识地推开门,把绳子挂在门楣上……

忽然我发现听不见黑黑的叫声了,啊!黑黑不见了。这似乎是件挺有趣的事情,我坐在门槛上看着黑黑那片空荡荡的领地,但愿它不是又去吃屎了。我忽然感到要发生奇迹。我巴望着发生点什么奇迹。人在空虚到极点的时候,生活里一点点反常的现象也会提起人们的兴致。我一直在门槛上坐到天亮。喔嗬!擅离职守!黑黑也想开了!它一直没回来。我又把行李绳扔到角落里去。

早晨,男孩子又站在了窑顶上。"啊!黑黑寻男人去了!"他对我说。

"寻张山?"

男孩子哈哈大笑:"黑黑想成家了呢!"

我恍然大悟。真的,时隔多年,我竟忘记了这种事。昨夜那叫声多像个发痴的恋人!那叫声中有一种美好的愿望,黑黑去追求了!感情的需要,生存的需要,可以使任何生命冲破习惯的樊笼。这就是创造,这就是创造的原因和动力。外界再严酷的束缚,内心再迂腐的观念,都不是生活本身的对手。

我又忘记了死。我随时随地都在设想着黑黑的幸福。此刻你在哪儿呢?在和你的情侣漫山遍野地追逐,自由自在地欢笑吧?在荒草丛中打滚儿,在你的"情侣"怀里撒娇吧?追捕猎物,体尝创造的乐趣吧?茹毛饮血,共度收获的欢愉吧?互相理毛、亲吻,享受着甜蜜的爱恋?对着荒野呼叫,抒发着原始的激情?星光下,你安心地酣睡,身旁有你可依赖的朋友为你挡风,为你警卫;你喃喃地呓语。做着美梦;你咬它一口,为了它对你不够温存;你"喔噜喔噜"发一阵脾气,为了它对你缺乏理解;你们互相怄一阵子气,然后又言归于好;你们依偎着哭一场,又互相安慰对方受伤的心灵;你们互吐衷肠,没有猜疑、没有防范……早晨,阳光照亮了洞穴,你们向着天空高歌,抖擞精神,又向那广袤无垠的大漠跑去,心里升起新的美好的憧憬……我的心跟随着黑黑,自由地驰骋,沉浸在一种朦胧的希望中。

五

可是,没多久,黑黑度"蜜月"回来了。

它是悄悄地回来的。晌午,我正在黑黑的领地上来回踱步,嚼着糠团子,它轻轻地拱开院门进来了。它并不叫,也并不马上要求我离开它的领地,只是一溜小跑,又在它的岗位上趴下,那一脸尴尬的神情像是在说:"这不怨你,这怨我,好在是你,不是外人。"

黑黑仿佛提不起任何兴致,一味地趴着,转着眼珠想心事。是旅途的疲劳?是对"情侣"的思念?是仍沉湎于过去的幸福中?草丛中绿色的美梦,明月下喁喁的情语,有平等的同类对你的关心,对你的温存,你为什么还要回来呢?趴在这冷寂的窑前……唔,山野的风是寒冷的,可是在这儿又有谁给你些微温暖呢?在黑黑度"蜜月"的时候,我捅开过西窑的窗纸:一股冲鼻的霉味儿;土炕上铺着一条发红的炕席;窑堂里有两个空囤子;条案上落满了尘土,印满了老鼠的脚印。就这些,黑黑守卫着的就是这些。呜呼!习惯真可怕!狗毕竟是狗,狗性难移;我恨不得揍它一顿。可是,一看见黑黑那副任劳任怨的忠厚相儿,我又于心不忍了。更何况,我自己如此,又有什么资格来苛求一只狗呢?

黑黑这次回来的一个明显变化是"少言寡语"了。一连多少天,它总是默默地趴在窑前发愁。

有一天,不知男孩子从哪儿弄来了一只死乌鸦。"犒劳犒劳黑黑!"他说。然后,他在黑黑的肚子上摸摸,笑着喊起来:"黑黑要当妈妈啦!"

噢,原来它是在为这事发愁。是啊,独自生活尚且艰难,生儿育女又将怎样呢?未来的生活是美好还是苦难?人不了解狗,正像狗不了解人一样,不知黑黑是在怎样盘算。

男孩子拿来了一个柳条筐,在里面铺好了麦秸和麻袋。黑黑在男孩子腿旁蹭来蹭去,感激涕零。"我的孩子也忘不了你的恩情。"如果它会说话,准会这样说。母亲是无私的,母性最能得到尊重和触动他人的恻隐之心。我把我那条狗皮褥子拿来围在柳条筐上。我忽然觉得恐怖,黑黑竟也在我周围蹭来蹭去,向我表示感激——它不可能明白那张皮的由来。同时,我重又感到了做人的骄傲:我们是可以总结历史教训的,譬如说我,我就道出了黑暗的事实,这黑暗的初萌与历史上的一些悲剧何其相似!虽然我因此而被遣送,妻离子散……

黑黑的肚子越来越大了。事到临头,它反而振作起来。是做母亲的热望鼓舞了它吧?它经常扒着柳条筐察看麦秸和麻袋是否铺得适当,还时常跳进去试试,整理一番,哼哼叽叽地叨咕些什么,许是在练习一支摇篮曲吧。唉,不管怎么说,肚里的小生命并不知道外间的炎凉,做母亲的要为它们考虑周到。

黑黑开始学坏了。它时常离开自己的岗位,开始行乞了,开始随处摇尾乞怜了。它开始和别的饿狗厮打了。为了争夺一块红薯皮或猪食槽里的一点残羹剩饭。

后来,黑黑竟开始偷盗了。头两次,它还有些惭愧。当我发现我的一碗剩米汤被舔得干干净净而咒骂不休时,黑黑躲在柳条筐后面,屏住呼吸,连头都不敢抬。我踢它两脚,它不躲也不叫,甘愿受罚。然而它并不改,接二连三地偷。我准备用棍子好好教训它一顿,是男孩子提醒了我。

"黑黑心焦呢!"

"你替它讲情吗?"

"你没见黑黑的奶子?一点也不胀,可它就快生养了!"

我原谅了这个可怜的母亲。

但是,黑黑愈发不知深浅了,经常有人找上门来,要找黑黑算账。这家被它偷了几块干粮,那家被它盗了一盆泔水,自留地的玉米被它压倒啃了,红薯地里的红薯被它刨了……人们愤愤地骂着:"这贱狗!再偷剥你的皮呀!"有人用石头砸它,有人用锄把抢它,它尖声地讨饶,尖声地求救。幸亏男孩子是黑黑坚强的保护人。

"把院门关好,别让黑黑跑出来!"队长对我说。可我希望母性能使黑黑的性格有个突变。我故意把院门留一条窄缝。

就在分娩之前的那天晚上,黑黑拖着一条被打瘸了的腿跑回来了。它嗷嗷地呻吟着,哭泣着。男孩子安慰它:"怨人家吗?人家也没有吃的呢,人家的娃娃也没奶吃呢……"

夜里,黑黑生下了一窝小狗。

儿女一落地就能安慰母亲的心了,它们"叽叽叽"地争抢着奶头;奶汁流进了儿女的小嘴巴,母亲的屈辱还算得了什么呢?黑黑舔舔这个儿子的脑门儿,吻吻那个女儿的眼窝,哼哼叽叽地唱一回,眼睛里充满了慈爱和满足。冷寂的窑前有了生机。

从院前经过的人们又都停下来,围着柳条筐看一会儿,赞叹一会儿,好像忘记了黑黑一时的不轨行为,又记起了它是一条好狗。

"喂,要养狗的就抱这狗儿子,保险把家看得好,保险!"

"再让黑黑给奶一阵儿吧,狗儿子将来长得壮实些儿。"

"黑黑抓过獾呢!"

"张山那几张獾皮闹卖了钱儿!"

"有一回狼来拱张山家的猪圈,黑黑拼了死命……"

…………

黑黑和它的儿女们就这样在柳条筐里厮守了好几天。

小狗们吃得越来越多了,黑黑的奶子又瘪了。它又拖着瘦弱的身子四处奔走了。

正是深秋,庄稼收完了,田野里一片萧条。黑黑一无所获。

正是荒年,夏天的洪水把麦子毁了,秋粮也所收无几,家家锅里又都熬着米汤,蒸着糠团。黑黑一无所获。

食槽被舔得精光,老母猪也饿得直哼哼。

人粪也难找……

小狗们在叫,在哭。它们还不会自己觅食。

黑黑每天拖着疲乏的身子出去,怀着受了打击的心回来,把干瘪的奶头塞进儿女们的小嘴,儿女们又受了骗似的哭叫……黑黑的目光又呆滞了。它大约是后悔了那山野里的欢乐,生活比它设想的要艰难得多。

六

  在一个月黑风高的夜晚，黑黑仍旧饥肠辘辘地到处奔走着。家家户户都闭了院门。黑黑不敢回去领受儿女们的责备，也不忍心再去用干瘪的奶头哄骗它们。它追击了一只野兔，但没追着。它又追击一只妄图偷鸡的狐狸，仍然只落了个气喘吁吁、浑身酸软。后来，它看见了一只觊觎羊圈的饿狼，自己瘦得已不是人家的对手，便只有嗥叫一阵，狗仗人势的份。狼逃了，黑黑走近羊圈。不知是那高尚母性的驱使，还是那原始野性的复活，它受了血肉的吸引，竟一时忘却了做狗的本分，它奇怪自己为什么没有早点发现这些丰盛的美味——大概是这样吧，总而言之，我也不知道它施展了怎样的本领，竟然拱开了那布满葛针的柴门，拖走了一只小羊。假若它把小羊就地吃光，再舔净嘴上的血迹，大约谁也不会怀疑这不是狼干的事。但黑黑却自以为高明地又把柴门关好，叼着小羊来博儿女的欢心。也许它做好了挨一顿痛打的准备，但它不明白，这罪行已经超过了人们所能容忍的限度。

  男孩子和我也慌了手脚，急忙帮助黑黑掩盖罪行——擦干净筐边的血迹，把吃剩下的皮、骨扔进河里。然后，我狠狠踢了它几脚。黑黑反而安心了，以为人们体谅了它的苦衷，宽恕了它的错误，它又可以重新做一只好狗了。

  但是，老羊倌的狗从来就比一般的狗聪敏，那夜它追击了那只饿狼回来，立刻就发现上了黑黑的当。很快，人们便找到了罪魁祸首。

  黑黑的刑期到了，但它毫无准备，仍在和儿女们嬉戏玩耍。

  人们围在柳条筐边。黑黑绝没料到会后患无穷，以为既已挨了打，并得到了宽恕，此番人们绝不会再有恶意。但还是需要再讨好一番，它向人们摇尾。

"从前是那么一只好狗。"人们说。

黑黑不懂"从前"二字的含义,但因为常听便似乎是听懂了"好狗"二字。它把前爪伸给人们。

人们一巴掌把它打了个趔趄,它理解成"闹着玩",便又在熟识的人们腿边转来转去。人们又一脚把它踢翻,它以为这一翻滚,大约更能说明自己的忠诚。

"可是一回吃了羊,它就会记下羊的味道,下回还要吃。"人们把绳子打了个活结。

小狗们尖声地叫了。黑黑跳进柳条筐,舔舔这个,舔舔那个。没什么可怕的,将来你们也要跟人们去的,要做一只好狗——黑黑的目光是那样平静,那样憨厚。

人们把绳索往黑黑脖子上套。黑黑伸长脖子欣然接受,以为那是人们的特殊奖赏,以为那正是一只好狗的殊荣——城里那只会钻火圈的肥狗,脖子上就有一条漂亮的锁链……

但是,绳索拉紧了。黑黑跟着拉住绳索的人跑,它似乎有些诧异了:为什么这绳索越来越紧呢?

黑黑渐渐感到出了问题:那么多陌生人倚在西窑门前,坐在它的"神坛"的窗台上,它发出尖声的警告。

拉绳的人把绳子的另一头扔过一杈树枝,然后用劲拉。黑黑觉得这玩笑开得实在有些过分了:它尖声地抗议。

而人们并不松手,并且几个人一起拉。黑黑感到窒息,但还没容得它醒悟,它的身体已经悬向半空。

黑黑那最后一闪的目光给我印象极深,是那样惶惑,那样惊恐,那样冤屈。它看见了什么呢?也许看见了它的主人,也许看见了它的"神坛",也许看见了往日的欢乐和功勋……谁知道!也许它终于看见了无边的黑暗,但却已经来不及了。它只来得及侧过脸去,望了一眼它的柳条筐。

小狗们正扒在筐沿上,津津有味地看着母亲又蹬又踹的精彩表演。它们能懂得什么呢？当它们长成大狗的时候，这记忆早已经磨灭了，即使记得，也只会以为那是一只好狗的善终。

是我和男孩子把黑黑的尸体拖到村后的山坡上，埋了。我鄙视它，虽然它那副忠厚相儿总浮上眼前，让我心酸。我忽然懂得了狗类的无望，同时看见了人类的光明。人，可以随时发现黑暗的萌生，从而寻得战胜黑暗的道路……

所以我没有自杀。我今天能够把这个故事讲给你，并且不用担心什么人又来给我加一顶沉重的帽子，正是因为人类战胜了那个黑暗的年代。

1981 年 10 月

小小说四篇

春

老师挥起了双手,但歌声显得很沉闷。很多男学生和很多女学生都往窗外看。

远处的树丛中响着一把圆号。又是那个青年,吹了一冬天了,大概是想吹出山谷的声音,但他的山谷中似乎只有石头。

"你们觉得吹得好吗?"老师的脸色很难看。

他重新挥起双手。歌声还是很疲倦。

树丛里晃着一个青年的身影,闪亮的是那把圆号。青年不时停下来,往树丛前面的草地上看。圆号声吹出了山谷里鹰的盘旋。

这家伙有门儿了,老师想。但眼前这些懒散的学生实在让他头疼。"来!重来,要严肃!"

没精打采的男声和女声混杂着响起来。

"休息!"老师喊。

青年又走到树丛边,朝草地上张望。

一个穿着工作服、戴着工作帽的人在给草地上的果树浇水,也正扭过脸去朝树丛中看。

圆号声又响了。山谷里,溪水冲开了冰层,瀑布飞溅,响着巨大的轰鸣。

老师想:这家伙怎么忽然来了灵感?

草地上,给果树浇水的那个人一听不见号声就扭过脸去看那片树丛。水喷湿了工作服。

圆号声就又响了,吹出了矮树林的恬静和黑苍苍的大树林的庄严,星星似的野花,还有雄山羊"咔啦咔啦"的角斗声……

他的山谷忽然有了活气,老师觉得很怪。

圆号声一直没停。青年一边吹一边往草地上偷看。草地上的那个人一直在听,坐在草地上,水早已经漫出了果树周围的土埂。

老师忽然猜到了一件事,转过身来看着他的学生——喉结鼓起来的男学生和胸前紧绷绷的女学生。他懂了应该怎样指挥。

"男同学的声音可真够粗的。"他说。微笑着,闭起眼睛,感慨似的晃着头。

男声部变得很够劲儿了,很多男学生都尽力使自己的声音显得浑厚,悄悄地控制着口型。

"女同学的声音就是另一个样儿。"他说。仿佛那是一件不可思议的事。

女声部更显得清朗、纤细了。

老师在心里笑,想起了自己年轻的时候。

果树上挂着工作服和工作帽,一个年轻的姑娘在给果树浇水。老师没猜错。

圆号声响着:山谷里的鹰在盘旋;鹿群正涉过融化的冰河,急急忙忙到远方的乐土去……

夏

他们一直在街上走着,谁也不说话。柏油路面晃得人眼睛疼,汽车的噪音很大。

到了吃午饭的时候。

"我不想吃,我不饿。"姑娘说。

他们走进一家饭馆,坐在一个角落里,看得见街上白花花的太阳和一些红得刺眼的阳伞。

姑娘把桌上的一摊水画开,画成很古怪的形状。她不断地长出气。

小伙子看着杯子里啤酒的气泡。

"不管我怎么跟他们说,他们还是那么说。"姑娘很快地看了小伙子一眼,又垂下头。

小伙子不停地喝着啤酒,又去买了两个菜。

"我一点儿都不饿。"姑娘说。

"他们怎么说?"

"还是那么说……还是说……"

玻璃上有一只小虫,"嗡嗡"地叫着。街上到处是卖雪糕和卖茶水的疲倦的吆喝声。

"你呢?你自己呢?"小伙子问。

"我也不知道。也许我不应该总耽误着你。"

"也许他们应该总耽误着我们吧?"

"可是我爸爸血压高,妈妈又有心脏病。"

小伙子又去买汽水。他们今天已经喝了好几瓶了。桌上的菜谁也没动。

"好吧,我等。"小伙子把一瓶汽水"咚"地放在姑娘面前,"等你有了血压高,我也有了心脏病。"

她笑不出来,要是往常她又笑个不停了。

"你应该跟那个人好,其实……"

"你说了一百回了!"

"其实她比我好,真的比我好。"

"我只说一百零一回:比你好的人多了,可爱不爱是另一回事!"

他们又默默地坐着,不再说话,谁也不看谁。蜻蜓飞得低了。

远处有一片发亮的云彩。

"会下雨吗?"姑娘先说。

"带着伞呢。"小伙子回答。他正看着汽水瓶上的北冰洋。也许那儿不错,有一间房子的话。

"你少喝点儿吧。"

"没关系,啤酒,加了汽水的。"

姑娘想,等将来自己当了母亲的时候,成了老太太,一定要理解自己的女儿,或者儿子。

"假如是你自己不愿意,那……那就算了。"小伙子说,晃晃手里的杯子,"咕咚咚"喝光。

发黑的云彩上来了。应该下一点雨了。

"否则,我跟你说了,法律是保护我们的。"

"没用,他们才不管那一套。"

"问题是你不敢。"

"可爸爸血压高,妈妈又有心脏病。"

他们又沉默着坐了很久,然后离开了那儿。

灰黑的云层下面飞着一群鸽子。鸽子显得格外洁白,像一群闪电,像一群精灵。

"你真的能等吗?"姑娘眼里有泪光。

"当然。我们的日子比他们长。"小伙子支开了雨伞。下雨了。

秋

小姑娘睽睽睡着了,坐着,就睡着了。

老头儿把小竹车的前轮翘得悬空起来。孩子是坐在后轮这一边的,这样她就等于是躺着了,能睡得舒服些。老头儿推着竹车往前走,比原来费劲多了。落叶在他脚下"吱吱"地响。

老头儿觉得太阳很温和。可是,小姑娘一会儿把脸扭向这边,一会儿又扭向那边。路边有一块大石头,他把竹车的前轮架在上面,支开一把伞,罩在车上,然后推起车再往前走。孩子安稳地睡在伞荫里,她刚才玩得太累了。

他走得很慢,也许是因为老了,也许是怕晃醒了孩子。他已经穿上了棉裤,腿有病。小姑娘却还偏要穿着那件红色的连衣裙,好在总算给她套上了一件黄毛衣,又穿上了毛裤。这会儿孩子睡着了,老头儿又觉得寂寞。他吃力地把稳竹车,前车轮才不至于垂下去。土路被夏天的雨水弄得坑坑洼洼,需要十分小心,车里的小姑娘才不会被震醒。

路上挺安静。不知从哪一天起蝉就不叫了,老头儿还答应给孩子捉一只呢,一夏天都没捉到。他想起小时候爬上树去掏鸟窝的事,他的爷爷在树下喊,怕他摔坏了腿。那时他不在乎,现在可不行了,腿总是疼,不得劲儿。唉!总要跑医院,总得去扎针……

竹车震了一下,老头儿慌忙低下头,从伞边望望孩子。小姑娘睡着。他不敢再去想别的,注意看着前面的路,把前车轮再翘高些。

一路上他总听见什么地方响着一种琴声。

老头儿坐在医院的长椅上时,才觉得胳膊和腰也有些酸疼了。他轻轻地揉着、捶着。

"哈哈,你醒啦?"他拿掉伞,发现孩子醒了。

小姑娘睁着眼睛,愣着。

"你喝不喝点水?橘子水?"老头儿晃着水瓶。

孩子四下里张望。

"找你的小狗熊?"他从提兜里掏出一个毛茸茸的小狗熊,摇着,又捶捶背。

"爷爷,谁在弹琴?"小姑娘睃睁着问。

"琴?"老头儿也四下里张望,他也总听见一种琴声,"没有,没有琴,是你在做梦。"

老头儿被大夫叫进去扎针了。

孩子玩着小狗熊。她看见窗外滚动着金黄的落叶,闪闪地耀眼,一层层掀起,又落下。

她长大了还记得:爷爷腿疼,腿上扎了好多针。还记得琴声似的秋风……

冬

弟弟用手指头化开了玻璃上的一块冰花,看见了黑漆漆的夜。门上有一个小洞,他把玩具手枪的枪筒插出去,对准外面呼啸的北风。

妈妈不在家。一到晚上她就到大森林中去。

"妈妈一个人不怕吗?"弟弟转过身来问。

"不怕。"姐姐回答。姐姐正在灯下做功课。

"妈妈干吗非得去不可呢?"

"妈妈得去照看森林里的那条路。"

"有狼吗?"

姐姐没回答,望望墙上爸爸的遗像,想:那时候自己和弟弟现在一般大。"困吗?"姐姐问。

弟弟摇摇头,把枪筒插出去,开一枪。又开了一枪。又开了一枪……外面的风还是很大,远处的大森林恐怖地喧嚣着。

"妈妈非得去照看那条路吗?"弟弟问。

"当然。火车得把木材运出去。"

弟弟坐在小板凳上想着:妈妈不会碰到狼,因为狼已经被猎人打死了。他去找那本小人书。

他翻到了那一页,给姐姐看:"看,没有狼。"

姐姐看看爸爸的遗像。她想起爸爸最后对她说的话:"其实有狼,森林里常常会有狼。你怕吗?"那时候,弟弟还不懂事,只有一岁。

"有狼。"姐姐说,"爸爸打死过很多狼,可那回爸爸又碰到了很多狼……"

弟弟坐在炕上想着。姐姐又往炉膛里加了几块柴。窗玻璃上的冰花又结满了。

"爸爸干吗要到森林里去?"

"爸爸得去照看那条路。"

"非照看那条路不可吗?"

"当然。火车要把兽皮和药材运出去。"

"你敢到大森林里去吗?"

"你呢?"

弟弟又化开玻璃上的冰花,望着黑夜,听着北风在森林中穿行,想象着自己敢不敢去。

后来,他睡着了,玩具手枪还插在门上的那个小洞上。

1982 年 10 月

人　间

"瘫痪后你是怎么……譬如说,你是……?"记者一时不知怎么说好,双手像是比画着一个圆球。

我懂了他的意思,说:"那时我只想快点死。"

"哪里哪里,你太谦虚。"他微笑着,望着我。

可我那时是真想死,不记得怎么谦虚过。

"你是不是觉得不能再为人民……所以才……"

我摇摇头,想起了我那时写过的一首诗:轻推小窗看春色,漏入人间一斜阳……

"那你为什么没有……"记者像是有些失望了。

我说,我是命运的宠儿。他奇怪地瞪着我。

"您看我这手摇车,是十几个老同学凑钱给我买的……看这弹簧床,是个街坊给我做的……这棉裤,是邻居朱奶奶做的……还有这毛衣——那个女孩子也在我们街道生产组干过……生产组的门窄,手摇车进不去,一个小伙子天天背我……"

记者飞快地记着。"最好说件具体的。"他说。

我想了一会儿,找出了那张粮票(很破,中间贴了一条白纸)。"前些年,您知道它对一个陕北的农民来说等于什么吗?"我说,"也许等于一辆汽车,也许等于一所别墅;当然,要看和谁比。不过,它比汽车和别墅可重要多了;为了舍不得这么张小纸片,有时会耽误了一条人命。"

记者看看那粮票,说:"是陕西省通用的?"

"是。可他不懂。我寄还给他,说这在北京不能用。他又给我寄了回来,说这是他卖了留着过年用的十斤好黄米才得来的,凭什么不能用?噢,他是我插队时的房东老汉,喂牛的……"

有些事我不想对记者说。其实,队里早不让他喂牛了;有一回,他偷吃了喂牛的黑豆……

"他说,这十斤粮票,我看病时用得着。"

"看病?用粮票?"记者问。看来他没插过队。

"比送什么都管用,他以为北京也是那样。后来我才知道,他儿子的病是怎么耽误的。我没见过他的儿子,那时他只带个小孙女一块过。"

我和记者都沉默着,看着那张汗污的粮票。

"现在怎么样?"记者问我,"你们还有联系吗?"

"现在有现在的难处,要是把满街贴广告的力气用来多生产点像样的缝纫机就好了。"

记者没明白。

"前些日子他寄钱来,想给他孙女买台缝纫机,他自己想要把二胡。可惜,我只帮他买到了二胡。他说,缝纫机一定得买最好的,要不他孙女该生气了。简直算得上是忘本了吧?"

记者笑了,吹去笔记本上的烟灰:"还是回到正题上来吧。你是怎么战胜了……譬如说……"

"还有医院的大夫,常来家看我……还有生产组的大妈们,冬天总在火炉上烤热两块砖,给我垫在脚下……还有……唉!我说不好,也说不完。"

1982 年

巷口老树下

路灯昏黄。飞蛾冲撞着欢聚的蚊群。正是晚饭后乘凉的时光,小巷口上喧闹如常:女孩子们踢踢踏踏地跳皮筋,男孩子风也似的追逐喊叫,姑娘们借着路灯的微光飞快地编织着,老太太们则在抱怨今年的西红柿涨了价,西瓜也不甜。

老槐树的枝叶一动不动。小巷里弥散着蒸腾的暑气。老槐树旁聚集了一个兴奋的人堆:赤亮的脊背和鲜艳的衬衫交相辉映,各式发型黑糊糊地扎在一处,不断爆发出激动的叫喊:"国徽!麦穗!麦穗!国徽!"那是在用五分的钢镚儿算命。

邓丽君正在谁家的窗户里深情地唱着:"轻轻的一个吻……"

算过了命的人纷纷挤出人堆,抖着汗湿的衣衫,摇着芭蕉扇,在老槐树的另一边重又组成一群。或站,或蹲,或坐,或靠在墙上,或倚在树旁,先是无言地思忖着,旋即火光闪亮,抽起了闷烟。

壁虎隐蔽在墙上老槐树的黑影里,正阴沉地注视着一只向上爬来的甲虫……

"看来,"绞着辫梢儿的姑娘鼓起两腮,望着深远的夜空,长长地吐了一口气,"看来这'八卦算命法'还挺灵。"

吹着口哨的小伙子弹弹烟灰,阿谀地探过头来:"你的命是什么?"

"名落孙山。"姑娘凄然地回答。

"你还惦记着考大学?"小伙子语气中含着挖苦。

"你少讨厌！我说的是招工。到这个月底,就毕业整两年了……"

"嘻！你何必当真呢？各种各样的算命法我见得多啦!"这是个可以显露博学的机会,小伙子兴致勃勃劝慰姑娘,"什么八卦算命法,听燕生那小子胡嘞嘞,两口子都得分家。他还说我的命是'鹏程万里'呢,孙子才信!"但他从姑娘的脸上立即看到自己的劝慰是如此缺乏说服力,于是把目光转到一个架双拐的小伙子身上:"你猜他算的命是什么？——'乘龙快婿'！也不知他自己是快婿,还是他能招个快婿？真能把死人气活过来!"

姑娘格格地笑了。众人也都笑了。架双拐的小伙子羞红了脸分辩:"我并没有说我信了呀！我说我信了么？"

"我可信！我的命是'虎落平阳'。"一个"英雄"蹲在墙角,愤然踩灭烟头,骂道:"姥姥的,真他妈灵!"

"咱俩差不多,我是'秦琼卖马'。"又一条"好汉"说,"燕生这'八卦算命法'真有些灵。"

"我也信。我是'布衣草履',可不是吗,一辈子穷命!"

"谁爱信谁信,反正我不信。"持不同意见者发言,"我倒是算了个'久旱逢雨'呢,老天爷长眼,屋漏逢雨倒差不多!"

"扯淡！我前天就算了个'金榜题名',结果怎么样？今儿早晨发了第三榜,他姥姥的,这回涨工资又吹了!"

算得坏命的宣称"灵验",算得好命的发誓"不信",似乎命运的好坏本是应该谦逊的事。

"反正我说灵!""灵验"派坚持。

"灵个屁!""不信"派顽固。

墙上,壁虎敏捷地向甲虫靠近,又机警地藏身于另一片黑影中……

轻摇扇,慢啜茶,"灵验"派的同仁们互相告慰,像是坚定了信念,又像是为了坚定信念。

卡车在巷口前呼啸而过,卷起一片呛人的烟尘。烟尘散处,一位形容枯槁,貌似干姜般的老头摇晃了过来,"不懂装懂!"他愤愤然说,"说我'子孝孙贤'!"他像蒙受了不白之冤似的摊开双手,满脸皱纹都在抖动,"街里街坊的,谁也瞒不了谁,我重孙子都有了,可你们说,有哪个孝顺?"

"您是说燕生这'八卦算命法'不灵么?"有人给老头让座。

"自然是不灵!"老头使足力气"呸"了一声,"就说燕生那个乳臭未干的孩子?八卦算命,老辈子就有!古来有能为的人谁不懂八卦?'三国'的孔明,'封神'的太公姜子牙!这八卦是太乙真人下传凡世的,难道是这么容易的么?孔圣人有言:知之为知之,不知为不知,光凭三个钢镚儿扔来扔去就想算得准命么?"

此一番"深通"经史的广征博引,又在老槐树下引动了深思。

甲虫似乎感到了什么危险,停步在一条砖缝里,屏息静听,凝神四顾;壁虎一动不动,似乎也懂得兵不厌诈,静候良机。

…………

轻划火,慢点烟。"不信"派的友邻们互相鼓舞,像是保持着镇定,又像是为了保持镇定。

起了一阵微风,飘来一股烂西瓜的气味。

微风过处,从小巷的另一端急匆匆地跑过来一个中年妇女。"嘘——"她绕过人群,神秘而且担忧地抓住一个姑娘的胳膊,同样神秘而且担忧地说:"还不快去看看你爸爸!"

"怎么了?"姑娘懒洋洋地问。

"我怕他又要犯病了!"中年妇女诚惶诚恐,"他在那儿一个人走来走去,搓手跺脚,嘴里又那么叽叽咕咕的……"

"没治!"姑娘伸伸懒腰说,然后无可奈何地向小巷的另一端走去。

"又是为了什么事呢?"中年妇女接过别人递给的一把葵花

子,嗑着,依然神秘而且担忧地望着众人。于是众人喊喊喳喳地议论开了:

"他刚才算命的时候脸色就发白。"

"还偷偷地双手合十,让我看见了。"

"结果算了个'推车靠崖'。"

"燕生不想再给他算了,可他偏说第一回不算数,说他把钢镚儿只摇了两下,少摇了一下……"

"第二回偏又那么巧,算了个什么'如履薄冰'!"

人们都踮起脚尖,朝小巷那头张望。

"他这病怎么落下的呢?"不知情的人问。

"他亲眼看着老娘让红卫兵打死了,老婆前两年又喝了敌敌畏,说是与'四人帮'有牵连,都怪他自己吓的……"知情的人说。

看来,"八卦算命法"确是灵验。"灵验"派的信念可以因此愈加坚定了。然而不,全体"灵验"派的党徒都紧张乃至默想;烟末撒落在发抖的纸烟上,芭蕉扇骤然停于胯下或者胸前,眼睛盯着杯子里漂浮不定的茶叶梗儿……风也是热的,邓丽君还在咿咿呀呀地唱得烦人。倒是"不信"派诸君能够泰然处之,释然而且大度地说:"这算不了什么,不过是碰得巧罢了。"

忽然,不知从什么地方隐隐传来一阵悲凉的哭嚎,间或还有凄切的呼唤。人们"呼啦"一下子站起,耸起耳朵辨别方向。

一个男孩子仓惶地跑过来。

"是谁家?"众人争先发问。

"三、三十八号张、张大妈家……"男孩子气喘着。

众人又都松心地落座:"怎么回事?"

"小、小生子,和、和人打架,让人扎、扎、扎死了!"

"死了?"

"死了。"

"真的?"

"真的。"

"你怎么知道?"

"警察说的,今天下午在……"

人们重又啜茶,吸烟,摇扇……

"哼,早晚有这么一出,我说过。"好几个人居然都有先见之明。

"国徽!麦穗!国徽!麦穗!什么命?……"老槐树那边又到了关键时刻。

"哎——"老槐树这边有人灵机一动,"刚才张大妈算的是什么命?"

"好像是'苦尽甜来'。"

"不,是'苦尽甘来'——没错儿!她当时还说要请燕生吃炖肉呢……"

甲虫突然发现了壁虎,转身飞逃。但悔之已晚,壁虎纵身一跳……

远处的哭诉声愈加惨然了。

如此一来,"八卦算命法"还是难信,"不信"派们又有一个可以炫耀的机会了。但是怪,所有"不信"派诸君都愕然乃至躁动:屁股在凳面上辗动,脚跟在土地上刨坑,"噼噼啦啦",蚊子真讨厌,浑身都发痒。于是轮到"灵验"派们释然而且大度地说:"灵还是灵,不灵的时候毕竟是少。"

算得坏命而宣称"灵验",宣称"灵验"却又为"灵验"的事实而紧张;算中好命而发誓"不信",发誓"不信"却又为"难信"的证据所躁动。人类的真心哪,似乎永远难于窥见。

深默着。

深默着。

还是有人不死心。"你们说燕生算得不灵吗?"一个抱着孩子悠来荡去的青年妇女又开了腔,"可我们那口子刚才替他二姨姥姥的六表叔算了一命,你说不灵? 他给我们娘儿仨算的不是'鸡飞蛋打',就是'梦里南柯',给他二姨姥姥的六表叔算的是'父荣子贵'!'父荣子贵'!! 可燕生也不知道是给他二姨姥姥的六表叔算的呀! 再说,燕生也不知道他二姨姥姥的六表叔是副部长呀!"

"算了吧,你们那口子的二姨姥姥的六表叔是副部长,你说过总有八百回了。"一个牵着小孩手的男人在青年妇女身旁停下来,"连我们小威威都知道。是不是,威威?"

小孩点头作证:"他说他家那个外国挂历就是他二姨姥姥送的,还有一件进口背心。"

老槐树下"轰"地响起一片笑声:

"再多绕几个圈儿,皇上还是我小舅子呢!"

"咱们这小胡同里还真藏龙卧虎,住着副部长二表妹的姨外孙子……"

"应该写个牌子挂在老槐树上!"

"可惜路太窄,红旗轿车开不过来!"

青年妇女有些羞愧,连忙打岔说:"咱没跟你们说这个,咱说的是燕生这'八卦算命法'怎么会这么灵!"

"给你二姨姥姥的六表叔算了好命就是灵?"

"天地良心! 我是这么说的么? 我们娘儿仨可是'鸡飞蛋打''梦里南柯'啊!"她恼羞成怒了,"你当我不知道你算了什么命哪? 你算了两回都是'金鹰展翅'!"

"所以我不信嘛! 你瞧,我只够得是'秃尾巴鸡'的份儿。"男人耸动着瘦骨嶙峋的双肩。

"……"青年妇女没了词儿。但急中可以生智,急中生智的时候又往往可以道破真情,"你那是得了便宜卖乖! 算了好命假装不信,可心里甭提多美呢,恨不能那是真的!"她喊道。

这是一句敏锐的判断！所有算中好命而发誓"不信"的人们都尴尬，尴尬而至无言，无言铸成愤怒，愤怒终于爆发："以小人之心度君子之腹，你才是算了坏命心里难受，倒装着认命呢！放心，没人可怜你！"

这是一记准确的回击！所有算得坏命而宣称"灵验"的人们都惊服，惊服于是自怜，自怜导向怨恨，怨恨终于难以压抑，于是有人发话了："谁用你可怜了？现在这年头，谁有本事谁享福，谁没能耐谁活该，谁也不用可怜谁，谁也不用谁可怜！他姥姥的。"

"喂，你要认命谁也不拉着，可是别骂人！"自然有人搭腔。

"我又没骂你！"

"你骂谁？"

"谁认头就骂谁！"

"再骂我打你丫头养的！"

…………

老槐树这边眼看要爆发一场"热战"，突然，老槐树那边的人堆中爆发出一阵惊叫：

"错了！错了！全错了！燕生把命算错了！"

"怎么回事？"老槐树这边的人都如弹簧般蹦起，无论是"灵验"派，还是"不信"派。"热战"没有爆发，冷战也告平息。

一个小姑娘挤出人堆，得意地向这边的人显摆她的先知："原来那张'八卦算命图'上写着，国徽是画一长横，麦穗才是画一短横，可燕生哥给弄错了，弄成国徽是短横，麦穗倒是长横了……"

瞬间，算得坏命而宣称"灵验"的人们的脸上都现出欣喜的神色。然后，叫嚷着，笑骂着，蹦跶着，丢却了刚才的誓言，忘却了自己的派属，抱着新的祈望重又投入到老槐树那边的人堆中去，重又把钢镚儿抛向空中。老槐树这边，单剩下算中好命而发誓"不信"的人们。他们没有心思为胜利而骄傲，虽然他们早先的预见已经得到了证实。他们木然地站着，呆愣着，机械地摇着扇子……

"……月亮代表我的心……"邓丽君还在唱。

壁虎正吞咽着甲虫……

1982 年

我的遥远的清平湾

北方的黄牛一般分为蒙古牛和华北牛。华北牛中要数秦川牛和南阳牛最好,个儿大,肩峰很高,劲儿足。华北牛和蒙古牛杂交的牛更漂亮,犄角向前弯去,顶架也厉害,而且皮实、好养。对北方的黄牛,我多少懂一点。这么说吧:现在要是有谁想买牛,我担保能给他挑头好的。看体形,看牙口,看精神儿,这谁都知道;光凭这些也许能挑到一头不坏的,可未必能挑到一头真正的好牛。关键是得看脾气。拿根鞭子,一甩,"嗖"的一声,好牛就会瞪圆了眼睛,左蹦右跳。这样的牛干起活来下死劲,走得欢。疲牛呢?听见鞭子响准是把腰往下一塌,闭一下眼睛,忍了。这样的牛,别要。

我插队的时候喂过两年牛,那是在陕北的一个小山村儿——清平湾。

我们那个地方虽然也还算是黄土高原,却只有黄土,见不到真正的平坦的塬地了。由于洪水年年吞噬,塬地总在塌方,顺着沟、渠、小河,流进了黄河。从洛川再往北,全是一座座黄的山峁或一道道黄的山梁,绵延不断。树很少,少到哪座山上有几棵什么树,老乡们都记得清清楚楚;只有打新窑或是做棺木的时候,才放倒一两棵。碗口粗的柏树就稀罕得不得了。要是谁能做上一口薄柏木板的棺材,大伙儿就都佩服,方圆几十里内都会传开。

在山上拦牛的时候,我常想,要是那一座座黄土山都是谷堆、麦垛,山坡上的胡蒿和沟壑里的狼牙刺都是柏树林,就好了。和我一起拦牛的老汉总是"吸溜吸溜"地抽着旱烟,笑笑,说:"那可就一股劲儿吃白馍馍了。老汉儿家、老婆儿家都睡一口好材。"

和我一起拦牛的老汉姓白。陕北话里,"白"发"破"的音,我们都管他叫"破老汉"。也许还因为他穷吧,英语中的"poor"就是"穷"的意思。或者还因为别的:那几颗零零碎碎的牙,那几根稀稀拉拉的胡子,尤其是他的嗓子——他爱唱,可嗓子像破锣。傍晚赶着牛回村的时候,最后一缕阳光照在崖畔上,红的。破老汉用镢把挑起一捆柴,扛着,一路走一路唱:"崖畔上开花崖畔上红,受苦人①过得好光景……"声音拉得很长,虽不洪亮,但颤巍巍的,悠扬。碰巧了,崖顶上探出两个小脑瓜,竖着耳朵听一阵,跑了;可能是狐狸,也可能是野羊。不过,要想靠打猎为生可不行,野兽很少。我们那地方突出的特点是穷,穷山穷水,"好光景"永远是"受苦人"的一种盼望。天快黑的时候,进山寻野菜的孩子们也都回村了,大的拉着小的,小的扯着更小的,每人的臂弯里都扠着个小篮儿,装的苦菜、苋菜,或者小蒜、蘑菇……孩子们跟在牛群后面,叽叽嘎嘎地吵,争抢着把牛粪撮回窑里②去。

越是穷地方,农活也越重。春天播种;夏天收麦;秋天玉米、高粱、谷子都熟了,更忙;冬天打坝、修梯田,总不得闲。单说春种吧,往山上送粪全靠人挑。一担粪六七十斤,一早上就得送四五趟,挣两个工分,合六分钱。在北京,才够买两根冰棍儿的。那地方当然没有冰棍儿,在山上干活渴急了,什么水都喝。天不亮,耕地的人们就扛着木犁、赶着牛上山了。太阳出来,已经耕完了几坰地。火红的太阳把牛和人的影子长长地印在山坡上,扶犁的后面跟着撒粪的,撒粪的后头跟着点籽的,点籽的后头是打土坷垃的,一行人慢慢地、有节奏地向前移动,随着那悠长的吆牛声。吆牛声有时疲惫、凄婉;有时又欢快、诙谐,引动一片笑声。那情景几乎使我忘记

---

① 受苦人:庄稼人。
② 窑里:家里。

自己是生活在哪个世纪,默默地想着人类遥远而漫长的历史。人类好像就是这么走过来的。

　　清明节的时候我病倒了,腰腿疼得厉害。那时只以为是坐骨神经疼,或是腰肌劳损,没想到会发展到现在这么严重。陕北的清明前后爱刮风,天都是黄的。太阳白蒙蒙的。窑洞的窗纸被风沙打得"唰啦啦"响。我一个人躺在土炕上……
　　那天,队长端来了一碗白馍……
　　陕北的风俗,清明节家家都蒸白馍,再穷也要蒸几个。白馍被染得红红绿绿的,老乡管那叫"zì chuī"。开始我们不知道是哪两个字,也不知道什么意思,跟着叫"紫锤"。后来才知道,是叫"子推",是为了纪念春秋时期一个叫介子推的人的。破老汉说,那是个刚强的人,宁可被人烧死在山里,也不出去做官。我没有考证过,也不知史学家们对此作何评价。反正吃一顿白馍,清平湾的老老少少都很高兴。尤其是孩子们,头好几天就喊着要吃子推馍馍了。春秋距今两千多年了,陕北的文化很古老,就像黄河。譬如,陕北话中有好些很文的字眼:"喊"不说"喊",要说"呐喊";香菜,叫芫荽;"骗人"也不说"骗人",叫作"玄谎"……连最没文化的老婆儿也会用"酝酿"这词儿。开社员会时,黑压压坐了一窑人,小油灯冒着黑烟,四下里闪着烟袋锅的红光。支书念完了文件,喊一声:"不敢睡!大家讨论个一下!"人群中于是息了鼾声,不紧不慢地应着:"酝酿酝酿了再……"这"酝酿"二字使人想到那儿确是革命圣地,老乡们还记得当年的好作风。可在我们插队的那些年里,"酝酿"不过是一种习惯了的口头语罢了。乡亲们说"酝酿"的时候,心里也明白:球事不顶!可支书让发言,大伙总得有个说的。支书也是难,其实那些政策条文早已经定了。最后,支书再喊一声:"同意啊不?"大伙回答:"同意——"然后回窑睡觉。
　　那天,队长把一碗"子推"放在炕沿上,让我吃。他也坐在炕沿上,"吧嗒吧嗒"地抽烟。"子推"浮头用的是头两茬面,很白;里头都是黑面,麸子全磨了进去。队长看着我吃,不言语。临走时,他吹吹烟锅儿,说:"唉!心儿家不容易,离家远。""心儿"就是孩子的意思。

队里再开会时,队长提议让我喂牛。社员们都赞成。"年轻后生家,不敢让腰腿坐下病,好好价把咱的牛喂上!"老老小小见了我都这么说。在那个地方,担粪、砍柴、挑水、清明磨豆腐、端午做凉粉、出麻油、打窑洞……全靠自己动手。腰腿可是劳动的本钱,唯一能够代替人力的牛简直是宝贝。老乡们把喂牛这样的机要工作交给我,我心里很感动,嘴上却说不出什么。农民们不看嘴,看手。

我喂十头,破老汉喂十头,在同一个饲养场上。饲养场建在村子的最高处,一片平地,两排牛棚,三眼堆放草料的破石窑。清平河水整日价"哗哗啦啦"的,水很浅,在村前拐了一个弯,形成了一个水潭。河湾的一边是石崖,另一边是一片开阔的河滩。夏天,村里的孩子们光着屁股在河滩上折腾,往水潭里"扑通扑通"地跳,有时候捉到一只鳖,又笑又嚷,闹翻了天。破老汉坐在饲养场前面的窑顶上看着,一袋接一袋地抽烟。"心儿家不晓得愁。"他说,然后就哑着个嗓子唱起来:"提起那家来,家有名,家住在绥德三十里铺村……"破老汉是绥德人,年轻时打短工来到清平湾,就住下了。绥德出打短工的,出石匠,出说书的,那地方更穷。

绥德还出吹手。农历年夕前后,坐在饲养场上,常能听到那欢乐的唢呐声。那些吹手也有从米脂、佳县来的,但多数是从绥德。他们到处串,随便站在谁家窑前就吹上一阵。如果碰巧那家要娶媳妇,他们就被请去,"呜里哇啦"地吹一天,吃一天好饭。要是运气不好,吹完了,就只能向人家要一点吃的或钱。或多或少,家家都给,破老汉尤其给得多。他说:"谁也有难下的时候。"原先,他也干过那营生,吃是能吃饱,可是常要受冻,要是没人请,夜里就得住寒窑:"揽工人儿难,哎哟,揽工人儿难;正月里上工十月里满,受的牛马苦,吃的猪狗饭……"他唱着,给牛添草。破老汉一肚子歌。

小时候就知道陕北民歌。到清平湾不久,干活歇下的时候我们就请老乡唱,大伙都说破老汉爱唱,也唱得好。"老汉的日子熬煎咧,人愁了才唱得好山歌。"确实,陕北的民歌多半都有一种忧伤的调子。但是,一唱起来,人就快活了。有时候赶着牛出村,破老汉憋细了嗓子唱《走西口》:"哥哥你走西口,小妹妹也难留,手拉着哥哥的手,送哥到大门口。走路你走大路,再不要走小路,大路上人马多,来回解忧愁……"场院上的婆姨、女子们嘻嘻哈哈地冲我嚷:"让老汉儿唱个《光棍哭妻》嘛,老汉儿唱得可美!"破老汉只作没听见,调子一转,唱起了《女儿嫁》:"一更里叮当响,小哥哥进了我的绣房,娘问女孩儿什么响,西北风刮得门栓响嘛哎哟……"往下的歌词就不宜言传了。我和老汉赶着牛走出很远了,还听见婆姨、女子们在场院上骂。老汉冲我眨眨眼,撅一根柳条,赶着牛,唱一路。

破老汉只带着个七八岁的小孙女过。那孩子小名儿叫"留小儿"。两口人的饭常是她做。

把牛赶到山里,正是晌午。太阳把黄土烤得发红,要冒火似的。草丛里不知名的小虫子"嗞——嗞——"地叫。群山也显得疲乏,无精打采地互相挨靠着。方圆十几里内只有我和破老汉,只有我们的吆牛声。哪儿有泉水,破老汉都知道;几镢头挖成一个小土坑,一会儿坑里就积起了水。细珠子似的小气泡一串串地往上冒,水很小,又凉又甜。"你看下我来,我也看下你……"老汉喝口水,抹抹嘴,扯着嗓子又唱一句。不知他又想起了什么。

夏天拦牛可不轻闲,好草都长在田边,离庄稼很近。我们东奔西跑地吆喝着,骂着。破老汉骂牛就像骂人,爹、娘、八辈祖宗,骂得那么亲热。稍不留神,哪个狡猾的家伙就会偷吃了田苗。最讨厌的是破老汉喂的那头老黑牛,称得上是"老谋深算"。它能把野草和田苗分得一清二楚。它假装吃着田边的草,慢慢接近田苗,低着头,眼睛却溜着我。我看着它的时候,田苗离它再近它也不吃,一副廉洁奉公的样儿;我刚一回头,它就趁机啃倒一棵玉米或高粱,掉头便走。我识破了它的诡计,它再接近田苗时,假装不看它,等它确信无虞把舌头伸向禁区之际,我才大吼一声。老家伙趔趔趄趄地后退,既惊慌又愧悔,那样子倒是有点可怜。

陕北的牛也是苦,有时候看着它们累得草也不想吃,"呼哧呼哧"喘粗气,身子都跟着晃,我真害怕它们趴架。尤其是当那些牛争抢着去舔地上渗出的盐碱的时候,真觉得造物主太不公平。我几次想给它们买些盐,但自己嘴又馋,家里寄来的钱都买鸡蛋吃了。

每天晚上,我和破老汉都要在饲养场上待到十一二点,一遍遍给牛添草。草添得要勤,每次不能太多。留小儿跟在老汉身边,寸步不离。她的小手绢里总包两块红薯或一把玉米粒。破老汉用牛吃剩下的草疙节打起一堆火,干的"噼噼啪啪"响,湿的"嗞嗞"冒烟。火光照亮了饲养场,照着吃草的牛,四周的山显得更高,黑魆魆的。留小儿把红薯或者玉米埋在烧尽的草灰里,如果是玉米,就得用树枝拨来拨去,"啪"的一响,爆出了一个玉米花。那是山里娃最好的零嘴儿了。

留小儿没完没了地问我北京的事。"真个是在窑里看电影?""不是窑,是电影院。""前回你说是窑里。""噢,那是电视。一个方匣匣,和电影一样。"她歪着头想,大约想象不出,又问起别的。"啥时想吃肉,就吃?""嗯。""玄谎!""真的。""成天价想吃呢?""那就成天价吃。"这些话她问过好多次了,也知道我怎么回答,但还是问。"你说北京人都不爱吃白肉?"她觉得北京人不爱吃肥肉,很奇怪。她仰着小脸儿,望着天上的星星;北京的神秘,对她来说,不亚于那道银河。

"山里的娃娃什么也解不开①。"破老汉说。破老汉是见过世面,他一九三七年就入了党,跟队伍一直打到广州。他常常讲起广州:霓虹灯成宿地点着、广州人连蛇也吃、到处是高楼、楼里有电梯……留小儿听得觉也不睡。我说:"城里人也不懂得农村的事呢。""城里人解开个狗吗?"留小儿问,"咯咯"地笑。她指的是我们刚到清平湾的时候,被狗追得满村跑。"学生价连犍牛和生牛也解不开。"留小儿说着去摸摸正在吃草的牛,一边数叨:"红犍牛、猴②犍牛、花生牛……爷! 老黑牛怕是难活③下了,不肯吃!""它老了,熬④了。"老汉说。山里的夜晚静极了,只听得见牛吃草的"沙沙"声蛐蛐叫,有时远处还传来狼嗥。破老汉有把破胡琴,"嗞嗞嘎嘎"地拉起来,唱:"一九头上才立冬,闯王领兵下河东,幽州困住杨文广,年太平,金花小姐领大兵……"把历史唱了个颠三倒四。

留小儿最常问的还是天安门。"你常去天安门?""常去。""常能照着⑤毛主席?""哪的来,我从来没见过。""咦?! 他就盛⑥在天安门上,你去了会照不着?"她大概以为毛主席总站在天安门上,像画上画的那样。有一回她趴在我耳边说:"你冬里回北京把我引上行不?"我说:"就怕你爷爷不让。""你跟他说说嘛,他可相信你说的了。盘缠我有。""你哪儿来的钱?""卖鸡蛋的钱,我爷爷不要,都给了我,让我买褂褂儿的。""多少?""五块!""不够。""嘻,

---

① 解(读 hài)不开:不懂。
② 猴:小。
③ 难活:病。
④ 熬:累。
⑤ 照着:望见。
⑥ 盛:住。

我哄你,看,八块半!"她掏出个小布包,打开,有两张一块的,其余全是一毛两毛的。那些钱大半是我买了鸡蛋给破老汉的。平时实在是饿得够呛,想解解馋,也就是买几个鸡蛋。我怎么跟留小儿说呢?我真想冬天回家时把她带上。可是就在那年冬天,我病得厉害了。

其实,喂牛没什么难的,用破老汉的话说,只要勤谨,肯操心就行。喂牛,苦不重①,就是熬人,夜里得起来好几趟,一年到头睡不成个囫囵觉。冬天,半夜从热被窝里爬出来的滋味可不是好受的。尤其五更天给牛拌料,牛埋下头吃得香,我坐在牛槽边的青石板上能睡好几觉。破老汉在我耳边叨唠:黑市的粮价又涨了、合作社来了花条绒、留小儿的袄烂得露了花……我哼哼哈哈地应着,刚梦见全聚德的烤鸭,又忽然掉进了什刹海的冰窟窿,打个冷战醒了,破老汉还没唠叨完。"要不回窑睡去吧,二次料我给你拌上了。"老汉说。天上划过一道亮光,是流星。月亮也躲进了山谷。星星和山峦,不知是谁望着谁,或者谁忘了谁。"这营生不是后生家做的,后生家正是好睡觉的时候。"破老汉说,然后"唉,唉——"地发着感慨。我又迷迷糊糊地入了梦乡。

碰上下雨下雪,我们俩就躲进牛棚。牛棚里净是粪尿,连打个盹的地方也没有。那时候我的腿和腰就总酸疼。"倒运的天!"破老汉骂,然后对我说:"北京够咋美,偏来这山沟沟里做什么嘛!""您那时候怎么没留在广州?"我随便问。他抓抓那几根黄胡子,用烟锅儿在烟荷包里不停地剜,瞪着眼睛愣半天,说:"咋!让你把我问着了,我也不晓球咋价日鬼的。"然后又愣半天,似乎回忆着到底是什么原因。"唉,球毛擀不成个毡,山里人当不成个官。"他说,"我那辰儿要是不回来,这辰儿也住上洋楼了,也把警卫员

---

① 苦不重:活儿不重。

带上了。山里人憨着咧,只想打罢了仗就回家,哪搭儿也不胜窑里好。球!要不,我的留小儿这辰儿还愁穿不上个条绒袄儿?"

每回家里给我寄钱来,破老汉总嚷着让我请他抽纸烟。"行!"我说,"'牡丹'的怎么样?""唏——'黄金叶'的就拔尖了!""可有个条件。"我凑到他耳边,"得给后沟里的送几根去。""憨娃娃!"他骂。"后沟里的"指的是住在后沟里的一个寡妇,比破老汉小十几岁,村里人都知道那寡妇对破老汉不错。老汉抽着纸烟,望着远处。我也唱一句:"你看下我来,我也看下你……"递给他几根纸烟,向后沟的方向示意。他不言传,笑眯眯地不知想着什么。末了,他把几根纸烟装进烟荷包,说:"留小儿大了嫁到北京去呀!"说罢笑笑,知道那是不沾边儿的事。

在后山上拦牛的时候,远远地望着后沟里的那眼土窑洞,我问破老汉:"那婆姨怎么样?""亮亮妈,人可好。"他说。我问:"那你干吗不跟她过?""唏——老了老了还……"他打岔。"算了吧!"我说:"那你夜里常往她窑里跑?"我其实是开玩笑。"咦!不敢瞎说!"他装得一本正经。我诈他:"我都看见了,你还不承认!"他不言传了,尴尬地笑着。其实我什么也没看见。

破老汉望着山脚下的那眼窑洞。窑前,亮亮妈正费力地劈着一疙瘩树根;一个男孩子帮着她劈,是亮亮。"我看你就把她娶了吧,她一个人也够难的。再说,也就有人给你缝衣裳了。""唉,丢下留小儿谁管?""一搭里过嘛!""她的亮亮也娇惯得危险①,留小儿要受气呢。后妈总不顶亲的。""什么后妈,留小儿得管她叫奶奶了。""还不是一样?"山里没人,我们敞开了说,亮亮家的窑顶上冒起了炊烟。老汉呆呆地望着,一缕蓝色的轻烟在山沟里飘绕。小学校放学的钟声"当当"地敲响了。太阳下山了,收工的人们扛着锄头在暮霭中走。拦羊的也吆喝着羊群回村了,大羊

---

① 危险:严重、厉害。

喊,小羊叫,"咩咩"地响成一片。老汉还是呆呆地坐着,闷闷地抽烟。他分明是心动了,可又怕对不起留小儿。留小儿的大①死得惨,谁也不敢向破老汉问起这事,据说,老汉一想起就哭,自己打自己的嘴巴。听说,都是因为破老汉舍不得给大夫多送些礼,把儿子的病给耽误了。其实,送十来斤米或者面就行。那些年月啊!

　　秋天,在山里拦牛简直是一种享受。庄稼都收完了,地里光秃秃的,山洼、沟掌里的荒草却长得茂盛。把牛往沟里一轰,可以躺在沟门上睡觉;或是把牛赶上山,在下山的路口上坐下,看书。秋山的色彩也不再那么单调:半崖上小灌木的叶子红了,杜梨树的叶子黄了,酸枣棵子缀满了珊瑚珠似的小酸枣……尤其是山坡上绽开了一丛丛野花,淡蓝色的,一丛挨着一丛,雾蒙蒙的。灰色的小田鼠从黄土坷垃后面探头探脑;野鸽子从悬崖上的洞里钻出来,扑棱棱飞上天;野鸡咕咕嘎嘎地叫,时而出现在崖顶上,时而又钻进了草丛……我很奇怪,生活那么苦,竟然没人捕食这些小动物。也许是因为没有枪,也许是因为这些鸟太小也太少,不过多半还是因为别的。譬如:春天燕子飞来时,家家都把窗户打开,希望燕子到窑里来做窝;很多家窑里都住着一窝燕儿,没人伤害它们。谁要是说燕子的肉也能吃,老乡们就会露出惊讶的神色,瞪你一眼:"咦!燕儿嘛!"仿佛那无异于亵渎了神灵。

　　种完了麦子,牛就都闲下了,我和破老汉整天在山里拦牛。老汉不闲着,把牛赶到地方,跟我交代几句就不见了。有时忽然见他出现在半崖上,奋力地劈砍着一棵小灌木。吃的难,烧的也难,为了一把柴,常要爬上很高很陡的悬崖。老汉说,过去不是这样,过去人少,山里的好柴砍也砍不完,密密匝匝的,人也钻不进去。老人们最怀恋的是红军刚到陕北的时候,打倒了地主,分了地,单干。

---

① 大:爹。

"才红了①那辰儿,吃也有得吃,烧也有得烧,这咋会儿,做过啦②!"老乡们都这么说。真是,"这咋会儿",迷信活动倒死灰复燃。有一回,传说从黄河东来了神神,有些老乡到十几里外的一个破庙去祷告,许愿。破老汉不去。我问他为什么,他皱着眉头不说,又哼哼起《山丹丹花开花红艳艳》。那是才红了那辰儿的歌。过了半天,使劲磕磕烟袋锅,叹了口气:"都是那号婆姨闹的!""哪号?"我有点明知故问。他用烟袋指指天,摇摇头,撇撇嘴:"那号婆姨,我一照就晓得……"如此算来,破老汉反"四人帮"要比"四五"运动早好几年呢!

在山里,有那些牛做伴,即便剩我一个人也并不寂寞。我半天半天地看着那些牛,它们的一举一动都意味着什么,我全懂。平时,牛不爱叫,只有奶着犊子的生牛才爱叫。太阳一偏西,奶着犊儿的生牛就急着要回村了,你要是不让它回,它就"哞——哞——"地叫个不停,急得团团转,无心再吃草。有一回,我在山洼洼里,睡着了,醒来太阳已经挨近了山顶。我和破老汉吆起牛回村,忽然发现少了一头。山里常有被雨水冲成的暗洞,牛踩上就会掉下去摔坏。破老汉先也一惊,但马上看明白了,说:"没麻搭,它想儿,回去了。"我才发现,少了的是一头奶犊儿的生牛。离村老远,就听见饲养场上一声声牛叫了,儿一声,娘一声,似乎一天不见,母子间有说不完的贴心话。牛不老③在母亲肚子底下一下一下地撞,吃奶。母牛的目光充满了温柔、慈爱,神态那么满足、平静。我喜欢那头母牛,喜欢那只牛不老。我最喜欢的一头红犍牛,高高的肩峰,腰长腿壮,单套也能拉得动大步犁。红犍牛的犄角长得好,又粗又长,向前弯去;几次碰上邻村的牛

---

① 才红了:指红军刚到陕北。
② 做过啦:弄糟了。
③ 牛不老:牛犊。

群,它都把对方的首领顶得败阵而逃。我总是多给它拌些料,犒劳它。但它不是首领。最讨厌的还是那头老黑牛,不仅老奸巨猾,而且专横跋扈,双套它也会气喘吁吁,却占着首领的位置。遇到外"部落"的首领,它倒也勇敢,但不下两个回合,便跑得比平时都快了。那头老生牛就好,虽然比老黑牛还老,却和蔼得很,再小的牛冲它伸伸脖子,它也会耐心地为之舔毛。和牛在一起,也可谓其乐无穷了。不然怎么办呢?方圆十几里内看不见一个人,全是山。偶尔有拦羊的从山梁上走过,冲我呐喊两声。黑色的山羊在陡峭的岩壁上走,如走平地,远远看去像是悬挂着的棋盘;白色的绵羊走在下边,是白棋子。山沟里有泉水,渴了就喝,热了就脱个精光,洗一通。那生活倒是自由自在,就是常常饿肚子。

破老汉有个弟弟,我就是顶替了他喂牛的。据说那人奸猾,偷牛料;头几年还因为投机倒把坐过县大狱。我倒不觉得那人有多坏,他不过是蒸了白馍跑到几十里外的车站上去卖高价,从中赚出几升玉米、高粱米,白面自家舍不得吃。还说他捉了乌鸦,做熟了当鸡卖,而且白馍里也掺了假。破老汉看不上他弟弟,破老汉佩服的是老老实实的受苦人。

一阵山歌,破老汉担着两捆柴回来了。"饿了吧?"他问我。"我把你的干粮吃了。"我说。"吃得下那号干粮?"他似乎感到快慰。他"哼哼唉唉"地唱着,带我到山背洼里的一棵大杜梨树下。"咋吃!"他说着爬上树去。他那年五十六岁了,看上去还要老,可爬起树来却比我强。他站在树上,把一杈杈结满了杜梨的树枝撅下来,扔给我。那果实是古铜色的,小指甲盖儿大小,上面有黄色的碎斑点,酸极了,倒牙。老汉坐在树杈上吃,又唱起来:"对面价沟里流河水,横山里下来些游击队……"那是《信天游》。老汉大约又想起了当年。他说他给刘志丹抬过棺材,守过灵。别人说他是吹牛。破老汉有时是好吹吹牛。"牵牛牛开花羊跑青,二月里见罢到如今……"还是《信天游》。我冲他喊:"不是夜来黑喽①才见罢吗?""憨娃娃,你还不赶紧寻个婆姨?操心把'心儿'耽误下!"他反唇相讥。"后沟里的可会迷男人?""咦!亮亮妈,人可好!""这两捆柴,敢是给亮亮妈砍的吧?""谁情愿要,谁扛去。"这话是真的,老汉穷,可不小气。

有一回我半夜起来去喂牛,借着一缕淡淡的月光,摸进草窑。刚要揽草,忽然从草堆里站起两个人来,吓得我头皮发麻,不禁喊了一声,把那两个人也吓得够呛。一个岁数大些的连忙说:"别怕,我们是好人。"破老汉提着个马灯跑了来,以为是有了狼。那两个人是瞎子,说书的,从绥德来。天黑了,就摸进草窑,睡了。破老汉把他们引回自家窑里,端出剩干粮让他们吃。陕北有句民谣:"老乡见老乡,两眼泪汪汪。"老汉和两个瞎子长吁短叹,唠了一宿。

第二天晚上,破老汉操持着,全村人出钱请两个瞎子说了一回书。书说得乱七八糟,李玉和也有,姜太公也有,一会儿是伍子胥一夜白了头,一会儿又是主席语录。窑顶上,院墙上,磨盘上,坐得全是人,都听得入神。可说的是什么,谁也含糊。人们听的是那么个调调儿。陕北的说书实际是唱,弹着三弦儿,哀哀怨怨地唱,如泣如诉,像是村前汩汩而流的清平河水。河水上跳动着月光。满山的高粱、谷子被晚风吹得"沙沙"响。时不时传来一阵响亮的驴叫。破老汉搂着留小儿坐在人堆里,小声跟着唱。亮亮妈带着亮亮坐在窑顶上,穿得齐齐整整。留小儿在老汉怀里睡着了,她本想是听完了书再去饲养场上爆玉米花的,手里攥着那个小手绢包儿。山村里难得热闹那么一回。

我倒宁愿去看牛顶架,那实在也是一项有益的娱乐,给人一种

---

① 夜来黑喽:昨天晚上。

力量的感受,一种拼搏的激励。我对牛打架颇有研究。二十头牛(主要是那十几头犍牛、公牛)都排了座次,当然不是以姓氏笔画为序,但究竟根据什么,我一开始也糊涂。我喂的那头最壮的红犍牛却敬畏破老汉喂的那头老黑牛。红犍牛正是年轻力壮的时候,肩峰上的肌肉像一座小山,走起路来步履生风;而老黑牛却已显出龙钟老态,也瘦,只剩下一副高大的骨架。然而,老黑牛却是首领。遇上有哪头母牛发了情,老黑牛便几乎不吃不喝地看定在那母牛身旁,绝不允许其他同性接近。我几次怂恿红犍牛向它挑战,然而只要老黑牛晃晃犄角,红犍牛便慌忙躲开。我实在憎恨老黑牛的狂妄、专横,又为红犍牛的怯懦而生气。后来我才知道,牛的排座次是根据每年一度的角斗,谁夺了魁,便在这一年中被尊崇为首领,享有"三宫六院"的特权,即便它在这一年中变得病弱或衰老,其他的牛也仍为它当年的威风所震慑,不敢贸然不恭。习惯势力到处在起作用。可是,一开春就不同了,闲了一冬,十几头犍牛、公牛都积攒了气力,是重新较量、争魁的时候了。"男子汉"们各自权衡了对手和自己的实力,自然地推举出一头(有时是两头)体魄最大,实力最强的新秀,与前冠军进行决赛。那年春天,我的红犍牛正处在新秀的位置上,开始对老黑牛有所怠慢了。我悄悄促成它们的决斗,把它们引到开阔的河滩上去(否则会有危险)。这事不能让破老汉发觉,否则他会骂。一开始,红犍牛仍有些胆怯,老黑牛尚有余威。但也许是春天的母牛们都显得愈发俊俏吧,红犍牛终于受不住异性的吸引或是轻蔑,"哞——哞——"地叫着向老黑牛挑战了。它们拉开了架势,对峙着,用蹄子刨土,瞪红了眼睛,慢慢地接近,接近……猛地扭打到一起。这时候需要的是力量,是勇气。犄角的形状起很大作用,倘是两只粗长而向前弯去的角,便极有利,左右一晃就会顶到对方的虚弱处。然而,红犍牛和老黑牛都长了这样两只角。这就要比机智了。前冠军毕竟老朽了,过于相信自己的势力和威风,新秀却认真、敏捷。红犍牛占据了有利地形(站在高一些的地方比较有利),逼得老黑牛步步退却,只剩招架之功。红犍牛毫不松懈,瞄准机会把头一低,一晃一冲,顶到了对方的脖子。老黑牛转身败走,红犍牛追上去再给老首领的屁股上加一道失败的标记。第一回合就此结束。这样的较量通常是五局三胜制或九局五胜制。新秀连胜几局,元老便自愿到一旁回忆自己当年的矫勇去了。

为了这事,破老汉阴沉着脸给我看。我笑嘻嘻地递过一根纸烟去。他抽着烟,望着老黑牛屁股上的伤痕,说:"它老了呀!它救过人的命……"

据说,有一年除夕夜里,家家都在窑里喝米酒,吃油馍,破老汉忽然听见牛叫、狼嗥。他想起了一只出生不久的牛不老,赶紧跑到牛棚。好家伙,就见这黑牛把一只狼顶在墙旮旯里。黑牛的脸被狼抓得流着血,但它一动不动,把犄角牢牢地插进了狼的肚子。老汉打死了那只狼,卖了狼皮,全村人抽了一回纸烟。

"不,不是这。"破老汉说,"那一年村里的牛死的死,杀的杀(他没说是哪年),快光了。全凭好歹留下来的这头黑牛和那头老生牛,村里的牛才又多起来。全靠了它,要不全村人倒运吧!"破老汉摸摸老黑牛的犄角。他对它分外敬重。"这牛死了,可不敢吃它的肉,得埋了它。"破老汉说。

可是,老黑牛最终还是被人拖到河滩上杀了。那年冬天,老黑牛不小心踩上了山坡上的暗洞,摔断了腿。牛被杀的时候要流泪,是真的。只有破老汉和我没有吃它的肉。那天村里处处飘着肉香。老汉呆坐在老黑牛空荡荡的槽前,只是一个劲抽烟。

我至今还记得这么件事:有天夜里,我几次起来给牛添草,都发现老黑牛站着,不卧下。别的牛都累得早早地卧下睡了,只有它喘着粗气,站着。我以为它病了,走进牛棚,摸摸它的耳朵,这才发现,在它肚皮底下卧着一只牛不老。小牛犊正睡得香,响着均匀的鼾声。牛棚很窄,各有各的"床位",如果老黑牛卧下,就会把小牛犊压坏,我把小牛犊赶开(它睡的是"自由床位"),老黑牛"扑通"一声卧倒了。它看着我,我看着它。它一定是感激我了,它不知道谁应该感激它。

那年冬天,我的腿忽然用不上劲儿了,回到北京不久,两条腿都开始萎缩。

住在医院里的时候,一个从陕北回京探亲的同学来看我,带来了乡亲们捎给我的东西:小米、绿豆、红枣儿、芝麻……我认出了一个小手绢包儿,我知道那里头准是玉米花。

那个同学最后从兜里摸出一张十斤的粮票,说是破老汉让他捎给我的。粮票很破,渍透了油污,背后用一条白纸相连。

"我对他说这是陕西省通用的,在北京不能用,破老汉不信,说:'咦!你们北京就那么高级?我卖了十斤好小米换来的,咋啦不能用?'我只好带给你。破老汉说你治病时会用得上。"

唔,我记得他儿子的病是怎么耽误了的,他以为北京也和那儿一样。

十年过去了。前年留小儿来了趟北京,她真的自个儿攒够了盘缠!她说这两年农村的生活好多了,能吃饱,一年还能吃好多回肉。她说,黑肉真的还是比白肉①好吃些。

"清平河水还流吗?"我糊里巴涂地这样问。

"流哩嘛!"留小儿"咯咯"地笑。

"我那头红犍牛还活着吗?"

"在哩!老下了。"

我想象不出我那头浑身是劲儿的红犍牛老了会是什么样,大概跟老黑牛差不多吧,既专横又慈爱……

---

① 黑肉:瘦肉、精肉;白肉:肥肉。

留小儿给他爷爷买了把新二胡。自己想买台缝纫机,可是没买到。

"你爷爷还爱唱吗?"

"一天价瞎唱。"

"还唱《走西口》吗?"

"唱。"

"《揽工调》呢?"

"什么都唱。"

"不是愁了才唱吗?"

"咦?!谁说?"

关于民歌产生的原因,还是请音乐家和美学家们去研究吧。我只是常常记起牛群在土地上舔食那些渗出的盐的情景,于是就又想起破老汉那悠悠的山歌:"崖畔上开花崖畔上红,受苦人过得好光景……"如今,"好光景"已不仅仅是"受苦人"的一种盼望了。老汉唱的本也不是崖畔上那一缕残阳的红光,而是长在崖畔上的一种野花,叫山丹丹,红的,年年开。

哦,我的白老汉,我的牛群,我的遥远的清平湾……

1982 年

白色的纸帆

我把五个候选人的名字依次写在统计表上——五个陌生的名字。第一个是警察,这我记得很清楚。第二个呢?其中有一个是诗人,但忘了是第几个了。管他!反正都一样,五个人之中无论哪三个中选,对我来说都不过是一件工作、一个费尽周折而谋来的职业而已。是人都得有一种谋生的方法。

窗外的夜来香蔫了,只一夜。三十年,好像也只是一夜。扒在墙头上看大人们投票而摔伤了腿的事好像就在昨天……爸爸异常心疼地把我搂在怀里,妈妈小心地给我包扎伤口。我问爸爸为什么没去投票,爸爸不言语。我又问妈妈,妈妈说已经投过了。"我呢?""你还小。"……然而,好像只一夜,我已经老了,三十岁,一脸皱纹,就像窗外那朵夜来香。珍珠霜没用。

老江把红色的票箱抱进来,又阴沉着脸出去了。为了那个疯子投了票的事,他一定是后悔了,后悔当初不该管爸爸的闲事——我终于能"困"退回来,并且在这间明亮的办公室里有一席栖身之地,全是靠了老江。不,全是靠了爸爸有幸为他的老上级镶了一口好牙。

"都调查过了,那个疯子肯定是去投了票。"门外传来一个女人的声音。

"肯定?肯定投进票箱了吗?"问话的是老江。

"没办法了,看见的人很多。"

老江叹了一口气。

"到处都当笑话在传,说他投完票还背了一段语录,背的是'你们要关心国家大事'。"

为了这件事,爸爸昨天晚上冲我大发雷霆。"刚上了两个月班就出这么大的错,你把我的老脸丢尽了!""让你的老上级把那口好牙吐出来,我再回我的小山沟去!"我毫不示弱,从厨房里探出头冲爸爸喊。"混账话!"爸爸拍桌子。"狗崽子话!"我说。幸亏爆葱花的声音更大些,爸爸没听清。妈妈慌忙把爸爸往里屋拉。爸爸还在喊:"三十岁的人了,整天昏头昏脑的,不知在想些什么……"

我想着我的梦……还是踌躇着,不敢走向那条小河,不敢走向河边的那片草地,河对岸的那座灰楼。但我已经望得见它们了,听见了小河的"叮冬"声。那儿藏着一个十六岁少女的梦。

十几年了。每次梦中,小河还是闪着星光在我身旁流过,虫叫、蛙鸣、夜露清凉……他从三层楼的窗口顺着绳子溜下来,学着蛐蛐叫,带着满身汗酸味摸到我身旁……"你比我大八岁。"梦里我总是重复着这句话。我跪在小河边的草丛中,用衣袖给他擦拭那支闪亮的长矛。他就双手垫在脑后,仰面朝天地躺在我面前。我竭力想看清楚他的脸,但月亮落了,太阳还没有升起。他揪住我垂下来的辫梢:"没办法,只有天亮前这一段黑暗是咱们的。"他的声音圆润,轻柔。"你比我大八岁。"我又说,心里觉得委屈,似乎"八岁"是一道不可逾越的鸿沟。他用一根小草把我的两根小辫扎在一起,"你一定很漂亮。"他说。他慢慢地扎,揪得我有些疼,笨拙,可是认真。"没办法,天一亮他们就要开枪。"我说。"小妹妹,如果我死了,我也不会为碌碌无为而羞愧了。"他的声音忽然变得虚幻、缥缈、像草叶上吹过的夜风。我急得要哭:"不,你不会死,你才二十四岁!""我在那些星星上等你,你还来给我们送馒头,避开'红团'的封锁……"他的声音飘远了,飘进了没有尽头的黑色的宇宙。就在那一霎,我看见了他的脸,但那是一张像老柏树皮一样的老人的脸,满头白发,弓腰驼背,无声无息地织补着一张破旧的渔网……

"准备好了吗?"老江在桌子那边坐下,老花镜上缘挑着一双严肃的眼睛,总使人觉得他不曾有过童年。

我把统计表往他眼前推了推,又用钢笔扒拉回来。

他从票箱里掏出一张选票,沙哑着嗓子念道:"前三个是圈,后两个是叉。"

怎么,第一张就是我的?投票那天很忙乱,本想再问问第几个是那位诗人(不知为什么,我觉得诗人信不过),但没来得及,便顺手在前三位名下画了圈。也忘了第一个是警察。

"以后什么大事也不能交给你们这些年轻的去干,我早说过,"老江擤擤鼻子,愤愤地嘟囔着,"普选试点这么大的事……前三个是圈,后两个是叉。"

我又在前三位名下画上一横,看来图省事的并不止我一个。

"也许还能把他那张选票找出来?"我说。

"别做梦,姑娘,这是不记名投票。前三个是圈后两个是叉。懂吗?你怎么找?"

但我已经走到小河边了。为了给对岸那座灰楼里的选民们送去选民证,我竟轻易地踏进了这片梦境,轻易得连我自己都感到惊讶。十几年中,每次探亲回来都指望能在无意中看见你们,但每次又都绕道而行。想做那个美梦,又怕再做那个噩梦……

草丛显得比过去低矮、稀疏,细细的河流不知什么时候变成了暗红色,疲倦地流着。没有虫叫和蛙鸣,连青苔和泥土的气息也显得淡薄。河上漂着从化工厂里冲出来的废塑料商标,飘散着一股铁锈味。太阳正骄横地灼烤着大地,空气在地面上颤抖。

一个光着膀子的大汉正和一个五六岁的小姑娘蹲在对岸的树荫下,低着头往河里放小船。一排纸叠的小船,五颜六色,像一道彩虹,还都扬着一面白色的纸帆。

"一、二、三、四、五。"小姑娘数着,小巧的食指伸得很直。

船队在水面上悠悠地漂去了,漂远了,不见了。小姑娘踮起脚尖久久地眺望,风吹开了她的小褂,露出鼓鼓的小肚子。"它们开到哪儿去了呀?"她把手指含在嘴里,喃喃地说。

灰楼的每一扇玻璃窗都在燃烧,使人觉得不安宁。我寻找着我们经常在那儿相会和分手的那片草丛,记得那儿有几株不知名的灌木。既然来了,就不如找到它们,即便是噩梦。人有时候得信命。是我自愿来的,我向老江要求,让我来给这座灰楼里的选民发选民证。也许是因为书包里这些白色的卡片可以安慰楼顶上那片深深的弹痕?十几年前的那个深夜,星星跟着我走到这儿,我也是自愿来的。我蔑视爸爸妈妈的劝阻,决定支持被包围在这座灰楼里的"革造"派。十六岁!十六岁并没有很多观点,十六岁的、右派的女儿只是想以不同寻常的英勇行为获准参加到伟大的运动中去。只有受压的组织才肯收留一个右派的女儿,十六岁都可以作出这么有远见的判断了。……背着馒头和咸菜,避开戒备森严的大道,从小时候捉迷藏时发现的那条秘密的小路走来,荆棘和酸枣刺划破了衣服和胳膊……在草丛中爬,露水从草叶上滚落到衣领里——姥姥说过,那是一个没有兄弟姐妹的小姑娘的泪水;小姑娘躺在草地上对着月亮思念死去的父亲……没有月亮,只有星,我祈求每一颗星星,让我碰上一个好人吧! 一个像洪常青或者卢嘉川那样的人,他能把我带到伟大的革命洪流中去。伟大的革命洪流就在小河那边,就像抗日战争或者解放战争……

她曾多少次遗憾自己生得太晚呀,她在很小的时候就决心不做爸爸妈妈那样的人,正像她非常看不起于永泽那样……

"前三个是圈,后两个……听见没有? 后两个是叉。"

前三位名下已经有十好几个"正"字了。

"年轻人应该多把脑子往工作上用,你说呢?前三个是圈、后两个是叉……"

……爬到了那几株小灌木旁,我喊:"同志们,我给你们送馒头来啦!"四周响起了枪声。我扑倒在草丛里,把馒头压在身下,就像子弹会把馒头打死似的。"把'红团'的火力引到这儿来!"楼顶上传来一个勇敢的声音。真像样!

是他喊的,后来他终于承认那是他喊的。

……我为自己的胆怯而羞愧,跳起来,蹚过小河,冲向灰楼。如果有一颗罪恶的子弹穿透我的胸膛,后人还会唱起那支歌:五月的鲜花,开遍了原野……

她当时就是那么想的,那个穿着用从商店里买来的绿布做成的"军装"的小姑娘。

……一个黑影把我扑倒,"别咬,小妹妹你别咬,是自己人。"那声音粗犷又亲切。自己人?我委屈地哭了,一半是因为有了"自己人",一半是因为想起了妈妈大概正四处找我呢。"我死了吗?"我听见我低泣的声音。他"吭吭吭"地笑了,把我抱到墙根下,一股劲说:"真行,小妹妹你真行。"我多么愿意有一个大哥哥呀!可我没有,我只有一个右派的爸爸,妈妈只会叹气,弟弟妹妹还不懂得人生。我不想从他怀里挣脱出来,他的胳膊真有劲,热乎乎的一股汗酸味……

"不是吹,干了这么多年工作,哪怕是一丁点小错儿,我老江也没出过。前三个是圈……"

"其实,多一个精神病人的选票又有什么关系?"我本来没想说出声。

"这是法律,姑娘!疯子和傻子都没有选举权和被选举权!"

老江一挥手,险些把票箱碰翻。

"我是说,反正不会影响选举结果。"

"可选票是有数的,多出一张来怎么向上边交代?后两个是叉……再说上边已经知道了。写个检查呗,我老江这辈子还是'大姑娘上轿'——头一回。"

小姑娘在每只船篷上都插上一面白色的纸帆。又一支船队下水了。

"它们要开到海里去了吧?"小姑娘仰起脸来问那个光着膀子的大汉。

大汉不言语,只顾低头重新叠一只纸船。

小姑娘又站起来眺望。又一道彩虹漂去了,漂远了,不见了。"开到海里去了。"小姑娘忽闪着梦一般的眼睛,小嘴张得圆圆的,打了个哈欠。

大汉连头都不抬一下,似乎他只醉心于造船,似乎他相信河流会稳妥地安排小船的命运。这是个不会带孩子的父亲,要不就是个哑巴。

灰楼里传出李双江的歌声。在他常常溜下来的那个窗口,一个妇女正在晾尿布;在另一个他常常溜下来的窗口,坐着一个老人。"再见吧妈妈,假如我在战场上光荣牺牲,山茶花会陪伴着妈妈……"我浑身发软地坐倒在草地上。他的妈妈如今陪伴着什么呢?

……他把一个装得厚厚的信封塞在我手里,"帮我寄封信好吗,小妹妹?"他说。"给谁的?"不知为什么我有些担心,十六岁少女的心在"突突"地跳了。"给妈妈,我已经有半年没接到妈妈的信了,给她的信也寄不出去……"他趴在草地上,用长矛在地上挖着。我还是看不清他的脸,但我觉得他在竭力不让泪水流出,因为他的呼吸有些颤抖,许久许久不出声。"会有人照顾你妈妈的。"我说。我是想安慰他。"没有,妈妈只有我一个,她盼我大学毕业后回到她身边去。"连星光也没有,乌云推迟了黎明,我们趴在草丛里,比每夜都待得久。"她在小岛的岸边,每天织捕鱼网,网丝就像她的白发……你见过海吗?""海是蔚蓝的?""海经常变幻颜色。""金色的海滩上有很多漂亮的贝壳吗?""你爱吃螃蟹吗?我们那儿可多了。""我有点怕,可我爱吃椰子。""你见过木棉花吗?红得像火。""海风呢?很清新,鼓起点点白帆,是吗?""有时候也很凶猛,海浪也会吞没渔船……爸爸就再也没回来。""解放前?""不,他那只小船太小了,又不结实。""你害怕过吗?""你是说海?""不,我是说'红团'派向你射击的时候。"……灰黑色的夜雾在草地上飘荡,我们互相挨得近些,更近些。只有小河"叮叮冬冬"地流着,像我们的心声……楼上有人学蛙鸣,催他快些回去。天快亮了。他爬起来,背起那袋馒头,"如果我死了,妈妈最终会理解我的,她会为她的儿子感到骄傲的。"他说。他"哗啦哗啦"地蹚过小河去。我把厚厚的信封贴在"突突"激跳的胸前。他正是少女心中那种为了理想献身的英雄。我想象着他的模样,像洪常青?卢嘉川?还是像牛虻?

"注意,你想什么呢!"老江的声音吓了我一跳,"我知道你就得记错。"

"没错儿,前三个是圈。"我说。

"这回五个都是叉!"

跟五个都是圈的效果一样。刚才有一个五个都是圈的。

"前三个是圈,后两个是叉。"老江那单调的声音又响起来了。

"是说不唱票了吗?"我问。

"这不是在唱吗?"

"我是说公开唱票,向所有的选民。"

"不该你管的事你倒是挺能动脑筋。"老江哈了哈老花镜的镜片,用衣角擦着。

"让你干什么就干什么。精神病投票,你这娄子还嫌惹得小是怎么着?"

"你不在船帆上写几个字吗?"小姑娘对那个大汉说,"爸爸活着的时候就写。"她趴在他背上,用纤细的手指轻轻地理着他蓬乱的头发。原来他不是小姑娘的父亲。

"写什么?"

哦!大汉的声音就像唱机的速度突然变慢那样,喑哑、呆钝。他也不是哑巴。

"一、二、三、四、五。"小姑娘又翘起手指数小船,"你干吗老是叠五只呀?"她凑在大汉的耳边问。

"你五岁。"大汉说。

"它们开到海里去么?"

大汉不言语。

"不,海很远,纸叠的小船开不到。"我向对岸的小姑娘说。

小姑娘却不以为然地白了我一眼,那意思是:我问你了么?然后,她又摇晃着大汉的胳膊:"是开到海里去了,是!"她噘起嘴,甚至要哭了。大汉低着的头终于点了点。

小姑娘满意地长吁了一口气,偎依在大汉膝旁,托着腮,望着河水。

"您不能糊弄她,孩子什么都当真呢。"

大汉向我仰起脸来。唔!我一脚险些踏进河里;他的眼神呆滞,阴冷得怕人,嘴边还挂着涎水。

电话铃响了。老江对着话筒"哼哼"了两声,忍气吞声地挂了电话。"事惹大啦!"他斜了我一眼,嘟囔着,"全知道了,试点,试点,试出个疯子选举的点来!"

"是我干的,我一个人承担责任。"我说。

"你承担又怎么样?这个试点归我负责。上边也是瞪着两眼说梦话呢,一定要把那张选票找出来,挽回影响。"

"怎么办?"

"实在没辙,随便找出一张来,就说是那个疯子的,妈的,反正都一样,活人别让尿憋死。喂,别发愣。前三个是圈,后两个是叉。"

我走进灰楼,走上楼梯。楼梯两边的墙上,"打倒刘邓陶"的墨迹依稀可辨,只是上面又多了一层粉笔写的骂人的话,证明这不是"革造司令部"了。什么时候改成家属楼的?我忽然意识到,我终于走进这座当年那么令我神往的楼里来了。……"不,今晚我就不回去了!"我生气地甩开他的胳膊,想要蹚过小河去。他一把把我拉倒在草丛里:"不,我不许!""你!你不是卢嘉川,你是于永泽!"少女的秘密就这样泄露了。他紧紧地搂住我。我听话地在他怀里抽泣,咬他粗壮的胳膊:"'红团'马上要总攻了,我要和你在一起,死,死在一起。""不,你不能死……""那你呢?""我?我也不死……我要回到海岛去,妈妈在等我。你愿意和我一起去吗?"我点头,使劲点头,把嘴贴在他厚实的胸脯上,堵住哭声。我枕着他的胳膊,梦想着海……星星快要灭了,楼顶上又传来催促他的咳嗽声……

昏暗深长的楼道两边交错地站着两排火炉,像是仪仗队,像是在标榜那是一个家。我差点撞在垃圾箱上。二氧化碳的比例肯定不小。幸亏楼道两头的玻璃窗早已荡然无存。我翻开选民登记册,敲着每只炉子旁边的门。

"这是您的选民证,要认真行使自己的公民权利。"我微笑着说。

"当然当然,这是党给我们的光荣权利。"选民微笑着说。

"这是您的选民证,光荣的权利要认真行使。"我微笑着说。

"这权利是党给的,来之不易,当然当然。"选民微笑着说。

....

下回再有这差事,不如带一台录音机,把那几句话事先录好,到时候一放就行了。既可以提高工作效率,又可以减轻劳动强度。微笑怎么办呢?也许能用电针机?在针灸科见过那玩意儿。需要在颤动的肌肉上刺进银针,接通电源,还可以控制微笑的频率。

"前三个是圈,后两个是叉。"

老江也需要一台录音机。

"您只要说'同上'就行了。"

老江不以为然地看了看我,继续念道:"前三个是圈,后两个是叉。"

随他去吧,他宁肯要一种低效率、高强度的工作方法。光是引进先进技术可没用。比如说,用录音机就对付不了一些特殊情况……

一个头发快掉光了的老太太抬起浑浊得发灰的眼睛,问我:"姑娘,这证儿从几月份开始用?这个月有芝麻酱吗?"……那个像宾努亲王似的不住地摇头的老头儿,仔细查看了选民证,慨叹道:"这回一人一个就好了,要不我家人口多,按户供应的东西总要吃亏。"……

楼下乱哄哄的,似乎发生了什么事。在楼梯拐弯处的窗口,我探出头去。

"噢!背一段,背一段最高指示!"

"背一段,背一段给你说个媳妇儿!"

一群冒着烟儿的小伙子正围着那个大汉寻开心。大汉蹲在河边,大惑不解似的呆望着众人。彩色的纸片从他膝上飞开了,飞得到处都是。小姑娘哪儿去了呢?

"背呀!背那段,知识青年到农村去受罪很有必要……"一阵阵尖亮的口哨声和笑骂声。

大汉猛地站起来,喊道:"你们胡说!"声音仍是那么喑哑、呆钝。

"那听你的。"一个穿花格衬衫的小伙子冲众人喊,"别叫唤了!听'决裂老兄'的高见!"

"知、识、青、年、到、农、村、去……"他一字一板地背起来。

"听说他当年还是'彻底决裂'的典型,上过报纸?"我问老江。

"谁?"

"那个精神病,投了票的那个。"

"前三个是圈,后两个是叉。"

"听说当时他父母拉他的后腿,他还把'战友们'召集到他家里,做二老的思想工作?"

老江向我抬起一脑门皱纹:"工作的时候就只想工作,嗯?"

老江曾经是知青办的头儿,我差点给忘了。

"听我那个老首长说,你父亲是个非常认真的人,你应该像他那样对待工作。总想别的事,工作上非出错儿不可。"

像爸爸那样认真地当二十年右派吗?还是像您的老上级那样,认真地被人把牙齿打掉?像爸爸那样认真地给他镶一口好牙?然后认真地跟他说"我有个女儿在云南"?然后您老江认真地打开后门?我认真地报上户口,就像过去认真地写过十遍入党申请书那样?也许就是您那位老上级当年认真地把我爸爸划成右派的吧?当然,把我爸爸划成右派的那个人已经在"文化大革命"中认真地跳了楼……

"在、那、里、是、可、以、大、有、作、为、的……"大汉认真地背着。

我想哭,哭我这碌碌无为的而立之年么?

……星星特别多,银河像一缕轻烟横过深蓝深蓝的天。我们最后一次趴在草丛里……"你去建设新农村,消灭三大差别。"他抚弄着我的头发说。"你在为毛主席的革命路线而战。"我说,用头使劲顶他那结实的胸膛。"这样,在我们死的时候……""不,你答应过我,你不死!""当然,三天后我们就能突围。你不会忘了我吧?""你坏,让你坏!"我掐他的胳膊,"嘘——疼了吧?""你去吧。""毛主席的号召,我必须去,我愿意去。""我不会拉你的后腿。"他笑着说,"在我们死的时候……""你还说!""我是说,在我们死的时候,不会为碌碌无为而羞愧了。""我当然相信!"……

"别他妈总背这一段了!唱一个,唱一个!"

大汉唱了起来:"是那山谷的风,吹动了我们的红旗……"

唔!我们这一代人都曾为这样的歌声激动过。还有那支歌:"在那春光明媚的早晨,列车奔向远方,车厢里满载着年轻的朋友们……"在我还是个初中生的时候就熟悉这些歌了,憧憬着戈壁滩上的红柳,云南的橡胶林……

大汉唱着,呆滞的目光中似乎透出一种向往、欢乐和骄傲,向着天空和太阳。

哭什么呢?哭有什么用呢?那不是革命,是浩劫;而上山下乡更不过是一种权宜之计。青春倏忽而逝了,作为呢?理想呢?我反复设想,如果十几年前我们都冷静些呢?不,这不是个冷静与不冷静的问题。我至今也看不起那些及时躲进书斋去的"于永泽",我仍然热爱那些满腔热血的勇敢的"卢嘉川"。然而命运常常拿人取笑。恶作剧。他们热血沸腾地奔上时代的列车,却不知道列车把他们的青春和理想载向何方。

唉,只有一趟列车,而且你不知道司机的愿望。
"听说有另外一种选举办法。"
"你脑子里尽是新鲜玩意儿。前三个是圈……"
"参加竞选的人要首先把各自的主张、目标、政策乃至某些具体规划和数字告诉选民。选民可以进行比较,自己选择自己的命运,不会连候选人长得什么样都不知道。"
"异想天开!"老江说。
昨天晚上爸爸也是这么说的——"异想天开"。他真可谓是"吃一堑长一智"了。"我劝你。"爸爸说。"我也劝您!"我说罢扭身走开……

小姑娘跑来了,拉住大汉的手:"别唱,你别唱!他们逗你呢,他们气你!"
大汉低下头看着小姑娘,像木头似的站在人群中。
"啊哈!娟娟,他妈花钱雇你看着他的吧?"
"可惜娟娟太小了,要不然可以当他老伴儿!"
"滚蛋!滚蛋!"小姑娘朝那些人吐唾沫,扔石子,"就不许你们欺侮他!"
"哟嗬!原来是个小爪牙,是他的同党。"
忽然,大汉喊起来:"我不是闹派!我没有想篡党夺权!我有平反证明……"他失魂落魄地跑出人群。众人都愣住了。
小姑娘朝大汉跑去……

……我们手拉着手,望着星空。"但愿人长久,千里共婵娟。"他说,"可是连月亮都没有。""那就千里共星光吧。"我说。我们就要分别了。我还是看不清他的脸。"可我们等于是还没有互相见过面。""没办法。""我想白天来看看你。""那太危险了。""你不想看看我?""你一定很漂亮。""说不上'很'。"他笑了:"这得由我来判断。""白天,六点钟,太阳出来的时候我来。""你假装从前面的小路上走过,我站在楼顶上。""你举起长矛,我就知道是你。""你呢?""我还拿着这条装馒头的口袋。"……

我又走下楼梯。我推开一个门,屋里异常杂乱。一只老黄猫正在床头酣睡。

"这是您们的选民证,是党给的光荣权利……"

两位老人格外亲热地给我让座、沏茶。

"别忙,我不渴。这权利来之不易,要认真行使。"

老太太抓住了我的手,老头儿挡在门前,似乎我正在被逮捕。

"有什么事吗?"我问。

两位老人互相使眼色,"吭吭哧哧"的。

"是这么回事,"老头儿终于说,"能不能给我儿子也弄一个选民证儿?"

"他多大了?"

"三十。"

"对不起,是我们工作上的疏忽……"

"不,不怨你们。给他个假的就行。"

见鬼!我看看四周,怀疑是否在人间。

"因为,因为他有精神病,所以……"

原来如此。"那个小姑娘是谁?"我问。

"噢,邻居的孩子。是这么回事,要是没有他的选民证,他又得犯病,我们再怎么跟他说已经纠正、已经平反,他也不会信了。"

"可是精神病患者没有选举权呀?"

"可他会以为是因为还没有平反。求求您,他的病才见好。弄个假的骗骗他就行,到时候也让他去投个票,当然,也是假的……"

我同意了。

"你看,这张选票简直是胡来。"老江举着一张选票凑过来。

这有什么稀奇?我不想理他。眼前的问题是,我得赶紧写个深刻的检查,否则事情闹大了也麻烦。

"这显然是对普选有一种敌视思想。"他翻来倒去地琢磨着那张选票。

"思想又不犯罪!"我说。

"可这已经是行动了。"

饶了我吧,我可不想跟您辩论这个永远辩论不清的问题。

我得在检查上说清楚,没有那两位老人的责任,是我给他精心绘制了一个假选民证。谁知道怎么会弄假成真了呢?

"你看嘛,五个候选人他都不同意,这倒还没什么,可他又把另一个人选了五遍。"老江如临大敌般的搓着手,似乎在寻找一样防身的武器。

不过,我事先跟监票的打了招呼,说明了情况,可他们给忘了,这不能怨我。

"我说你倒是看看呀!"老江急了。

我端起茶杯,吹开浮在水面上的茶叶。

"看看,做贼心虚,还不敢写真名真姓,光写'娟娟''娟娟''娟娟'……"

"什么?"我抢过那张选票……

我走出灰楼。人群早已经散了。河边上只有那赤膊的大汉和那个小姑娘,他们依然蹲在那里放小船。

"爸爸说过,船帆上的字代表希望。"小姑娘用手遮住刺眼的夕阳,望着小河的尽头。

又一支船队下水了,五颜六色,像一道彩虹。我走到河边,蹲下,看见每一面白色的纸帆上都写着两个字:娟娟。

我终于找到了我们的那片草丛。坐下;那几株不知名的小灌木并没有长高多少。……太阳升起来了,金色的晨雾笼罩了灰楼。六点,他举起了长矛,在楼顶上。啊,太远了,我还是看不清。他的皮肤很黑,披了一身金光。我使劲向他挥动口袋。他在笑,白白的牙齿。你看见我了么?我向他跳,挥着手跳。他为什么不笑了?他在喊什么?他那么着急地挥手跺脚干什么?我向河边走。近些,再走近些,"趴下!趴下!"为什么他让我趴下?可你看清我了么?我是像你想象的那么漂亮吗?他长得既不像洪常青,也不像卢嘉川。看见我了吗?看清了吗?我把头发向后理一理。仰起脸来让他看。"趴下!快趴下!"为什么?我们马上就要分别了呀!我们是第一次互相看见,以后又看不见了呀?!他长得有点孩子相儿,可我爱你……子弹飞来了!我清醒了。我趴在一道矮墙下。他还在着急地冲我挥手,喊着:"快跑!快离开!他们去抓你了!"我失魂落魄地跑。我听见纷乱的枪声,听见他声嘶力竭地叫喊,他在喊我的名字。我停下脚步,回头张望。天哪!闪亮的长矛掉进了小河,溅起了水花……

小灌木结满了一串串小果实,青的,还没有熟。我摘了两颗放在嘴里,是酸涩的。

娟娟在夕阳里跳着、蹦着、笑着,追逐着那支远航的船队。船队像一道彩虹。白色的纸帆像一片片洁白的羽毛,但愿它们能长成坚强的翅膀。

我认真地把小灌木根旁的硬土挖松。我还没有老,还需要认真,真正的认真……

1983 年

夏天的玫瑰

傍晚,老头儿跟每天一样,从城里回来。他终于买来了那只青铜的公牛。本来今天应该很高兴,可是他刚才又碰上了那个年轻的父亲。老头儿后悔没再跟那个年轻的父亲说说。

蒙蒙的细雨,零零碎碎地从早晨一直下到了傍晚。这会儿,起了一点风,有些凉了。快要到秋天了。

"算了,还是少管别人的闲事吧,饶着管了,别人还不高兴……"一路上,老头儿不断地劝着自己。他竭力想忘掉那个倒霉的孩子。

他扛着那根烫满了小窟窿眼儿的竹竿,弓着腰,蹒跚地走着。路上几乎没有什么人。开阔的田野、错落的农舍和工厂的楼房、路边的水车,还有远处黑色的林带,都蒙在无边的细雨中。他回家去。竹竿上只剩了一只小风车儿,静静地转着,像一团红色的雾。他就靠卖这小风车儿为生。

雨中的黄昏,很静。郊外的土路又细又长。

远处的村落里,大喇叭唱着。"夏天最后一朵玫瑰,还在孤独地开放……"是一支洋歌儿。

老头儿在竹竿的顶端罩了一把雨伞。每逢雨天他就这样。那只纸叠的小风车儿在灰暗的雨伞下面默默地转着,就像那支歌。

他抱着那只刚买来的铜牛,拄着一支木拐,慢慢地走着。那铜牛不轻。他不时停下脚步,用衣袖擦去溅在牛身上的雨点。他每天都要到城里去卖小风车儿,每天都这个时候回来。牛身上布满了粗糙的气孔、绿锈和凹凸不平的铸痕,老头儿总觉得那是些伤疤。他早就想买这只牛,牛的高高隆起的肩峰一直吸引着他。吸引他的还有牛的四条结实的腿和牛的向前冲去的姿势。今天总算把它买回来了,老头儿很高兴。可他一觉得高兴,就又想起了那个孩子。

那孩子可真倒霉,刚生下来就这么倒霉!"百分之九十五的可能是残废。"好几个大夫都这么说,那个老大夫也这么说。唉,可怎么好……老头儿想着,看了看天。

可孩子还什么都不懂呢,不知道这下子可遭了瘟哪,将来才倒了血霉呢。老头儿想着,又后悔自己没再跟那对年轻的父母多说说了。

不远处,是一条铁路。穿着雨衣的检路工在高高的路基上走着,不时传来铁锤敲打路轨的"叮当"声。老头儿站住。他知道,在那铁轨的遥远的尽头,是他的故乡……

"她准是也老了,她老了准也还是挺漂亮的。"他望着高高的路基,在心里对自己说。近几年来,他常常想,他也许该回到故乡去了。

老头儿又走了一会儿,然后在路边的土埂上坐下来,把铜牛放在并拢的双腿上。他走得有点累了,挂拐杖的那条胳膊又开始发酸、发疼。他拍拍牛的结实的脊背,对自己说:"别像个老傻瓜似的胡思乱想了。""也别净替八竿子打不着的人瞎操心了。"他又劝自己忘掉那个不幸的孩子。他出神地看着那只青铜的公牛,真佩服它有那么一身漂亮的肌肉。老头儿从蓝布提兜里掏出水壶,喝了一口;不是水,是酒。

小风车儿像一团红色的雾,在他白发苍苍的头顶上。空旷的田野上空,光是飘着雨。

"……所有她可爱的伴侣,都已凋谢死亡,再也没有一朵鲜花,陪伴在她的身旁……"隐隐约约还可以听到村子里的喇叭声。

放广播的准是个年轻人。

这歌倒是像唱着老头儿的身世。

他就靠卖这种纸叠的小玩意儿为生,干不了别的了,老了,而且两条腿的下半截都是假的,用钢箍箍在大腿上的。刚箍上的时候很疼,现在早就习惯了。晚上,他在灯下把一张张红红绿绿的电光纸裁开,叠成一个个四角的小风车儿,再用大头针把它们钉到白天捡回来的冰棍棍儿上去。他喜欢喝酒,喜欢一边做着小风车儿一边喝酒。风车儿做好了,够第二天卖的了,他把它们都插到竹竿上,还要再喝一点酒。他一边咂摸着酒,一边欣赏着那些小风车儿,吹吹这个,吹吹那个,看看它们是不是都转得很好。喝完酒,他爬上床,卸下假腿,睡一会儿。天不亮,他就起来,做一点吃的,动身到城里去卖小风车儿了。二十多年,天天如此。二十多年前,在他还有一条好腿的时候,他还在建筑队当过小工,后来不行了。好些现在已经当了父母的人都玩过他做的小风车儿。

人们都知道这个卖风车儿的老头儿,知道他的腿是假的,木头做的。人们都知道他的歌谣。"跑呀跑,转呀转,小风车儿,变呀变。"是他胡诌出来的。他很会招引孩子,——得把小风车儿卖出去。

"老爷爷,变成了什么呀?""噢嗬,老爷爷可是什么也变不成啦。"他摸摸每一个孩子的头。"小风车儿变成了什么呀?""你们看那里头有什么呀?"一团团红红绿绿的雾。"是一只小兔子吗?""不,是个新郎官儿!"老头儿捏捏小姑娘的脸蛋儿。"是云彩!""云彩里有你的新娘子!"老头笑了,拍拍男孩子的肩膀……这是他最高兴的时候,仿佛自己也回到了童年。可这时候,他又要想起故乡,想起心中的那片乐土,想起一些令人心碎的往事。他希望这些孩子可别有哪一个将来要得"脉管炎",这些欢笑着的小脸儿可别有一天要变得悲伤。孩子们散去了,举着小风车儿飞跑,一团团云,一团团雾……他默默地为孩子们祈祷。他独自回家去。他没有孩子。他的腿,一条是在二十岁的时候锯掉的,另一条是在三十多岁,都是因为"脉管炎"。

雨悄声地飘洒着,"沙沙沙"地落在田野上、土路上和老头儿的雨伞上。他的背驼得很厉害,蓝布褂子的背部让太阳晒得发了白。他的头发也全是白的。竹竿上那只红色的小风车儿显得很鲜艳。老头儿一直看着那只青铜的公牛。吸引他的还有那对犄角,像一张弓,尖利的两端向前弯去,向前直冲。"真横!"老头儿握住牛的犄角,"老虎又怎么着?老虎也未必经得住它这一下子。"老头儿还记得他那两条小腿,稍一用劲,那两条粗壮的小腿就全是见棱见角的疙瘩肉。他记得,在老家时他扛起过二百斤重的麻袋,后来他又记得好像是三百斤,或者是差一点不到四百斤。他又摸摸牛的四条健壮的腿。"真壮!"他赞叹地摇摇头,"妈的,这家伙!"

老头儿总爱自己跟自己叨咕点什么。夜里睡不着觉的时候,他常常叨咕着一句话:"她也老了,她准是也跟我一样,老了。"他就干脆不睡了,爬起来,再喝几口酒。谁也不知道他说的是什么人。人们说,人老了有时候就变得古怪,尤其是一辈子没结过婚的人。他喝着酒,又去吹吹那些小风车儿,想着一些往事。许多年前,他到这远离故乡的地方来治病,锯掉了一条腿,他就再也没有回故乡去……

"……当那爱人的金色指环,失去闪烁的光芒,当那珍贵的友情枯萎……"

老头儿在土埂上坐了很久,撅起来的后衣襟被雨水打湿了。天可真是要冷了,他打了个寒噤。黄昏时分的光亮度变得很快,一会儿比一会儿暗。小风车儿在灰蒙的暮色中闪着一点红光。老头又想起了那个孩子。唉,干吗非让一个注定要倒霉的人到这世上来不可呢?世上可不缺倒霉的人!他想。"那对小夫妻不听我的,依我说就别再抢救那孩子了。当然啦,谁舍得自个儿的孩子呢?可舍不得他,是为了让他来受罪吗?让人看不起?"他叨叨咕咕地跟自己说着。他站起来,回家去。不过,他真正的家在很远很远的地方,在那条铁路的尽头。

老傻瓜,谁又会听你的呢?人们要么不把这当成什么大事,要么倒说你是悲观主义。王八蛋主义!你要是说"为了别给社会增加负担",有些人倒会同意,可是,"社会负担"这句话对残废人来说是多大的负担呀!最好是别给社会增加负担,也别让一个人总是觉着自己是个负担。人来一世可不是为了当别人的负担的。有些事是避免不了的。半路残废的事就没办法。可有些能避免的事干吗也不去避免呢?老说什么人道不人道的,让一个孩子来倒几十年霉就是人道?人们也不知都怎么了,就顾不上为那个孩子的一辈子多想想。我可不觉着那是乐观主义。王八蛋主义。我说那是造孽……可话又说回来了,老傻瓜,谁听你的呢?老头儿一路走一路想,又觉着还不如忘了这件事的好。

他让自己不去想这些事,又欣赏起他的铜牛来。还有这牛尾巴,甩得多有劲!他用手指尖捏捏牛尾巴,仿佛能觉出它的弹性。他想买这只牛已经很久了。有一天,他在城里卖小风车儿的时候,忽然发现了这只青铜的公牛。它站在橱窗里,梗着脖子,四只蹄子紧紧地抠在地上,身体的重心全移到了高高隆起的厚实的肩峰上,低着头,两只犄角像是两把挥舞着的尖刀。老头儿愣住了,被牛的骄蛮的姿态吸引住了。牛身上每一块绷紧的肌肉都流露出勃勃的生气和力量,每一条胀鼓的血管都充满了固执和自信,每一根鲜明的骨头都显示着野性的凶猛,使人想到一只被它顶死的老虎,想到它被老虎咬伤的地方淌着黏稠的鲜血,想到它冲向对手时发出的暴怒的咆哮,想到它踏在老虎尸体上时那傲视一切的眼神,它晃着那对刀一样的犄角,喷着粗气,在荒野上飞奔狂跳……商店的台阶很高,老头儿开始往上爬。他望着那只牛,沉静了多年的血液又在身体里动荡、奔突。老头儿忽然明白了,他常常在梦中看见而醒来又变得模糊的那个形象,正是这样一只牛……

有三十多年了,老头儿经常重复地做着一个梦:他的腿没有了,独自在一片陌生的荒野上爬,想要爬回家去。可是他不知道家在哪儿,应该往哪边爬,他从未见过这片无边际的荒野。他爬着,忽然看见前面有一堆眼睛在盯着他。那是狼!一群狞笑着的狼!他慌忙往后退,转过一个墙角,屏住呼吸往另一个方向爬。可前面又有两只佯睡的老虎,正眯缝着眼睛瞄着他!他又赶紧往左爬,擦着地皮,一点一点往前挪,爬过一间豪华的大厅,爬进一条幽暗的楼道。又有一堆纠缠在一起的毒蛇向他抬起头,吐着芯子!幸好右边是河滩,他躲在一块礁石后面。那不是礁石,是一群大鳄鱼!没处逃了,无路可走了。他猛地来了一股劲,叫喊着在荒野上东奔西突,用头去撞那些狰狞的猛兽。他看见了自己强壮、庞大的身影在荒野上蹦跳、咆哮……醒了,他正用头撞着床边的桌子,拳头在墙上打得掉了一块皮,流着血……

就是这样一只牛!尖利的犄角、高耸的肩峰、粗壮的腿,一身漂亮的肌肉,向前冲的骄蛮的姿态。"多少钱?"老头儿问。售货员告诉他,他吓了一跳。老头儿买不起,但老头儿决心要买;多卖点小风车儿就行了,少喝点酒就行了。这以后,他天天夜里梦见那只青铜的公牛,梦见它在荒野上横冲直撞,冲散了狼群,撞倒了老虎,踏烂了毒蛇和鳄鱼,牛的青铜的盔甲闪着威严的光,洪亮的叫声像是吹响的铜号……老头儿像个初恋的情人似的,天天到那家商店去,爬上高高的台阶,去看那只牛。人多的时候,他就站在人群后面,从缝隙里看;人少的时候,他就让售货员把牛端下来。每看一回,他感动一回,每一回都有新发现。他觉得牛身上那些凹凸不平的伤疤也是漂亮的。"可它还是这么使劲儿地顶。"他说。售货员纳闷儿地看看他。"多少钱?"他又问。售货员又告诉他一遍。老头儿逐日计算着自己攒下的钱,想象着把牛摆在自己的床头,夜晚就不会孤独。

天黑了,雨仍然没停。看不见那只小风车儿,也看不见老头儿的白发。夜和雨不知把人们都藏到哪儿去了,这世界上似乎只有老头儿蹒跚、沉重的脚步声。他的胳膊又在隐隐地疼,最近他的胳膊时常这样疼。"可别又是那种病,妈的!"老头儿骂着。雨似乎更大了,他把牛盖在自己的衣襟下,贴在胸口上。他终于把它买回来了,觉得心里踏实、安稳,觉得心里有劲儿、高兴。要不要给它报个户口呢?老头儿想,笑了。老头儿往家走。

远远地看见了一片灯光。他走到了三岔路口。一条路是通向他的小屋的,另一条通向那所产院。老头儿又想起了那个倒霉的孩子。"他们还在抢救他呢。"老头儿说。他又在路边的土埂上坐下,犹豫着该不该再去跟那对年轻的父母说说。"不是把什么样的人救活都是人道,你们得为孩子的一辈子想想……"

"……我不愿看你继续痛苦、孤独地留在枝头上……我把你那芬芳的花瓣,轻轻散布在花坛上……"

老头儿也快会唱这支歌了。

那个一生下来就有百分之九十五的可能要成为残废的孩子呀!干吗一定要把他救活呢?当然,还有另外百分之五。可这是赌博,是对比太悬殊的赌博!是拿一个人的一辈子在赌博!为什么呀?为了满足父母的感情,就不怕把一个注定要受尽折磨的人带到世上来?!

老头儿站起来,朝那所产院走去。他想去求那对年轻的父母:让那个倒霉的孩子安静地去吧,那才是人道。他想,王八蛋主义!

可我干吗还活着呢?在去医院的路上他想。

我不一样,我能顶得住,那个孩子可不见得行,老头儿想。

再说,我也有时候快顶不住了,他又想。

何必让一个人平白无故地来顶住那么多倒霉的事儿呢?说说

轻巧。

过去,我是怕给我的亲人们弄得难受,我才活着,老头儿想。

我是半路残废的,要是一个活生生的人一残废就去死,活着的人可怎么想?小时候,我们村儿里有个人就那么寻了死,活着的人都叹气……

主要是,大伙儿对我都不错,我不能做对不起他们的事,让他们说我没良心,他想。

有些事不那么简单,不好说……

可这孩子的事挺明白。他还什么都不懂呢,让他去吧,那是爱他。给他做件好看的衣裳……

老头儿走了很久才到了产院。他看见那个年轻的父亲站在走廊上。

"孩子怎么样了?"老头儿问。

"他不用再受折磨了。"年轻的父亲说。

"他好了?"

"他去了。不抢救了,他安静地去了。"

"……"

"谢谢您,您说得对。"

那支歌叫:夏天最后一朵玫瑰。老头儿想。

老头儿从心里感谢这个年轻的父亲,可老头儿的心突然又像是被撕碎了;他看见年轻父亲的眼里闪着泪光。老头儿眼里也一样,他也喜欢孩子,是孩子都喜欢。他觉得没有人比他更懂得这个年轻父亲的心。他坐在年轻父亲的身边。

他们都不说话,望着落雨的天空。雨丝在路灯下闪光,密密地编织着爱的轻纱,或是爱的罗网。

老头儿忽然想起了那只青铜的公牛。他把牛放在年轻父亲的腿上。

"你看,这家伙多精神。"

年轻的父亲点点头。

"是挺壮的。"

"横劲儿！嗯？给你吧。"

"不，我不要。"

"拿着。"

"我不要。"

"拿着！"

"够贵的吧？哪儿买的？"

"不贵，没多少钱。"

"你看它，多大劲！老虎也不是个儿。你看这犄角，这脊背，这腿……他母亲怎么样啦？"

"她老是唱那支歌。"

"夏天最后一朵玫瑰，还在孤独地开放，所有她可爱的伴侣，都已凋谢死亡……"

"别让她老唱这么难受的歌。"老头儿说。

"您去跟她说说，行吗？"

"她还有你。你呢？你也还有她。"

"您去跟她说说吧。"

老头儿走进病房。他对那个年轻的母亲说："早年我们村儿里有两口子，第二回生了个挺好看的孩子……"他说了好些过去他家乡的事。"快把身子养好，赶明儿你们再生一个，我给他做个四角儿都不一样色儿的风车儿，用好纸。"他不知道还应该说点什么。

后来，老头儿独自回家去了。他在铁路高高的路基下面走。铁路伸向他遥远的故乡。他想，他也许应该回去了；假如她需要他，他就留下来，假如她已经把他忘记，他就再回来卖他的小风车儿。反正卖小风车儿也是件挺高兴的事，总能跟孩子们在一起，而且，靠卖风车儿自己养活自己，就不是社会的负担……

一列客车隆隆地开过,车窗里的灯光照亮了那只小风车儿。小风车儿在夜风里转着,像一团红色的雾,像一朵玫瑰。

1983年

老　人

　　暴雨过后,树林里飘溢着草木和泥土的气息。这是一座荒芜了的古苑。远处,殿堂的屋顶在夕阳下泛起耀眼的黄光了。时间是一九七八年夏天的一个下午。

　　两个人的头发都已经花白了。他们同时收拢了伞,仿佛刚刚觉出雨停了。他们一直坐在老柏树下的青石上,鞋和裤筒都湿透了。

　　"别总想那些年的事了,咱们见面又不是为了伤心。"年老的男人想笑一笑,但笑得很不自然,脸上的肌肉发僵。

　　"忘不了。"另一个老人说。她显得精神恍惚。

　　"连我自己都不记得那么清楚了。"

　　"冬冬就说,有时候是冤枉人的人比被冤枉的人记得还清楚。"女的说。

　　男的不出声地笑笑,低下头看看自己的脚。怎么会忘呢?他又想起了那条冰冷的河、无边的雪野上的那缕孤烟,还有春天翻了浆的小路……"总回忆往事是衰老的象征,咱们还不老。"他低着头说。

　　"不,毕竟是老了。"她望望他的头发,也想到了自己的头发。"冬冬说我越来越像他外公、外婆了。有时候连我自己也这么觉得;我的一举一动,甚至说话的声音、语气,都像他们。"

　　云散尽了,落日很大,很静。一群鸽子在那一大片红光中飞着。

"我并不记恨他们。"男的说。

沉默了好一会儿,他又说:"可我真是没想到,他们会那样去死……在我的印象中,你父亲非常坚强,你母亲也总是很乐观。"

"越是这样的人,越受不住冤屈和悔恨。"女的说,"主要是悔恨。那些日子他们时常提起你,对我说,如果还能见到你,让我告诉你,当年的争论是你对了。我不知道他们已经准备好了去死。那情景就像是一对殉情的恋人。那是一九六八年。"

一群孩子从不远处的一片木板房里跑了来,在树林里叫喊着,追逐着;有的穿着凉鞋,有的穿着棉鞋,有一个小姑娘光着脚。

"那是什么地方?"年老的男人问。

"木板房里吗?好像是个接待站。"

"是从各地来的。"女的又说,望着那群孩子。

"还当是带他们来逛北京呢。"还是女的说。

"问题都在解决,一切都在好起来。"男的望着那片木板房。

孩子们在乱石堆中跳上跳下,在水洼里蹚来蹚去,在湿漉漉的草地上又滚又爬,在树枝上打镖悠儿,钻到石凳下去捉蜗牛……响亮的笑声就像树丛间那些归巢的鸟儿。

"孩子们总是想那些高兴的事,心里除了希望,没有别的。"男的说。

"所以他们是孩子。"

"我们也还不老,也还是要有一颗童心。"

"可我们有过。冬冬说……"

他望着那群孩子,臂肘支在膝盖上,十指交叉在一起,紧握着。她看着他。他有那么多深深的抬头纹了,那里面至少有一条是她亲手刻下的,她想。

"冬冬怎么说?你还没说完呢。"他提醒道。

"慢慢再说吧。"她避开他的目光。

树林里飘浮起薄薄的水雾。草地上还剩些淡淡的阳光,一条一缕、星星点点的。

"喔！看那是啥地方？"那个光脚丫的小姑娘跑着喊，站住，呆望着远处的古殿。

"哟！"一个穿棉鞋的男孩子跑到小姑娘身旁，也愣住了，"好阔气呀！"

孩子们都围拢过来。古老的殿堂在夕阳中显得辉煌。

"是我最先看见的。"光脚丫的小姑娘说。

"我第二，我第二先看见的。"那个男孩子一股劲对小姑娘说，希望她能证明这一点。

年老的男人出神地望着那群孩子。他又想起了那条冰冷的河，河底的沙砾扎着他的脚，他在那水面上看见过他的冬冬……

女的摘去落在他背上的一根白发。

他没理会；只是出神地望着那群孩子，像囚徒望着蓝天。

他这么喜欢孩子！她想着，心里难过极了。

"童心是个永恒的主题。"他说，醒来了似的，"我最近发表了一个歌颂童心的短篇，你看到了吗？"

女的没有回答，装作没太注意的样子。

"童心总是想着未来，除了希望，没有别的。"

女的心想：那才糟呢！那希望是经不住磕碰的。"我们都是那样过来的。"她说。

那群孩子静悄悄的，或蹲或站，望着矗立在远处的大殿、大殿闪光的屋顶和红墙。

两个老人也沉默着。

"还记得我们小时候吗？"他搓了一把自己疲倦的脸，转过头来笑笑。

"当然。"她靠在他肩头。她在他衣领里看见了许多疤痕，她没说什么，那是预料中的事。他还是比她坚强，像过去一样。她忘不了过去。

"还记得家乡的那个小池塘吗?"男的说,希望气氛能轻松些,"有一回我让螃蟹夹了脚,你在船上又笑又唱。那时候你总爱唱。在大学里你还是爱笑爱唱。"

两颗斑白的头离得更近了。一只蜂儿在他们头上"嗡嗡"地飞,被他赶开了。

"可生活并不像那些歌。"她说。

过了一会儿她又说:"我们都老了。你说童心?其实我们的心都不那么干净了。"

"只要我们不要总是想过去!不要总背着那么沉重的负担!"

"不,冬冬也没说要背着过去的沉重的负担!"

"冬冬怎么说?"

"噢,以后慢慢再说吧。冬冬的心才真正是干净的,童心。还是以后说吧……"

那群孩子依然望着古殿的屋顶和红墙。落霞变幻着色彩,古殿显得遥远而神秘。

忽然,木板房那边传来一阵喧哗,夹杂有哭声。孩子们都惊慌地转过身去,听着,望着,互相对视片刻,"呼啦",都朝那片木板房跑回去。光脚丫的小姑娘摔倒了,但她很快爬起来,追上去,顾不得哭。

"本该是无牵无挂的年龄。"女的望着跑去的孩子说。

"倒像是受惯了惊吓似的。"她又说,"这些年哪!"

"别总想那些年。那些年都过去了。"

女的心里颤抖了一下。四周的水雾更浓了。

许久,女的到底忍不住了,说:"还记得小时候,你外婆讲的那只'寒号虫'吗?冬冬说……"

"说什么?"

她觉得还是不应该说。将来?将来是后人的事。伤疤、白发、毁掉了的青春、妻离子散……还要他怎么样?还要这一代怎么样呢?

"冬冬怎么了?出了什么事?你怎么一说到冬冬就……"

"没什么,真的没什么。他正忙着考大学,要不他也来了。哦,他记得你,记得。那天晚上他一直在等你回来,坐在阳台上不肯回屋,他说你不会忘了他的生日——那年他六岁。今年他二十六了。"

男的从衣兜里掏出一个"不倒翁"。那是一个磨损得很旧了的"不倒翁",在他手心里摇晃着,像是在叹息时光的飞逝。

"哦,不过你的话没说完。"

"冬冬好不容易才同意了报考理工科。我怕他拧;他和你的脾气一样,拧。"

"还是没说完,你刚才说到了'寒号虫'。"

白蒙蒙的水雾在他们身边飘绕。如果是在天上,这就是云。她常梦见他,他也梦见她,还有他们的冬冬。醒来,他们都想到过天堂……不再让铁门和铁条分割人的心。

将来是后人的事?那么谁对过去的事负责呢?她想。她觉得还是应该说。"'寒号虫'总是在夜里叫:'冷死我,冻死我,等到天明垒个窝!'可是,第二天夜里它还是那样叫,老是那样叫。"

"冬冬一定是说,我是一只'寒号虫'。"

"今天我没让他来,我怕他来了要和你吵。他很不喜欢你近来发表的作品。你总说'不要总去想过去的事了',可冬冬说,那为什么还要开历史课?既然最近的历史都应该忘记,干吗还总在说旧社会的苦?还……"

"他肯定还有更激烈的话。"

"他爱你。这是真的。在他懂事之后,他一直很尊敬你。你唯一的一张照片是他保存下来的。"

那群孩子又"叽叽喳喳"地回到了树林里。

"大概没出什么事。"两个老人互相安慰说。

孩子们又聚在一起,朝远处张望。那儿只剩了一座兀傲的灰影。太阳沉没了。

"好气派的地方!"一个孩子说。

"是啥地方呀?"最小的一个小姑娘问。

"唏——这你还不知道?"大一点的孩子说。

"我不知道,你告诉我吧。"

"看,不是还有两根石柱子?"大一点的那个孩子不断地吸着鼻涕,很满意自己的回答。

孩子们又都默默地望着那座灰影了。

"那里头有什么呢?"

"咱们上去瞧瞧吧。"

"唏——看把你们能的!"

孩子们又都不说话了,严肃的样子像大人。

年老的男人低声说:"冬冬想得太简单,他还太年轻呢。"

女的心里又颤抖了一下,想:真是老了。"他们当年就是这么说我们的。"她说。

"我们那时确实是太年轻。"

"可最后,错的不是你。"

"那要看探索什么和怎样探索。"

"冬冬说,都被规定好了还叫什么探索呢?"

这时候响起了一阵警笛声,越来越近。那群孩子又是一阵慌乱,但马上又都平静下来。一辆白色的急救车开到木板房那边去了。

"有人得了急病了。"他说,朝那边望了一会儿。

"我原以为没出什么事的。"女的说。

等男的转回头来,女的捅捅他,指指那群孩子:"你注意没有?只少了一个小姑娘。"

孩子们散开了,就像什么事都没有发生一样,又在树林里叫着、笑着、蹦跳追逐了。只是其中没有那个光脚丫的小姑娘。

两个老人沉默着坐在老树下。天暗下来。他们看得见对方的白发。男的在想着那条冰冷的河、无边雪野上的孤烟,还有泥泞的小路和牛车的木轮……虽然那对他自己来说都已成了过去。女的总想着那个光脚丫的小姑娘和她的那群小伙伴,想着他们将来长大了的时候……

"真的,冬冬的心才是干净的,童心。"她说。

"我能不能见见他?"他瞥了一下手里的不倒翁,"也许,我给他带回来两个老头儿。"

"为什么只是见见?他以后会常去看你。"

"以后?现在我也不会妨碍别人的。"

"不不,我知道,我没有那个意思。我只是想等高考报名后再让他来见你……他很拧。"

"像我一样拧。你说过了。"

"他好钻牛角尖。他要是和你争论起来,他非得改报文科不可。他对文史哲都感兴趣。"

又沉默着坐了一会儿,男的站起来,伸出一只瘦削的手,把女的也拉起来。女的站起来的时候,显得有些吃力。

"人老了有时候很可笑。"他说。

"平时并不这样,只不过是今天坐得太久了。"她说。她希望在他面前仍然显得年轻。

"不,我是说我自己。"

"冬冬也总是说我,说我是个古怪的老太婆。"她笑着。她想到他们俩都老了,却又有一种亲切感。

"可不是吗?你也在限制冬冬,在规定他。"

她挽着他的胳膊,像很多年前那样走着。

"我知道我不应该限制他,可是我怕。冬冬说起话来,嘴上没个把门儿的。他像你,长得也像你,比你还魁梧……"她一路絮絮叨叨地说着。

苍茫的暮色中,他们走出了荒芜的古苑。

女的忽然站住:"那么就明天,让冬冬来?"

"只要今天夜里我别冻死。你说他一直当瓦工?那正好,明天我们商量着垒个窝。"

她高兴地依在他肩上。"其实我常对自己说,我们老了,可别再像他们,临终时只有悔恨。"她的声音有些发娇,虽然老了。

"你书包里是什么?"

"对了,杏!你最爱吃的那种酸杏!"

他酸得直闭眼睛:"你说什么?冬冬长得比我还高?"

"冬冬对他的女朋友说,'我们老了可别像他们',他是指我们……"

1983 年

在一个冬天的晚上

从下午四点钟,他们俩就下了汽车,一直在这附近转来转去,找那条胡同。

"你没记错吗?"男的问。

"没记错。"女的说,"月亮胡同,五十七号。"

这一带净是些七拐八弯的小胡同,人家给他们画的那张路线图又让女的给弄丢了。这会儿,太阳已经快没了。昨天夜里刚下过一场大雪,白天路上的雪化了一些,现在又都开始冻上了。路很难走。

看样子,两个人都有四十岁了;男的好像还要大一点。女的个子很矮,看得出来,是那种侏儒病。男的架着一支拐,脸被烧伤过,留下了很多可怕的伤疤。

小胡同里很清静。风很大,不时有些行人匆匆走过,谁也顾不上看谁一眼。这倒好。

女的搂着个大饼干筒走在前面。她好几次都想换个姿势歇一歇——想用一只胳膊夹住那个大铁筒,但都没夹住。衣服穿得太多,而且那个饼干筒对她来说也的确是太大了。

女的摆弄饼干筒的工夫,男的走到了她前面,转回身来气哼哼地看着她。

"活该!就差把你自个儿也丢了啦!"他说。

她仰起脸来冲他笑笑,还是用双手搂起那个大铁筒,紧走两步,追上来。

刚才买儿童车的时候,女的把书包弄丢了。她挑来挑去,总想挑一辆更好看的,后来就发现书包丢了。丢点钱倒没什么,可那张路线图在书包里。幸亏她还记得那条胡同的名字和门牌号码。

"今天真冷。"她说,偷偷地看了她丈夫一眼。

男的不言语。

"真是的,赶了这么个天儿。"她又说,抱歉似的看着男的,好像是她把天儿弄坏的。

男的一只手拄着拐,另一只手提着那辆崭新的三轮儿童车,吃力地走着,躲着冻结在路面上的、又硬又滑的残雪。

"你的肝又疼了吗?"女的问。

男的不理她,也不看她。

"跟老石说好了,"她又小声说,"不去不合适。"

"你就絮叨吧,又快转回来了!要是不想去,咱们趁早儿往回走!"男的脾气很坏。

女的慌忙加快脚步,深一脚浅一脚地往前走。饼干筒太大,挡得她看不清脚底下。

"你别老是不高兴,回头肝又该疼了。再说……"她好像还想说什么,可又咽了回去。

走了一会儿,她还是说了:"老石已经把他接来了,你就先看看,要是你还是不想要,咱们再不要,也不晚。"

"我没说不想要!"男的说。

"真的。"女的笑笑说,"那孩子我看是不错,比上回那个还好看。"她说得很快,好像是终于找到了说这句话的机会。

"你看着不错就行了呗!"

"你干吗这么说?又不是我一个人的……"

他们沉默着往前走,注意着每条胡同口上的路牌。这地方的小胡同可真多。

"要是你也喜欢,咱们才要呢。"女的又尽量使气氛缓和下来,"再说,我也得再看看,那天光是在汽车上看了那么一会儿。"

风刮得一些院门"啪嗒嗒"地响。有时候,从背阴的屋顶上飘落下一片雾似的碎雪,往人脖子里灌。

"我说你还是围上我的围巾得了。"女的对男的说,"我又不冷,再说……"她光顾了看他,差点被一块冻在路面上的砖头绊倒。

"早就说让你把饼干筒给我!"男的冲她嚷。

"我不。要不你拿饼干筒,让我推车。"

"不用!我都拿得了……"他的声音忽然小了。

前面的胡同里拐出了一群姑娘,"叽叽嘎嘎"地又嚷又闹,朝他们走来。

姑娘们走近他俩身边时,都没有声音了。

男的扭过脸去,像是注意着路边的门牌。

姑娘们走了过去。他们俩一声不响地往前走,想走快点,可女的又怕男的跟不上。半天,他们才又听见了"叽叽嘎嘎"的说笑声,走远了。

"给我!"

"那把车给我。"

"不用!"

"我知道你怕什么……"女的小声嘟囔了一句,抱着饼干筒只顾往前走。

"我怕?我怕什么?"

女的不说话。

"你要愿意推,你就推,真是的!"男的虽然还是喊,可语气却软了很多。

女的也不接那辆车了。她一生气或是觉得委屈,就一个劲儿眨巴眼睛,不说话。她知道他是为了她,怕她太……本来就矮,再推个儿童车……可她心里还是难受,生他的气。"你干吗不去找个高个儿的呢?"她心里想。

"假如你的腿是好的呢?脸也没烧伤呢?"
"我不知道。从我懂事时起,腿就是这样,脸也就是这样。"
"我是说假如,假如你的腿没……"
"假如?!"他又烦了,停下来,望着远处的几点灯光。那是工地看守人的小木房。
"你要不愿意说就算了。"她说,"可你别生气。"
他猛地扭过脸来:"假如压根儿就没我呢?!假如压根儿连地球也没有呢?!"
"你说那些有什么用?我是跟你说真的。"
"知道没用就别说。我就是这样儿,你也就是那样儿,这就是真的。"
他们坐在路边的砖堆后面。混浊的护城河水在月光下流着。远处是那片建筑工地,静悄悄的。
"等这些楼盖成后,这儿也该乱了。"她说。
他不说话,望着月亮。月亮那么小,那么远。那夜的月亮好像特别小,特别远似的。
"是真的就行了,假如干吗?"后来他望着月亮,像是自言自语地说,"那天我一看见你,我就觉得,咱们俩得在一块。这就是真的。"
"你一看见我?哪天?"
"我看见你在汽车站上,总也挤不上车去。我忘了是哪天了,当时我正在旁边的酒店里……"

"是真的。是。这么多年了,是真的!"她想。她寻找着他的目光。

"我拿得了。"她说,"真的,这么个筒子我还拿不了?"她故意装出什么事也没发生的样子。

她又说:"那回去抱'安安',那么大个筐我不是也抱回来了?""安安"是他们养的一只猫。

男的气喘吁吁地走着,木拐发出"吱吱"的响声。她心里一阵阵发疼,又想起自己把书包弄丢了的事。

"书包丢得也真够怪的,买饼干的时候你不是还见我背着吗?"她想打个岔,说点儿别的。

男的还是不说话,但总算是看了她一下。

"你干吗老不高兴呀?"她最怕他生气,他一生气就要肝疼。

见他还是不说话,她又说起了那张图。"老石那人真仔细,画了足有半拉钟头……"

"可还是让你给弄丢了。"男的说。他这次的语气也挺平和。

女的笑了:"我要是把书包让你背着就好了。"

"瞧着!"男的喊。

女的吓了一跳,绕开了脚下的一个小土坑。她总仰起脸来看她的丈夫,希望他是高兴的,希望他也笑一笑。

"你干吗老看我?"

"你不看我就知道我看你啦?"

"怎么样?比山魈还好看点吧?"

"山什么?你说比谁?"

"你没去过动物园是怎么的?"

"我小时候去过。"

"你看我像什么?"

"像个不会笑的木头疙瘩。"

"木头疙瘩一笑该地震了。"

"怕什么,又没别人?"

"你不怕?"

"你要是老不高兴,我可真害怕……"

后来他笑了,真是不好看,但她希望她的家也能和别人的家一样……那天夜里,她第一次对他说,她真想要一个小孩儿,当然,是向医院要,或者向别人要……

完全看不见太阳了。他们俩还在这附近转来转去,东一头、西一头地瞎找。

下班的人多起来。天冷,人们匆匆地往家奔。女的好几次想问问别人,男的都不让。

"那怕什么的?"

"谁说怕什么了?!"

"我去问,又不用你问。"

"甭!!"

他们继续往前走。

下班的人很多,附近一定有个什么工厂。

"累吗?"女的小声问,像是怕惊动了什么人。

"肝不疼?"她又问。

男的不说话。他不想说。

"唉,都怨我……要不你先在这儿歇歇,等着我?"

男的不耐烦地斜睨了她一眼,还是往前走。

他们俩在下班的人流中默默地走着,不时拉开些距离。

远处在大烟囱冒着黑烟,烟被风刮得零零乱乱的,直向东南飘去。几只麻雀慌慌张张地飞上屋顶,又飞上光秃秃的枣树枝,又慌慌张张地飞走了。一个围着白围裙的老太太站在路边的墙角里,喊着:"刚炸得的热丸子!刚炸得!"

一会儿,他们发现又走到了大街上。不远处有个电影院,刚才他们就是在那儿下的汽车。

他们只好又往回走。下班的人已经少多了。

路边的低洼处结了一条一条的冰,几个小孩儿在上面打出溜儿。女的不住地回过头去看。

"你倒是走不走……"男的本来又要发火,但他发现她是在看那几个小孩儿。

"我还以为是他呢。"女的慌忙说。

"谁?"男的也停下来,朝那几个小孩儿望着。

"不是。长得有点儿像。你看那个最小的……"

他们指指点点地看了一会儿。几个孩子在冰上玩得正来劲儿,红红绿绿的,像几个毛线团。

"走吧。"他用儿童车的轮子碰了碰她。

"走吧!"他又说。

"那孩子比这孩子长得还好看。这孩子也不错。"她还是不住地回过头去看。

他们又走过了两个胡同口,都不是。

女的一直没完没了地说着那个孩子:"你说是怎么回事?人家都说,私生子都漂亮,也都忒聪明……他妈要结婚,要不谁舍得把自个儿的孩子给人呢?那男的可也真是……"

"瞧着脚底下!"

"可就是……四岁半,我还是觉着太大了点儿。"

"反正不会像自个儿的一样!"

"不是,我倒不是担心这个。我是担心……"

男的猛地扭过脸来看着她。女的也忽然停住了脚步,被自己的想法吓坏了似的。

"你说,他不会害怕咱们吧?他懂吗?他才四岁半……"女的终于说了出来。

风更大了。什么地方的破铁盆被风刮到了地上,"叮喽哐啷"

地响。他们茫然地走着,也忘记了注意胡同口上的路牌。

其实,这件事他们都不是第一次想到,可不知怎么,他们都没说出来过。也许是,只要不说出来,这事就还仅仅是可能;或者是,有几次要说,又都被别的事给岔开了……

"你说,是要男孩儿呢?还是要女孩儿?"她坐在床上,重新绕着她那些宝贝毛线。

她一有富余钱,就爱去卖毛线的地方转悠,买些花花绿绿的毛线回来,也用不上,就都堆在箱子里。那天晚上,她把那些毛线都翻腾了出来,一团一团地重新绕。

"男孩儿女孩儿倒没关系……"他说。他本来是想说这件事的,可被她打断了。

她说:"就是,反正现在男孩儿女孩儿都这么花花绿绿地穿。"她是说那些毛线。

他没再说。他想,也许不会……

有一天夜里,她又被他的喊声吓醒了。他总做噩梦。外面正下着大雨。

他点了一支烟。"要就要个大点儿的。"他忽然说。香烟的红光时明时暗。

"再睡会儿吧,还早呢。"她说。路灯还没灭,树影在墙上晃动。

"其他都听你的,我就这么一个要求。"

"太大了,我怕……"那时她就想说这件事。

他猛地趴在她胸上:"你知道,肝硬变是活不长的。我想要个大点儿的……那时他已经能帮你干点儿事了……"闪电照亮了他的脸,满是泪痕。

她抱着他的头,怔怔地躺着,看着墙上那片晃动的树影。后来她哭了,忘了说这件事……

还有那天晚上,他们坐在立交桥下的黑影里乘凉,看见桥头有一对年轻的父母正和孩子玩捉迷藏。妈妈捂住小姑娘的眼睛,爸爸猫着腰藏在了塔松后面……

她看得发呆,一会儿靠在他肩上"哧哧"地笑,怕笑出声;一会儿又伸长了脖子,还是笑出了声。

年轻的父亲用胡子扎着孩子的脸,孩子在爸爸怀里打着挺儿,"嘎嘎嘎"地笑……

那时他又想到过这件事。正要说,可思路又被她打断了。她跟他说起了那个小姑娘穿的小喇叭裤。

"你看那小喇叭裤多好。前天我们厂内销了一批,他们好些人都买了……"

后来他就想到别的地方去了,好像是想起了一辆遥控的玩具汽车……

还有,看那个电视连续剧的时候,她也想到过这件事。安娜哄谢辽沙睡觉,对谢辽沙说,"我是个大妖魔"……那天,他没在家。

看《巴黎圣母院》的那天,电影院里有个小孩大声问:"那个坏蛋干吗老敲钟呀?"

孩子一看见长得丑的人就以为是坏蛋……

那天他们俩什么都没说,一晚上没说话……

今天她却突然说了出来,他没有准备,连她自己也没有准备。也许正是因为没有准备,她才说了出来。可偏偏是今天!也许正因为是今天。说出来了,说出来就和没说不一样了,不再去想是不行了。不过,倒是从心上搬开了一块石头。可是,又有一块更大的石头压在了心上……

他们默默地走着。风还是很大。电线上挂着几条碎纸,那曾经是个风筝。

后来,他们在一个避风的地方站住了。男的靠在墙上,点了一支烟。女的把饼干筒放在地上,不知所措地看着男的。

一群乌鸦"啊啊"地叫着,在灰色的天底下飞着,被风刮得歪歪斜斜地向东南飘去。

"只要咱们待他好,"男的说,"我觉着,只要咱们是真心待他好……"他看着那辆儿童车,车上的商标是一只大眼睛的蜻蜓。

女的一直望着那群鸟。它们兜了个圈子又飞了回来。它们想落在那片老树上,可风太大。

男的又说:"我觉着,只要咱们待他特别好……你说呢?"他捏着香烟的手不住地颤抖。

那群乌鸦终于都落在了老树上。女的说:"要是要个小点儿的呢?要个一两个月的,不就没这事儿了吗?"

"还不是要长大?"

"那可不一样,那他从小就会习惯了。"她说。

后来,有好半天两个人都没再说什么,一直在那个避风的墙角里站着。

路灯亮了。路灯亮了就有六点多了。

"还累吗?"女的问。

男的又点着了一支烟。

一辆农村拉粪的马车从他们面前走过,马车的轮子轧在一个污水井的井盖儿上,"格登登"直响。马车过去后,女的看见那井盖儿错开了一条缝。

"你看那井盖儿。"女的捅捅男的,说。

男的瞥了一眼那井盖儿。

"你看呀,那井盖儿没盖严!"她又捅捅男的。

"你有完没完?!"男的使劲扒拉了她一下。

"那井盖儿没盖严。"女的小声辩解,像是做错了什么事。

男的用拐杖杵着墙缝里的黄土,不理她。

她担心地望着那个井盖儿。过了一会儿,她朝那井盖儿走去。

"回来!"男的喊。

"那井盖儿没盖严。"她说,但不敢往前走了。

"让你回来!!"男的又喊。

女的只好又回来。"谁要是踩上,该掉下去了。"她说。

"活该!就你心眼儿好?!"

她站在他身旁,不时看看那井盖儿,又看看他,想说什么,又不敢。她怕惹他生气,他有肝硬变。

路灯在风中摇晃,电线杆的影子也摇晃着。胡同里已经没什么人了。

"不早了,走吧。"女的说。

"上哪儿?"

"老石该等急了。既然来了,就去吧。"

"我本来就不想来。我本来就不想要。"

"就先看看吧,你说呢?"

"甭看也知道!不是自个儿的孩子,怎么也和自个儿的不一样!"

女的半天没言语,后来猛地抱起饼干筒,胡乱地朝前走去。男的才发现,她哭了。他慌忙抓起儿童车,追上去……

"我们还是要自个儿的吧。"

"不。不!我不要!你又不是不知道……"她趴在床上哭着。

"大夫不是说了吗?只有一方有你这种病,就有可能不遗传……"

"还有呢!你怎么不说啦?还有呢!还有可能遗传!遗传!!

轮到我准得遗传！我知道！我从来都不走运！"她疯了似的哭着，喊着……

他从来都没见她那样过。他吓坏了，什么都不敢再说……

"我不是那个意思，我是说……真的，我不是想要自个儿的。"男的一个劲儿解释着，"我真不是那个意思，我是说……我同意。你愿意要什么样儿的，咱们就要什么样儿的，你要是实在想要个小点儿的，我也不会不同意……"

他哄着她，像哄小孩儿那样。

他们又走了很长一段路，走过了好几个胡同口，都忘了看上面的路牌。

"都跟老石说好了。"女的抽抽噎噎地说，"还是得去看看。"

"去，当然是去。咱那个书包也不能白丢哇？"他很想说句笑话，可说出来的却像是挖苦。

"再说，"他赶紧又说，"那筒饼干你能吃，这辆小三轮儿我可蹬不了。"

她笑了，感激地看着她的丈夫。

他把手绢递给她。"擦擦，别这样去。"他说。

不知为什么，她止不住地流眼泪。

"咱们再歇会儿吧。"男的说。

路边有一个临时售菜棚，卖菜的人早已经下班了，菜架上空空的，菜案上堆着几个没人要的萝卜。他们走进了菜棚，站在路灯照不到的地方。

女的不停地用手绢擦着眼睛。

"你别多想，真的，你别老想得那么多。"

"没有，我没有。我没想哭。"

"我有时脾气不好。"

"不，你不。是我……跟我，你算倒了霉。"

"你干吗这么说!"

"假如……"

"又是'假如'!咱们在一起十年了,你总说'假如',可咱们这十年是真的!"

月亮真小,真远,又像是那夜的月亮。她靠在他身上,紧紧地靠着,生怕那不是真的,生怕他也会像那月亮,离她那么远,那么远……

"咱们走吧。"

"嗯。"

正在这时,对面的一个院门开了,走出来一个抱着小孩儿的青年妇女。一对中年夫妇随后送出门来,一直送那母子俩朝胡同口走去。

青年妇女很不高兴的声音:"您看您这事办的,让我说您个什么……"

中年妇女的声音:"唉,怪我办事不周全,你可别往心里去。"

青年妇女的声音:"说实在的,有个教授想要,我都没舍得。要不是……说实在的,我就一人儿带着明明过……"

声音慢慢远去了,听不清了。

女的一动不动地站着。

"走吧?你怎么了?"男的问。

女的重新又走进路灯照不到的地方,靠在菜架上,一声不吭,看着对面那个院门。

男的走到那个院门前,看了看。那正是月亮胡同五十七号。他又走回到菜棚里来,什么都没说,站在女的身旁。

那对中年夫妇回来了。

"你不该告诉她。"中年男人说,"换了我,我也不愿意把孩子给两个残废人。"

"我不会说瞎话。唉,下回我可不管这样的事了。"中年妇女说。

"一会儿他们来了,可怎么跟他们说……"

院门"砰"的一声关上了。

四周真静,静得像是一片沙漠。只有风声。风使人想起黑色的海洋和一叶浪谷里颠簸着的孤舟。沙漠也有尽头,海洋也有边际。如果没有绿洲,骆驼走向哪里?如果没有港湾,小船往哪儿划?有时候,他们真不知道为什么还要活着……他们常常在夜里醒来的时候——或者是他又做了噩梦,或者是她梦见了来生——说起死。"你说有下辈子吗?""我觉得有。""你还有点迷信。""谁知道呢?""你想过死吗?""当然。""那你怎么没去死呢?""我要是去死,活着的亲人一辈子也好受不了。你呢?""我?我也是。"……这就是他们的绿洲,他们凭着这个在沙漠中走。还有,他们互相是对方的港湾……

已经很晚了。不知从什么地方传来了电台报时的笛声。八点了,也许九点?估计是八点。

他们还待在那菜棚里,弄不清自己在想些什么,也不说话。风仍然不见小,这风大概是要刮一宿了。棚顶上的席子被刮开了一块,"呼嗒呼嗒"地拍打着棚架,把棚顶上的残雪洒了他们一身。他们不觉得。

又过了半天,女的忽然说:"今天还没有喂'安安'呢。"女的说话时的样子,像是在梦里。

他把她拉到怀里,用棉大衣的前襟把她裹住。寒冷都在外面,让风在外面刮吧,她觉得,什么也打不透他们的棉大衣。

"还没有喂'安安'呢。"她在大衣里说。

他摸了摸她的脸,摸摸她的眼窝。

"我没事儿。"她说。

"我也没事儿。"他说。

"咱们回去吧?"

"回去吧。"

"走吧。"

他们往回走,挨得很近。他们把饼干筒和儿童车忘在了菜棚里。他们总那么爱丢东西。

"对了,那个井盖儿!"她忽然说。

他们又走到他们头一次歇着的那个地方去,找到了那个污水井。可是,井盖儿盖得很好。

"是这个吗?"男的问。

"我记得是。再说,这附近只有这一个呀?"

男的用木拐在井盖儿上杵了几下,井盖儿一动不动,盖得很牢。

女的又走到他们待过的那个墙角里。"噢,从这儿看,井盖儿就好像是错开了,因为上面有雪,井盖儿的黑边儿好像是一道缝。"

1983 年

白　云

　　女大夫揭开他伤口上的纱布，不由得"哟"了一声。褥疮烂成的几个大窟窿，看得见白色的骨头。

　　"养蛆了吧？"他说。他闻见了一股恶臭。"随身总带着几个小哥们儿，谁也不嫌弃谁。下回在小说中我就这么形容。"

　　女大夫笑不出来，用镊子刮去褥疮上的烂肉。他并不感到疼。疼觉早就离开他了。他的腿瘫痪了二十年了。

　　"我记得我答应过，到时候把尸体献给医院。"

　　"别想那个，你的日子还长呢！"

　　"不会太长啦，最近我浑身上下没有一个地方好受，总是打不起精神来。好多挺好的想法，都写不成。"

　　女大夫低头给他换药。她知道，他的日子快熬到头了。连着出现褥疮，血和尿里的白血球指标总也下不去，这骗不了他。

　　"可能跟天气太闷热有关系。"她说。

　　"也许是。不过我把尸体送给你们……"

　　"别说你们！"

　　二十年中，女大夫经常来看他，并不仅仅为了他的病。

　　"噢，那就送给他们。不过有个条件。"

　　她想起二十年前的事。那时候她刚从医学院毕业，有一回他骂她"饭桶"。现在她老了，可还是治不好他的病。

　　"浑身由你们解剖，可是别动我的脑子。"

　　"怪条件，写小说的人净是怪点子。"

"我有好多想法,你知道,这辈子来不及写了。都是挺好的想法,挺好的构思。"

"可这跟你的条件有什么关系呢?"她问。

"也许,这辈子的想法能给下辈子留下些启发。信息。"

女大夫直笑。他也直笑。

"你总能让人笑!"她记起她年轻时候的几次失恋,他总是能使她的痛苦减轻一些,他说"索性哭一回",她心上的痛苦反而会轻些。

"说真的,别把我的脑子切得乱七八糟的。要是真有下辈子呢?我希望这辈子的一些想法能留到下辈子去写。"

"不会。"她笑着,"没有那回事。"

"我试试。我反正要提这个条件。"

"要是真有下辈子,你还会有很多好构思的。"

"不一定。"他说,"有些事,不是残废人就想不到。"

她给他敷上纱布,从镜子里注意着他的脸。他正望着天上的那片云。她知道他又在想南方,那儿有个姑娘……

1983 年

奶奶的星星

　　世界给我的第一个记忆是:我躺在奶奶怀里,拼命地哭,打着挺儿,也不知道是为了什么,哭得好伤心。窗外的山墙上剥落了一块灰皮,形状像个难看的老头儿。奶奶搂着我,拍着我,"噢——噢——"地哼着。我倒更觉得委屈起来。"你听!"奶奶忽然说,"你快听,听见了么……"我愣愣地听,不哭了,听见了一种美妙的声音,飘飘的、缓缓的……是鸽哨儿?是秋风?是落叶划过屋檐?或者,只是奶奶在轻轻地哼唱?直到现在我还是说不清。"噢噢——睡觉吧,麻猴来了我打它……"那是奶奶的催眠曲。屋顶上有一片晃动的光影,是水盆里的水反射的阳光。光影也那么飘飘的、缓缓的,变幻成和平的梦境,我在奶奶怀里安稳地睡熟……

　　我是奶奶带大的。不知有多少人当着我的面对奶奶说过:"奶奶带起来的,长大了也忘不了奶奶。"那时候我懂些事了,趴在奶奶膝头,用小眼睛瞪那些说话的人,心想:瞧你那讨厌样儿吧!翻译成孩子还不能掌握的语言就是:这话用你说么?

　　奶奶愈紧地把我搂在怀里,笑笑:"等不到那会儿哟!"仿佛已经满足了的样子。

　　"等不到哪会儿呀?"我问。

　　"等不到你孝敬奶奶一把铁蚕豆。"

　　我笑个没完。我知道她不是真那么想。不过我总想不好,等我挣了钱给她买什么。爸爸、大伯、叔叔给她买什么,她都是说:"用不着花那么多钱买这个。"奶奶最喜欢的是我给她踩腰、踩背。

一到晚上,她常常腰疼、背疼,就叫我站到她身上去,来来回回地踩。她趴在床上"哎哟哎哟"的,还一个劲夸我:"小脚丫踩上去,软软乎乎的,真好受。"我可是最不耐烦干这个,她的腰和背可真是够漫长的。"行了吧?"我问。"再踩两趟。"我大跨步地打了个来回:"行了吧?""唉,行了。"我赶快下地,穿鞋,逃跑……

于是我说:"长大了我还给您踩腰。"

"哟,那还不把我踩死?"

过了一会儿我又问:"您干吗等不到那会儿呀?"

"老了,还不死?"

"死了就怎么了?"

"那你就再也找不着奶奶了。"

我不嚷了,也不问了,老老实实依偎在奶奶怀里。那又是世界给我的第一个可怕的印象。

一个冬天的下午,一觉醒来,不见了奶奶,我扒着窗台喊她,窗外是风和雪。"奶奶出门儿了,去看姨奶奶。"我不信,奶奶去姨奶奶家总是带着我的;我整整哭喊了一个下午,妈妈、爸爸、邻居们谁也哄不住,直到晚上奶奶出我意料地回来。这事大概没人记得住了,也没人知道我那时想到了什么。小时候,奶奶吓唬我的最好办法,就是说:"再不听话,奶奶就死了!"

夏夜,满天星斗。奶奶讲的故事与众不同,她不是说地上死一个人,天上就熄灭了一颗星星,而是说,地上死一个人,天上就又多了一个星星。

"怎么呢?"

"人死了,就变成一个星星。"

"干吗变成星星呀?"

"给走夜道儿的人照个亮儿……"

我们坐在庭院里,草茉莉都开了,各种颜色的小喇叭,掐一朵放在嘴上吹,有时候能吹响。奶奶用大芭蕉扇给我轰蚊子。凉凉的风,蓝蓝的天,闪闪的星星,永远留在我的记忆里。

那时候我还不懂得问,是不是每个人死了都可以变成星星,都能给活着的人把路照亮。

奶奶已经死了好多年。她带大的孙子忘不了她。尽管我现在想起她讲的故事,知道那是神话,但到夏天的晚上,我却时常还像孩子那样,仰着脸,揣摸哪一颗星星是奶奶的……我慢慢去想奶奶讲的那个神话,我慢慢相信,每一个活过的人,都能给后人的路途上添些光亮,也许是一颗巨星,也许是一把火炬,也许只是一支含泪的烛光……

奶奶是小脚儿。奶奶洗脚的时候总避开人。她避不开我,我是"奶奶的影儿"。

"这有什么可看的!快着,先跟你妈玩去。"

我蹲在奶奶的脚盆前不走。那双脚真是难看,好像只有一个大脚趾和一个脚后跟。

"您疼吗?"

"疼的时候早过去啦。"

"这会儿还疼吗?"

"一碰着,就疼。"

我本来想摸摸她的脚,这下不敢了。我伸一个指头,拨弄拨弄盆里的水。

"你看受罪不!"

我心疼地点点头。

"赶明儿奶奶一喊你,你就回来,奶奶追不上你。嗯?"

我一个劲点头,看着她那两只脚,心里真害怕。我又看看奶奶的脸,她倒没有疼的样子。

"等我妈老了,脚也这样儿了吧?"

一句话把奶奶问得哭笑不得。妈妈在外屋也忍不住地笑,过来把我拉开了。奶奶还在里屋念叨:"唉,你妈赶上了好时候,你们都赶上了好时候……"

晚上睡在奶奶身旁,我还想着这件事,想象着一个老妖婆(就像《白雪公主》里的那个老妖婆,鼻子有钩,脸是蓝的),用一条又长又结实的布使劲勒奶奶的脚。

"您妈是个老妖婆!"我把头扎在奶奶的脖子下,说。

"这孩子,胡说什么哪?"奶奶一愣,摸摸我的头,怀疑我是在说梦话。

"那她干吗把您的脚弄成那样儿呀?"

奶奶笑了,叹口气:"我妈那还是为我好呢。"

"好屁!"我说。平时我要是这么说话,奶奶准得生气,这回没有。

"要不能到了你们老史家来?"奶奶又叹气。

"我不姓屎!我姓方!"我喊起来。"方"是奶奶的姓。

奶奶也笑,里屋的妈妈和爸爸也笑。但不知为什么,他们都不像往常那样笑得开心。

"到你们老史家来,跟着背黑锅。我妈还当是到了你们老史家,能享多大福呢……"奶奶总是把"福"读成"斧"的音。

老史家是怎么回事呢?奶奶干吗总是那么讨厌老史家呢?反正我不姓屎,我想。

月光照在窗纸上,一个个长方格,还有海棠树的影子。街上传来吆喝声,听不清是卖什么的,总拖着长长的尾音。我看见奶奶一眨不眨地睁着眼睛想事。

"奶奶。"

"嗯?睡吧。"奶奶把手伸给我。

奶奶想什么呢?她说过,她小时候也有一双能蹦能跳的脚。拉着奶奶的手睡觉,总能睡得香甜。我梦见奶奶也梳着两个小"抓髻",踢踢踏踏地跳皮筋儿,就像我们院里的惠芬三姐,两个

"抓髻",两只大脚片子……

惠芬三姐长得特别好看。我还只是个小孩子的时候,就觉得她好看了。她跳皮筋的时候我总蹲在一边看,奶奶叫我也叫不动。但惠芬三姐不怎么爱理我。她不太爱理人。只有她们缺一个人押皮筋的时候,她才想起我。我总盼着她们缺一个人。她也不爱笑,刚跳得有点高兴了,她妈就又喊她去洗菜,去和面,去把她那群弟弟妹妹的衣裳洗洗。她一声不吭地收起皮筋,一声不吭地去干那些活。奶奶总是夸她,夸她的时候,她也还是一声不吭。

惠芬三姐最小的弟弟叫八子,和我同岁。他们家有八个孩子,差不多一个比一个小一岁。他们家住南屋,我们家住西屋。

院子中间,十字砖路隔开四块土地,种了一棵梨树和三棵海棠树。春天,满院子都是白花;花落了,满地都是花瓣。树下也都种的花:西番莲、草茉莉、珍珠梅、美人蕉、夜来香……全院的人都种,也不分你我。也许因为我那时还很小,总记得那些花都很高。我和八子常在花丛里钻来钻去。晚上,那更是捉迷藏的好地方,往茂密的花丛中一蹲,学猫叫。奶奶总愿意把我们拢到一块,听她说谜语:"青石板,板石青,青石板上……""嘻,是星星!"奶奶就会那么几个谜语。八子不耐烦了,又去找纸叠"子弹";我们又钻进花丛。"别崩着眼睛!唉……"奶奶坐在门前喊。"没有,我们崩猫呢!"八子说。有一只外头来的大黑猫,是我们的假想敌。"猫也别崩,好好的猫,你们别害巴它!"奶奶还在喊。我们什么都听不见了,从前院追到后院,又嚷又叫,黑猫蹿上房,逃跑了。

八子特别会玩。弹球儿他总能赢,一赢就是大半兜,好的不多,净是大麻壳、水泡子。他还会织逮蜻蜓的网,一逮就是一大把,每个手指缝夹两只。他还敢一个人到城墙根去逮蛐蛐,或者爬到房顶上去摘海棠。奶奶就又喊:"八子,八子!什么时候见你老实会儿!看别摔了腰!"八子爱到我们家来,悄悄的,不让他妈知道;

奶奶总把好吃的分给我们俩——糖,一人两块,或者是饼干,一人两三块。八子家生活困难,平时吃不到这些东西。八子妈总是抱怨,"有多少东西,也不够我们家那几个'小饿狼儿'吃的。"我和八子趴在奶奶的床上,把糖嘎得嘎嘎地响,用红的、蓝的玻璃纸看太阳,看树,看在院里晾衣服的惠芬三姐,我们俩得意地嘻嘻哈哈笑。"八子!别又在那儿闹!"惠芬三姐说话总绷着脸,像个大人。八子嘴里含着糖,不敢搭茬。"没闹,"奶奶说,"八子难得不在房上。"其实奶奶最喜欢八子,说他忠厚。

上小学的时候,我和八子一班。记得我们入队的时候,八子家还给他做不上一件白衬衫,奶奶就把我的两件白衬衫分一件给八子穿。八子高兴得脸都发红,他长那么大一直是捡哥哥姐姐的旧衣服穿。临去参加入队仪式的早晨,奶奶又把八子叫来,给我们俩每人一块蛋糕和两个鸡蛋。八子妈又给了我们每人一块补花的新手绢,是她自己做的。八子妈没日没夜地做补花,挣点钱贴补家用。

奶奶后来也做补花,是八子妈给介绍的。一开始,八子妈不信奶奶真要做,总拖着。奶奶就总问她。

"八子妈,您给我说了吗?"

"您真要做是怎么的?"八子妈肩上挂着一绺绺各种颜色的丝线。

"真做。"

"行,等我给您去说。"

过了好些日子,八子妈还是没去说。奶奶就又催她。

"您抽空给我说说去呀?"

"您还真要做呀?"

"真做。"

"您可真是的,儿子儿媳妇都工作,一月一百好几十块,总共四口人,受这份累干吗?"

"我不是缺钱用……"奶奶说。

奶奶确实不是为挣那几个钱。奶奶有奶奶的考虑,那时我还不懂。

小时候,我一天到晚都是跟着奶奶。妈妈工作的地方很远,尤其是冬天,她要到天挺黑挺黑的时候才能回来。爸爸在里屋看书、看报,把报纸弄得窸窸窣窣地响。奶奶坐在火炉边给妈妈包馄饨。我在一旁跟着添乱,捏一个小面饼贴在炉壁上,什么时候掉下来就熟了。我把面粉弄得满身全是。

"让你别弄了,看把白面糟蹋的!"奶奶掸掸我身上的面粉,给我把袄袖挽上。

"那您给我包一个'小耗子'!"

"这是馄饨,包饺子时候才能包'小耗子'。"

可奶奶还是擀了一个饺子皮,包了一个"小耗子"。和饺子差不多,只是两边捏出了好多褶儿,不怎么像耗子。

"再包一只'猫'!"

又包一只"猫"。有两只耳朵,还有点像。

"看到时候煮不到一块儿去,就说是你捣乱。"

"行,就说是我包的!"

奶奶气笑了:"你要会包了,你妈还美。"

"唉,你们都赶上了好时候。"我拉长声音学着往常奶奶的语调,"看你妈这会儿有多美!"

奶奶常那么说。奶奶最羡慕妈妈的是,有一双大脚,有文化,能出去工作。有时候,来了好几个妈妈的同事,她们"叽叽嘎嘎"地笑,说个没完,说单位里的事。我听不懂,靠在奶奶身上直想睡觉。奶奶也未必听得懂,可奶奶特别爱听,坐在一个不碍事的地方,支棱着耳朵,一声不响。妈妈她们大声笑起来。奶奶脸上也现出迷茫的笑容,并不太清楚她们笑的是什么。"妈,咱们包饺子吧。"妈妈对奶奶说。奶奶吓了一跳,忙出去看火,火差点就要灭了;奶奶听得把什么都忘了。客人们走后,奶奶的情绪一下子低落了,说:"你们刷碗、添火吧,我累了。"妈妈让奶奶躺会儿。奶奶不躺,坐在那儿发呆。好半天,奶奶又是那句话:"唉,你们都赶上了好时候。"爸爸、妈妈都悄悄的。只有我敢在这时候接奶奶的茬:"看你妈多美,大脚片子,又有文化,单位里一大伙子人,说说笑笑多痛快。""可不是么。我就是没上过学。我有个表妹……""知道,知道。"我又把话茬接过去,"你有个表妹,上过学,后来跑出去干了大事。""可不真的?"奶奶倒像个孩子那样争辩。"您表妹也吃食堂?"我这一问把爸爸、妈妈全逗乐了。奶奶有些尴尬:"六七岁讨人嫌。"奶奶骂我只会这一句。不知为什么,奶奶特别羡慕别人吃食堂,说起她羡慕或崇拜的人来,最后总要说明一句:"人家也吃食堂。"

后来,一九五八年,街道上也办了食堂。奶奶把家里的好多坛坛罐罐都贡献了出去。她愿意早早地到食堂门口去等着开饭。中午,爸爸、妈妈都不回来,她叫我放了学到食堂去找她。卖饭的窗口开了,她第一个递上饭票去:"要一个西红柿,一个……嗯……"她把"一个"咬得特别清楚,但却不自然;她有些不好意思,但又很骄傲似的。现在回想起来,她大概是觉得自己和那些能出去工作的人相仿了,可她毕竟又没出去工作过。

是在我上小学二年级的时候,那些日子,奶奶晚上总去开会,总不让我跟着。"又不是去看戏!"奶奶说,脾气变得很急躁。

我跟着奶奶看过不少老戏。奶奶做补花挣了钱,就请别人看戏,请八子妈,请姨奶奶,也请院里的另一个老太太,自然每次都得请我——她的"影儿"也得占一个座位。奶奶不会看戏,每次看戏之前都得请教那"另一个老太太"。那个老太太懂戏,也并非真懂,用现在的话说也就是个"名人爱好者"。什么梅兰芳、姜妙香、袁世海、张君秋……奶奶和我都是从她那儿得到启蒙的。我坐在剧场的椅子上睡觉,我是为中间的十五分钟休息来的;休息的时候小卖部卖酸梅汤,我使劲说渴,至少可以喝两瓶。奶奶总是说:"我年轻时候什么戏也没看过。"她大约是为补上这一课来的;平时胡同里几个老头、老太太在一块聊天,谁都比奶奶懂戏。奶奶什么事都要强。不过只有一回,奶奶和那个老太太是都看懂了,不是戏,是电影《祝福》。看完了,奶奶直哭,那个老太太也直哭。"那时候可不就是那么样儿。"那个老太太说。"可不就那么样儿。"奶奶说。两个人的眼睛都红红的。我不声不响地跟在奶奶身后走。最惨的不是祥林嫂最后摔倒在雪地上,而是她捐了门槛,高高兴兴地回来的时候。奶奶后来总爱给别人讲《祝福》,还是把"福"念成"斧"的音。不过她再也不愿意看那个电影了。

一天晚上,奶奶又要去开会,早早地换上了出门的衣服,坐在桌边发愣。

妈妈把我叫过来,轻声对奶奶说:"今天让他跟您去吧,回来道儿挺黑的。小孩儿,没关系。"

我高兴地喊起来:"不就是去我们学校吗?我搀您去,那条路我特熟!"

"嘘,喊什么!"妈妈给了我一巴掌。妈妈的表情挺严肃。

我跑去找八子,我们俩早就想晚上去一回学校了。我们学校原来是一座大庙,八子说,晚上那儿的蛐蛐准少不了。

学校有好几层院子,有好几棵又粗又高的老柏树,院墙上长满了草,红色的灰皮脱落了很多。天还没黑,知了在老柏树上"伏天儿——伏天儿——"地叫着。奶奶到尽后院去开会,嘱咐我们就在前院玩。这正合我们的心意,好玩的东西全在前院,白天被高年级同学占领的双杠、爬杆、沙坑,这会儿全空着。

"八子,真是跟你妈说了?"奶奶又问。

"真说了。"

八子冲我笑。他才不用跟他妈说呢,他常常在外面玩到半夜,他妈顾不上管他。我常常为此羡慕八子。

我们先玩爬杆儿,我爬不过八子。又玩双杠,一人占一头,喊一声"开始!"各自从双杠上蹿过去抓对方,几个来回之后,我总是上气不接下气地被八子抓住。八子身体好,也跑得快。跟八子出去玩,我不用担心挨欺负,八子打架也特别厉害。

八子的功课一般,不像惠芬三姐,惠芬三姐很用功,还是少先队大队委。我也是班里的学习尖子,但我至今记得,一有算术比赛,八子的成绩总比我好。他就是不用功,不按时完成作业,语文总考六十几分。小学毕业时,我考上了一所名牌中学,八子只考上了三流学校。现在想想,八子的天资其实比我强,我纯粹是靠了奶奶的督促,靠爸爸妈妈总能在课后帮我补习。谁管八子呢?他晚上不是帮家里干活,就是跑出去疯玩。惠芬三姐是个例外,她不声不响地干活,又不声不响地读书。八子妈嫌她晚上读书费电,她就每天早早地起来在院子里用功。一九六五年,惠芬三姐考上了大学。那时候她戴上了眼镜,更漂亮了,文质彬彬的,有学问的样子。我真羡慕八子有这样一个姐姐。八子却不放在心上,总拿她的"四眼儿"开玩笑。惠芬三姐不屑于理他。八子也不太爱理惠芬三姐。

太阳落了。

"嘟——嘟嘟——"天完全黑下来时,蛐蛐果然不少。"嘟嘟——嘟嘟嘟——"东边也叫,西边也叫。我们顺着声音找,找到了一处墙根下。八子对准砖缝滋了一泡尿,一会儿,蛐蛐就蹦出来,在月光底下看得很清楚。八子很快就把蛐蛐逮住,看看,又扔了。

"老迷嘴,不开牙。"他说。

我们又找,找到一块大石头旁边,蛐蛐不叫了。八子示意我别出声,我们蹲在石头边静静地等,大气不出。蛐蛐又叫起来,"嘟嘟嘟——"八子笑了。

"哟,我没尿了。"

"我有!"我说。

"嘘,小点声。冲这儿撒,对准了。"

逮到了一只好的。八子从兜里掏出一张纸,卷成纸筒,把蛐蛐装进去。

月光真亮,透过老柏树浓黑的枝叶,洒在院子里,斑斑点点。那么大的院子里只有我们俩。教室都是原来大庙的殿堂,这会儿黑森森的,静悄悄的,有点瘆人。星星都出来了。我想起了奶奶。八子逮起蛐蛐来入迷,撅着屁股扎在草丛里,顺着墙根爬。

我对八子说:"我去看看后院有没有蛐蛐。"

尽后院的南房里亮着灯。我悄悄地爬上石阶,扒着窗台往里看。一排排的课桌前坐的全是老头、老太太。我看见奶奶坐在最后排,两只手放在膝盖上,样子就像个小学生。我冲她招招手。没看见,她听得可真用心。我直想笑。奶奶常说,她要是从小就上学,能知道好多事,说不定她早就参加了革命呢!"我说不定就从你们老史家跑出去了呢。我有个表妹,就是从婆家跑出去的,后来进了共产党……"奶奶老是讲她那个表妹,说她就是因为上过学,知道了好些事,早早地放了脚,跑出去干了大事。我又想笑了:奶奶跑起来是什么样呢?还是用脚后跟跑吗……

讲台上有个人在讲话。讲台两边还坐着好几个人。有个女的老是给他们倒水喝。

我见过奶奶的那个表妹一回,只见过一回,在一个大楼里。奶奶紧拉着我的手,在又宽又长的楼道里走,东问西问。后来人家让我们在一间屋子里等着,屋子里有好多沙发,可奶奶不让我坐,她自己也站着。等了老半天,才来了一个女的,奶奶让我管她叫表奶奶……

讲台上的那个人讲个没完没了。

我还从来没有这么远远地望着过奶奶。她直了直腰,两只手也没敢离开膝头。这下您知道上学的滋味了吧?我又在心里笑。奶奶每天晚上都抱着那本扫盲课本念,有一课是《国歌》,她老是把"吼声"念成"孔声"。"又是孔声!"连我都能提醒她了。她挺难为情,声音变小,慢慢又大起来,念到"吼声"的时候声音又变小,停好一阵,大概是在心里重复……

就在这时候,我忽然听清了讲台上那个人讲的话:"你们过去都是地主、富农,都是靠剥削农民生活,过的都是好逸恶劳,光吃不做的剥削阶级生活……"

什么?再听。

"……地、富、反、坏、右,你们是占的前两位。今后呢,你们还是要认真改造自己……"

我赶紧离开窗台,站在台阶下不知该干什么,脑袋里"嗡嗡"的。地主?奶奶也是地主?

八子来了。"嘿!看,六个!"

我应了一声,赶紧往前院走。

"后院有吗?你怎么啦?"

"后院没有,咱们还上前院吧。"

"前院都没啦!"

"那,咱们玩爬杆去吧。"我拉着八子紧往前院走,我怕他也听见……

奶奶拿回来一个白色的卡片。爸爸、妈妈围在奶奶身边看,样子倒像是很高兴。奶奶直擦眼泪。

"这回就行了,您就甭难受了。"爸爸说。

"就是说,您跟大伙都一样了,也有选举权了。"妈妈说。

我趴在床上不说话。这是怎么回事呀?我又不敢问。

"跟了你们老史家,唉……"奶奶又是那句话,说话的声音也有些颤抖,"解放前我也没过过一天舒心日子呀,比老妈子能强多少……"

"您可不能这么想。"妈妈说,"您过的日子再不舒心,也是衣来伸手,饭来张口呀! 工人、农民呢? 人家过的什么日子?"

奶奶的脸腾地红了,慌忙点头:"我知道,我知道。我就那么一说。人家过得牛马不如,这我都知道。"

过了一会儿,奶奶又对爸爸说:"你还记得给老史家扛活的刘四吗? 后来得肺病死了,剩下刘四媳妇带着仨孩子……那时候我也是自个儿带着你们仨。我就跟你大哥说过,真要是分了家,咱们这份儿由我做主,我就把那一亩多地给了刘四媳妇……"

"您可也别总说这事儿。"妈妈又说,"那是因为您有,不在乎那一亩多。"

奶奶愣了一会儿,说:"可不也是,让我都给,我准不干。还不是剥削思想?"

"行了,"爸爸弹弹那张白卡片说,"这回您就过舒心日子吧。"

奶奶把白卡片用一条新毛巾包起来,说:"打解了放,没什么人告诉我,我也是爱这新社会。我可不想再受你们老史家的气……哟,这孩子八成着凉了吧? 我说不带他去……"奶奶才发现我蔫蔫地趴在床上,忙打住话头,哄我去睡觉。

奶奶摸摸我的头:"不烧。准是玩累了。"

奶奶给我打来洗脚水,又摸摸我的头:"明儿奶奶给你包饺子,扁豆馅的,爱吃吗?"奶奶也好像高兴起来了。

直到半夜我还没睡着。我听见奶奶总翻身,大概也没睡着。我不敢动,我怕奶奶知道我在想什么。窗外,海棠树的叶子轻轻地摇晃,露出几颗星星。奶奶怎么会是地主呢? 我想起过去奶奶给我讲《半夜鸡叫》的时候……"周扒皮就靠剥削人过日子。"奶奶说。"什么叫剥削呀?"我问。"就是光吃饭不干活儿。""那我是吗?""你不是,你还小。""那您是吗?"……真的,奶奶那时就不说话了,是爸爸把话接了过去:"奶奶不是做补花吗?奶奶老了,我们工作养活奶奶。"……唉,我心里乱七八糟的,一宿都没有睡安稳。海棠树的叶子不动了,仍然看得见那几颗星星……

有好几年,我心里总像藏着个偷来的赃物。听忆苦报告的时候,我又紧张又羞愧。看小说看到地主欺压农民的时候,我心里一阵阵发慌、发闷。我也不再敢唱那支歌——"汗水流在地主火热的田野里,妈妈却吃着野菜和谷糠。"过队日时,大家一起合唱,我的声音也小了。我不是不想唱,可我总想起奶奶,一想起奶奶,声音就不由得变小了。奶奶要不是地主多好啊!

我是解放后出生的,但还赶上了一些旧北京的"尾巴"。大人们都说我记事早。那时候,从早到晚,走街串巷做小买卖的和耍手艺的不断。

一清早,就有挎着笸箩卖烧饼果子的,挎着小一点的笸箩卖烂糊芸豆的,挑着挑儿卖老豆腐的。卖烂糊芸豆的还有一块布,你要是多花一分钱,他就把芸豆包在布里,给你捏成一个小芸豆饼。奶奶有时候给我买一小碗芸豆,但绝不让捏成饼,说他那块布"一点都不干净"。我就是想要一个芸豆饼,于是哭、闹。奶奶找来一块干净布,自己给我捏。我还是哭、还是闹,说那根本不是芸豆饼,跟卖的一点都不一样。奶奶就说:"再不听话,你长大了也去卖芸豆!那个卖芸豆的老头儿就是从小不听话,长大了没出息,去卖芸豆。"

那时候,我们家住在东直门北小街附近。北小街再往北就出了城,很荒凉,破城墙、护城河边长满了荒草,地坛附近全是乱坟岗子,再走就是农村了。总有些赶大车的、拉排子车的从城外来,从北小街走过。马蹄子踩在地上"咕叽咕叽"的。在我的印象里,北小街永远是满地泥泞、满地马粪。马的鼻子里喷着白气,赶车的人穿得很破、很脏,"哦——哦——"地喊着。我心里挺怕。奶奶拉着我的手站在路边,就又对我说:"看你听话不听话,那些赶大车的就是从小不听话,长大了就得去给人家赶大车。"

奶奶总这么说。中午,修理雨伞旱伞的在街上吆喝,我又闹着不睡午觉,我愿意看那个人用猪血把一条条的高丽纸粘到伞上去。一会儿,磨剪子磨刀的又在外面吹喇叭,"呜哇——",我又想看那个喇叭。奶奶就又是那些话,要么是"不听话就得去磨刀",要么是"那个修理雨伞的就是因为不听话,才那么没出息"……

自从知道了奶奶是地主(后来我又入了少先队),想起这些事,我心里就对自己说:奶奶可不是看不起劳动人民么?

可是还有另外一些事,让我没法解释。也是我很小很小时候的事。门口来了一个买破烂的女人,敲着一个像瓶子盖似的小鼓儿,背着一个柳条筐,筐里还站着一个比我还小的女孩儿。奶奶拿了几件破衣服交给那个女的。"您要多少?"那女的问,翻来覆去地查看那几件破衣服。"这衣裳可还不算破。"奶奶说。"还不破?您瞧这袖子,这肩膀儿!顶多值……"那女的笑笑,说了个价儿。"那可不卖。"奶奶要收回那几件衣服。那女的抓着衣服不撒手:"那您说个价儿。"奶奶又说了个价儿。"唉,您指着它发财哪?行啦,算我亏本儿!"那女的把衣服扔到筐里,然后慢慢地掏钱。奶奶摸摸筐里那个小女孩的脸蛋儿,奶奶就喜欢女孩子。"多大啦?"奶奶问那女的。"两生儿。""几个?""仨,仨丫头!""她爸做什么?""没了。"那女的把钱递到奶奶手里。奶奶忽然不言声儿了,愣怔地看着那娘儿俩。她们穿的衣服一点不比筐里的衣服好。那女的背起筐来要走,奶奶又把她叫住。奶奶回屋里拿了两件我穿小了的衣服来,给那个女的:"这可不破,我们这孩子穿着小点儿了。""您要多少?""不是。"奶奶说:"您要不嫌,就给您这小闺女儿穿吧。""哎哟,那敢情……"那女的把衣服在小女孩身上比比,笑着:"大妈您瞧,还真挺合适……"我心里真高兴,又"呱哒呱哒"跑回屋去,把我的好几件衣服都抱来。奶奶的眼圈直发红。

那女的已经走了。为这事,奶奶总对爸爸妈妈夸我,说:"这孩子大了心眼儿错不了。"

也许这又像妈妈说的,是因为我们有吧?可是我总觉得,奶奶的心肠绝不像个地主。周扒皮会那样吗?

不过,奶奶还是像个地主。住在北小街的时候,逢年过节,奶奶总把爷爷的旧照片摆在桌上,照片前摆两盘点心。我没有见过爷爷,妈妈说她也没见过。照片上的那个男人穿一身缎子衣服,还戴个瓜皮帽,真像黄世仁,也像穆仁智。我想吃块点心,奶奶不让,说那是给爷爷的。

"这个人长得真难看。"我说。

"嘻,不许瞎说!"奶奶把我从照片前拉开。

我还是远远地望着那照片:"他怎么长得那样儿呀?"

"他是你爷爷。"

"他是我爸爸的爸爸?"

"嗯。"

"他是您的什么呀?"

奶奶又被逗笑了:"去问你妈,你爸爸是你妈的什么。"

我跑去问,回来告诉奶奶:"是爱人。"

奶奶不言语,像是想着别的事……

奶奶那会儿不是在思念"失去的天堂"吧?上四年级的时候,我开始懂得了"阶级敌人总是思念他们那已经失去的天堂",就这么想。不过自从我上了小学以后,奶奶已经不再供爷爷的照片了。

唉,奶奶是地主,这个念头总折磨着我。睡觉的时候,我不再把头扎在奶奶脖子底下了。奶奶以为我是长大了,不好意思再那样了。只有我自己知道是为什么。而且我心里也明白:我还是跟奶奶好——这想法更折磨人。星星还是那些星星,在树叶间闪亮。奶奶会死吗?想到这儿,我还是害怕……

经常有个老头儿到我们家里来。奶奶让我管他叫表爷爷。一身农村人的打扮,说是从河北老家来。我很少叫他"表爷爷",心里只管他叫"馋老头儿"。他一来就盘腿往床上一坐,喝茶、抽烟,满地上吐黏痰。奶奶就得去给他买肉、打酒。有一次爸爸小声对妈妈说话,让我听见了:"要说地主,他才真是地地道道的地主呢。"怪不得他这么讨厌呢,我想。

"馋老头儿"夹一块肉、喝一口酒,谁也不让,好像他就应该到这儿来吃,来喝。

奶奶坐在他对面,陪他说话。

依我看,这"馋老头儿"说的全是反动话。

"老嫂子,您猜怎么着?"他说,"现在难得喝这口好酒了。有钱你也不敢这么买着喝。"

"是你劳动挣来的钱,你就甭怕。"奶奶说。

"那倒也是。您猜怎么着?村儿里对我还真不错,瞧我这岁数,让我喂牲口。活动活动,身子骨儿倒结实了。"

"你可得好好儿的。"

"那是。再者话说了,你不好好给人家干也得行啊?"他喝得满脸发红,"嗞儿哑"地响。

"给人家干?"奶奶不满意地斜了他一眼,"你这是给自个儿干。过去人家才是给你干哪!"

"说的是,说的是。"那"馋老头儿"连连点头,低头光是吃,不言语了。

"你的帽子摘了吗?"半天,奶奶又问。

"摘了,头年就摘了。"

什么帽子?摘什么帽子?那时我还不懂。

"老嫂子,您猜怎么着?我还真是心服口服。可不是吗?一样爹妈生的,肉长的,凭什么你就光吃不干呢……"他好像再找不出什么词儿来表白了,又说,"我可不像史五爷那么混横儿不说理。"

"史五爷怎么着？"

"还戴着呢。老话儿说了，得人心者得天下，共产党就是得了人心。你史五爷逞能，有你的好儿？"

我越听越糊涂，这家伙到底是不是地主？也许他是装的？可又不像。不过我还是讨厌他，老是满地吐黏痰。还有，一来就吃肉、喝酒，电影里的地主就那样。奶奶还老给他喝。唉，可不是吗？奶奶也是地主呀……

有好几年，对这件事我心里总是惶惶的。我希望那是假的，但愿是那个晚上我听错了。我去想奶奶做过的事，说过的话，一会儿觉得奶奶真是有点像地主，一会儿又觉得一点也不像。我几次想问妈妈，又怕妈妈真说是。我真想找个人说说。我跟八子说了。八子听了一愣，然后直笑："你别瞎说了，奶奶要是地主我死了去！"八子也管我奶奶叫奶奶。"真的，我亲耳听见的。"我说。"准保是你听错了。""也许是。"我说，心里轻松了许多。八子又说："解放前才有地主呢，现在哪儿有哇？"我的心又一阵子紧："说的就是解放前。""反正我敢说，奶奶不是！"八子又拍拍自己的胸脯，"要是，我死去！"八子说得那么肯定，我觉得周围的空气都明澈了许多。那是个夏天的中午，院子里静悄悄的。海棠已经有红的了，梨还是青的，树荫下好凉快。八子揉着一团儿面筋。我们常用面筋去粘树上落的蜻蜓。把面筋放在竹竿的顶端，把竹竿慢慢升高，接近正在"做梦"的蜻蜓，"扑噜噜"，蜻蜓使劲扇动翅膀，但已经被粘住，跑不了啦……奶奶不会是地主，奶奶还总让我教她唱《社会主义好》呢。奶奶不会是地主，妈妈从单位里借来一张桌子，奶奶总是把热锅什么的放在我们家自己的桌子上，说"可别把公家的桌子烫坏了"，她怎么会是地主呢……

一九六六年，我快十六岁了，早已经过了入团的年龄。可我却总入不上。爸爸、妈妈才跟我讲了奶奶的事。

"你知道奶奶的成分是什么吗?"

我心里"轰"的一阵紧张,不吭声。

"你大概已经知道了吧?"

我说不出话来。

奶奶的娘家并不是地主,是个做小买卖的——开一个卖棉花兼弹棉花的小店,总共一间半门脸儿。奶奶从小长得漂亮,父母指望能靠她发财,立志要把她嫁到富贵人家去。那时代,在一个小县城,要想作成富贵人家的贤妻良母,需要长得漂亮,需要把脚裹得特别小,需要会做各种针线活,需要会看公婆和男人的眼色……唯独不需要念书识字,"女子无才便是德"。所以奶奶不能像她的弟弟、妹妹那样去上学,也注定了要有一双小脚儿,要学会恭谦、驯顺、忍气吞声。为什么呢?只是因为奶奶长得好,只是因为她的父母希望攀一门阔亲戚。

父母的愿望竟真实现了。十七岁,奶奶嫁到了老史家。史家是全县的首富,全县将近一半的土地都姓史。不过史家要的仅仅是一个漂亮而且贤惠的儿媳妇,奶奶的父母照样开着那一间半门脸儿的小棉花店。奶奶的父母唯有想到女儿是走了运,才觉得多年的希望没有全落空。

奶奶可真是"走了运",上有公公、婆婆,下有一大群小叔子、小姑子;公婆之上还活着一对老公公、老婆婆。奶奶既是儿媳妇,又是孙子媳妇。伺候了这个伺候那个,给这个磕了头给那个鞠躬,听完了这个的申斥再去给那个赔不是,似乎老史家主要是缺一个老妈子,缺一个挨骂的,缺一个出气筒,才把奶奶娶过来的。只有奶奶的婆婆还算通些情理,因为她也是那么熬过来的,而且还没熬完。

"你看过《家》吗?"爸爸问我。

我点点头。

"就是那样。那种大家庭都是那样儿。奶奶的地位比使唤丫头也差不多。"

奶奶病了,但是在那个大家庭,专为孙子媳妇做些可口的饭菜,等于是造反。奶奶的父母给奶奶送来些点心,但是得交到老公公那儿去。老地主还稀罕几块点心?但是这是规矩。

我听奶奶说起过这件事,奶奶根本没见到那几块点心,奶奶的婆婆说了一句:"人家娘家送来的,她又病着……"于是也遭了一顿训斥。

"你还记得《家》里瑞珏是怎么死的吗?"

我又点点头。

"奶奶生第一个孩子的时候就是那样。老公公、老婆婆不让找大夫,更甭说去医院,他们舍不得花那份钱……"

在伯父前头,我还应该有个姑姑的。我记起来了,奶奶常念叨她那个闺女,"模样儿可俊了,要不是你们老史家,那孩子何至于死呀!"奶奶喜欢女孩子,就是因为她没个闺女。一看见别人的闺女,她就眼热,就想起自己那个死了的女孩子。所以奶奶对妈妈特别好,把妈妈当亲闺女看。

"不是因为别的,因为那是规矩。"爸爸说,"就像你老太爷,出门儿几十里,一泡屎也要憋回来拉到自家的地里。因为那是规矩。那个社会,可笑和可恨的规矩太多了。"

奶奶生了三个儿子:伯父、父亲、叔叔。叔叔还不到一岁,爷爷就死了。爷爷一死,奶奶在那个大家庭里就更没有地位了,没有权也没有钱。想给自己做件衣服,还得打着三个儿子的旗号去跟公公要。算计来算计去,要是能从给三个儿子做衣服的钱里省出一点来,自己才能做件汗衫。大概唯因奶奶生了三个儿子,都是史家之后,奶奶才仍然能在老史家吃饭吧。

奶奶还不如让老史家给轰出去呢,我想,那样奶奶现在也就不是地主了。

其实奶奶给他们干的活也足够换来一天三顿饭了。无论什么时候,奶奶总得伺候得公公、婆婆、小叔子、小姑子以及儿子们都吃了饭,她自己才能吃。老妈子也不过如此了,老妈子也是永远吃剩饭。

奶奶真想离开那个家。奶奶的表妹就是不堪忍受那种日子,跑出去参加了共产党。可是奶奶的表妹上过学,碰巧知道了有共产党,奶奶知道什么呢?她想跑也不知道往哪儿跑。再说她也不敢跑,连改嫁她都不愿意,她要守节,她受的就是那种教育。奶奶从二十几岁守寡到今天。

她只盼着儿子们都长大。伯父稍大一点,奶奶壮着胆子提出了分家的要求,但立刻遭到公公的痛骂。小姑子、小叔子也旁敲侧击:"嫂子,您要是想改嫁也行,家不能分!"对奶奶来说,这话是最大的侮辱了。奶奶只有自己偷偷地掉眼泪。再说,离开老史家,三个儿子怎么上学呢?上不起。也许是受了她那个表妹的影响,奶奶执意要三个儿子都上学,而且都要上到大学。吝啬而且迂腐的老地主,连屎都要拉到自家地里,自然不忍心把钱送到学校去,奶奶豁出去了,吵、闹,骂他们欺负孤儿寡母。奶奶竟然变得那么勇敢!可不是,奶奶还怕什么呢?她全部的心愿就是她的三个儿子。她不愿意三个儿子将来跟自己似的,更不愿意三个儿子将来跟老史家的人似的。她只知道上学好,她的表妹好,她的表妹之所以好,就是因为上过学。她那时候不知道别的……

我的心一阵阵发疼。我想起奶奶夜里睁着眼睛想事的样子;想起她的叹气声;想起了她的脚;想起她捧着爸爸给她买的扫盲课本,在灯下一字一顿地念,总是把"吼声"念成"孔声"……

"她干吗算地主?"

"她吃了剥削饭。"

"她给老史家干的活儿就不算啦?"我那时真小。

"那是历史,历史造成的。"爸爸说。

唉,历史!"那现在呢?"

"早就不算地主了。奶奶改造得好,早就摘了地主帽子。再说,奶奶干吗不爱新社会呢?她这一辈子,真正有了自由,真正过了舒心的日子,倒是在解放后。现在奶奶和大伙都一样了……"

我松了一大口气,在心里骂了一句最难听的话,骂那个"老史家"。

奶奶知道爸爸、妈妈把她的事告诉了我,见了我还有些难为情,又说要给我包扁豆馅饺子,小心地注意着我的反应。

我心里又高兴又难过,不知道说什么好,只说:"包吧。"语气倒像是很勉强。

奶奶转悠过来转悠过去,不说话,偷偷地观察着我的表情。我一看她,她就又把目光躲开。我很想开句玩笑,打破这尴尬的气氛,又想不出逗乐的话。

直到晚上睡觉的时候,我又把头扎在奶奶的脖子底下。

"这么大了还……没臊!"奶奶说。

我觉出她也松了一口气。奶奶的观察力实在是末流的,她难道没有注意到,我有好几年没把头扎在她脖子下了吗?

奶奶活了七十三岁,真正舒心的日子只有那么几年,就是从摘了地主帽子到"文化大革命"开始之间的那七八年。那些年,她整天都很忙,整天都很高兴。她要给全家人做饭,要做补花,要负责全院的清洁卫生。奶奶是全院的卫生负责人。我还记得别人把写了她名字的小红纸条贴在院门上时,她是多么不好意思,又是多么掩饰不住地高兴。为这事她得罪了八子妈,八子家的卫生总是搞不好。

奶奶买了一把长把笤帚,扫起院子来不用弯腰。她的腰和背还是老酸疼。早晨,人们纷纷出门上班的时候,奶奶去扫院门前的街道,和所有过往的街坊们打招呼。她愿意被人们看见。说她爱虚荣也行,说她是显摆也对,她把门前扫得很干净。然后她就冲八子和我喊:"可别再糟蹋啦,啊?奶奶刚扫完!"确实是喊给别人听的,但那声音中也确实流露着舒心的骄傲。

奶奶坚持做补花。有时候活儿催得紧,她一直要做到半夜去,急得她就像小学生完不成作业那样。全家人谁也帮不上忙,跟着着急。有一次妈妈说:"我看您就辞了这活儿吧。""敢情你们都有工作!"奶奶喊。奶奶从没有对妈妈喊过,吓得全家都不敢言语。奶奶盼望能进补花厂,但她知道没什么可能,她的岁数太大了,人家不会要。她总埋怨八子爸不让八子妈进补花厂。"趁她还年轻,你就让她去得了。要不赶明儿后悔一辈子!"奶奶对八子爸说。八子爸笑笑:"是我不让她去吗?""去不了,"八子妈赶紧说,"这几个'劳神精'谁管?"奶奶又说八子爸:"让你要这么多!""是我生的吗?"八子爸抽着烟笑。"不要脸!"八子妈骂。

活儿不紧的时候,和八子妈,还有其他几个妇女一块做补花,是奶奶最高兴的时候。她们互相称"老刘""老魏""老林"。奶奶是"老方"。奶奶非常喜欢这种称呼,在家里也"老刘""老魏"地念叨,是因为新奇,更透着自豪和满足。"我们老姐儿几个有说有笑的,也不觉着累。"奶奶说。"老了老了,没承想还赶上了好时候。"奶奶说。"唉,你们生得是时候呀!我还有几天儿?"奶奶也常流露出遗憾。

星星。星星。星星。星星……

哪一颗星星是奶奶的呢?

我知道,奶奶是真心爱这新社会的。

那些星星都是死去的人变的,是为了给活着的人把夜路照亮……

"文化大革命"一开始,奶奶又戴上了一顶"帽子",不叫地主,叫"摘帽地主"。其实和地主一样,占黑五类之首。所不同的是,

"摘帽地主"更狡猾些；一个地主，竟然能够"摘帽"，显见其伪装是何等的高明，其用心是何等的险恶，对社会主义的威胁是何等的不可低估。而且这也成了"刘邓路线"的罪行之一。

奶奶先是不能再做补花了。社会主义的工作怎么能给一个地主呢？后来，也不能再当院里的卫生负责人了。权力当然更重要。

奶奶倒没有哭，她吓傻了。爸爸、妈妈也吓傻了。好多人都吓傻了。好多吓傻了的人也都在做着傻事，做傻事时的样子也都足以把别人吓傻。

先是惠芬三姐从学校里回来，用了半天时间，把院子里的花全刨了。接着是北屋宋家几个闺女把自己家的硬木大立柜抬到院当中，用斧子给劈了。爸爸也偷偷地烧了几本书。奶奶整天躲在屋子里，掀开一角窗帘往外看；也不怎么做饭，顿顿下挂面。传说垃圾站发现了好几根金条。街道积极分子们怀疑是我们院里的人扔出去的，一是因为我们院离垃圾站近，二是因为我们院里除了八子家成分好，其余的都是"黑九类"。

惠芬三姐当了红卫兵，一身军装，扎一条武装带，长辫子剪了，剪成了短发。说实在的，我觉得她更漂亮了。

我在学校里也想参加红卫兵，可是我出身不是"红五类"，不行。我跟着几个红五类的同学去抄过一个老教授的家，只是把几个花瓶给摔碎，没别的可抄。后来有个同学提议给老教授把头发剪成"阴阳头"，剪没剪我就不知道了。来了几个高中同学，把非"红五类"出身的人全从抄家队伍中清除出去了。我和另几个被清除出来的同学在街上惶然地走着，走进食品店买了几颗话梅吃，然后各自回家。

院里很乱，惠芬三姐带了好几个大学的红卫兵，挨家挨户地搜查。像是全院大扫除，各家的东西都摆到了院子里。我们家里也都空了，爸爸、妈妈和奶奶坐在凳子上低声说着什么，很恐怖、很警觉的样子。

"真是没想到。"妈妈说。

"平时看着可是挺老实的人。"奶奶说。

"您可别再这么说了,老实人会藏这些东西?"

"谁呀?藏了什么?"我问。

原来是惠芬三姐带着人从那个最懂戏的老太太家抄出了两箱子绸缎、一盒子金银首饰,还有一本书,书上有蒋介石的像。

"在哪儿呢?"

"已经送走了,连东西带人都送走了。"

我隔着窗户往外看。又来了几个红卫兵,惠芬三姐正和一个挺高挺魁梧的男的说话,嗓门儿很大。她过去可从来不大声说话的。她还说了一句"×他妈的",从表情上看好像她并没有那么说。也许是我听错了?我们学校的那些女生也都那么说了。我觉得我们男生那么说说还可以……

妈妈让我回学校去住。我上中学的时候住校。妈妈说:"这一阵子先不要回家,有什么事我去找你。"妈妈给了我三十块钱,六十斤粮票,看来够两个月的伙食费了。

晚上,我蹬上我那辆破自行车回学校。我兜里第一次掖了那么多钱、那么多粮票。路上冷冷清清的。已经是秋天了。自行车轧在干黄的落叶上,"嚓嚓"地响。路灯的光线很昏暗,影子从车轮下伸出来,变长,变长,又消失了。我好像一时忘记了奶奶,只想着回到学校里该怎么办。那条路很长,全是落叶……

一天,妈妈到学校来找我,对我说,要是想回家就到她的单位去,她在那儿找了一间房;奶奶已经回老家了。

"什么时候?"

"前天。"

"怎么啦?"

"没怎么。我们怕出事,和你爸爸商量,不如先让奶奶到老家去。"

我倒是松了一口气。那些天听说了好几起打死人的事了。不过坦白地说,我松了一口气的原因还有一个:奶奶不在了,别人也许就不会知道我是跟着奶奶长大的了。我生怕班里的红卫兵知道了这一点,算我是地主出身。

"过些时候,我就去看你奶奶,再给她送些东西去。"妈妈说,声音有些抖。

忘记是为了什么了,我又回了一趟家(可能是为了拿一件什么东西)。院里已经面目全非了。花没了;地上刨得乱七八糟的,没人管;每棵树上都钉上了一块语录牌;搬来了好几家新街坊。八子家也搬走了,听说搬到胡同东头的一个大院子里去了。那儿原来住着个资本家,被轰走了,空下来不少好房。

我走进屋里,才又想到,奶奶走了。屋里的东西归置得很整齐,只是落满了灰尘。奶奶不在了。奶奶在的时候从来没有灰尘。那个小线笸箩还在床上,里面是一绺绺彩色的丝线,是奶奶做补花用的。我一直默默地坐着。天黑了。是阴天,没有星星。奶奶这会儿在哪儿呢?干什么呢?屋里没有别人,我哭了。我想起小时候,别人对奶奶说:"奶奶带起来的,长大了也忘不了奶奶。"奶奶笑笑说:"等不到那会儿哟!"……海棠树的叶子落光了,没有星星。世界好像变了个样子。每个人的童年都有一个严肃的结尾,大约都是突然面对了一个严峻的事实,再不能睡一宿觉就把它忘掉,事后你发现,童年不复存在了。

接着是轰轰烈烈的两三年。我时常想起奶奶。但史无前例的事太多,听也听不过来,想也想不过来。不断地把人打倒,人倒不断地明白了许多事情。打人也是为革命,骂人也是为革命,光吃不干也是为革命,横行霸道、仗势欺人,乃至行凶放火也是为革命。只要说是为革命,干什么就都有理。理随即也就不值钱。

接着是上山下乡。抢镢头的为革命而抢镢头,养妾选美的为革命而养妾选美;饥寒交迫的为革命而饥寒交迫,挥霍无度的为革命而无度地挥霍。革命又是为了什么呢?

我在延安插队的时候,妈妈来信说奶奶回来了,奶奶岁数太大了,农村里没她干的活,公社给了证明,说奶奶改造得好,态度非常老实。奶奶又在北京落下了户口。

一九七二年我也转回了北京。那年奶奶七十岁,头发全白了。爸爸、妈妈又都到云南干校去了,又剩了我跟奶奶。或者说是,奶奶跟着我。我已经二十出头了。我懂得了什么是历史。很多事情并非是因为人怎么坏,而是因为人类还没有弄明白那些事情为什么是坏。譬如说奶奶,她还不明白地主为什么坏,就注定是地主了。也可以说这是命运,但革命不正是为了把全人类都从那种厄运中解放出来么?

但那还是一九七二年。

我回到北京的时候是半夜。在车站坐了半宿,到家的时候天还不亮。我推推院门,院门开了。我推推屋门,门上有锁。我一愣。院里的人还都没起,很静,谁家屋里传出响亮的鼾声。奶奶这么早上哪儿了呢?还是那四棵树,一棵梨树,三棵海棠,但树叶都被虫子咬得斑斑驳驳的。院里盖起了好几间小厨房,歪七扭八,灰压压的。

北屋门一响,宋家老头出来了:"哟,你回来啦?你奶奶这几天净念叨你呢。"

"我奶奶这么早上哪儿了?"

"你没瞧见?就在外头扫街哪。"

我跑出院门。远远的晨雾中,有一个人影,用的是长把笤帚,是奶奶。后来我才知道,奶奶这么早来扫街,是为了躲过人多的时候,怕让人看见。她现在是以一个地主的身份在扫街,在改造,不是像当年那样是卫生负责人。

奶奶见了我可是立刻就哭了。

我把奶奶搀进屋,劝她,安慰她。我才不说"这是群众运动,您应当理解"呢!她怎么会理解呢?多少大人物不是都不理解吗?只是当我说到"群众的眼睛是亮的"的时候,奶奶才不哭了,连连点头,说街坊邻居对她都不错,街道积极分子对她也不错,居委会主任还偷偷劝她别往心里去,扫起街来也得悠着点。奶奶扫街总是超额,甚至加倍。

"还记得八子吗?"奶奶问我。

"当然。"我早就听说八子这几年在街上很出名,外号叫"八爷",一般的流氓小偷都服他。八子没有去插队。

"可不是吗,唉!可是他见了我,还是管我叫奶奶。"奶奶说。这似乎使她非常感动。

奶奶又说:"没人的时候我跟八子说,可得好好的,要不将来后悔一辈子。他倒是低头儿听着。别人说他,他连听都不听呢。"

"他进工厂了?"

"没有。先前他想进工厂,人家说他不去插队,不给他分配。这会儿人家给他分配了,他又嫌工作不好,不去,等着。他可倒也不缺钱花,又抽烟,又喝酒。他还老跟我说:像您这么老实管什么用!"

"惠芬三姐呢?"

"咳,还提惠芬呢!分配在外地,二十七八了,还没个对象。她那个对象武斗的时候死了,惠芬总还是想着那个人,时常说点子不着边儿的话,说不是那个人她就不结婚……可那个人都死了好几年啦。这都是八子跟我说的。头些日子,我扫街时候碰上了惠芬,她头也不抬。八子说,她不是光不理我,谁她都不理……"

我想起一九六六年查抄"四旧"的时候了,在院子里,惠芬三姐和一个男大学生说话,那男的又高又魁梧,他会不会就是惠芬三姐的对象呢?

唉!"奶奶,咱们包扁豆馅饺子吧!"我说。世上的事都想明白了好像也不符合辩证法。

"行啊!"奶奶高兴起来,"我给你钱,你去买肉馅吧。"

妈妈给我写信的时候就说,回了北京好好照顾奶奶,想办法给奶奶弄点好的吃。奶奶一个人老是熬粥、吃馒头、炒白菜什么的;她不愿意去买肉,怕让人看见说她没改造好。

"您管他那些呢!"我说,"肉铺里卖肉就是为让人吃的。革命就是为让所有的人都过好日子!"

"可还有好些人连馒头、炒白菜都吃不上呢。老家的人,好些贫下中农,吃也吃不饱。"奶奶一本正经的神气。

我真得承认:奶奶的觉悟比我高。我开了个玩笑:"您可不能这么说。您说贫下中农现在还吃不饱,那还行?"

奶奶吓坏了,说不出话来。可不?在那些年,这可不是玩笑。

最后这几年,奶奶依旧是很忙。天不亮就去扫街。吃了早饭就去参加街道上办的"专政学习班"。下午又去挖防空洞。

"您这么大岁数,挖什么呀?还不够添乱的呢!"我说。

奶奶听了不高兴:"我能帮着往外撮土。"

"要不我替您去吧。我挖一天够您挖十天的。我替您去干一天,您就歇十天。"

"那可不行。人家让我去是信任我。你可别外头瞎说去。好不容易人家这才让我去了。"

奶奶还是那么事事要强。

最让奶奶难受的是人家不让她去值班。那时候,无论春夏秋冬,不管刮风下雨,北京所有的小胡同里都有人值班。绝大多数是没有工作的老头、老太太,都是成分好的,站在胡同口,或拿个小板凳坐在墙角里,监视坏人,维护治安。每个人值两个小时,一班接一班。奶奶看人家值班,很眼热,但她的成分不好。

一天,街道积极分子来找奶奶,说是晚十点到十二点这一班没人了,李老头病了,何大妈家里离不开,一时没处找人去,让奶奶值一班。奶奶可忙开了,又找棉袄,又找棉鞋。秋风刮得挺大。

"真要是有坏人,您能管得了什么?他会等着让您给他一拐棍儿?"

"人家这是信任我。"

"就算您用拐棍儿把他的腿勾住了,他也得把您拉个大马趴。"

"我不会喊?"

"我替您去吧。"

"那可不行!"奶奶穿好了棉衣,拿着拐棍儿,提着板凳,掖着手电筒,全副武装地出了门。

我出门去看了看。奶奶正和上一班的一个老头在聊天。还不到十点。两个人聊得挺热火。风挺大,街上没什么人。那老头在抱怨他孙子结婚没有房……

十点刚过,奶奶回来了。

"怎么啦?"

奶奶说:"又有人接班了。"脸色挺难看。

"有人了更好。咱们睡觉。"

奶奶不言语,脱棉袄的时候,不小心把手电筒掉地上了,玻璃摔碎了。

"您累了吧?我给您按摩按摩?"

奶奶趴在床上。我给她按摩腰和背。她还是一到晚上就腰酸背疼。我想起小时候给奶奶踩腰,觉得她的腰背是那样漫长。如今她的腰和背却像是山谷和山峰,腰往下塌,背往上凸。

我看见奶奶在擦眼泪。

"算了,什么大不了的事儿!"我说。

"敢情你们都没事儿。我妈算是瞎了眼,让我到了你们老史家来……"

海棠树的叶子又落了,树枝在风中摇。星星真不少,在遥远的宇宙间痴痴地望着我们居住的这颗星球……

那是一九七五年,奶奶七十三岁。那夜奶奶没有再醒来。我发现的时候,她的身体已经变凉。估计是脑溢血。很可能是脑溢血。

给奶奶穿鞋的时候我哭了。那双小脚儿,似乎只有一个大拇指和一个脚后跟。这双脚走过了多少路啊。这双脚曾经也是能蹦能跳的。如今走到了头。也许她还在走,走进了天国,在宇宙中变成了一颗星星……

现在毕竟不是过去了。现在,在任何场合,我都敢于承认:我是奶奶带大的,我爱她,我忘不了她。而且她实在也是爱这新社会的。一个好的社会,是会被几乎所有的人爱的。奶奶比那些改造好了的国民党战犯更有理由爱这新社会。知道她这一生的人,都不怀疑这一点。

当然,最后这几年,她心里一定非常惶惑。我不能原谅自己的是这样一件事:那时每天晚上,奶奶都在灯下念报纸上的社论。在那个"专政学习班"里,奶奶是学的最好的一个。她一字一顿地念,像当年念扫盲课本时那样。我坐在桌子的另一边看书。显然是有些段落她看不大懂,不时看看我,想找机会让我给她讲一讲。我故意装得很忙,不给她这个机会,心想:您就是学得再好,再虔诚些,人家又能对您怎么样?那正是"反击右倾翻案风"的时候,净是些狗屁不通的社论。奶奶给我倒茶,终于找到了机会。

"你给我讲讲这一段行不?"

"嗐,您不懂!"

"你不告诉我,我可不老是不懂。"

"您懂了又怎么样?啊?又怎么样?"

奶奶分明听出了我的话外之音。她默默地坐着,一声不响。第二天晚上,她还是一字一句地自己念报纸,不再问我。我一看她,她的声音就变小,挺难为情似的……

老海棠树还活着,枝叶间,星星在天上。我认定那是奶奶的星星。据说有一种蚂蚁,遇到火就大家抱成一个球,滚过去,总有一些被烧死,也总有一些活过来,继续往前爬。人类的路本来很艰难。前些时候碰上了惠芬三姐,听说因为她"文革"中做了些错事,弄得她很苦恼,很多事都受到影响。我就又想起了奶奶的星星。历史,要用许多不幸和错误去铺路,人类才变得比那些蚂蚁更聪明。人类浩荡前行,在这条路上,不是靠的恨,而是靠的爱……

1983 年 11 月 11 日

关于詹牧师的报告文学

序

想给詹牧师写一篇报告文学，已经有很久了。——仅此一句，明眼的读者就已看出，我是在套用伟人的路数。事已至此，承认下来是上策。我选择上策。

原来我甚至想题名为"詹牧师×传"的，可眼下不时兴作传了，无论是什么样的传。"正传"也不适宜。一来文体旧了，唯恐发散不出恰当的气息。二来有鲁迅先生，而且至今魅力犹存，只有常冒傻气的人才不懂：步伟人之后尘，只能愈显出自己的卑微和浅薄。由此也可见，我的套用绝非是想也做一名伟人，实在倒是冒了"卑微和浅薄"的风险呢！不宜作传的第三个原因是：天有不测风云。明白说，你摸得清谁的底细？换言之，你敢担保谁的历史就完全清白？倘若你要为之作传的人当过三五天特务，或出卖过一两分钟灵魂呢？尤其是从那动乱年月中活过来的人，谁敢拍拍胸脯说自己一向襟怀坦荡、彻底问心无愧呢？为了给别人立传，竟至过早地为自己竖起了墓碑的人又不是没有过，所以得"悠着点"。这两年情况变了，但一般来说，"悠着点"总没亏吃。所以我还是决定不作传，而是给詹牧师写一篇报告文学。有说"为阶级敌人树碑立传"的，没有说"为阶级敌人树碑立报告文学"的。想来，"报告"二字妙用无穷，无论什么事，报告了,总归没错儿,就算遇见的是个特务,不也是得报告么?

我要写报告文学,还因受了一个棋友的启发。那天我刚要吃掉他的老将儿,他忽然推说他还有些要紧的事得赶紧去办,这盘棋就先下到这儿。算我赢了。他说他预备写一篇报告文学,关于一位著名的女高音的,也可以是关于一位著名的老作家的,或者是关于一位著名的别的什么的。

我忽然想起了詹牧师。

"牧师?"棋友极力笑出几个高音,把输棋的尴尬完全替补了下去。

"那是他年轻的时候,做过一个基督教会的主讲牧师。后来他负责传呼电话。"

棋友的笑声更加响亮。等我把棋子码入棋盒,光从双方的表情判断,谁都会认为输棋的是我了。

"你还是自己去写那个传电话的牧师吧!"棋友说,"纸笔都现成,又不是生孩子,只有女人才会。"

我心里一动,觉得这话不无道理。

现今知道詹牧师做过主讲牧师的人不多了,知道他获得过神、史两项硕士学位的人就更少,多数人只记得,那个传电话的詹老头儿一向服务态度很好。这倒很像一篇报告文学的开头。一般报告文学都是从一个人的怀才不遇写起,写到其人终于蜚声某坛或成就了某项大事业止,顶不济也要写到被伯乐发现。可是,詹牧师末了还只是个传电话的。我相信这与他的面相有关:虽然天庭饱满,但下巴过于尖削,一直未能长到地阁方圆的程度。据说,年轻时,詹牧师为此曾很苦恼,查考过几本相书,也不使人乐观。而立之年一过,他转而愤懑,在一篇论文里曾写道:"基督精神本是一种自强不息的精神!"接着他引申了马丁·路德的思想,认为人要得到上帝的拯救,既然不在于遵行教会的规条,当然也不在于听任命运的摆布。最后他写道:"耶稣是被侮辱与被损害者的救星,在他伟大精神的照耀下,苦难众生都有机会得救,唯逆来顺受的宿命论者除外。"于是招来了反动统治阶级的怒目,甚至怀疑他与共产党有牵连。不惑之年的詹牧师更加成熟,时值全国已经解放,国计民生蓬勃日上,他进而怀疑了有神论,并于无意中贬低了他的主。他说:"有神论者都是因为并没有弄懂基督教的真谛,马列主义才是苦难众生的大救星!"这又得罪了很多同事。一些人说他是"墙头草"(相当于后来所说的"风派"),甚至干脆说他是犹大。詹牧师处之泰然,说:"倘不是为了三十块银币,而是为了真理,主耶稣是会赞同的。"

棋友正一心一意地琢磨着,一篇报告文学的字数以多少为宜。

"五万两千七八百字,你看够不够?"棋友问。

"凑个整儿吧,十万字,够一台彩电。"

棋友频频点头。

就在那一刻,我决心写一篇报告文学了。

上　集

写法嘛——其实和写新闻报道相去不远(顺便提一句,我在一家不大不小的报社工作),大概也都是记述一些事业的成功之人及其成功之路。说一说该人是怎么落生的,怎么长大的,具有怎样出色的品质和智能,于是克服了什么和什么,就怎么样和怎么样了起来。所不同的是,常常兼而介绍一下海燕和雄鹰的生活习性。比方说,海燕喜欢划破阴沉的天空,雄鹰则更善于"击"——鹰击长空。还有联系一下松树风格的、黄金品质的、某一星座之光芒的,等等。也有侧重于气象及地理环境记载的,譬如:闪电,雷鸣,暴风雨震撼着这个小山村,在一间低矮的茅草棚里,一个婴儿呱呱坠地,一个伟大的生命来到了人间。

相当不幸!上述诸条,詹牧师一条都不占。前面已经说过,詹牧师因为差一项"地阁方圆",始终没能伟大得了;而且连出生时的史料也早已散失。他自己当时过于年幼,又没记住是否下过雨,是否有过电闪和雷鸣;父母早逝,连生辰八字也是一笔糊涂账。并不是我一味地要套用伟人的路数,实在是因为詹牧师当时只顾了哭,倒把顶重要的事给忘记了。那时的户籍制度又很松懈。非要写一写他的出生情况不可的话,我只能说,是在一个秋风萧瑟的日子里,南飞的雁阵正经过一座小城的上空,教堂(帝国主义列强的一种侵略方式)的钟声悠长而凄惶地敲响,路旁的落叶堆中传出一个婴儿微弱的哭声,一对贫苦却善良的老人经过这里,毫不犹豫地收养了这个奄奄一息的弃婴,以致后来的七十多年内,世上有了詹牧师其人。不过我至今拿不准,这会不会也是依据了想象和杜撰。詹牧师常把一些颇具传奇色彩的事物记得很牢,记得久了,便以为自己也不过如此。譬如就说这生日,他早年总是在各式的表格中填上十月十日(按他被善良的老人收养了的那天算)。"文化大革命"期间,有一个出生于十月一日的红五类人士,狠狠地嘲笑了他的十月十日,说是"这也不无阶级性"。詹牧师先是羡慕人家,继而慢慢回忆:自己在落叶堆中未必只是待了一天,而且生母在遗弃自己之前是不会不痛苦的,不会一生下来就拿去扔掉,想必是犹豫了一个多礼拜的,如此算来,自己的生日也应该是十月一日。为这事詹牧师跑了不少次派出所,申明了理由,要求把颠倒了的历史重新颠倒过来。他儿子问他,为什么不把生年也改成一九四九呢?"那样,我在学校里的日子也会好过一些。"他儿子说。詹牧师无言以对。詹夫人一向的任务就是在父子间和稀泥,此刻为丈夫解围道:"你爸爸不是那种⋯⋯"哪种呢?没有下文。其时,詹夫人边洗菜,边考虑应不应该告诉儿子,詹牧师小时候的名字叫"庆生",虽然是为了庆贺于落叶堆中侥幸存活而起,而且是在辛亥革命之前,但与十月十日联在一起想,总不见得会有好处。詹夫人抬头望望丈夫那一脸花白的胡茬、那一脸愁苦的皱纹,心里一阵阵发酸。那个和她一起戏水、撑船的少年庆生到哪儿去了呢?那个教她糊风筝、放风筝的快乐的庆生到哪儿去了呢?岁月如梦如烟,倏忽即逝哟!她于是只对儿子说:"你也会老哇——"儿子不耐烦地走出去。詹牧师蹲过来,帮着夫人洗菜。

"你不要往心里去。"詹夫人说。

"我没有。"

"他还是个孩子。"

"我知道。"

"我看得出来,你心里不痛快。"

詹牧师一个劲儿洗菜,不言语。

"别总瞎想。"

"你是不是也嫌我老了?"詹牧师说,洗菜的手有些发抖。

詹夫人呆愣了片刻,故意笑笑:"谁嫌谁呀,咱们俩都老喽!"

"可我要做的事,还都没做。"

他们默默地洗菜。

再有,写报告文学势必得懂些音乐。人家问你,《命运交响曲》是谁作的?你得会说:贝多芬。要是进而再能知道那是第五交响曲,"嘀嘀嘀噔——"乃是命运之神在叩门,那么你日后会发现这有很广泛的用途,写小说、写诗歌也都离不了的。美术也要懂一点,在恰当的段落里提一提毕加索和《亚威农的少女们》,会使你的作品显出高雅的气质。至于文学,那是本行知识,别人不会在这方面对一个写报告文学的人有什么怀疑;有机会,说一句"海明威盖了"或"卡夫卡真他妈厉害"也就足够。等等这些吧,我都不行,重要的是怎么把这些知识联系到詹牧师身上去。詹牧师当年做牧师的时候会弹两下子管风琴,可等我认识了詹牧师的时节,这早已成了历史。教堂里的管风琴年久失修是一个原因,人家不再让他进教堂也是一个原因。唯一能把詹牧师和音乐联系起来的,是第九交响曲中的那支歌:"欢乐女神,圣洁美丽,灿烂阳光照大地……在你的光辉照耀之下,四海之内皆兄弟……"这歌詹夫人爱唱,她年轻时懂一些贝多芬,嗓子又好,中学时代就是校合唱队的主力。詹牧师也就会唱,其实詹牧师还会唱很多歌,但可惜都与我主耶稣有关,后来没有机会再唱了。小时候在故乡,不知怎么一个机缘,詹牧师(那时是詹庆生)被选进了小教堂的唱诗班。可以想见,那时他的嗓子还很清脆,眼睛还很明澈,望着窗外神秘莫测的蓝天,虔诚地唱:"我听主声欢迎,召我与主相亲,在主所流宝血里面,我心能够洗净……"门边站着个小姑娘,听得入迷,痴痴盯着少年庆生。那就是后来的詹夫人,姓白,名芷,听起来像一味中药。

爱情是个永恒的主题,照例不该不写。然而,詹牧师对自己的罗曼史从来是讳莫如深的。在他活着的时候,我也没有深问过他这方面的事,如今既然决定写一篇报告文学,便只好额外下了些工夫——向他的亲友们做了一些调查,片片段段汇总起来,所能写的也不过这么几条:

(一)詹牧师的老丈人是个开药铺的小老板,兼而也做做郎中,家里还有几亩好地,雇了人种。詹庆生十四岁上到这药铺作了学徒,起早恋晚地跟师父里外外地忙,人很勤俭,懂得爱惜各种草药,脑子灵,算盘又打得好,很为小老板赏识。虽然出于某种规矩,学徒的生活照例清苦,但少女白芷对他明显的关照,小老板亦均认可。至于小老板膝下无儿,是否有意把少年庆生培养成继承人一节,现已无从考证。

(二)少年庆生绝非甘愿寄人篱下之辈,平生志愿也绝非仅一小老板耳。每晚侍候得师父洗了脚,师母也喝完了芦根水,他便到店堂里去读书。什么《医宗全鉴》《本草备要》《频湖脉诀》《雷公药性赋》早已不在话下;《三国演义》《水浒传》《东周列国志》更是读到了烂熟的程度；连《玉匣记》《枕中书》《择偶论》乃至《麻衣相法》《阴阳八卦》，都读；甚至不知从哪儿淘换来一批孔、孟、老、庄的经典及诸子百家的宏著……小老板见他是读书，也就不吝惜灯油。那时白芷已经上了初中，时常悄悄溜进店堂，带来了各式各样的新书：天文、地理、生物……乃至一些新文学的代表作。据说也有鲁迅先生的《狂人日记》，也有胡适的文章。两小无猜，在灯下兼读、兼嚷、兼笑。老板娘虽看不上眼，小老板却开明而且羡慕。小老板逐渐明白，这徒弟是不会长久在此耽误前程了。

（三）青年庆生学识日深。凭着小老板的灯油，他自学了全部中学课程。靠了白芷的鼓励，他决定弃商就学。不料，机会却决定了人生。每逢礼拜日，他照例去小教堂唱诗，听讲，竟被"信主兄弟不分国族，同来携手欢欣，同为天父孝顺儿女，契合如在家庭"一类的骗局所惑，决心去学神学了。他对他的少女说："这不和你唱的四海之内皆兄弟是一样的么？"两人都很高兴，觉得比小老板的"回春堂"要妙多了。"那你还能结婚吗？"白芷问。"能，当了牧师也能。"庆生回答。白芷放心了。他们在故乡的小路上边走边想，边想边唱："在主爱中真诚的心，到处相爱相亲，基督精神如环如带，契合万族万民。"故乡欢畅的小河载着阳光和花瓣，流过山脚，流过树林，流过"回春堂"，流过小石桥和小教堂。教堂的钟声飘得很远，小河流得很远，青年庆生也将走向很远的地方。他们不知道有什么骗局，远方有没有深渊。

（四）青年庆生考上了一所著名大学的神学院，课外帮助别人抄写文稿或出一些别的力气，工读自助。其间一直与他远方的姑娘通信。可惜这"两地书"均于"文化大革命"期间烧毁，欲知二人之间是从什么时候改变称呼的，有没有冠以"亲爱的"或者干脆是"dear"，都不可能了。单从那所著名大学的校志上查到，庆生已于大学期间改名"鸿鹄"了——詹鸿鹄。

（五）小老板不久去世（据推测是癌症），引起过一场风波：老板娘为生活计，愿意女儿嫁给一个大药铺的少掌柜的。女儿心里有着原来的小学徒，执意不肯，险些闹得出了人命。先是女儿要吞马钱子①，幸亏是错吞了车前子②。后是老板娘中风不语，好在"安宫牛黄丸"和"人参再造丸"都现成。最后还得感谢旧社会的黑暗与腐朽，故乡的生活日益艰难，不说哀鸿遍野吧，总也是民不聊生，小药铺终归倒闭，大药铺岌岌不可终日；正当詹鸿鹄翻译了几篇文稿，倾其所得寄与母女俩，老板娘方才涕泪俱下，深信小老板在世时的断言是不错的。

（六）詹鸿鹄拿下了神学硕士学位，在一所教堂里任职。经济情况稍有好转，他一定要未婚妻到大地方来进一步学习，于是白芷和母亲也就离开了故乡小城，到鸿鹄身边来。不久，詹鸿鹄与白芷在一所大教堂里举行了婚礼仪式。一位洋牧师（詹鸿鹄的老师）操着生硬的中国话问："你愿意他做你的丈夫吗？"答曰："愿意。""你愿意她做你的妻子吗？"也说愿意。詹鸿鹄又开始攻读史学，白芷也考进了师范学校，老岳母精心料理家务，曾有一段很富诗意的生活。对教堂里的信约，鸿鹄夫妇恪守终生，二人如形如影，没有发生过任何纠纷。后来虽然介入了第三者，但那是他们可爱的儿子。只是由洋牧师做了证婚人一节，倒惹得老夫妻于"文革"中参加了一回学习班，写过几份交待材料。这是后话。

（七）还有一个疑点有待查明，即：詹鸿鹄是否也跟白芷热烈地亲吻过？有一次，詹牧师曾对"现今的年轻人在光天化日之下就搂搂抱抱"表示过不满，或可推断他绝没有过类似的过火行动，但由詹牧师也协助妻子生了一个儿子这一方面想，又觉得证据

---

① 马钱子，亦称"番木鳖"，种子可入药，有毒。
② 车前子，种子和全草均可入药，无毒。

不足。

　　我料定,要给詹牧师写报告文学,在爱情这一永恒主题方面,无疑是要有所损失了,只能写到干巴巴、味同嚼蜡为止。没有诗意。可以有一点趣味的是风筝。詹牧师家住在一个厂办专科学校里面(校方曾多次想把他们迁移出去,可又拿不出房来),学校里有两个篮球场,可以放风筝。傍晚,学生们打完了球,都回家了,校园里宽阔又安静。那年,詹夫人已经病重,裹着线毯坐在门前的藤椅上,仰起头来看——詹牧师正认真地放风筝。糊得很好的一只沙燕儿,上面画了松枝和蝙蝠,晃悠悠升起,詹牧师撒出了一段线。飘悠,飘悠,风筝又急剧下栽,詹牧师又收回一段线。詹夫人喊:"留神电线,挂上!"忽忽,摇摇,风筝又升起来。"小心楼顶!"詹夫人说,攥紧拳头。詹牧师一下一下熟练地拽着线,风筝平稳地升高,飘向夕阳,飘向暮色浓重的天空。詹夫人松开了拳头。詹牧师把线轴揣在衣兜里,坐到夫人身边来。风筝在渐渐灰暗的天空中像一个彩色斑点,一动不动。两位老人也一动不动。四只眼睛也一动不动。

　　"有多少年不放了?"詹夫人说。

　　"十年还多了。"詹牧师说。

　　其时为一九七七年春。

　　"你放起来倒还没忘。"

　　"生疏多了。"

　　"我以为你放不了了呢。"

　　"不至于。"

　　"在老家时放的那种'双飞燕'我还是最喜欢。"

　　"一上一下,一下一上,那种确实好。"

　　"那是用绢做的。"

　　"最好是用绢做。"

　　詹夫人久久地看着篮球架后边那片开始发绿的草地,不再说话。

詹牧师给她倒了一杯水,让她把药吃了。

对面的楼房成了一座黑色的墙,风筝看不见了,只有从衣兜里抽出的那段白色的线,证明风筝还在天上。

天上朦朦胧胧地现出一个月亮。

詹牧师安慰老伴儿说:"让我想一想,也许还能做成那种'双飞燕'。"

"还有那种鹰形的风筝,我们在家乡时也常放,像真的鹰在盘旋。"

"那叫纸鸢。"詹牧师纠正说。

"你不要总是怕人提到鹰。"

"我没有。那确实叫纸鸢。"

"你总是怕人提到鹰。"

"我没有。"

"做人不见得非得干成什么大事不可。"

"这我知道。"

可是,直到第二天把风筝收回来的时候,詹牧师的思绪还在天空中盘旋。

〔注一〕詹牧师的住房条件很差,说是两间小棚子,一点不过分。早在六十年代初,詹牧师曾在自己小屋的门上挂过一块匾额:大鹏屋。取棚屋之谐音,抒远大之志向。几个朋友凑了一首打油诗,嘲笑他:"鸿鹄误入棚,大鸟错居屋,呜呀呜呜呀,鸦乌鸦鸦乌!"詹牧师看罢一笑,奋笔回敬道:"孔明居草庐,姜尚做渔翁,雄鹰一振翅,鸦雀寂无声。"

时间过去了十六七载,詹牧师依然住着"大鹏屋",这倒没关系,问题是雄鹰何时能振翅高飞呢?詹牧师时常为此而烦恼。看见年老的白芷仍然撑着重病之身,在为他补衣服,悲酸之感油然而生。他看着那只风筝发愣。他想,他对不起白芷。他又想,他还是能够在很多事业上取得些成就的,以报答他的夫人。

我本来想说:詹牧师更是为了报答祖国和人民。但是,我又犹豫了:詹牧师至死都没能取得任何成就,有什么理由这样褒奖他呢?我甚至怀疑,我还应不应该给他写报告文学?虽然风风雨雨之中,不知他给别人传了多少电话,其中说不定也有一些伟大的信息,也有一些于祖国和人民非常有益的内容,但够格为文学所报告的人,都必须是自己先不同寻常。记者的胶卷有限,报刊的版面有限,电视台的时间有限,正好堪称为人物者也有限。对了,得是人物。既不可单单是人,又不能仅仅是物,得是人物!这很要紧。分开说,前者会遭漠然之面孔,谁不是人呢?后者则要吃耳光。合在一起说效果就好。"人物"——你这样说谁,凭良心,谁心里也保险不难过。

然而发现一个人物又谈何容易!尤其是当你想写报告文学的时候。平摆浮搁着的人物均已被报告完毕,再想报告,就得多搭进些工夫去了。我盘算,要是报告一位准人物(即尚未成为人物的人物苗子),是有远见的,既避趋炎附势之嫌,又可望做一伯乐。还有一层,常言道:落难公子多情,登科状元寡义。倘一村姑,绝不该对着相府的高墙发痴,最好是注视着自家矮檐之下,看有没有一个落汤鸡在那儿一边避雨一边背外语单词。当然,根据需要,村姑可以换算成德貌齐备的现代化姑娘,落汤鸡随之就是德智体全面发展的水暖工或烙大饼的。我绝不是想影射詹夫人,因为詹牧师虽曾做过硕士,但最终毕竟只是传传电话,而水暖工和烙大饼的最后都考上了研究生。倒是詹夫人一直是位小学教师,凭了微薄的收入维持全家生活,而且对丈夫的感情始终不渝。我只是说,采访常与谈恋爱相似,多数历史经验教我这个末流记者识趣:还是到猪圈里去寻千里马。如果不知深浅地去采访某位已知人物,则难免横遭一面挂满了问号的脸。你报告了贱姓小名,又通禀了籍贯和属相,对方依旧一脸"你是谁?"的表情。那时你才会约略品出些"名不见经传"之苦呢。我很嘲笑我那位棋友,上来就想写一位著名的什么,真是"此物最相思",单相思。不通世理到这般水准,也想写报告文学?!

我又坚定了写这一篇报告文学的信心。詹牧师就是一名准人物,我至今笃信不疑。这与生死无关,死人也有突然又成了人物的。这样的事,古今中外屡有发生,未必我就碰不上。

詹牧师被我发现的那年,一圈白发围着个亮闪闪的脑瓜顶,正是古稀之年。斗室之中,全是一摞摞发黄的笔记本和稿纸、一摞摞落满灰尘的书籍和一摞摞没有落满灰尘的书籍。临街的窗台上摆着一尊电话,为灰暗的小屋平添了许多气派。

他从摊开在桌上的书堆中抬起头来,摘掉一又二分之一镜片的老花镜。"办长途吗?本处代办国内长途电话。"他说。

"请问,詹小舟同志在吗?"

他稍事审度,慌忙起身,从一堆堆蔡伦的遗产中绕出来,满腹狐疑地伸给我一把骨头:"我就是。詹天佑的詹,小舟么,就是小船的意思。"

〔注二〕詹牧师于一九五三年自动退出教会,之后在一所私立小学任教务副主任之职,一九五五年他又自动辞去了这一工作。从最近的调查和采访中得知,就是在那时,他又改了名字,改"鸿鹄"为"小舟"了。据说,当时他的书桌前挂过一张条幅,写的是苏东坡的一句词:"小舟从此逝,江海寄余生。"其名大约取意于此。

据当年与詹牧师在小学校共过事的人讲,鸿鹄与教务正主任常常意见相左,可能是促其退职的一个原因。据那位现已退休的主任讲,詹鸿鹄一直惦记着考取博士学位,对自己仅仅是个硕士老大不甘心,所以对教小学兴趣不大,深恐耽误了他的前程。由此再联想到苏轼词中的另一句:"常恨此身非我有,何时忘却营营。"或对詹牧师二改其名的缘由有一个初步的印象。

我又走访了当年那所私立小学的校长。据校长回忆,詹鸿鹄确有郁郁不得其志的情绪,虽然对工作一向还是认真的。詹牧师离开学校的那天晚上,校长为他饯行,酒至半酣,他忽然捉笔狂书,什么"忆呼鹰古垒,截虎平川",什么"淋漓醉墨,看龙蛇飞落蛮笺",最后是"君记取,封侯事在,功名不信由天"。其情其景,令老校长也感慨万千,想少年壮志,看白发频添,不觉潸然泪下,于是赞成詹鸿鹄趁年富力强之日,回家专门去做学问了。

"您是?"詹牧师问我。

我坦然地报了姓名,又报了我们那个不大不小的报社的名字。

他的手却忽然在我手里变软,慢慢地抽回去,他又直着眼睛接连地咽唾沫,像是有个药丸卡在嗓子里。他的脖子很细,喉结很大。

"您这地方不好找。"我说。

"噢,请坐,请坐。"他让笑容在脸上挣扎,脸色却发白。

我坐在一只小木箱上。

他继续咽唾沫,挖挚着双手,站着。

我又重申了一下我的身份。

他的微笑愈显得艰苦了,颤抖着嘴唇,说不出话来。

我明白我的公事已经办完,准确地说——已经用不着进行了。

这么回事:我在报社负责"表扬与批评"专栏,我经常于来稿中见到詹小舟这个名字,他总是写表扬稿,譬如:某某中年人,十八年如一日地为大家扫厕所,不取分文;某某老头儿,常常留心邻居家是否中了煤气,果然救了三条人命;某某姑娘,坚持为邻居老太太取奶,倒垃圾;某某眼镜店的青年营业员,认真负责地为一个老学者配了眼镜,态度和蔼可亲……如是等等,两年多来总也有二十几篇。发表了一半左右。不料前两天发表的一则却惹来争议。公安局的同志来信认为,"这篇表扬稿很可能是伪造的。"(原文如此)"因为文中所说的'艾珂寺外街一百号旁门的魏启明'现正在狱中服刑,根本不可能为邻居的高中生们义务辅导英语,请报社同志进一步核查,以正视听。"

詹牧师呆坐着,笑容残余在两个嘴角,其他部分的皱纹显得苍老、僵化。

门前火炉上的水壶,沙哑地喷出一缕缕白气。

有那么一忽儿我很担心,希望生命还在与他为伴。

先后有几个打电话的人站在窗外打电话,然后放了四分钱在窗台上,走了。

太阳西斜了,几点黄光落在詹牧师弯曲的脊背上。四周的光线开始变暗。

真不知道他在盘算什么。注意到他的嘴并没有歪向一边,鼻翼还在翕动,我觉得不如趁早悄悄溜掉。

詹牧师忽然自语道:"这么说,真有个艾珂寺外街。"

"真有。"我说。

"真有个叫魏启明的。"

"真有,在狱里。而且魏启明也不懂外语。"

"总没有杀人吧?"詹牧师急切地问,紧张地盯着我,双唇做好了发出"没"的形状,似乎深恐我不会发这个音,随时都愿意帮我一把。

"倒没杀人,"我说,"只是偷偷东西。"

"这就好。这就好。"他松了一口气,连连点头,"这样就好了……"

"这样怎么会就好了呢?"我说。

詹牧师又不断地咽起唾沫来。

几天之后,我收到了詹牧师退还的两元钱。我这个专栏的稿费一律是每篇两元。有人说,这老头很精明,如果胡编批评稿,稍有不慎,被批评者一定不会甘蒙不白之冤,闹得真相大白而致影响了两元收入是可能性极大的,表扬稿就很少这种危险性,这次实在是碰巧了。也有人说,这老人真可谓"千虑一失",本不必写出姓名和地址的,做了好事而不留姓名地址,也于情于理十分顺通。我心里却别扭,觉得就这样削减了老人的一项经济收入,很缺德。他在风风雨雨中要传多少电话,才能挣到两元钱呢?成千上万元地拿稿费的人,也未必都不曾逢迎杜撰、见机胡编过。

随即又收到詹牧师的一封信。信中却对稿件的事只字不提。信的大意是,他知道我是一位编辑后,心情久久难以平静;得以与我相识,实乃三生有幸;我能亲临其寒舍,更使他坚信了命运是公平的。信中引用了很多典故,什么"文王渭水访贤""汉主三请诸葛""萧何月下追韩信"等等,弄得我也踌躇满志起来。信的最后说:"老夫不才,如蒙不弃愿结永好。古今中外,忘年之交而助成大业者,不胜枚举。况你我志同道合,一见如故,本当携手共济,于国于民有所贡献才是。"

我决计再去看他一趟了。信的文体既如此风雅,字里行间又流露出崇高的志向,古稀老人而童心不泯,可料绝非等闲之辈。再说又是头一遭有人这么看得起我。虽然詹牧师前后言行略显怪异,但怪异常常是人物的特征。大凡能够印成铅字的人物,总都是与"疯疯癫癫""木讷乖张""不食人间烟火"一类的情趣有染。这情趣,在凡人是一种缺陷,在人物却是一项优点——大智若愚者也!

再去的时候是晚上。詹牧师正伏案挥毫。工整的楷书,颜筋柳骨,一丝不苟。写的是两首七律,备忘于下:

其　一

销声匿迹三十年,隐姓埋名两地天。
闹市凭窗深似海,空庭倚门淡如烟。
良宵独盏书为伴,恶浪孤舟纸作帆。
未破禅机空自娱,报国无径枉陶然。

其 二

几度沧桑春似梦,箫声吹断古城秋。
时光易逝人易老,壮志难酬意难休。
弱冠已读千卷破,古稀犹冀四化谋。
伏枥老骥安自弃?沥胆披肝为国忧。

"好诗好诗。"我说,"好一个'古稀犹冀四化谋!'"

"哪里哪里,信口胡诌,聊以自慰罢了。"

詹牧师又把那把骨头伸给我,此一番却颇凛然,像列宁。大概是因为他刚写完"沥胆披肝为国忧"吧。列宁在说"忘记过去就意味着背叛"的时候,就是那样把手伸出去的。我们握了很久的手。我几次觉得应该松开了,但试了试,依然抽不出来,也就再次握紧,上下左右地摇。

电话铃响了。詹牧师抓起话筒,边问边记录。然后他对我说:"实在抱歉,我去去就来。"点头弯腰,倒退着走出门去。

门还未关严就又开了,詹牧师探进头来:"受民之托,不能不尽力而……请稍候,稍候。"

我把门轻轻关上,觉得又有人在外面推,詹牧师又侧身进来:"一定不要走,晚饭也就请在我这儿将就一下。不不不,一言为定!回头还有要事向老弟请教。"

他登上自行车,很快地消失在昏暗的小巷深处。我在窗玻璃上照了照自己的模样。老弟?!我想起父亲还不到六十岁,心里不由得惶然。

墙上挂了一幅没有托裱的水墨画。我仔细辨认了一会儿,还是没弄清画的是一只树懒,还是一头马来貘。后来詹牧师告诉我:"是一匹小马驹,画得不算好。"画上的题词却写得好:来日方长。

前面说过,屋子里书很多。我随手一翻,已经肃然,整整一书架的英文书!我只认得出几个作者的名字:Schopenhaur(叔本华)、Dante(但丁)、Byron(拜伦)、Sptnoza(斯宾诺莎)、Dewey(杜威)、Shakespeare(莎士比亚),其余的全茫然。再看另一个书架上有译成中文的普列汉诺夫的《论艺术》,有罗丹的《艺术论》,有黑格尔的《小逻辑》,费尔巴哈的《基督教的本质》;有线装的《史记》和《离骚》;有精装的《资本论》《列宁选集》《毛泽东选集》;平装的《心理学》《美学》《精神分析学》《政治经济学》;影印的《东塾读书记》《西域番国志》《南疆逸史》《北词广正谱》;杂志有《哲学译丛》《音乐欣赏》《外国文学》《世界美术》和《足球》。幸而有《足球》,我抽得出来,也能读懂。

〔注三〕詹牧师一生做过的最有远见、最富胆略的事(詹牧师的儿子语)就是:"文化革命"开始不久,他就把他的全部藏书都寄存在一位出身很好、既不识字又无亲无故的孤老头子家了。一九七八年,他把这些书搬回来的时候,既令夫人吃惊,又使儿子折服。

这时候进来一个人,年轻的。

我站起来,和他面对面站了约半分钟。然后我们同时问:"您要办长途吗?"然后都笑了,互相介绍。他说他是詹牧师的儿子。我说我是詹牧师的朋友。

"学外语来了?"詹牧师的儿子问我,态度立刻变得很不友好。

〔注四〕后来詹牧师的儿子向我解释了这件事:一九七四年冬天,早晨,来了一个打电话的小伙子,一进门就冲詹牧师来了一句:"Good morning!"詹牧师随口应道:"Morning!"——就一个单词!发音之准确,表情之自然,都不在美国人之下。小伙子顿时被震住,本来无意卖弄,不料却遇到了能人,尴尬万分。詹牧师赶紧改口:"你早,你早。"小伙子却不依不饶了,偏要詹牧师做他的老师,并讲了一番不小的抱负。詹牧师一贯爱惜人才,想起自己当年自学之苦,不免感动;想到在这动乱的年月中仍有人如此好学,不免更感动。于是约好,每星期日早晨八点至十点小伙子来学口语。詹牧师为此写了教学方案,一连几天都很激动,总对詹夫人念叨:"能够把他教好,也算为国家尽了一点力气。"詹夫人忙里忙外,顾不上多说,只是说:"这样的事要不要向居委会请示一下?"詹牧师默默。很明白,这事一经请示,准得告吹。詹牧师沉思良久,横了一条心:"精忠报国,死而后已。"儿子又笑他胡发激昂慷慨之辞。詹夫人则又说:"你爸爸绝不是那种……"至于哪种,还是没说。

星期日早晨,詹牧师五点钟就起了床,做早点,收拾屋子。这些事平时都是詹夫人的分内,詹牧师虽已沦落为一个传电话的,但在夫人面前(也只有在夫人面前)仍不失学者风度。他又特意铺了一条新床单,抹得很平整,只等学生到来。七点半,老人便耐不住了,到门口去瞭望。中午十二点,老人无言地回到屋里,坐了一会儿,换下了那条新床单。幸亏儿子出去了。詹夫人悄悄地把饭菜端到他面前,说:"那个小伙子可能今天有事。"詹牧师心里这才好过了一些,说:"否则他不会不来。"然后,詹牧师病了一个多月。詹夫人劝他不要太伤心。他只承认是那天在大门口站得久了,受了风寒。詹夫人说:"那样的人,你何必?"詹牧师说:"别这样讲,那小伙子其实很好,很爱学习。"

后据詹牧师的儿子了解,那个小伙子确实是知道了詹牧师的身份,没敢来(那时詹牧师正因其历史问题而受监督)。

詹牧师的儿子以为我也是这样一个小伙子。

"不,"我说,"我是报社的记者。"

詹牧师的儿子疑惑地看了看我,便到书架旁翻腾那些书去了。他找到了一本书,立刻沉了进去。

许久,我问:"你是?"

"他的儿子。"他对着书回答。

"我是说,你在哪儿工作?"

"陕西。"

"回来探亲的?"

"不。回来流窜,长期流窜。"

"户口还在陕西?"

"对。"

"应该想想办法,办回来。"

他抬头瞟了我一眼,说:"太费事,算了。"

"可这很重要。"

"你跟我爸爸的观点倒很一致。户口、文凭、证明、证件,一张张小纸片!"他忽然笑起来,把他正看着的那本书举到我眼前。是达尔文的《物种起源》。"是人起源于户口呢?还是户口起源于人?"他问我。

"当然。"我说。

"我们家老头儿要是也能来这么一句'当然'就好了。他从来不明白,什么起源于什么。"

"可是他身边应该有个亲人。"

詹牧师的儿子不说话了,一连抽了两支烟。之后他看了看表,开始从书包里往桌上掏东西:麦乳精、蜂蜜、果汁、蛋糕和几瓶药。

"告诉我爹,这些药要坚持吃,对他的肾和血压都有好处。我还有事,得走了。"

"他大概就快回来了。"

"劳驾。再说我们老少二位一碰头,痛快的时候少。"

他又从书架上拿了两本书,忽然飘落出两张纸来。他捡起来,看了看,哧哧地笑个不停。"你看看这个。"他把那张纸放在我面前,走了。

好像是写给谁的一封信,一看便知是詹牧师的手笔。信的开头一两页大约已经丢失,现把残余部分备忘于下:

……论文的题目为《古代佛教思想的来源与发展》,一九四五年获史学硕士学位。以后两年又翻译和撰著了几本小册子,如《世界三大宗教》《宗教与哲学》《信仰论》等等。原计划还要写《中国思想史大纲》和《简明宗教史》等,均因题目较大,所需资料一时难以具备,又逢内战,生计艰难,此计划一直未能完成。

解放后,因加强了政治思想学习,遂改变原来计划,转向马列主义、毛泽东思想研究,大有收益。后又经农场劳动锻炼,搞通了思想,自动退出宗教团体,努力追求进步。不料,正当可以为社会主义祖国贡献力量之际,我患了风湿病,不得不回家疗养。一病多年。养病期间,我仍坚持学习、研究。研究范围:1. 马列主义、毛泽东思想;2. 革命史传;3. 心理学及教育学;4. 文学艺术。(写过一些革命诗歌,手稿均于"文革"中烧毁。)

　　因我早年曾走过一段弯路(做过牧师,并与一些外国人有过交往),"文革"中被隔离审查过一年多。住过牛棚。后经内查外调,弄清了历史,确认我没有任何政治问题。之后又参加了清理阶级队伍学习班,从事人防建设。学习班毕业后,我决心做个真正的劳动人民,经街道居委会推荐,当了六年临时壮工。尽管工作繁忙,业余时间我仍发扬雷锋的钉子精神,读书看报、学习、钻研。"四人帮"被粉碎后,我和全国人民一样,感到欢欣鼓舞。(我参加了庆祝游行,我背着一面大鼓,走了三十多里路。)我深深感到……

　　〔**注五**〕此处可能还有一页,已丢失。

　　……我的思想更为活跃,对"四化"问题,深入实际,调查研究,初步拟就了全面规划,成竹在胸,切实可行。然则报国无径,献策无门,诚恐古稀将近,时日不待,一旦逝去,遗恨无穷。无奈毛遂自荐,为国为民,甘作犬马,荣辱毁誉,置之度外。如蒙先生引路,得以有所作为,功成之日,死亦瞑目!

　　此颂

撰祺

詹小舟上
(年月日缺)

由"撰祺"二字推断,此信是写给某位操笔墨以为生涯者的,又由"先生"二字可见,还是一位大著作家呢!可是连我也被称为"老弟""先生"云云,是否也盖出于谦逊,就又难说了。

信的空白处有许多稚拙的童体字,还有许多小小的油手印儿。我后来设想是这样:灯下,詹牧师哄着孙子,教孙子写字,写了歪歪扭扭的"风筝",又写一行扭扭歪歪的"春天来了"。孙子不听话,闹,詹牧师给了他一些油炸的食品……那么就是说,此信是在一九七九年詹夫人去世之前写的。詹夫人死后,孙子就送到姥姥家去了。

信中存在两个问题。一是"住过牛棚",现今,很多人都自称住过牛棚,仿佛是一件难能可贵的行为。这倒无妨。可是,人住了牛棚,牛住在哪儿呢?二是詹牧师是自动退职的呢?(见〔注二〕)还是因患风湿病回家疗养的?

〔注六〕詹牧师的儿子最近对我说:"他是自动退职的,但也确实有一点风湿病。"

只是当没有公职便意味着有某种严重问题这一逻辑风行了之后,詹牧师才格外地强调了他的风湿病,坚持说自己是因为有病而回家疗养的。为了证明这一点,他常到人多的地方去晒太阳。见到他的人不免要问:"您这是干吗呢?"他便有机会回答:"我的风湿病很厉害,大夫建议我多晒太阳。"有一个夏天的中午,他又去晒太阳,天很热,太阳又很毒,人都躲到屋里去了。詹牧师晒了许久,不见一个人来问,又心疼失去的时间,就此回去很不甘心,于是再晒,结果晒过了头,中了暑。儿子又说怪话。詹夫人又说詹牧师不是那种……

〔注七〕詹牧师的风湿病,初发于一九五四年在小学任教期间。那一年秋天,他参加了挖河泥的劳动。天气已经很冷了,河泥上都结了冰碴,他挥舞着铁锹,站在刺骨的泥水里,拼命地干。有人让他上来歇一歇,他不。有人表扬他年过半百,亚赛黄忠,他干得更有兴趣,说自己改造得还不够。连续干了一个多星期,他开始感到周身的骨节全疼,并且有些低烧。他鼓励自己:轻伤不下火线,想想红军两万五,等等。又干了几天,才得了风湿病。

詹牧师回来的时候已经九点半钟了。他买了酒和肉,买了包子和好烟,从提兜里一一掏出,抱怨商店都关门太早,买不到更好的东西招待我。无论我说多少遍"我已经吃过晚饭了",他还是说:"吃吧,不要客气。"我只好坐下来。

我们的友谊开始于这天晚上。时间是:一九八一年四月七日。

中　集

现在仔细回味,觉出,詹牧师之所以非常看重同我的友谊,也是有所图的。其实这无可厚非。有目的的功利主义总比莫名其妙的扯皮主义要好。贪嘴的人希望认识大师傅,好穿的人愿意结交老裁缝,有病的人巴望与大夫套近乎,将死的人乐于同看坟的论交情,都很正常。况且詹牧师的目的也并非不可告人,他只是估摸我或许在出版界有点路子,说不定能帮忙他发表一点作品。

詹牧师想创作一些"黑色幽默派"小说。他反复申明,他所以这样做,绝不是因为他多么称赞这一流派,更绝不是出于派性。

后一点是相当可信的。詹牧师历来有"信主兄弟不分国族,同来携手欢欣"的思想,这一思想固然愚昧而又缺乏阶级分析,但与派性却实在水火难容。解放初期,他甚至为这种思想找到过理论根据。根据有三:1. 工人阶级没有祖国(即不分国度);2. 民族矛盾说到底是阶级矛盾(那么同是受苦受难的芸芸众生,显然是不该有民族之分的);3. 全世界无产者联合起来,我们打碎的是脚镣手铐,得到的是整个世界(相当于"同来携手欢欣")。这些言论在"文革"中都被列为他的罪证。这实在也是一桩冤案。其实詹牧师早于五十年代中期,就已认识到了他上述思想的错误。他对基督教有过三点犀利的批判:1. 主是伪善的。"信主兄弟……契合在主爱中……携手欢欣",这是不是说,只有你信主,主才爱你,如果你不信主,主就不管你的死活?多么狭隘的派性!简直有"顺我者昌,逆我者亡"的味道。2.主是骗人的。主既然一向宣称,他上十字架去受苦受难只是为了救世救民,那又为什么要"普天之下,万族万民,俱当向主欢呼颂扬"呢?这不是一种讨价还价的行为么?假如"万族万民"不去"向主欢呼颂扬",主是即刻暴跳如雷呢,还是依然任劳任怨地去救世救民呢?3.主是愚昧的。主竟认为仅凭他自己的神通就可拯救万族万民,可是只一个犹大便把他出卖了,而且只卖了三十块银币。如果主能够依靠万族万民,一个犹大岂能得逞?综上三点,詹牧师才毅然决然地退出了教会。他认为,宗派帮会只能使人虚伪、狭隘、愚昧,如果你相信善良可以战胜邪恶,相信真理,同时相信你的理想符合真理,那又为什么非得加入教会不可呢?让真理去指引你,比让教规来约束你要好得多。于是詹牧师更加信仰马列主义了,原因也有三:1.马列主义是主张科学的,而不是主张迷信的;2.马列主义从来只讲为人民服务,而绝不要求人民"俱当"跪倒在其面前"欢呼颂扬";3.马列主义是靠真理来团结人民的,而不是依靠结帮拉派来稳固自己的统治。"这就是马列主义伟大于任何宗教的原因!"詹牧师说。

所以读者可以相信,詹牧师只是想写几篇"黑色幽默派"小说,绝不是想拉帮结派乱我公安。其动机之纯粹,我愿以头作保。

"我有些作品要发。"詹牧师羞怯地低声说。

"哦?在哪家刊物上?"

"不不不,我是说……"他的脸红到了耳根。

当时我又在詹牧师家吃午饭,不过这次是我买的酒和菜。编辑愿意结交作者,正如作者愿意结交编辑一样,彼此彼此。

我明白了他的意思。让一个老知识分子照直开口求人,是"难于上青天"的。

"什么体裁?"

"小说!"他连忙说。

"能大概讲一讲吗?"

"嗯……你了解'黑色幽默派'吗?"

我一时只想起了海勒的《第二十二条军规》,和一个叫小伏尼格的人。

"不——"詹牧师宽厚地笑了,"黑色幽默派绝不是外国人的发明。不要长他人志气,灭自家威风嘛。你以为《儒林外史》中没有黑色幽默吗?你不觉得鲁迅也是一位黑色幽默派大师吗?阿Q的处境怎么样?不正是又可怕又可笑又无可奈何吗?"

〔注八〕"黑色幽默"是二十世纪六十年代美国重要的文学流派……作为一种美学形式,它属于喜剧范畴,但又是一种带有悲剧色彩的变态的喜剧……其作品,常以夸张、超现实的手法,将欢乐与痛苦、可笑与可怖、柔情与残酷、荒唐古怪与一本正经糅合在一起……"黑色幽默"的产生是与六十年代美国的动荡不安相联系的。

——《中国大百科全书·外国文学卷》1982年5月第1版

"就像中国的围棋,"他又说,"被日本人学了去,倒又反过来向我们趾高气扬。"

"吃吧。"我只得指着桌上的小腊肠说。

"啪!上来就在中央布一子,谁的发明?"

"当然。"我说。真的,到底是谁的发明呢?

"世界上最短的微型小说是哪国人写的?"

"当然。"我吃了一片小腊肠。

"世界上最早发现飞碟的是哪国人?"

"当然,当然。"

"世界上最小的小提琴还不也是中国人造的?!"

"吃吧,吃吧。"我给詹牧师也夹了一片小腊肠。我不懂乐器的制造。

"针灸是中国人发明的,这总是公认的吧?可如果我们再不认真研究,早晚美国人也要来指教我们了。"

"中餐也是比西餐好,连外国人也承认。"我对烹调挺内行。

"黑色幽默也面临这个问题。吴敬梓不知要比小伏尼格大几辈儿呢!当然,我们不妨大度些,就算那是美国人的首创吧。我从来不主张纠缠历史旧账。但外国人办不到的事,中国人可以办到,何况外国人已经办到了的呢?中国人更没有理由不办到。我想起写黑色幽默派小说来,也就是为的这个。"

"行吗?"

"信心告诉你主是什么,主就是什么。"

在我们的交往中,这是詹牧师唯一一次主动提到主。

"那么主是黑色幽默的了?"我说。

他顿时愣住,尴尬地吃了一片腊肠,接着又吃了两片。

我赶紧说:"我不过开开玩笑。"

他疑虑地瞅了我一会儿,说:"我也不过打个比方。"他又看看窗外,小声提醒我:"咱们这是在屋里说。"

〔注九〕"咱们这是在屋里说"一语,同时兼备三种意思:1. 在外面不能这样说;2. 咱们现在说的,外面的人并没听见;3. 咱们之间是了解的、信任的,谁也不会出卖谁。

〔注十〕自"文革"以来,詹牧师是忌讳别人跟他谈主和宗教的。读者慢慢会抱怨,一篇关于牧师的报告文学,涉及宗教的地方太少了。其原因正出于此。

"信心当然是重要的。"我说。

"很重要!而且'黑色幽默'有什么难作呢?总共两个特点——黑色和幽默。也就是让人既感到可怕又感到可笑。这难吗?笑话!外国人不过是故弄玄虚,而我们有真实的生活素材。"

"能讲一个吗?"

詹牧师思忖片刻,讲了一个,备忘于下:

"文革"中,王某出差到某地,刚下火车就被一群手持牛皮带、臂佩红袖章的人揪了出来。那群人问:"你是保县党委的,还是反县党委的?"王某听他们把"保"排在前面,就说:"保。"不料那群人正是反县党委的一派,于是王某被追着打了十皮带。王某跑出车站,立足未稳,又被一群臂佩红袖章、手持牛皮带的人抓到。"你是保县党委的,还是反县党委的?"王某慌忙说后一种:"反!"于是他又被追着打了十皮带,原来那又是保县党委的一派。王某想:这地方真怪,说话也没个前后次序。他连忙返回车站,决定趁早离开这是非之地。转眼之间,他又被一群人围住。"你是什么观点的?""真抱歉,我现在还不太清楚。"王某立刻又挨了十几皮带。"我只是还不太清楚!"王某申辩道。"没有正确的政治观点,就等于没有灵魂。你没有灵魂,自然只好触及你的皮肉了!"那群人这样向王某解释。王某挨了三十皮带,清醒了,把自己的皮带解下来握在手里,大摇大摆上了列车。一上车,他先揪出一个人来,问:"你是哪一派?"那人对答如流:"我们是同一战壕里的战友。"王某想了想,说:"这很好。"于是一路平安地回到了家。

"很不错的一篇黑色幽默派小说。"我说。

"不,这不行,"詹牧师说,"这是真事。"

"真事倒不行?"

"因为我是想写黑色幽默派的小说,不是要写现实主义的。"

我当时还不太懂"黑色幽默派"的规矩。

"我总想,"詹牧师又说,"黑色幽默绝不是资产阶级的专利品,我们一定要做起来,使它成为革命的匕首和投枪,像鲁迅先生那样。试问:谁感到的恐怖更多些? 劳苦大众! 谁最富于机智的幽默感? 还是劳苦大众! 我们有什么理由在这方面落后于外国资产阶级作家呢? 看到在很多学术领域中都是他们领先,我咽不下这口气。我涉足过数、理、化,但那需要设备;我又想搞音乐,但一架钢琴又太贵;我也试图钻研美术,可屋子太小,而《蒙娜丽莎》《格尔尼卡》那样的画都是很大的。医学也需要有人找你看病,企业管理也需要有人归你管理,搞教育吧?唉……"詹牧师说到伤心处,太阳穴上的血管都在暴涨。

"您干吗——请您原谅,干吗不继续研究宗教和哲学呢?"我说。

"不不,咱们这是在屋子里说……当然啦!可是……不过……说起来……你懂了吗?我是说,咱们这是在屋子里说。"

我似懂非懂地点了点头。

我们吃了一会儿菜,又喝了一点果子酒。詹牧师的脸色才又红润起来。

"所以,"他说,"我探索了这么多年,现在才弄清楚我的所长。我更适合于从事文学创作。文学有生活就行,而生活是无处不在的,而且很公平——每人一份。近两年,我专门找一些外国人在其中自鸣得意的领域进行研究、尝试。譬如:意识流、荒诞派、新小说派、象征主义、存在主义、表现主义,等等,我都试着写过。并不难。我只是想证明一点:外国人能做到的,我们也能够做到。"

"能看看吗?"

"怎么不能?"詹牧师说着就要搬一只很大的箱子,"在下面那只箱子里。没关系,防空洞我都挖过,那些水泥构件比这要沉多了。"

"手头没有吗?"

"有倒是有几篇,不过不是我最满意的。"

现将他不太满意的几篇介绍于下:

(一)"新小说派"小说《在路上》(节选)

很长很长的一串脚印,不知从哪儿发源。很长很长的泥泞的路,依然流向远方。天际,飘着一缕零乱的炊烟,那儿或许有个村落,有了人家。候鸟在天空中仓皇飞过,从不落下来。这儿没有它们落脚的地方。它们的羽毛娇嫩得像花瓣,像小时候常吃的那种棉花糖。旗帜还在手里,还在猎猎地飘展,认真地抖响着一个个坚强的音阶。鞋子烂了,"嘎唧"一声,留在了路上,像是长河中的一座航标。那缕零乱的炊烟还是很远,在天地相交的地方飘舞,和很久很久以前一样。秃鹫在头顶上盘旋,转着发红的眼睛,忽然一个俯冲,冲向一头倒下去的驯鹿。旗帜还在手里,确实还在。又烂了一只鞋子,又留下了一座航标……

(二)"象征主义"小说《石头船》(节选)

老头儿一有空就拿着锤子和凿子,爬到海边那块巨大的岩石上去,"丁丁当当"地凿,想凿成一条船。

孩子又爬上来,乖乖地坐在老头儿身边。

"您干吗不做一条木头船?"孩子问。

"我没有木头。"老头儿回答。

"别人都是做木头船。"

"别人是别人。"

老头儿一下一下地凿,正凿出一只舵。

"可这也不能下水去走哇?"

"我没有木头。"

…………

如今石头船凿好了,老头儿在船舱里坐着,闭着眼睛抽烟。

孩子又爬上来。

"嗬!"孩子说。

"你坐下,闭上眼睛。"老头儿说。

"干吗?"

"你闭上吧。"

孩子闭上了眼睛。

"你觉得船在晃吗?"老头儿问。

"是有点儿。"

"你觉出它在走了吗?"

"嗯!真的!它在往哪儿走哇?"

"你的心告诉你在往哪儿走,就是在往哪儿走。"

"我去告诉他们,您不是疯老头儿。"

老头儿笑了,对孩子说:"别去,别人有木头。"

(三)"意识流"小说《排骨》(节选)

老伴儿提起菜篮,对他说:"我去排会儿队,说不定能买上。"

他说:"算啦,我不那么喜欢吃排骨了。"

皮肤上有了很多老人斑,排骨在里面滚动,应该在它们变成一盒白色的骨灰前,写成那本书。

"我还是去看看。"老伴儿说着走出去,轻轻地关上了门。

警察怎么也打不开门和窗。老伴儿在向警察说明情况。院子里、街上,挤满了看热闹的人。门终于被撞开了,屋子里什么都没有,只有一本书。老伴儿坐在那本书旁边,嘤嘤地哭,说:"这是他一辈子的心血,现在完成了,他走了,不知到哪儿去了。"只有老伴儿理解他。他的灵魂已经在天国,依然爱着这个娇小的老太婆。

她去买排骨了,为了给他补补身子。他不能现在死去。一层老人斑在排骨上滑动。得抓紧,在告别人世之前写成一本书,对祖国有所贡献。

他铺开稿纸。清蒸的、红烧的、糖醋的……他从小爱吃排骨。那还是在故乡。故乡的小河真美,不会老。他在水里游呀游呀,那时的皮肤紧绷绷的,也没有老人斑……

(四)"荒诞派"小说《死魂附身》(梗概)

尹明总说被一些死去的灵魂纠缠着,摆脱不掉,弄得他总是赶不上时代,写不出好作品来。纠缠过他的死魂有:托尔斯泰、雨果、巴尔扎克、司汤达、契诃夫,甚至鲁迅和高尔基等。死魂总是把他们的思想贯穿到尹明的作品中去,致使尹明的作品总是被编辑部退回来。

"文化革命"中,忽然戈培尔的死魂附在了尹明身上。尹明走了运,写起东西来得心应手,终于功成名就。

好景不长,"文化革命"过去了,戈培尔的死魂却还是不肯离去,尹明又背了运。

有一天,尹明酒醉后走失,他老婆吴幸在报纸上登了一则寻人启事。启事中特别说明:"望见到他的人不要把他当作敌人来对待,因为他患有'死魂附身的精神病'被死魂左右,经常言不由衷地说些'四人帮'时代的话。"启事登出不久,便有许多人打来电话,声称发现了尹明。

吴幸根据人们提供的线索,走了许多地方,见到了许多与尹明的情况相似的人,但都不是尹明,那些人都生活得很像样。

后来,吴幸在一个茶摊上找到了尹明,他正在卖茶水。尹明说自己非常高兴,一身轻松,他终于摆脱了所有的死魂,找回了他自己。吴幸也做了茶摊的老板娘。

(五)"超现实主义"小说《本书出版之日》(略)

(六)"表现主义"小说《赤胆忠心》(略)

(七)"新感觉派"小说《融雪》(略)

〔**注十一**〕《死魂附身》一篇为詹牧师夫妇合写,主要部分是詹夫人执笔的。据他们的儿子讲,詹夫人不过是一时心血来潮,写着玩的,詹牧师却连连叫绝。詹夫人说:"算啦,算啦,值得你这么认真!"詹牧师却激动得坐立不安,说:"你知道你写出了什么吗? 真正的荒诞派呀!"那天是除夕,詹夫人烧鱼炖肉,忙得高兴,不理他。詹牧师独自捧着那篇东西:"深刻! 深刻!"也陶然。忽然儿子又冒出一句话来,破坏了本来和谐的气氛。"我猜得出妈妈是在写谁。"儿子说。詹牧师沉寂半晌,似有所悟。年夜饭也没有吃好。夜里躺在床上,詹牧师问詹夫人:"你是在写我?""没有,你别听孩子瞎扯。""你认为我没有灵魂?""我只是说人要有自己的主见。""我没有主见?""人应该自己把握住自己,别在乎虚名。""我是名利之徒?!"詹牧师的泪水在眼圈里转,没想到连白芷也不能完全理解他。"我没那么说,真的,我不是那个意思……"詹夫人万分歉意地安慰他。

"不过父亲这人有一点是让人佩服的,"他们的儿子说,"他不会为了这事就去否定那篇小说,他仍然称赞那篇东西写得深刻,并且花了不少力气去修改它的结构和语言。"

我始信詹牧师为一准人物就是在这时。虽然他的小说并非都怎么完美,但敢于涉足这么多流派的作者已不多见,每一种手法又都掌握得恰如其分者就更可珍贵了。我确信詹牧师终有遐迩闻名之日。卡夫卡如何? 生前默默无闻,忽一日声名大作,使诺贝尔奖评委会也愧悔不及,真人物也!

詹牧师却很谦虚,说这些玩意儿都算不得什么,不过是资产阶级于"日薄西山,气息奄奄"中的一种挣扎,纯属没落文学。"我之所以也要写一写,是因为他们太近狂妄,得煞一煞他们的气焰。我中华并非无人! 我们不写罢了,一旦写来,绝不会比他们差,而且根本用不着什么大作家去费神。唉,想来惭愧,真正现实主义的作品我却总也写不出,只好从这一侧面贡献一点力量吧。"

"为什么不能写出现实主义的作品来呢?"我是想安慰他。

"我总找不到恰当的角度,唉,怎么也找不到。此生夙愿怕要付诸东流了——"他说。

"您绝对没有理由妄自菲薄。"

"唉!"詹牧师长叹一声,出口成诗,"常恨少年不努力,老来方悔报国难,又是一年春柳绿,依然独自倚危栏。"

这时,窗外正有几个孩子"嘟嘟嘟"地吹着柳哨,柳絮飘飘扬扬。他感慨系之,又作了一首《忆秦娥》:

春光好,柳笛阵阵催人老。催人老,频添华发,壮心未了。祖逖舞剑闻鸡鸣,小舟纵笔夜继晓。夜继晓,无多好梦,佳音又少。

我决心帮助詹牧师发表一些作品。我尤其决心帮助他写好"黑色幽默派"小说,然后汇编成集。就只差"黑色幽默派"这一种了。

"精装,烫金的标题:《詹小舟小说选》!"我有几分醉意。

"不不,还是等我写出真正现实主义的作品来,再那样吧。"

按詹牧师的意思是要叫《敝帚集》,意思是:这并非是我们所看重的东西。敝帚的意思是:破笤帚。

写到这儿,我又有点犯嘀咕:詹牧师何以笔头竟这般勇敢呢?连"今年西红柿又少又贵"这样的话,他也要反复申明"咱们这是在屋里说"。怎么他写起文章来却从没有冠之以一句"咱们这是在屋里写"呢?带着这一问题,前不久我又去求教了詹牧师的儿子。

詹牧师的儿子正就"陕北的农林牧结构问题"同一个人辩论。我说明了来意,他笑了,用几句话就打发了我:"对父亲来说,写作是写作,生活是生活,理论是理论,实践是实践。对付不同的事,他相应有不同的神经。对不起,我很忙。"

闲话少说,言归我们的报告文学。一九八二年五月中旬,我和詹牧师开始共同研究"黑色幽默派",准备用一两个月的时间写出三四篇这种流派的小说来。

但没多久,我们却发现,"黑色幽默派"小说并不如我们想象的那般好作。倒不是我们无能,实在是美国佬太近狡猾。他们竟让"黑色幽默派"有了这样一个特征(或说一条原则):所写之事全然荒诞可怕,虽则荒诞可怕,却又形神逼真,尽管形神逼真,可又谁都没见过那样的事。"其妙处全在于此:谁都没见过,然而又都觉得似曾相识。"詹牧师说。

我们连着写了几篇,都被詹牧师否定了。他说:"我们既然是写黑色幽默,就得真像黑色幽默,做学问来不得半点含糊和迁就。我们写的这些事,虽然也荒诞不经,但却都是已经发生过的,大家都见过、听说过。这倒像是正统的悲剧了。"他最后强调说:"要特别注意没有发生过,却又似乎是到处都在发生这一条!"

我们琢磨了又琢磨。

先是詹牧师有了一个构思。

某学校吃忆苦饭,每人一个糠窝头。红五类学生问黑五类老师:"好吃吗?"老师忙说:"好吃,好吃。"学生怒目圆睁:"这么说,我们的先辈倒是享了很大的福了?好吧,你再吃三天!"老师又吃了三天糠窝头。学生又问:"好吃吗?"老师又赶紧说:"很难吃,很难吃。""可我们的父兄能吃上这个就很不错了,"学生说,"而你倒说难吃!你再吃三天!"三天后学生又来问,老师回答:"我准备继续吃下去,像你们的父兄那样,一直吃到全国解放。"

我不认为这个构思好,这分明只是现实主义的写法。"您自己倒忘了'没有发生过'这一原则。"我说。

"怎么,这也发生过?"

"当然。"我说。我没敢说我就曾经像那个学生一样过。

詹牧师捏着下巴努力地回忆了一阵,不无惋惜地拍着大腿:"唉,我倒忘了,这是我老伴儿经历过的事。"

〔注十二〕这事纯系巧合。詹夫人并不是我的老师。我的那位老师是男的,詹夫人的那个学生是女的。

我们又想。几天后我又想出了一个。

老夫妇俩一起学习,读林彪的书。不知怎么一个缘由,老妇问老夫:"撒旦的英文名怎么写?"老夫随手写下:Satan。"犹大呢?"老夫又写:Judas Iscariot。忽然,老夫妇俩全吓呆了——他把那两个名字写在了正看着的书上!怎么办?!他们先是用墨笔把字迹涂去,但发现是欲盖弥彰。他们又忙不迭抠去,反而弥弥彰彰。末了干脆把书烧了,老夫妇俩看着火光,面如土色。天哪!这是亵渎,是诋毁,是反动!老两口商量:还是吃安眠药算了。幸亏他们吃的量不够,被救活了。两位老人昏昏晕晕之际,口口声声说:"我们对不起敬爱的林副主席。"谁料那时林彪已成国贼,老夫老妻又险些做了贼船上的死党。

詹牧师听罢我的构思说:"是民警老王帮我们说了不少好话。"

"帮您们?"

"还帮谁?"

"怎么回事?"

"嗯?你不是又在写我吗?"

"写您?"

"你甭不好意思,那是过去的事了,我不会往心里去的。可是你又忘了那一条,凡发生过的事就不符合黑色幽默派的要求。重来吧。"

只好重来。詹牧师又想出了一个。

"文化革命"中,一些造反派私立公堂,审一个老干部。

老干部问:"我有什么罪?!"

造反派回答:"你对抗文化大革命。"

老干部说:"我并没有对抗!"

造反派说:"你是黑帮分子,黑帮分子怎么会不对抗文化大革命呢?!"

老干部又说:"我不是黑帮!"

造反派说:"你不承认自己是黑帮,这本身就是对抗文化大革命!"

老干部又问:"你们说我是黑帮,你们有什么证据?!"

造反派说:"你对抗文化大革命,这证据还不够吗?"

老干部说:"我并没有对抗!"

造反派说:"你是黑帮,难道……"

詹牧师难过得讲不下去了。

"这篇很好,"我说,"这个构思很好。"

詹牧师擦擦泪水,沉默良久,说:"但是这又不行,这又是发生过的事。这是我的一个老朋友的事。他是我的良师、益友,我的指路人。他太耿直、太嘴硬、太……其实倒不如承认……"

为了这个构思,詹牧师的心情一直不好,又把他那位良师益友的遗像拿出来,默默地祈祷,暗自垂泪。

〔注十三〕那个老干部是詹夫人的远房表弟。詹牧师放弃基督教而转向马列主义,是与这个人对他的教育和影响分不开的。这个人在"文化革命"中表现出了一个共产党员的高风亮节,刚直不阿,坚持真理,最后含恨而死。

我尽力安慰詹牧师,请他注意身体。"我们还要把那恐怖的原因找到,为了死者,也为了后人!"我说。

"关键是不够幽默。"詹牧师说。

"看来,黑色倒要好办些。"我说。

好吧,我们再干! 我和詹牧师的信心都还很强。有人说,中国不会有"黑色幽默派"作品,因为中国人天生缺乏幽默感。这给了我们刺激,也给了我们力量,要让那些自高自大的外国人放明白点,也要让那些自轻自贱的中国人醒悟! 那些日子,我和詹牧师一心扑在"幽默"上。有时候我们聚在一起想,有时候交换一下意见分头去想。

我又想出了一个。

> 看守长老了,也许是因为脑力不如从前了,他总觉得过去工作起来并不像现在这样吃力。现在他常常拿不定主意,拿不定应该对犯人使用什么样的态度。"文化革命"前的工作多么井然有序! 他想。那时候对入狱的犯人就用严厉的态度,让他们老老实实;对刑满获释的人就用和蔼可亲的态度,以期使他们备感温暖。现在怎么就拿不准了呢? 还对入狱的犯人一概严严厉厉的么? 要是忽然一天有哪个成了英雄,自己可就成了迫害英雄的帮凶了。对出狱的英雄一律亲亲热热么? 猛地,在他们之中又出了骗子,你可就又说不清自己的立场了……

詹牧师看了先说"不错",然后建议我加写一段,说明"四人帮"被粉碎后老看守长不再苦恼了。"得全面一些,要突出看守长的苦恼只是在'四人帮'时期。"

我说:"谁还不知道这是在'四人帮'时期呢? 难道别的时期也有这样的事? 难道我们写屁股上的雀斑,必须得反复说明脸上是光洁的么? 我写的正是'四人帮'时期,一个普通人可怕而又可笑的处境。跟您这么说得了,这老看守长就是我表叔……"糟糕! 我想。

"这么说又是已经发生过的事?"

我沮丧地说:"咱们再重新想一个好了。"

看来得往邪乎里想。

看来得离开现实,什么不可能想什么!

然而又过了几个月,我们还是什么都没写出来。我们全力去作荒诞的想象,研究了上百个荒谬绝伦的构思,但仍然因为"已经发生过"而告吹。我几乎失去了信心。

一天,詹牧师的儿子来了,看见我们的窘态,哈哈一笑说:"活人别让尿憋死。"这倒又触动了我的灵感,"活人让尿憋得团团转"倒很具"黑色幽默"的味道。我很快写成了一篇《活人与尿的喜剧》。

詹牧师看罢不言语。

"您看还行吗?"

詹牧师变颜变色,不言语。

"这回还差不多吧?"

詹牧师不言语,脸上红一阵,白一阵。

〔注十四〕没料到我的想象又与詹牧师的实践撞了车。

詹牧师被隔离审查期间住在一个破庙里。庙里有个孩子,淘气得出圈,惯搞恶作剧。有一回,这孩子在所有可以撒尿的地方都贴上了画,而在那样的画前撒尿是不相宜的。詹牧师身为审查对象,又不能离开破庙,结果尿憋得过了火,再想撒时已不能如愿。詹牧师的肾脏到现在还不大好。

"我并不反对你把我的事写出来。"詹牧师说着,苦笑,又连连叹气,又说,"可是这仍然不是'不可能发生的事'。"

我真不信我的想象力竟这样低劣。

我真不相信我就想象不出一件不可能发生的事来。

有了。

有一个人,平生的志愿就是给米洛的维纳斯配上两条胳膊。他琢磨了大半辈子,呕心沥血,终于想出了好办法,给米洛的维纳斯配上了健美的双臂。可是有了胳膊的维纳斯做的第一件事就是,左右开弓给了这个人一顿嘴巴⋯⋯

"别讲了!"詹牧师忽然疯了似的站起来,冲我喊。

"怎么了?您这是?"我十分惊诧。

詹牧师背过身去站了很久。

我吓得不敢吱声。

詹牧师转过身来,满脸泪痕,对我说:"对不起,请你原谅,不过请你不要写这件事。"

"怎么回事?"

詹牧师忽然在胸前画起十字来:"上帝饶恕我,上帝看得清楚,我⋯⋯"他猛地跌倒在床上。

〔注十五〕我打电话把他的儿子叫了来。这时我才知道,詹牧师原来还有个女儿。女儿从小就长得漂亮,詹牧师亲昵地叫她"我的小维纳斯"。"我的小维纳斯比米洛的可强十倍,还有两条好看的胳膊!"詹牧师常常和女儿开这样的玩笑。谁料到,正是他疼爱的女儿,在一九六六年给了他一顿耳光,骂他是"不齿于人类的狗屎堆",声称与他断绝父女关系,愤然离家出走。这件事把詹牧师的心伤透了。后来女儿醒悟了,想回到父亲身边来,但詹牧师不允许。"做人最重要的是善良!"他说。再后来,女儿在插队的地方因公牺牲了。詹牧师后悔莫及,"我竟不能原谅一个受骗的孩子,我的善良到哪儿去了呢?!"他喊、他哭,叫着"我的小维纳斯"⋯⋯从那以后,谁也不敢向他提起他的女儿,希望他把她忘了。

偏偏碰上我这么个善于想象的人。唉!

詹牧师住进了医院。诊断为:动脉痉挛,脑供血不足。这病很怪,阵发性的,詹牧师时而清醒,时而糊涂。大夫说:"(他)年岁大了,(治疗效果)很难说。"

詹牧师的儿子埋怨我,不该总让他父亲回忆起那些往事。我感到非常内疚。

"可我不是有意的。"我说。

"是谁告诉你的?"詹牧师的儿子问。

"谁也没有,在这之前我并不知道他还有个女儿。"

"让尿憋坏了的那件事呢?"

"是你对我说'活人别让尿憋死'之后,我瞎编的。"

"我的意思是说,既然你们想象荒诞的能力超不过已经发生的事实,何必非要写'黑色幽默派'小说不可呢?为什么不能用现实主义的手法来表现呢?"

我觉得这一建议很有道理。

詹牧师住在医院里,病情时好时坏。神智恍惚的时候,他总说胡话,仍在构思"黑色幽默派"小说,但也都是像过去一样地不能成立。清醒的时候他就长吁短叹,想这个,想那个,想自己的一生,填写了几首《忆江南》:

其　一

女儿好,为父太心残。夜夜梦中相对坐,朝朝醒来又难圆,此恨到何年?

其　二

我儿强,不似父愚蛮。做人当有君子勇,行路须防小人谗,逆耳是忠言。

其　三

死何惧?无奈不心安。一世勤勉为虚度,百般壮志作空谈,不死亦无颜。

其　四

力竭尽,何必自寻烦？利禄千金轻如土,清风两袖重于山,唯此又心安。

其　五

平生忆,最忆是童年。白芷送茶难成梦,庆生伏案不知眠,店堂小灯前。

其　六

盼来世,当记此生难。墨海书舟重努力,雄关险道再登攀,胜败不由天。

其　七

终有憾,此憾在人间,朽树犹燃熊熊火,落花也留片片丹,小舟逝如烟。

我心里很难过,但又实在不能给他什么帮助。想起他儿子的话,我说:"您何妨把您一生的境遇,就用现实主义的手法表现出来呢？"

他摇头叹气道:"找不到恰当的角度。"

我说:"如果您愿意,您口述,我来整理。既然生活素材是真实的,有什么不好找角度的呢？"

他摇头,许久不言语。一会儿,他又乱七八糟地说起胡话来,还是不忘他的"黑色幽默"。

我不知道怎样才能给即将归天的詹牧师以安慰。詹牧师的儿子出了一个主意。当詹牧师又清醒了一些的时候,我们俩一起骗他。

他先说:"我们把您那些黑色幽默的素材,用现实主义的手法写成了,效果很好。"

我赶紧说:"我在出版社的朋友不少,您的作品得到他们的一致好评,他们准备用。"

詹牧师呆呆地望着我。

"不久就能发表了。"我说。

詹牧师直勾勾地盯着我。

"肯定能发表。"我又说。

詹牧师微微地笑了。

我很高兴,我希望他能怀着愉快的心情离开人间。

"你是说,这下子行了?"詹牧师说。

"行了。"

"你是说,我们到底写成了黑色幽默派小说?"

"什么?!"

"像那样的东西,能发表,这不是绝不可能发生的事吗?"

我和詹牧师的儿子慢慢直起腰,默然相对。

"这样,黑色和幽默就全有了。这个构思好,符合那一条……"

我和詹牧师的儿子半天才缓过劲儿来,我们向他说明,是真的能发表。控诉"四人帮"的罪行,让人们更珍惜今天的生活,这怎么会不可能发表呢?写出人民在十年内乱中的痛苦遭遇,以便总结历史经验,防止悲剧的重演,这样的作品怎么会不可能发表呢?……

詹牧师却又陷入了昏迷。

我的希望倒是达到了,詹牧师死前分明感到了成功的喜悦……

一九八二年十二月十二日零点五十七分,詹牧师的心脏停止了跳动。终年七十三岁。

下　集

最近，为了写这篇报告文学，我又查阅了詹牧师的一些遗物。这是经过了詹牧师的儿子允许的。他说："反正你们这些舞文弄墨的人闲着也是闲着。不过你们要是再不说真话，你自己掂量你们是在干吗吧。"然后他就由我去翻腾詹牧师的遗物了。他去忙他的事。他正筹备办工厂，并兼办一所幼儿园。"将来有条件，我还要在我们那个小地方办大学呢！"他说。"实业和教育是最重要的！"他说。"其他才能谈得上。"他说。

詹牧师的遗物主要由两部分组成：大量的藏书；大量的手稿和大量的没有寄出的信件。

有一个发现弄得我心情很沉重。

我不能不如实地告诉各位读者：詹牧师确凿是一个风派人物。我也很难过，但事实终归是事实，不能用私人感情来代替。毫无办法，许多物证就是那样铁一般地存在着，我又是个记者，神圣的使命要求我必须忠实于事实。其实倒霉的是我，詹牧师早已解脱了，而我的这篇报告文学却有前功尽弃的危险。谁见过报告一个风派人物的文学呢？虽然也是人物。就此放弃又舍不得，还是试试看吧，反正是报告，又不是为他唱颂歌，万一有人给我扣帽子，我就往詹牧师身上一推了事。事情是他干的，与我有什么相干？

我并没有像有些人那样，先确定某人是一个风派人物，然后再去凑证据。我是先有证据，后作结论的。证据之一是詹牧师的藏书。书名、购买日期、扉页上的题字或批注之间的关系，颇耐人寻味。为方便读者起见，我选中其中一小部分做成了一份表格，现公之于众，以醒后人。

书　名	购买日期	扉页上的题字或批注			备　注
		第一回	第二回	第三回	
新约全书	1930.12.25	我主真道万古流行(后涂去)	用于学术研究(后涂去)	仅供批判	
家用大百科全书	1945.元旦	白芷吾妻新年快乐(后涂去)	仅供参考(后涂去)	仅供批判	书页中夹一朵干枯的小花
资本论	1955.10.10	知识就是力量(后涂去)	学习,学习,再学习!	放之四海而皆准	书中画过一些标记已擦去
毛泽东选集	1958.春节	伟大的公仆	有雄文四卷为民立极	读毛主席的书听毛主席的话做毛主席的好战士!	同上
论共产党员的修养	1962.10.1	伟大的公仆(后涂去)	奴隶主义的大毒草(后涂去)	真金不怕火炼	作者姓名上曾有红×现已擦去
创业史	1965.4.20	文艺为工农兵服务(后涂去)	大毒草(后涂去)	文艺为工农兵服务	同上
评新编历史剧《海瑞罢官》	1966.春	千万不要忘记阶级斗争(后涂去)	反革命祸心的自我暴露		作者姓名上有红×
林彪同志论毛泽东思想	1967.8.1	真知灼见(后涂去)	祝林副主席身体健康,永远健康(后涂去)	阴谋家的用心早已暴露无余	同上
红色娘子军(总谱)	漏写	划时代的伟大创举(后涂去)	我们工农兵最爱看(后涂去)	大快人心事粉碎"四人帮"	
国家与革命	1972.10.1	要认真读马列原著			
批判资产阶级法权文章汇编	漏写	活到老学到老(后涂去)	严防中央出修正主义(后涂去)	纯属贼喊捉贼	贴了一张王张江姚的漫画
宋江丑史	1975.秋	坚决反击右倾翻案风(后涂去)	借题发挥,妄图篡党夺权的铁证		宋江二字被打过×现已擦掉
英语广播讲座	1978.2.4	知识就是力量	还是要重视政治思想工作		
"四五"革命诗抄	1979.10.20	防民之口甚于防川	言论自由是人民的权利		

由此表不难看出,詹牧师的观点和立场,随机性很强;往好里说,也是缺乏独立思考的能力。

不久前,我又去詹牧师当年所在的教会作了一次采访,所得的印象也与前相差不多。

他早年的一位教友说:"詹鸿鹄一向是赶潮流的,没有自己的主见。五十年代他退出教会时把宗教贬得一钱不值,后来教会重新恢复活动时他又来祝贺。"

他早年的一位学生也证明:"詹先生还在留言簿上写了一位名人的话,'人在精研哲学之后重新皈依的那位上帝,和由于对哲学知之不深而远离的那位上帝,根本不是同一位上帝'。"

现任主讲牧师何少光说:"鸿鹄是有意重新'出山',托人和我提起过。我倒是没意见,但一来人事方面没有名额,二来嘛,别人都担心他会不会什么时候又来个反戈一击。唉,鸿鹄当年的学生目前都在教会中负一定责任了,经常接待外宾,他自己反倒落得传电话。他当年要是不……唉!鸿鹄一生善良、勤勉,吃亏就在赶潮流上。"

还有两份材料可以证明,詹牧师确是惯于见风使舵的。其一是詹牧师于一九六六年十月写的一份声明;其二是他于一九八一年十月写的一份申请书。两相对照,一斑可见全豹。

放弃硕士学位声明(节录)

……我是个资产阶级臭知识分子,几十年来一直迷恋于成名成家,陷进了封资修的臭泥塘,不能自拔;自以为有学问,看不起普通劳动人民,迷失了政治方向。无产阶级文化大革命的春雷震醒了我,使我心明眼亮。我现在郑重声明:从即日起放弃硕士学位,甘当人民的老黄牛。同时声明:于明日下午三时烧毁我的所有著作。我是心甘情愿的。在革命派的帮助下,我认识到我过去的全部著作都是资产阶级反动立场的产物,无非一堆废纸,不烧何用?!……

博士学位申请书(节录)

……我平生的志愿就是做自己祖国的博士……我决心努力攀登哲学高峰,写出《中国宗教思想概论》,作为我的博士论文。

我已于三十多年前就获取了神学、史学两项硕士学位。三十多年来,我一直兢兢业业,努力奋斗,刻苦钻研,坚持不懈。在严酷的考验中,我的愿望深埋心底,耐心等待。我终于盼到了今天。学位委员会的成立,燃起我希望之火,召唤我纵马登程。祖国正是百废待举,备需人才之际。我虽年迈,但壮心犹存;唯其年迈,才当百倍抓紧,万倍努力。"春蚕到死丝方尽,蜡炬成灰泪始干"。我决心尽残年之微力,写好博士论文,为四个现代化做出贡献……

〔注十六〕据调查,"声明"和"申请"都没有贴出、寄出过。

詹牧师写完了"声明",征求詹夫人的意见。詹夫人不答,默然垂泪。詹牧师也没了主意。半天,詹夫人才说:"你要不去埋那把刀子,何至于引得他们来抄家?"

詹牧师有一把很漂亮的蒙古刀,纯粹的工艺美术品,但他担心被人告发为"私藏武器、妄图变天",在一九六六年的一个深夜拿出去想埋掉,结果被几个红卫兵抓住。

"我不去埋,他们也要抄的。"詹牧师愧然答道。

"我们不如回老家去,省得被他们赶。"詹夫人说。

"不知家里的房子还有没有。"

"可以先向亲戚们借一间。"

"'回春堂'不知还有没有。"

"家乡多安静,我喜欢安静。"

"尤其是夜里,什么声音也没有,睡得也香甜。"

"有时候有卖馄饨的在窗外吆喝。"

"放些虾皮、紫菜,还有香菜和青韭末儿,再放点香油,喷!"

"什么时候我给你做一回。"

"你可做不出那味儿来。"

…………

但他们没有贴出"声明",也没有回老家去。

"申请"呢?是什么原因使之没有寄出去?不详。

还有两份白纸黑字的证据。

第一份是詹牧师作的一首《满江红·悼念周总理》,幸亏当初没有落入"四人帮"之手,否则他大约就不会活到被我发现的时候了。诗词原文如下:

> 噩耗忽闻,哭无泪,肝肠欲裂。周总理,功盖乾坤,德昭日月。帷幄运筹轻生死,握发吐哺无昼夜。叹古今,被害是忠良,天当灭! 萧萧雨,飘飘雪。风声咽,哀声绝。把杯酒轻酹,志承先烈。大地珍埋男儿骨,长河敬殓英雄血。恨难消,何日斩群妖,天下谢。

如果我的发现到此为止,多好哇!那样我既可以为自己与这样一位勇士相识而自豪,我的报告文学也就可以具有英雄史诗般的气魄了。然而不幸,我又发现了一份证据——詹牧师写给江青的一封信!天哪,幸亏它是让我发现了,我为死者出了一身冷汗;如果是落入外人手里,詹牧师便有一百张嘴,也难说清楚了。信文如下:

敬爱的江青同志:

首先祝您身体健康!

我是

信文到此结束。以下是一些乱七八糟的算式,估计是詹牧师在计算当日的生活开销时所为。二角三分,估计是一瓶酱油;四角五分,估计是半斤鸡蛋;二分,可能是一盒火柴;红笔写的一角二分,大约是当日的财政赤字;如此等等,就不一一推敲了。也许是因为此信没有写下去,也许更是因为账目的重要性,詹牧师把这一页纸留了下来,后来就忘了,所以没有及时销毁。

诗文和信文都没有注明写作日期,唉,我的詹牧师,让我说你什么好呢?

我又走访了一位詹牧师生前最亲密的朋友——一位退休的中学教师。可喜可贺,这位老先生的证言,似乎可以推翻"詹牧师是个风派人物"这一结论。他说:"小舟么?也谈不上什么赶潮流不赶潮流,更谈不上什么风派不风派。他不过是闲不住,而且总是自命不凡,想干一番大事业,愿意和一些名人、大事发生些联系;他总有怀才不遇的思想,常常就做出些古怪的事情来。"这位老先生举了几个例子,以资证明。

　　A. 詹牧师并非只给江青写过信。在齐奥塞斯库当选为总统的时候,他也请罗马尼亚驻华使馆代转过他的贺信。他不光写贺信,也写过抗议信。苏军侵略阿富汗的时候,他给勃列日涅夫写过抗议信。英军进攻马岛的时候,他给撒切尔夫人和加尔铁里总统都写过劝告信。只是都没有得到预期的反响。

　　B. 估计收到过詹牧师的信的人会很多。只要报纸上出现了一位先进人物或别的什么人物,他就要立刻写信去,向人家表示祝贺或慰问。詹牧师对名人总是由衷地敬仰。有一回,詹牧师的小孙子大便之后,对屎的出处表示了惶惑。"爷爷,这是从哪儿出来的?""肛门。""什么是肛门?""这就是肛门。"詹牧师一边给小孙子擦屁股一边解释道。"您也有肛门吗?""有,所有的人都有。"孙子忽然指着报纸上一位名人的照片问:"他也有吗?"詹牧师给了孙子一巴掌:"嗐! 不许瞎说!"

有一点需要强调:敬仰归敬仰,詹牧师绝不是想从中得到什么好处。除非万不得已,他从来是不求人的。

还有一点要强调:詹牧师也并不是只敬仰名人。如果要糊顶棚,他崇拜糊匠;要是漆桌子,他只信得过漆匠……有一回,詹牧师碰巧得了一些木料,想做一只书架,儿子几次要动手都被他制止。"你做过什么?!"他说。等儿子瞒着他把书架做好了,对他说:"我找了个七级木工给做的。"詹牧师连连夸奖:"这活儿做得够多地道!"因詹牧师的儿子计划不周,在书架的左立柱上多锯了一道口,为对称起见,索性又在右立柱上也锯了一道。詹牧师一直琢磨不出这两道口是做什么用的,试着往上面挂了两回网袋,也挂不住。

C. 凡国内外大事,詹牧师都关心。国内的,譬如:东北及西南林区的乱砍滥伐问题、华南虎及丹顶鹤的保护问题、各地名胜古迹应该加强管理和利用起来发展旅游业问题、城近郊区应该发展养鱼业、街道两旁应改种香椿树以解决春季蔬菜短缺状况,以至目前晚育造成的难产率增高的问题,等等,他都给予关注。他去图书馆查阅书籍、资料;去请教过专家;也给有关方面写过信,申述了自己的意见。国外的呢,主要是世界和平问题。他曾在自家墙上挂过一张民用世界地图,并做了一块布帘挡在上面。有时候他拉开布帘,在地图上画些箭头、虚线和实线;也插一些小旗子,红的、白的、黑的;然后在屋子里低头踱步,默默地思考。他确实有过一些颇具先见之明的预言,譬如:他早在六十年代末就说过,欧洲是世界战略的重点,亚洲的问题出在印度和西亚。不过也有过错误的判断:第三次世界大战迫在眉睫。

  D. 詹牧师喜欢体验一种崇高感,或者叫做价值感。只要能稍稍与国内外大事有所关联,他便要陶醉,甚至闹到自己也把握不住自己的地步。亏得有詹夫人时常阻拦他,向他晓以利害,这才避免了不少祸事。"否则,"詹牧师的老朋友说,"真难说他要做出什么事来呢!假如'四人帮'重用他,他说不定会因为被重用而忘乎所以的。反过来,倘使有一位厂长或局长什么的,看重他,他肯定也会废寝忘食地为四化出力。他早就提出过要重视智力开发的主张,可惜那时没人理他。他就是盼望被人重视。我看,他之所以想起给江青写信,准是有什么人在他耳边吹风,吹得多了、神了,他就信以为真,觉得似乎那样就能有机会实现他的某项设想。至于这首《满江红》么?我敢担保的只是,小舟对周总理是衷心热爱的。总理逝世当天,我们俩找了个没人的地方待了一天,什么也吃不下,什么也说不出,小舟一个劲叹气,搓脚,把黄土地上搓了两道深沟。他有胆子写那么一首诗词,也肯定是受了别人的鼓动,十有八九是受了他儿子的鼓动,否则他绝不敢写什么'何日斩群妖'之类的。不过还有一种可能,那首词是他在粉碎'四人帮'之后写的。他儿子就常说他不是史学硕士,而是史学'修士',意思就是说他总是根据现在的情况修改、打扮自己的历史。不然,他敢把这么一首诗词保留下来,是不大好想象的。"

  E. 詹牧师甚至喜欢模仿伟人的动作。(不错,这一点笔者也可以证明,他每次和我见面,哪怕是只相隔半天儿,也要和我握手,伸手的姿势就像列宁。)

  但从以上五点,能说明什么呢?能说明詹牧师不是风派吗?能说明詹牧师就是风派吗?我实在也吃不准。但报告文学是应该报告得准确、真实、全面的,所以我把这些情况也都零零碎碎地写了下来。如果能在篇头印上八个字"内部参考,请勿外传",我以为是慎重的。

续　集

关于詹牧师多次伪造表扬稿以骗取稿费,并在被揭露后缄口不谈此事一节,我一直考虑是否删去。倒不是怕诲淫诲盗,误人子弟,实在是那样写来太有些不明不白。正当我举棋不定之际,昨天,詹牧师的街坊们又向我提供了一些新情况。

甲.**詹牧师的老街坊宋科长的书面意见:**

我认为,詹小舟同志绝不是那种为了名利就去昧着良心胡编滥造的人。为了名吗？可是发表那么几篇表扬稿能出什么名呢？为了钱吗？更不可信。詹小舟同志多年来一直义务为大家打扫厕所,街坊们曾经商量着要给他些报酬(每月九块),他都不要。他说:"我不是为了钱,我也不是打扫厕所的。"大家不敢再提。我们有时候也想帮助打扫打扫,但每天早晨,无论你起得多早,厕所还是已经被詹小舟同志打扫过了。后来发现詹小舟同志是在夜里打扫厕所的;他每夜都要看书学习到一两点钟,然后就去打扫厕所。我们都睡得早,不能等到所有的人把一天的厕所都上完(原文如此——作者注),再去睡呀……

乙.**詹牧师的邻居徐老太太的口头证明:**

可不是怎么的？詹大哥尽给大伙办好事,正经八百一个老雷锋。甭瞧我还比他小两岁,可腿脚儿不济,取趟奶来回就得他妈一个多钟头,詹大哥见天清早儿帮我取奶,黑了还管倒脏土。我心里不落忍的,人家也那么大岁数了不是?我就说您甭介了。可詹大哥说,街里街坊的一块儿住着,谁混谁呀?人家可不是像我这么说的,人家开口就是文明词儿,说是"五洲四海翻腾,到了儿都得往一块儿走。"(估计詹牧师的原话可能是:"我们都是来自五湖四海……走到一起来了。"——作者注)唉,那可是个善净人儿。说他骗钱花?说这话的人可是他妈瞎了狗眼啦!

丙.詹牧师隔壁的孙老师的书面证明:

詹老先生常说:这些年社会风气的变坏,全是因为"四人帮"把人们的道德标准搞乱了。善而不赏,恶而不罚,必定铸患无穷。而罚恶的好办法,莫过于赏善。善既立,恶不逞。

所以,我认为,詹老先生之所以总写表扬稿,意在赏善。用现行的语言说就是:榜样的力量是无穷的。前年,詹老先生去眼镜店配眼镜,营业员不耐烦地把眼镜扔给他,把一个镜片摔碎了,营业员反而怨詹老先生没接住,一定要詹老先生赔。后来詹老先生对我说:"你跟他吵有什么好处?你说三道四地教育他,反倒会激起他的反抗心理,使他更加不热爱本职工作。"所以詹老先生就原价把那副眼镜买了下来,并写了一篇表扬稿,表扬了一个假设的、态度非常好的营业员……

丁.职工学校的看门人老郭头的口头证明:

您问詹老儿?那老头儿可是心眼儿好!那人心眼儿忒好!那老两口子心眼儿都好!没比!说件具体的?我说的这些全是具体的。说件真事!……我刚来这儿的时候,是夏间天儿,大晌午的老阳儿挺毒,詹老头儿一盆一盆地往球场上泼水,我不懂规矩,还直喷着人家。敢情他是为了学生们下了课好打球。我还给人家埋怨了一顿。好人哪!詹太太人更好,包了饺子就喊我去,说我一人儿闷得慌。其实我倒惯了,也不觉着闷。这会儿那老两口儿全死了,我时常倒真觉着憋闷了。好人哪——上了天堂啦——

还有一些证词,因篇幅所限,略去。

补　遗

詹牧师死后,我和他儿子给他换衣服时发现,在他贴身穿的衬衣兜里有一个小塑料包儿。打开一层塑料包儿,又是一层塑料包儿,一共三四层;里面包着两张照片。一张是"全家福"——年轻的詹牧师抱着小女儿,年轻的詹夫人搂着儿子。另一张是詹牧师当年获硕士学位时的留影,戴着硕士帽,风度翩翩。除此之外,还有一件东西——怎么说呢?请诸君原谅并且保密——一个镀金的小十字架。

还有一件事。詹牧师的儿子给詹牧师写了一篇非常奇怪的悼词,其中有这么一段话:

　　……记得小时候,有一次我问爸爸:"树叶是什么颜色的?"爸爸回答:"绿的。"我又问:"那绿色是什么样的?"爸爸回答:"就是树叶那样的。"我说:"如果这就是绿色,那绿色又是什么样的呢?"爸爸想了半天,笑了,拍拍我的肩膀。那时候多快乐呀……

1984 年

足　球

那支法国足球队来这儿比赛的时候,正是八月里最热的一天。离七点半还有两个多小时,山子和小刚就动身了,一人一辆手摇车,在太阳底下拼命地摇。太阳还挺晒人呢,这季节,太阳要到七点钟才落山。体育场离他们住的地方太远,不这么早动身不行。

单从上半身看,两个小伙子长得都很健壮,胳膊都很粗。山子的车上挂了两支拐杖。小刚连挂拐也挂不了。两辆车一前一后,跑得相当快,有时甚至能超过一两辆自行车。有些骑车的人惊讶地望望他们,望望他们那萎缩得变了形的腿。两个人顾不上别的,拼命摇车,生怕晚了。球赛七点半开始。

来的是法国的一支很不错的足球队。

以前没来过这么好的球队。

直到走了差不多一半路,小刚看了看表,才说:"行！时间有富余,不用这么忙！"

山子也看看表。于是两辆车开始并排走,车速慢了下来。两个人的汗衫都湿透了,都呼哧呼哧地喘粗气。

天空晴朗得耀眼。路两旁是高高的白杨树。

小刚开心地笑起来:"二华这会儿正伺候老婆呢！"

"小子真废物。"山子也笑笑。

"不过,二华这家伙,人不错。"

"这小子,还可以。"

"中午他给我送票来,我还以为他蒙我呢。我心想,这么好的球赛,他舍得让给我?"

"他怎么说?"

"他当然不能说是老婆不让他去呀!"

两个人笑起来。

"应该说,是他老婆人不错!"小刚说。

"他老婆是个模范老婆,把二华教育得不错。"小刚又说。

"模范老婆一举撑子把儿,所有的家务事就都做好了!"还是小刚说。

两个人大声笑起来。

白杨树茂密的枝叶间,知了声不断。

小刚用两个手指撑开上衣兜,看看那张票。

山子的目光立刻跟过去,说:"统共就一张票,你别再忘了带。"山子说这话时的神态和语气都透出一点恭维。

小刚没回答,脸上的笑容慢慢变得僵硬,心想:什么叫"统共"?反正一张票不能你我都进去。不过又想:出来的时候说好了,山子不至于说话不算话。

"带着没有?"山子又问,很着急的样子。

小刚还是不回答,把票掏出来,托在手里看,心里有点后悔:这事真不该到处去瞎显摆,二华送来了票,自己就应该悄悄地走……

山子把脸凑过来,小声念着票面上的时间。

"哟!"小刚忽然一惊,转脸问山子,"今儿肯定是五号吧?"

"别这么自个儿吓唬自个儿行不行?五号!我早算计着今天呢。"

没错儿,是五号。小刚把票放回兜里。不过山子这家伙可别说话不算话,算计?算计什么?

"要不然,"山子继续说,"今天我本来是打算去我老姨家的。这么好的球,不看彩电不行。"

小刚觉得这是个机会,得说句话了:"你真不如趁早上你姨家去呢,别把转播也耽误了。"

山子不言语了。山子的心情立刻有些沮丧。他本来就有点动摇:万一是自己记错了呢?体育场门前没有台阶,小刚坐在车上可以进去呢?自己白跑一趟倒没关系,问题是把电视转播也误了。问题是法国队!他这几天总想起十二届世界杯赛的场面;想起普拉蒂尼罚直接任意球时的样子;想起佐夫鱼跃扑球时的样子;还有鲁梅尼格,那小子真是浑身都长得漂亮,人要是长得漂亮也真是福气;马拉多纳不漂亮,可那小子跑起来真好看,摔倒了又蹿起来,永远也摔不坏似的,真长得结实,人要是长得结实也行,也漂亮……

见山子不言语,小刚又紧叮一句:"是你自己非要跑一趟不可的。咱们可有话在先,我要是进得去,你可就得乖乖滚回来。"他尽量使语气显得像是开玩笑。

"噢噢,那当然。"山子的灵魂这才从巴塞罗纳的绿草坪上飞回来,"我是说,要是你的车进不去,这么难弄到的票别糟蹋了。"

"那没问题!"小刚松了一口气,"我要是进不去,这张票肯定是你的。没的说!"

两辆车拐上了一条宽阔的大路。沿着这条路走到头,一拐弯就到体育场了。但是这条路相当长。

"不过,二华说我能进去。"小刚说。

"他怎么说?"

"他说我肯定能进去。"

"他说没有台阶?"

"反正他说我进得去。要是有台阶,他干吗还说我进得去?"

山子又使劲回忆起来。他明明记得体育场门前有很高的台阶。至少有十几层。二华那小子整天迷迷糊糊的,没记清楚过什么事。不过,也许是自己记错了?他还是八年前腿没坏的时候去过。那时候他才二十岁,跟小刚现在一般大。他还记得自己跑上那些台阶时的情景:台阶不仅高,而且陡,他一步三级往上跑,那台阶大概并不止十几层,什么地方还种着一些冬青树……每次回忆都是到这儿就断了。也许那不是在体育场?也许是电影院?剧场?美术馆?每次回忆都是以清晰开始,以模糊告终。

"普拉蒂尼。"山子叨唠了一句,无可奈何地望望路两边的楼房。这几天他总想起这四个字,也许是这四个字说着顺嘴。

小刚看着山子笑:"魔怔了。"

"我是说,可惜普拉蒂尼没来。"

"真懂假懂?这又不是法国国家队。"

"废话,我知道!"山子的话音里有点火气了。关于足球的事,他自信比谁都知道得多。"普拉蒂尼现在在意大利呢!知道吗?就是法国国家队来了,普拉蒂尼也来不了,知道吗?别拿起话来就说。"

小刚一愣,看了看山子,没吭声。往常他不会甘拜下风,尤其是那句"知道吗"。今天不一样。往常他和山子都没票,倒也都心安理得。再说今天来的又是法国的一支很有名的球队。要是有两张票就好了,小刚想。他摸出两支烟,递给山子一支。

"抽颗烟吧,来得及。"

两个人把车停在路边的树荫下,点着了烟,抽着,不说话,望着马路上来往的车辆。树荫很长了,树荫以外的路面依然亮得刺眼,对面楼房上晾着的白被单也白得刺眼。

"一停下倒觉着更热了。"山子找话说。

小刚叹了口气,"要是再有一张票就好了。"

"没事儿,就当遛个弯儿。我好些年没到这边儿来了。"山子的语气更像是在安慰自己。

"我好像还从来没到这边儿来过呢。"小刚说。

山子心里忽悠一下子,忽然觉得自己心眼真够呛——小刚还从来没到体育场里看过足球呢!小刚的腿从小就坏了。

"说不定,到时候能等上一张退票呢!"小刚说。

"别净想好事儿了。这么难买的票,谁买了会不看?"

"那可说不定,二华不就买了不看?"

"有几个二华?让老婆管得儿子似的!"

两个人笑起来。小刚的笑声很高,希望这气氛能延续下去。

"将来真有了儿子,二华非当孙子不可!"小刚说。

"这家伙是有点废物,主要是因为娶了个模范老婆。"小刚说。

"不过,只要他排队买票的时候不废物就行!"还是小刚说。

两个人大声笑起来。小刚希望山子的情绪能一直这么好,否则到了体育场自己是进去不进去呢?不好办。

"我看你将来也危险。"小刚又对山子说,"说不定你比二华还厉害。"

山子愣了一下。

"我说,你将来没准比二华还废物。"

山子把烟蒂在车轮子上按灭,脸上的笑容慢慢收敛。

小刚心想:糟糕!问:"怎么啦你?"

"嗯?"山子有心事,直发愣。

洋槐树的叶子被晒得发蔫,已经结满了一串串的豆荚。路上的车辆和行人都多起来,到了下班的时候。各式各样的草帽、凉帽,姑娘们的裙子飘飘的。

"那件事儿,"小刚轻声问,"不是差不多了吗?"

山子拍拍落在腿上的烟灰,看看表,说:"走吧,不算早了。"他不想说那些事。

"又怎么啦?不是说差不多了吗?"

"她们家又不同意了。"

"那女的自个儿呢?"

"六点多了,快走吧。"山子摇动了车。

两个人并排摇,摇得很慢。小刚还想再问问是为什么,看看山子的脸色,把话咽了回去。其实用不着问,不会因为别的。小刚又想到了自己的腿还不如山子,山子拄着拐还能走呢。山子二十八了,小刚真怕自己也到二十八岁。

"什么时候能在中国举办一届世界杯赛,啊?那还差不多!"山子忽然转过脸来说,带些笑容,在这之前他一直木然地望着很远的地方。

"净想好事儿!"小刚说。虽然这么说,却也觉得心里舒服了一点。

"那咱们拼了命也得买上票。"

"拼了命你也未必买得上。"

"提前一个星期我就上售票处窗口坐着去!支个帐篷。"

小刚也现出笑容:"亲眼看一回世界杯赛,这辈子也值了。"

"厉害!"山子摇头赞叹,灵魂又飞到巴塞罗纳的草坪上去了。

两辆车不约而同地加快了速度。两个人不说话,都想着世界杯赛时的场面:彩色的纸屑满天飞,像是花雨;喇叭声、呼喊声响成一片;各色旗帜在飘、在挥舞;运动员高兴得抱成一团,滚成一堆;有些人在看台跳舞……

"那阵子真来劲!"

"唉——"

两个人都明白指的什么。十二届世界杯赛的那些日子真是来劲,每天晚上电视台都转播四十分钟精彩片段。那些日子,早晨一睁眼就想着晚上,一天当中要想好几回,一整天都有盼头。晚上,山子揣一包好烟到小刚家里去,先评论一阵子昨天各场比赛情况,然后坐在电视机前等着比赛开始。山子总是说要到他老姨家去看彩电,却总是又跑到小刚家里来。独自一个人看球固然乏味,跟一群外行一块看也没劲——看球不能嚷,你一嚷他们就笑你疯;要么是好球看不出来,越位球倒跟着瞎着急。山子承认的内行只有小刚。小刚还承认二华。

"二华那小子!"山子摇着车,笑笑,只说半句话。他还想着世界杯。

"二华什么?"

"那小子没准主意。你也弄不清他最佩服谁,一会儿是济科,一会儿又是马拉多纳。"

"济科和马拉多纳确实都不错。"

"还没过三分钟呢,他又说苏格拉底最好了。"

"苏格拉底也确实是踢得好。"小刚总是为二华说话。

"我是说,小子看不出谁最好来。"

小刚心想:难怪二华这票不给你呢!

"最后他又最佩服罗西了。意大利赢了,他又最欣赏意大利了。这小子势利眼。"

"你别老这么说他。他还是挺懂球的。"

"他就懂报上说谁好,他就说谁好。"

小刚想:二华以后有票还给不了你。

"他还懂谁赢了,他就最欣赏谁。"山子笑起来。

"那么说,赢的不好,输的倒好?"小刚也有点气了。

"那可难说!巴西输了,可巴西踢得最好。一开始我就说巴西踢得好,巴西输了,我还是说巴西踢得最好。"

小刚没言语,他知道山子说得对。巴西队被淘汰的那天,他们俩都觉得是自己输了。

"论水平,巴西队才是冠军。巴西队就是太狂了。"

跟你一样,你也是太狂了,虽然你说得都对,小刚心里说。

"我还是最佩服普拉蒂尼。说普拉蒂尼最棒的人不多。真正懂球的人就不多。"

"我就不说普拉蒂尼最棒。"小刚不看着山子,冷冷地说,"我说马拉多纳棒。也许是我不懂。"

山子这才发现小刚有点不高兴了,这才想到统共那一张票还是二华给小刚的。

前面是一座立交桥。

两辆车开始爬坡。四五十米的上坡路,挺陡,对手摇车来说不是件容易事。齿轮咬着链条咔啦咔啦响。两个人又呼哧呼哧地喘粗气,汗珠往眼睛里流。太阳倒是很低了,但是一点风都没有。

"行吗你?"山子问小刚,想缓和一下气氛。

"留神你自个儿吧。"

"等摇上坡儿去再歇着。"

"踩咕谁呢!"小刚愈发使劲摇起车来。

行,山子想,小刚这小子还真够哥儿们,背着哥儿们也不说哥儿们的坏话,也不愿听别人说哥儿们的坏话。不过气氛得缓和缓和,否则到了体育场小刚进不去,自己也不好意思就进去。可是,体育场门口到底有没有台阶呢?……很高很陡的台阶,二十几层也不止,自己焦急地往上跑,一步三级,跑得好累呀!到底是在哪儿呢?还有很多挺拔的冬青树……

两辆车摇上了立交桥。

"要不就歇会儿吧。"小刚说,也不愿意把气氛弄僵。以前他俩为足球的事翻过脸,具体地说,就是为了普拉蒂尼和马拉多纳。

两个人抽着烟,都想找些让人高兴的话说。

往体育场去的公共汽车从桥下开过,车上挤满了人,吵吵嚷嚷的像是在打架。

"都是去看球儿的。"

"也不知道有几个真懂。"小刚冲山子笑笑。

"懂不懂的,倒都有票。"

"懂不懂的,倒都不怕老婆!"

小刚说罢大声笑起来。他满心以为山子也会这样笑的,可是山子笑得很勉强。小刚想:糟了,又让他想起那件事来了。

往体育场去的汽车增加了车次,一辆接一辆,都挤得满满的。往那个方向去的自行车也多。开始听见有人在议论足球了。

"嘿！咱们到那边买瓶汽水喝吧。"小刚装作什么也没有察觉,指着远处的冷饮店。

"算啦!"

"出来得太忙了,忘了带个水壶。"

"要喝你就去喝。"

"要不算了,一会儿再说。"

两个人沉默着。这时候桥下有几个骑车的人在大声议论着足球。那纯粹是外行的议论。其中一个人在抱怨:"有时候看了半天,一个球都不进!"小刚捅了捅山子,两个人对视着笑笑。山子笑得很苦。小刚知道山子还在想那件事。

"到底怎么回事?"

山子不言语,不断把飘在眼前的烟吹开。

"她们家怎么说?"

"还能怎么说?"

"肯定不行了?"

"她说今儿晚上来找我。"

小刚紧张地盯着山子。

"我想,算了。做买卖似的,没意思。"

"你太拧。谁都说你太倔,太硬。"

山子心说:对了！腿坏了也不比谁低一等！

"她来要说什么?"

"还能说什么?"

"说不定也许又行了呢?"

"我他妈的又不是西瓜！说行了就拿走,说不行了就退回来!"

两个人默默地坐着。

山子只想着今天晚上怎么过。不能回家。也不能去老姨家,最初就是在老姨家和她见的面,她就坐在彩电对面的沙发上……

她其实是个好人,山子想,只是她当初把这件事想得太简单了。唉,今儿晚上要是能看一场足球就好了!不然今天晚上怎么过呢?只要能看一场足球!奔跑,冲撞,像炮弹一样的远射,凌空横扫,抱成一团,滚成一堆……唉,那样今天晚上就能好过一点,好像是自己在足球场上跑,摔倒了又蹿起来,鱼跃冲顶,在草坪边跪下滑出很远,冲观众台上挥舞着拳头笑……

"走吧!"山子说。但愿体育场门口有台阶。

小刚正想着什么。

"嘿,走吧!"

小刚仿佛被惊醒了。

"想什么哪?"

"没想什么,"小刚完全醒过来了似的。"想那么多没用,今儿晚上先看一场好球儿是真的!"他又把那张票掏出来看看。

山子又使劲回忆那些台阶:很高很陡,恐怕四五十层也不止……是哪儿呢?

"哎?怎么没有座号?"

山子心里又忽悠一下子:小刚还没到体育场里去过呢。

"不是对号入座。"山子说。

"那不乱了?"

"乱不了!"可是山子心里又乱了。

"我老是梦见体育场。"小刚说。

"梦?"

"嗯。我老是梦见到了体育场,也看见了里面有人在踢球,可就是找不到门,进不去……"

山子心里"轰"的一下子,想起来了:那些台阶是在梦里见过,很高很陡,数不清有多少层,像一座山。自己往上跑,跑,一步三级,跑得好累呀,突然眼前豁然开朗,看见了一片绿色的草坪。不,不对,是一片辽阔的草原,他自己正在那儿踢足球。踢得可真不错,盘带,过人,连着过了几个后卫,又过了守门员,直接把球带进了大门。他笑着在草原上奔跑。他看见自己腿上结实的肌肉,心想这下子行了,不用再去摇那辆手摇车了。远处是冬青树,不对,是大森林,他向森林跑去,挥着拳头,林涛声像是欢呼……

"山子。"

"嗯?"

"你甭心里别扭,不行也没什么大不了的。"

"我知道,我是说,已经走到这儿了,就去等会儿退票试试。"

"不是,我不是说足球。"

山子没再回答。两个人都没再说话。他们心里都清楚极了。

太阳落山了,稍稍凉快了些。

车速不快也不慢,并排着走。

"下一届该是第十三届了吧?"

"第十三届。"

"在哪儿来着?"

"墨西哥。"

"对了,墨西哥。"

"不知道到时候电视台转播不转播。"

"要是能上墨西哥去亲眼看一回,啊?那还差不多!"

"下辈子吧。你不是说,你下辈子是普拉蒂尼吗?"

"肯定。我下辈子肯定踢足球。"

"中国队就等着你了!"

两个人笑起来。

"普拉蒂尼算什么,至少得超过贝利。"

"个子要比贝利高,至少得一米八五。"

"还有速度,没速度不行。"

"那当然!速度,耐力,力量……我的田径十项全能至少得在奥运会上拿个铜牌。"

"何必不说金牌？反正吹牛不上税。"

两个人又笑起来。

"你不是说你总失眠吗？我教你一招儿：你躺在床上，别净想那些心烦的事，你就想你在踢球，你带着球跑，过人，过了一个又一个……"

"算了吧你！我越是这么想越是睡不着，我就是因为总想这些才失眠的。"

"是吗？人跟人可真是不一样。"

车流、人流越来越稠密了，都朝那个方向涌去。望得见体育场了……

1984 年

山顶上的传说

0

天还是灰蒙蒙的时候,那群鸟儿又飞起来了。数不清有多少只。像是天边尚未熄灭的星星,像是一群白色的精灵,在离小城不很远的那座兀傲的山顶上空盘桓。

有些地方飘起了早炊的薄烟。扫街的老头又拉出了他那辆四轮小木车,四个铁轱辘叽里嘎啦、吱吱扭扭地响起来。小城醒了。路灯灭了。

醒来的人们都望望远处的山顶,望望那群鸟儿。

谁也记不清是从哪天起,山顶上就有了那群鸟儿。开始,人们说那是一群过路的候鸟。可是春天过了,夏天过了,秋天和冬天都过了,那些鸟儿一直没有走。人们又说,那不过是些平常的野鸟。可是,连小城里最老的人也说,不记得山上有过那样的野鸟。当它们飞起来的时候,隐隐约约的,像有一支芦笛在低吹,像有一架风琴在轻弹,在安静的黎明时分注意听:轻柔、飘忽……

那个扫街的老头也注意到了这声音,注意到了那群鸟儿。他弯下腰来撮着路上的垃圾,不说什么。

直到有一天,小城里的人们终于认出了这声音,认出了那些鸟儿。

"唔,是鸽子又飞回来啦!"上了岁数的人说。

"真是的,都快认不出了。"成年人说。

孩子们很想知道鸽子的事。

很久以前,小城里有过很多鸽子。小城上空时常飘荡起鸽哨儿声,悠远、柔怨,也安详,也欢乐。老人们听了,就想起童年;粗暴的男人听了,会变得谦和;连囚徒听了也迷恋起人生。那么雪白的一群鸟儿,飞到东,飞到西,天底下的人们都觉得心里清净、舒坦……可是后来,小城里出了一条禁令,这吉祥的鸟儿就很快地消失了。

"它们到底是又回来啦!"上岁数的人说。

"回来啦,可都快认不出来了。"成年人说。

孩子们问:"它们是从哪儿飞来的呢?"

再说,它们是怎么飞回来的? 又是谁给它们拴上了鸽哨儿的呢?

那个扫街的老头不说什么,把垃圾倒进车斗里,拉着,叽里嘎啦、吱吱扭扭地往前走。

直到有一天人们又喊起来:

"看哪! 鸽子群里有一只'点子'①!"

"黑尾巴,黑脑瓜顶,看呀! 真的是'点子'!"

唔! 可不真是。是过去那只"点子"又飞回来了? 不,不会,那只"点子"不会活到现在了。太久了呀,真也是太久了……很多人都记起了过去的那只"点子",于是也都记起了一个瘸腿的小伙子。

出了那条禁令以后,小城里就只有那个瘸腿的小伙子还养着一只鸽子。一只黑尾巴、黑脑瓜顶的鸽子。没人敢碰他的鸽子,他会为了他的鸽子和任何人拼命的。再说,那些奉命去没收鸽子的人也知道:他独自一个人生活着,他只有那只鸽子。他还有两条萎

---

① 一只鸽子的名字。

缩得变了形的腿。白天他去扫街,挣八毛钱;夜里到街道工厂去看门,又能挣到四毛。好多人都说,夜里那四毛简直算白捡。"锁了门睡觉呗,反正也是一个人。"可是他那间小屋的灯常常亮到后半夜去。没有人看见过他在干什么。只有那个扫街的老头知道。"可真是用了不少的纸。"扫街的老头对别人说。"他写什么呢?"别人问。"心里想写点什么,就写点什么呗,左不过是心里头想说的话。""就有那么多话,半夜半夜地写?""他不像我,我不会写字儿。"老头在说另一件事……

如今,扫街的老头不说什么。自从山顶上出现了那群鸽子,他什么话也不说。他把小木车拉到一座楼房的台阶前,坐下,身上的骨头节嘎巴巴响了一阵。他这才朝山顶那边望,嘴唇动了动,没有出声音。

太阳还没有出来,天色依然有些昏暗。人们不见得看得很清楚,但人们都说,那鸽群中确实有一只黑尾巴、黑脑瓜顶的鸽子。也许是因为,过去的那只"点子"给人们留下的印象太深了。曾经有过一段时间,小城的上空只剩了"点子"在孤零零地飞,悠长的哨音也显得孤单。人们看着它,心里也难受,但想到这漂亮的鸟儿并没有绝迹,心底就还存着安慰和希望。那个瘸腿的小伙子总是在天刚刚亮的时候就把"点子"放上天去。他呼唤他的鸽子,用舌头在嘴里打着嘟噜儿,声音很特别。他扫街,"点子"就在他头顶上飞。小城本来不太大,很多人都认得"点子"了;认得了"点子",才都知道了它的主人。可是,后来"点子"也不见了。据说是在早春的风中,"点子"飞走了。不知那依然强暴的寒风把它刮到哪儿去了。瘸腿的小伙子简直快疯了,白天也不去扫街,呆呆地坐在门前,望着天,盼着他的鸽子飞回来;天一擦黑,他就离开家,到处去喊,去找。他找了好几天,都没有找到……

"是九天。"那个扫街的老头说。他还坐在路边的台阶上,有几个孩子坐在他身旁。孩子们很关心那些鸽子的事。

是九天。找了九天,没找到!小伙子瘦了,头发很长,空洞洞的眼睛蒙上了血丝。传说,那鸽子是他心上的姑娘留给他的。传说,第十天夜里,瘸腿的小伙子又去找。

"是从天刚擦黑儿的时候。"扫街的老头对几个孩子说。

传说,那夜,他走遍了小城的每一条街道……

1

风还是不小,天也阴着。一会儿,风把云撕开了,月亮在奇形怪状的云层里颠簸。一会儿,云又合拢。街道两边那些低矮的屋顶,一会儿变得灰白,一会儿又变得昏黑。光秃秃的枣树枝在风中互相碰撞,发出响声。亮着灯的窗户上都拉着窗帘,光线显得很暗。杨树吐花了。这是个早春的夜晚。

他步履蹒跚地走着,仰起头朝路边那些屋顶上张望,卷起舌头,"嘟儿嘟嘟儿嘟嘟儿嘟"地在嘴里打着嘟噜儿,呼唤。他仍然不相信,他的鸽子会飞走,会不再回来。每条胡同都是那么深长、冷清。风声间歇的时候,就光听见他"哧啦——哧啦——"的脚步声。他不愿意用拐杖,宁可不时站下来,用手撑一撑自己的腰,歇一会儿。

都是因为风,他心里说。这风太大了,要不"点子"不会飞走,不会不回来。他一直都信得过他的鸽子。它肯定是飞不动了,不定在哪儿盼着他来呢,再怎么也得去找它,他想,再怎么也得把它找回来。他可是懂得盼望是什么滋味儿,总是盼望不到是什么滋味儿。有一回,他出去了一整天,把"点子"锁在了屋里。就是他第一次去拜访那个青年作家的那天。下着雨,别人带他去的,他把自己写的东西给那个青年作家看了。晚上回来的时候,一开门,"点子"就扑棱棱地飞到了他怀里,一个劲儿咕咕咕地叫,他才想到"点子"盼了他一整天了。他急忙给它喂食、倒水。"点子"又顾着吃,又顾着他,不时抬起头看看他,好不容易盼回来了,怕他再走了。他心里的滋味儿说不清。他自己盼望的事要是也能盼到就好了,他自己想要办到的事要是也能办到就好了,哪怕是十年八年呢,哪怕更长呢。

可是直到如今,他什么也没有盼来。他盼望的两件事,哪一件都没有办到。

路灯晃荡着,弯曲的树影在墙上移动。几片揉皱了的锡纸在墙角里打转儿,一闪一闪,吱吱地响。半天才遇见一两个行人。够晚的了。他还没有吃什么,临出来时在兜里掖了一个馒头,但他不想吃。他这会儿只盼望一件事:鸽子。他的鸽子飞走十天了,说死说活也得找到它。他觉得这里面有一种命运的征兆,如果他能够找到他的鸽子,他就能办到他盼望的事了,就能转运。

他蹒跚地走着,不断地呼唤。

风还是那样,一阵不比一阵小。

从太阳落山的时候起,他一直在走,一直没歇。双腿残废后,他还从没有走过这么远。也不知道是到了什么地方,胡同口上的路牌正好在一片阴影里,看不清。他揉揉眼睛,还是看不清。其实也没有必要非弄清是哪儿不可,鸽子哪儿都飞,风还不是哪儿都刮吗?

他扶着路边的砖堆喘口气,捶捶变了形的双腿,点了支烟。

一缕细细的烟升起来了,飘飘摇摇,来了一阵风,把它刮碎了,刮得无影无踪;风过后,它又飘摇起来。小时候他爱画画儿,总也画不好烟,母亲端来一盆清水,用墨笔在水里点了一下,墨散开了。"真像烟!"他喊,高兴极了。"烟你可画不好,你弄不清它要怎么着,你得随它去。"母亲说着把一张白纸按进水里,白纸上印下了烟,丝丝缕缕……可不是么?你弄不清它要怎么着,他望着那缕飘摇着的轻烟出神。得随它去。它太轻、太小、太弱了,可以改变它的命运的东西太多了。那些云强大得多,可还不也是一样弄不清下一步将要碰上什么样的气流,将要怎样地被撕扯开?都说,人更是强大得多,那么人呢?譬如说,有一个瘸腿的人,在一个风很大的夜晚,到处去找他的鸽子,在一颗小小的星球上的一座小小的城里。谁能担保他准能找到他的鸽子呢?谁能保佑他的鸽子,不被这大风刮到一个他永远也找不到的地方去呢?谁能说得清,他应该沿着哪条路去找呢?风却是依然地刮,天照样阴沉着,并不把这样的小事放在心上。虽然这件事对他来说也许非常重要,是他的心血,他的感情,甚或他的生命……

在这种时候就抽抽烟吧。

月亮在云层中闪了一下,又立刻被遮住了。

他划着了火儿。

"不行!不许你抽!"从遥远的地方传来一个声音,"真讨厌,又抽!烟的位置比我还重要吗?!"

划着的火儿被风吹灭了。他不觉朝幽暗的胡同深处望了望,并没有那件白袖子的连衣裙或是那条淡蓝色的小围巾。往事像是一片温暖的幻景,和这火一样,被风吹灭了。罩拢着火的两手中间只剩了一缕轻烟,也迅速被风刮散。他又划了一根火柴,点着了烟,看着那一点红光上慢慢长出一层灰白的粉末,轻轻一弹,灰白的粉末掉了,红光上立刻又长出一层。什么东西能长久呢?那声音曾经离他很近很近,他还记得为了抽烟的事她冲他喊,气得脸都发白。如今这声音多么远,多么虚幻。即使将来还能见到她,她也会为别的事忙得不可开交,顾不上他了。他的心突突地跳。不是因为累。他笑了笑,笑自己。也许只有这颗突突地跳着的心是真实的,能长久地总跟他在一起。跳着,在一起;不跳了,就一起离去。还有"点子"。

喔唷!他几乎喊出了声,急忙掐灭了烟。还不到十点钟,肯定还不到十点钟,他想,又往前走去。

"嘞儿——嘞儿——"他呼唤。不断地呼唤着,往前走。

头九天里所以没有找到"点子",就是因为不到十点钟就歇下来的缘故。他常常会有些连自己也觉得可笑的想法。他觉得"十"是个吉利的字眼儿,象征着竭尽了全力,又象征着圆满。他想,第十天,十点钟以前不歇着,就能找到"点子"。刚才那不算是歇,幸亏没有坐下来,他在心里庆幸。

风把他的呼喊声吹得很远。

小城里的很多人都听到过,很多人都还记得。大伙也都希望他能把"点子"找回来,他不能再失去他的鸽子了。

那个姑娘走了好些年了。传说,姑娘走的时候,给他留下了那只黑尾巴、黑脑瓜顶的鸽子……

那时候"点子"还没有长大,才几个月,还不会飞,身上还净是那种软软的绒毛。它在桌面上走来走去,神经质地探着头(她总说"点子"的脖子里好像有一根弹簧),一对圆眼睛询问般地看看他,又看看她,似乎也感到气氛不同往常。"点子"一出世就认得了这两个人,它住在她家,经常跟着她到他这儿来,到这桌面上来待老半天。他和她总是没完没了地说话,嘁嘁嚓嚓的,一会儿又大声笑。今天有点特别,他和她互相躲闪着对方的目光,也不怎么说话。

说也是说些无关紧要的话。

"真怪。"

"什么真怪?"他问。

"为什么这样的鸟儿就叫'鸽子'呢?"

他想了一会儿:"可能是因为它的叫声。"

"那人呢?为什么就叫'人'了呢?"

他记得,她总是爱提这样的问题:为什么你就是你呢?为什么我就是我呢?她这样问的时候,目光中总是透出认真的迷茫。多少年之后他才懂得,那迷茫中包含了一种愿望……只是她自己也没有意识到,也说不清。

斑驳的墙壁上映着几方夕阳的黄光,正在慢慢地变红。嘀嘀嗒嗒的钟声。她偷偷地看表,他也偷偷地瞥了一眼闹钟,都怕提醒了对方:分别的时间快到了。

"人!"那时候他说,"不过是偶然。"

又是那种认真的迷茫。

"有很多事,本来就没'为什么'可言。"

"总应该有原因的。"她说。

"偶然。偶然也是原因。"

"一弄不清了就说是偶然。一说偶然就好像什么都解决了。"

他现在想:没准儿就是这么回事。

那时他们继续说些无关紧要的话,装得挺平静。

分别的时间已经到了。不过他知道,还有最后十分钟。在他们相处的那些年里,她总是把必须(!)分别的时间往前说十分钟,那样,当说到的那个钟点到了的时候,就似乎还可以"意外"地赚到十分钟。

街上的孩子们在踢足球,撞得山墙砰砰直响。"点子"不安地叫,跳到她胳膊上。

"别害怕,没关系。"她对鸽子说,捋捋它的羽毛。

"别忘了喂'点子',"她又对他说,"装玉米糁儿的口袋就在床底下。"

他看着屋顶。纸糊的顶棚上有一个窟窿,黑洞洞的,很深。

"把水放在窗台上,'点子'自己会喝。"

"放心吧,'点子'会照顾自个儿。"

她听出他是在说他自己,低下头,搂着鸽子。

他赶紧冲她笑笑,吹了几声口哨——胡乱凑起来的几个音。他们说过,要平静地告别,反正她还会回来。这样的分别是最好的了,不会更好了。有一个希望:她还回来。

墙上的阳光剩了窄窄的几小条，显出了玻璃上的竖纹。他永远记得那揪心的颜色。直到现在，他都不敢独自看墙上的夕阳，看了会觉得心里空寂、落寞，觉得一切都缥缈、虚幻。夕阳在最后一瞬间红得发抖。

到了。那个钟点到了，或者是立刻就要到了。说不清是什么东西在心里停顿了一下，他等着。

"还能再待十分钟，我今天少说了二十分钟。"她说。

她这个小小的计谋没有成功。两个人都没有像以往那样甚至于欢呼起来。再有十个十分钟又怎么样呢？以往的"还有十分钟"只是意味着暂停，而今天意味着结束。这些年来，她说过多少次"还有十分钟"呀！他或者欢呼，或者生气，现在算是听完了。用不着欢呼，也用不着生气了。她要走了，到遥远的南方去，去好几年。谁知道这好几年中会发生什么事呢？难说这不是结束……唔！得抓紧时间再说点什么，把气氛搞得欢快点，否则，分别之后两个人都要难受。可是他什么也说不出来。抓紧时间。这些年来他们的幸福总得抓紧时间！有期限的！"徒刑"是无期的，而"探监"总是有期限的！

当然，别的恋人们也不会总在一起，也有暂时分别的时候，但在一起的时候就坦然地在一起，用不着总去想"还有几分钟"，用不着提心吊胆地怕超过了期限。可是，在他们相爱的那些年里，当他们在一起的时候，恐惧总压在他们心头——她不能回家晚了，不能在应该回家的时候不回家，否则她的父母就又要怀疑她是和他在一起了，就又要提心吊胆或者大发雷霆。他就像是瘟疫，像魔鬼；他们在一起的时候像是在探监；他们的爱情像是偷来的……这些感觉就像是一把"达摩克利斯剑"①，悬在他们心上，使幸福的时光也充满了苦难。现在她就要走了，到很远很远的南方去了。他

---

① 希腊神话，灾祸随时可以临头之意。

觉得出她有一种轻松感,虽然她说她一定还要回到他身边来。她自己没有意识到,但是有,她有一种被解放了的感觉。这些天她总在说起南方,说的时候就变得欢快起来。"我们学校就在海边。""是吗?""说还有椰子树,相当高的椰子树。""可能。会有。""最多只穿毛衣就行了,相当暖和。""嗯。""没这么冷,也没这么多风沙。""也许连空气中的氧分子都比北方多吧?"他说。她笑笑,没有回答,依然想象着南方。一会儿,欢快的表情在她脸上渐渐消失。他知道,她的思绪又回到北方来了;北方,和他,和"达摩克利斯剑"。果然,她说:"你放心,我肯定回来。"但那种轻松感没有了……

他隐约地感觉到,生活又到了一个转折点。他看着她唇边的那颗黑痣,觉得空间和时间真是不可思议的东西,一会儿把人们拉得这么近,一会儿又把人们分开得那么远。时光正在四周流逝。墙上还有些发亮,是阳光消逝的地方。支撑在床上的胳膊有些发酸、发麻,但他不敢换个姿势,生怕一动便送走了现在。还有几分钟?两个人都不敢想这件事。

砰砰砰的敲门声。他们惊惶地对视,希望那是街上的孩子们把足球踢在了门上。但是,有人叫他的名字!他猛地坐起来。她急忙走近他……砰砰的敲门声,像是心在胸腔里撞……

"好好写,好好写你的小说。"

"当然。"

"你能成功,真的,你行。"

"谁知道。"

"听我的,你能写好,我不骗你。"

…………

临走时,她又喂了一把玉米糁儿给那只鸽子。她强笑着和他握了握手,也和那个不合时宜的客人握了握手,蓦然转身,走了。只剩下那个呆头呆脑的客人喋喋不休地说着。他一点也听不懂那个客人都说的是什么,只想着她此刻走到了哪儿,想着她走出门去那一瞬间的样子,想着不知什么时候她才又能推开那扇门走进来……他不知道应该恨这位客人,还是应该感谢这位客人。假如没有这位客人,他真不知道自己能不能平静地和她分别;假如现在只剩了他自己,他不知道怎么打发眼下的时间。但他又深切地感到了那种常常涌上心头的东西:被歧视,而且被歧视得如此正当,如此理所当然!这位客人绝不会相信,自己正妨碍了一对恋人的别离。假如这位客人有那么几秒钟显出有点尴尬,或者沉默那么一会儿,或者有点坐立不安,那么,他那种受歧视的感觉就不会又涌上来。然而这位客人连一秒钟的疑惑都没有,叮叮当当地说着,一条腿搭在另一条腿上,神态那么自然。可这位客人是知道她就要走了呀!也许是这位客人没有觉察到他和她的关系?不,要是想觉察,谁都会觉察到的。她总到他这儿来,认识他的人都知道。是根本没打算觉察——不可能发生的事,有什么必要去觉察呢?于是负责觉察的神经就会变得迟钝之极。他为什么不向别人介绍一下呢?"这是我的女朋友。"他很羡慕别人可以这样坦然而自豪地说。他很想自己也能这样说,哪怕只说一回!但他不能,"达摩克利斯剑"随时会掉下来。如果掉下来只是刺死他,倒也满值得。问题是她父母都有病,岁数都挺大了。她是个好女儿,"达摩克利斯剑"会刺在她善良又孝顺的心上。这不是法律所能保护的事。所以他不能。他连到车站去送送她都不能,因为她的父母、亲友都要去的。他和她只能在这间小屋子里告别。他只有默默地为她祈祷,心上响着隆隆的火车声,但愿每一个扳道工都认真……南方,海,椰林和白帆……祝她一路平安吧……

竟连别离也得偷偷摸摸,似乎是在犯罪。他理解了她的那种轻松感。谁的天性不是愿意过一种轻松的生活呢?他自己之所以没有设法逃开这残废的生活,仅仅是因为他没法逃开,这双残废的腿长在他自己身上。命运,并不是说谁注定要双腿残废,而是说当这一类玩意儿落到谁头上,谁就注定要与这残废的生活打交道打到底了。

"点子"站在桌上梳理着羽毛,不时歪起头来东张西望,也许是在寻找它的女主人,也许是在纳闷儿顶棚上的那个黑窟窿。有一次他一生气,把一本书扔上了顶棚,砸开了那么一个窟窿。发怒也没有用,如果有用,就又不算是命运了。

他把"点子"托在掌心里,看着鸽子的眼睛。和平。和平都包含什么呢?歧视也是战争。不平等是对心灵的屠杀!这么想也许过分了吧?他知道,她的父母、亲友都是好人。

在姑娘走后的那天晚上,他和"点子"在一起,心里一直唱着那支歌:

马车从天上下来,把我带回我的家乡;马车从天上下来,把我带回我的家乡……

那是一首黑人的灵歌。

2

他已经走了大半个城了。

风,扬起一阵阵尘土,打在路边矮窗的玻璃上,发出细碎的沙沙声。屋檐上的荒草瑟瑟地发抖。小城的春天总是刮这样的干风。他呼唤着走,仍然不见他的鸽子。

腿有点儿疼了。

云层裂开了一道口子,露出了几颗星星和一片深不见底的天。也许别的星球上也有一个倒了霉的家伙,正一边没头没脑地走着,一边胡思乱想吧?

昏暗的街灯排向远处。

无边际的宇宙,数不清的星球,一个人在其中的一颗上走着。

干什么去？找鸽子。干吗找鸽子？干吗？

临出来时，那个扫街的老头又对他说："心里想去找找，就去找找吧。"老头不识字，可是懂得他。他们白天在一块儿扫街。他是腿有毛病。老头是一条胳膊有残疾，腰也直不起来，不过倒不碍着扫街。老头和他的交情不错。晚上，老头常到他的小屋里来坐坐。过去，要是那个姑娘在，老头不多待；姑娘没来，老头就沏一缸子茶，坐下。"没来？""没来。"一问一答，不用说是谁。老头再扯一阵子老年间的事，然后闭上眼睛，喝茶，不再言语。老头知道他要看书或者写字了。老头的嘴唇伸向茶缸边的时候颤巍巍的，喝一口，咂摸着，像是喝酒。他拿出书来看，或是拿出笔来写。半天，老头一点声音都没有，不喝了，捧着茶缸像是睡着了。他看看老头，老头却立刻觉出来，说："干你的事，我不碍着你。"老头慢慢睁开眼，再续上一缸子水。"今儿不来了？"老头问。"这么晚不来就不来了。"还是用不着说是谁。"这姑娘，我看好。"老头又说。他明白老头这话的意思，可是没法回答。"人要是心里头乐意，怎么着都是好。"老头又说。现在老头不再提这件事了。姑娘离开小城到南方去以后，老头只提过一回，是在"点子"第一次飞起来的那天。那时候，"点子"已经长大了。老头掰开它的翅膀看看，十根硬羽毛已经长全了，说："能飞了。"他不敢，怕"点子"飞丢了。"不碍事，"老头说，"鸽子，飞到哪儿也还会回来。"他还是担心。老头把"点子"抱过去，猛地一扬胳膊，"点子"飞上了天。他的心紧揪着。老头笑笑："甭担心，这是鸽子，不是别的鸟儿。会回来，只要它活着。""点子"飞了一小圈，落在了小屋的顶上，探头探脑地朝下望。"瞅瞅，你还担的什么心？"老头说着又用竹竿把"点子"轰起来。这一回它飞得高了些，远了些，落在远处的楼顶上，仍然朝家这边望。也许是街上的人群、车流挺可怕吧，它愣愣地站在那儿。老头卷起舌头在嘴里打着嘟噜呼唤它。"点子"镇静了，飞起来，飞回来，落在屋顶上，望望，扑噜噜飞下来，飞到他怀里。

那一霎那,他的眼泪差点流出来。晚上,老头再到他这儿来的时候,"点子"在床上来来回回地走,他坐在床沿上看着它。"你还得让它往远地方飞。"老头说。他不言声,只是从口袋里掏出玉米糁儿,一粒一粒往床上洒。又把小水罐放在窗台上。老头知道他又在想什么了,于是沏上茶,坐下,望着窗外的天,也好久不说话。"人活着,真难。"他轻喟一声说。老头笑笑,意思是:那还用说?他点上一支烟。老头不抽烟,光是爱喝茶。这时候老头提到了她:"那孩子心里不比你好受。"只提过这么一回。老头望着窗外的星星和月亮,混浊的眼珠显得神秘,说:"烦了,你看看天,心里头就静静儿的了……"

星星,还有月亮。想想,是挺没意思的:一堆火球、一堆石头、一堆冰疙瘩、一堆土坷垃,逛荡来,逛荡去。

他穿过一条又一条的小胡同。

一阵扑噜噜的响声。他猛转回头,以为是他的鸽子。其实是近处阳台上晾着的被单,让风刮出了声。

他简直不明白,自己为什么还要这么认真地去找那只鸽子,正像扫街的老头说的:"什么事,都值不得那么认真。"但是他知道,他得去找。唯独老头的这句话,他不赞成。可为什么呢?也许仅仅是因为他活着。死了,当然就什么事都没了,可活着就得想活着的事。

他继续往前走。

还不到十点钟。

他继续不停地呼唤。

那喊声断断续续的,有人说是在城东,有人说是在城西。那夜刮的是东风,从东往西刮。

他仿佛看见了"点子"在风中瑟缩的样子,羽毛都被刮乱了,头一探一探地四下里张望,"咕噜噜——咕噜噜"地叫。风太大,它飞不动;想飞,飞不回来。他加快脚步,"哧啦——哧啦——"。

幸运如果也在以这样的脚步向他走来就好了。看来没有,他总是背运。唉,"点子"也是背了运。他后悔那天忘记了风,风太大是不该把鸽子放出去的,可是他忘了。忘了,"点子"就背了运,倒了霉。当时他只想着让"点子"快点飞起来,让那鸽哨儿赶紧响起来,那悠扬、飘忽的哨音会使他心里好过一点,能忘掉那个装得厚厚的大牛皮纸信封……

那天的活儿不累,街道被风吹得很干净。他扫完了八条胡同,扛着扫帚回来。"点子"在台阶前晒太阳,见他回来,呼扇呼扇翅膀,跟在他腿底下前后左右地转,仰起头叫他。他正想跟"点子"亲热亲热,忽然看见了那个大牛皮纸信封立在窗台上,装得厚厚的。心一下子凉了,知道又是退稿。落款是两行铅印的红字——那家刊物的名字和地址。他怔怔地站着。"点子"在啄他的裤腿儿。他想起了顶棚上那个黑洞洞的窟窿。夏天最热的夜晚,他仰起脸来推敲词句之际,总看见一只褐色的小蜘蛛,细长的腿,在那个黑窟窿边的墙角里织网……

和以往一样,退稿信的开头都是称赞他那篇稿子的话。"有一定的功力"啦,"是比较深刻的"啦,"从某种意义上讲也是相当真实的"啦,"我个人还是非常喜欢的"啦……他一直猜不透,这些话是真的呢?还是仅仅为了鼓励他?或者是退稿信的开头都这么写?他跳过许多行,看最后怎么说,心里很紧张——

……需要删改的部分,都用红笔在原稿上做了标记……不要过多地去咀嚼苦难。生活,时常需要忘却一些事,否则倒会悲观失望。不要太注意那些倒霉的事、不走运的事,而应该多看看生活中的另一种因素。譬如说你这篇小说的后半部分,如果让主人公在历经艰辛之后,终于追求到了他所追求的东西,就能给人以希望、以振奋,全篇的调子也就会随之高昂起来。你这篇小说也就完全可以发表了……

他急忙翻开自己的那篇稿子,翻到后半部。反复看。翻前翻后地看了好几遍。其实用不着,他自己写的东西自己背都背得出来。两万字的东西,花了半年时间写成的。

那只小蜘蛛早已不在了,屋顶上的黑窟窿旁边,如今只剩了一张精心织就的小网,落满了尘土,像一片废墟。

他合上稿子。那些用红笔做了标记的段落,正是他不愿意删改的。不能改。再说,怎么改?他正是要写这个不走运的人。改成走运?如果走运就是乐观和坚强,乐观和坚强岂不是太简单的事了么?如果乐观和坚强靠的是走运,那么不走运可怎么办呢?再说他也忘却不了什么,艰难的路,每一步都刻骨铭心;他也不佩服靠忘却维持着的乐观、希望、高昂。改成"终于追求到了他所追求的东西"?什么意思?给人家做保险吗:只要你追求就肯定能追求到?他知道不能那么改。

他坐在门槛上,低着头,双手搭在膝盖上。"点子"在屋前的空地上来来回回地走。他撒了一把玉米糁儿给它,看着它啄食,心里一片空白。

又是那个声音,遥远、虚幻:"别灰心,你行,只要你自己也相信你行。爱信不信,我不骗你……"

姑娘走了好几年了。他总是往她所在那个省的刊物上投稿,希望发表了她能看见。

姑娘还在南方。那篇稿子也是从南方退回来的。就是说,那篇稿子曾经离她很近。

别灰心。是应该这样。可这是第多少回退稿了?他觉得从精神到肉体都乏透了,像烧乏了的煤,松塌塌的,发白,再燃不起火了。他简直不敢去想那些个闷热的夜晚:街上打扑克的孩子们吵翻了天;对门老太太一个劲儿喊她的孙子去洗澡;稿纸被手腕上的汗洇湿了;绿色的小飞虫在灯前撞来撞去;前心、后背上也像有很多小虫子在爬;用火柴捅捅鼻孔,打几个喷嚏,清爽一点;只有那只小蜘蛛在高高兴兴地织网……

也许,就那样改?按照退稿信上说的?也许真的只好来点"策略"?他曾经通过别人的介绍,拜访过一位青年作家。"做什么事都得讲究点策略",那个作家说。作家还引了一句江湖艺人的套话……

"'光说不练假把式,光练不说傻把式。又练又说才是真把式。'如果你的小说发表不了,写得再好又有什么用呢?傻把式。没有谁写小说只是为了自己看的。"

他觉得这话很有道理,但同时又想起过去看过的一本书上的话,大意是:"是保留其价值而不发表呢?还是发表而去掉它真正的价值呢?"

作家爽朗地笑了,转动着手里的茶杯,叹息良久:"得承认,有这样的两难局面。但是也得拿出办法来。真正聪明的办法是什么?"

他回答不出。作家的妻子也看着他,启发似的微笑,解释说:"你不能希望没有矛盾,一切那么顺遂。"作家的妻子很有风度,潇洒,端庄,看着他。他觉得很狼狈。

"当然,"作家说,"绝不能为了发表去说违心的话,去胡编滥造。但是也不能太固执;太固执了,只有失败。"

…………

"点子"跳上了他的膝头。"点子"真是一只好鸽子,通人性,知道了他今天的情绪有些不对头,啄他的扣子,咕噜噜地叫。他让"点子"卧在他手心里,轻轻捋它的羽毛,心里说:"没事儿,退就退吧,又不是第一回。虱子多了不痒。""点子"还像是不放心的样子,歪着头观察他的表情。

其实,那个作家真是个好人,和蔼,一点架子都没有,穿个旧制服棉袄。作家的妻子也是个好人。他们曾冒了风雪到他的小屋里来过,真心地希望他的努力能成功。他很久没有去看他们了,不,绝不是因为观点不一致。世界上的道理本来就很多,就像世界上的人很多一样。哪个道理是绝对正确的呢?谁也不能站到未来的角度去判断。他很久没去看他们了,是因为后来的一件事。

他太固执。看手相的人说,他的事业线本来很长,很好,但就是因为他太固执,事业最终难免要失败。

真是固执。真是固执的人明明知道自己固执,也还是改不了。他明白,不能照退稿信上说的那么改。那样改,比不发表还难受。只有"点子"的哨声能平息他的烦恼。他把"点子"抛起来。"点子"落在屋顶上,低下头望着他。它不想飞,大概感到了风很大,有危险。可是他忘了,只想着让那飘忽的鸽哨声赶快响起来,让天空旋转。他用竹竿轰它。"点子"大概想到了,自己飞起来,主人的心情会好一些。它犹犹豫豫地飞起来了……天,那样深,那样远……"点子"歪歪斜斜地飞走了,风太大了……

3

电台报时的笛声响了。

十点。终于到了十点钟。

腿一抽一抽地疼起来。浑身都出了汗。如果没有听见报时的笛声,也许他还能走。

传说,十点钟以后,有那么一阵子,人们没有听到他的呼喊声。

可我到底是走到了十点!他想。找了一个背风处坐下,坐在堆放在墙角的几节下水管道上。长长地出了几口气,摸烟。碰到了兜里的馒头,还是不想吃。饿,可是不想吃。还是抽抽烟好。揉揉腿。萎缩得很厉害的肌肉突突直跳,累了就这样,痉挛。他走了足足有四个钟头了。十,是个吉利的数字,如果真的是"心诚则灵",现在就应灵了。

可是没有。除了风声,什么也没有。除了像泥浆一样的云层,什么也没有。月亮肯定在乌云后面,但说不清是在哪儿,"点子"肯定在这个世界上,也是不知道在哪儿。

他一心一意地走到了十点钟,满心希望"心诚则灵"。

如果还是不灵,又有什么办法呢?他在兜里摸到了一枚硬币。看看运气怎么样吧。他把硬币掏出来,在手心里掂掂。

咔咔的脚步声很响。走过来一对青年男女。小伙子用自己的风衣裹着姑娘,姑娘紧靠在小伙子厚实的胸脯上,两个人叽叽咕咕地说着,姑娘的声音有些娇嗔。"暖和吗?"小伙子问。姑娘嘻嘻地笑……

他低下头,尽量去想些别的事,想他的鸽子,想鸽子的眼睛和叫声,想鸽子身上的每一根羽毛……唉,还是又想起了那羽毛一样的雪花……

……雪花安详地飘落在小路上,路灯的光发蓝。她要搀着他,他不让。"摔坏了我可不管!"她冲他喊。"再也坏不到哪去了。"他说。气得她直笑。他们去看电影。

下雪的晚上,很静。她的脚踩在雪地上,发出细碎的咯吱咯吱的声音。他再也踩不出那么好听的声音了,脚尖总是在路面上拖着。明天,要是有两个小孩儿看见他的脚印,一定会奇怪这是什么东西走出来的。唉,他也爬不上那个电影院的高台阶。他们在散场的出口处等着,出口处没有台阶。那天看的是《迟到的春天》。只要能到,迟一点怕什么的?

"回去晚了,你怎么跟家里说?"

"就说是单位里组织的,不看不行。"

原来是偷来的春天,他想。

她的目光在他脸上飘了一下,慌忙岔开话题:"什么时候能在银幕上看见你的名字。我是说,编剧,或是根据你的小说改编的。"

"没这个可能。"

"你总不相信自己!"

他不说话。他确实是不太相信自己。

她把那条挂着雪花的淡蓝色的小围巾缠在他脖子上。

"这像什么。"

"没事儿,没人看得见。"

雪花在路灯周围旋转,像一群飞蛾。毛绒绒的小围巾带着她的味儿……

脚步声远了。汗湿的衬衫贴在背上,冰凉。他打了个寒噤,看着那对青年男女远去的背影,自己也弄不清都想了些什么,就把那枚硬币抛向空中……好像是想起了许多台阶。高高的台阶,剧场的、书店的、小餐厅的……人们轻盈地迈上去,敏捷地走下来,踏踏踏踏,那么随便,那么简单的事。他也有过那样的腿。腿不坏不知道。健康人很难懂得,那些随便而又简单的事有多好。台阶。还有楼梯。楼梯拐弯处的灯光。把鞋底上的泥蹭在台阶的边棱上,跺跺脚,敲门,门开了,开门的是她……不过,那只是梦想。他只去过她家一回,没有进门,也没上过那楼梯。只在那楼梯前见过几张严肃的脸——如临大敌般地从楼梯的缝隙间朝下晃了晃。他原本真以为伤残是不重要的呢!原来只是去找一个同性朋友的时候才不重要!或者是去找一个把伤残看得很重要的姑娘的时候,伤残才是不重要的!他不是第一次到别人家来做客,但却是第一次不被欢迎,因为这一次他要找的姑娘不具备"免疫力"!她慌慌张张地从楼梯上跑下来,站在楼梯前和他说话。他不怪她。他看得出来,她不能让他到家里去坐坐,心里有多难受。楼梯的缝隙间,那几张惊恐的脸仍不时朝下张望,一闪,不见了;又一闪,不见了。谁愿意自己的女儿得癌症呢?正像谁愿意自己的女儿爱上他这样一个瘸子呢?他还是走吧,快离开这儿吧。找一个借口,大声说:"没什么事。我路过这儿。我还有别的事。我得走了。"以便让楼上的人也听见……不过,那次倒是一个证明,证明她也爱他,她家里人已经发觉了,否则她家里为什么不欢迎他呢?那是他第一次想到她也会爱他,通过一个痛苦的证明。

你倒了霉,又不知道该恨谁;你受着损害,又不知道去向谁报复;有时候你真恨一些人,但你又明白他们都不是坏人;你常常想狠狠地向谁报复一下,但你又懂得,谁也不该受到这样的报复。世间有这样的事。有。你似乎是被一种莫名其妙的力量抛进了深渊。你怒吼,却找不到敌人。也许敌人就是这伤残,但你杀不了它,打不了它,扎不了它一刀,也咬不了它一口!它落到了你头上,你还别叫唤,你要不怕费事也可以叫唤,可它照旧是落到了你头上。落到谁头上谁就懂得什么叫命运了。

他坐在黑夜里。在风中。乌云的下面。

早春的夜里,还是挺冷。

他坐在那儿,不动,在想。

很多事得费好大劲儿去想。譬如说:命运。

这两条残废的腿对他的命运起了多大作用啊!可是,只是一个很偶然的原因使他的两条腿成了这样的。病毒感染也好,风寒侵袭也好,偏偏让他碰上了。就因为那么一个偶然的念头,他非要到那间八面漏风的潮湿的小屋里去睡不可;母亲不让他去,他不听。真不知当时想起了什么!

一颗流星划过黑沉沉的天际,不知落在了哪里。

如果那颗流星正好落在了一个走夜路的人身上呢?正好把脊梁骨砸断了呢?行了,这个人今后的生活肯定要来个天翻地覆了,一连串倒霉的事在等着他。而这个人之所以恰恰在这个时候走到了那个地方,是因为他刚才在路上耽搁了几秒钟,为了躲开一只飞过来的足球。而那个孩子之所以这么晚还在街上踢足球,是因为父母还没有回来,没人管得了他。父母没有回来,是在医院里抢救一个急病号。急病号是煤气中毒。怎么煤气中毒了呢?因为……

好了,这样追问下去,大约可以追问到原始人那儿去,不过就是追问到总鳍鱼那儿去也仍然是没有追到头。你还得追问那颗流星,为什么偏偏在这时候落在了那个地方。偶然——你说不清它,但是得接受……

"这就是人们常说的命运,宿命,懂吗?"那个下身瘫痪了多年的老大学生说。

腿刚坏的时候,他住在医院里,和那个四十多岁的老大学生同病室。有一天,年轻的女大夫对他说:"人得自己掌握自己的命运。"女大夫走后,老大学生望着天花板笑。

"你说,人能掌握自己的命运吗?"老大学生问他。

他不知道怎么回答。

"不能。"老大学生自己回答,很平静。

"为什么?"

"不符合辩证法。"

"辩证法上说不能?"他心里很焦虑。那时候他只懂得辩证法是好字眼儿。

"人要想完全掌握自己的命运,除非把宇宙中的一切事物的规律都认识完。可人的认识能力总是有限的,而宇宙中的事物却无限,有限怎么可能把无限认识完呢?"

"认识一点就会少一点。"他搜罗着自己的知识,想驳倒那个老大学生。他希望女大夫的话是对的。

"嗨!愚公移山。这当然好,"老大学生忍住笑,"你学过微积分吗?知道'无穷大'是怎么回事吗?"

他摇摇头。

"两个没边儿没沿儿的东西,你说哪个大呢?被认识了一点儿的无限和被认识了许多的无限,还都是无限,哪个小呢?譬如说……"老大学生想举个例子,但一时举不出。

"您就说辩证法吧,我就相信辩证法!"他说,觉得那家伙是在故意卖弄学识。

"其实相信辩证法就够了。辩证法认为没有终极真理,也就是说,人不可能把世界上的矛盾都认识完。可这些玩意儿并不因为你没认识它,它就不伤害你。这就是偶然,命运,一种超人的力量,有时候把你弄得毫无办法……"

现在他有点懂了。何必不承认命运呢?不承认有什么用呢?他看看自己的两条腿,想想他的鸽子,有点懂了。这些年他求过多少名医呀,腿还是治不好。他找了十天了,"点子"还是找不着。不承认那种超人的力量,可你还是受着它的影响。当然,那不是神,宇宙中没有一个全能的神;要是有倒好了,神总该怜恤他了,对他开开恩了。它不是人,你理它没用。它混蛋透顶,你却只好由它去。你自己要是不混蛋,你就只好自己去想点办法。

他坐在几节水泥管道上,望着天,有点懂了。扫街的老头就总爱默默地坐着,看天。老头不会说,但他肯定早就懂了。老头无论碰上什么倒霉的事,从来不说别的,只是说:"瞧瞧怎么办吧。"

怎么办?

光说不练假把式?

但是也不能太固执?

按照退稿信上说的那样改?

最终会因为固执而失败?

男左女右,他伸开左手,借着路灯的微光仔细看。确实,事业线又深又长,但上端消失在一片乱糟糟的细纹中……"你怎么知道这些细纹表示的是固执呢?"他问看手相的人。"天机不可泄露。对你来说,就是固执。"……他当时装得无所谓似的笑笑,但心里实在是别扭……

他又把那枚硬币抛起来,想:如果是"麦穗"那一面,我就不再固执,就改。硬币落下来,他攥在手心里,又想:如果是"国徽",就是说,命运告诉我不能改,我还是要写我真心想写的东西,而且下一次就能发表。他猛地张开手,妈的,是"麦穗"。

风,正穿过街道,带着尘土和纸屑,还有刨花。播音员在远处报告明晚的电视节目。

不,三局两胜才算!他又急忙把硬币抛起来。他总是这样,如果三局两胜不行,还有五局三胜,还有九局五胜。他有很多怪想法。"十"是个吉利的数目,但如果第十次不行,他就相信第十二次,"十二"有更完美的意思。"十二"还不行,还有"二十"——"十"的加倍。"二十"再不行,就"三十"——取"三十而立"的意思,也吉利。还有"六十",六六顺。"一百"当然更好……硬币落在他腿上,还没容得他再考虑一下,就已经看见了:麦穗。他又抛。又抛。又抛……

那天真是有了鬼了。

烟蒂在空中划了一道闪亮的弧线,落在了远处。他靠在墙角里,呆呆地看着那点火光慢慢地熄灭。

要是先说国徽那面儿就好了。

"后说'麦穗'就好了。"他说出了声。

他费劲儿地站起来,离开了那个角落。

4

都说,大约在十点半左右,又听见他呼喊起来。也有人说,是在电视台的节目结束之后好一阵子,十点半肯定过了。

"嘞儿——嘞儿——"

"嘞儿——嘞儿——嘞儿——"

还是有的说在城西,有的说在城东。

什么"国徽"呀,"麦穗"呀,就那么回事!他可真有辙,刚才抛硬币的时候还那么提心吊胆的,这会儿又说"就那么回事"。扫街的老头说得对:"你心里想往东,你就别往西。"他有什么事想问问老头该怎么办的时候,老头就这么说,不说别的。

他得去找他的鸽子。不找心里更难受,回去也睡不着。

要是找不到"点子",可不是好兆头。就等于是说,他盼望的事到底还是得落空。那不行。

母亲在世的时候说过,说他从小就是这么个牛脾气。有人说他死心眼儿、太老实,说话时的神态流露出另一种意思:笨。"太老实"常常是"笨"的尊称。也有人说,搞创作就是该这样严肃、认真,有自己的主见。他当然是爱听这后一种说法。其实呢?他自己知道,不那么简单。固执也好,认真也好,都太简单了。固执不是天生的性格,认真也不是。他想发表自己写的东西,比谁想得都厉害。如果不是感到过一次沉重的屈辱,他大概早已经不固执了,早已经忘却了认真……

姑娘走后的第二年。秋天。下着雨。

他把一篇稿子送给那个作家去看。一大早就去了。雨天是他的星期日,不用扫街。

"你还是没有照我说的那么去改。"作家看完了他的稿子说。

"我还是觉得这么写真实,"他说,"生活里有这样的事。"

"真实?就因为真实?"

"我觉着,"他吭吭哧哧地说,"这里面有值得深思的……"

"真实!那也要看什么样的真实,怎么个写法。"

"这我知道……这篇东西艺术水平很差……"

"对你来说,重要的是发表!"作家有点急了,"是尽快得到社会的承认,而不是……"

而不是什么呢?他没来得及细想。

作家,还有作家的妻子,那么认真地看他的小说,那么焦急地希望他快些成功,就像那是他们自己的事。他心里很感动。窗外的冷雨越下越密。作家的小屋里很暖和,从心里觉得温暖。墙上挂着普罗米修斯受难的油画。书架上摆满了书,有几个残破的陶罐,有一只陶瓷的小骆驼。作家弓着背坐在沙发上,再把他的稿子看一遍,把稿纸翻得很响,用红笔在上面圈点着。作家的妻子问他,腿疼不疼,累不累,把一个小枕头垫在他腰后,递给他一支烟。他慌乱中把烟拿倒了,过滤嘴儿烧焦了⋯⋯

"总之,我不能说主人公的这些想法不真实,或者不对,"作家抬起头,"可是我还是坚持我的意见,把关于生和死的这几段尽量压缩,尤其是写到死的地方,干脆删掉。"

"可是,他不可能没想到过自杀。"

"你的小说,要靠贯穿乐观的精神去取胜。"

"可这并不矛盾⋯⋯"

"听我的。别太较真儿,太较真儿什么事也干不成。其实凭你这种情况,只要写得差不多就行了。"

凭什么情况呢?为什么只要差不多就行了呢?他当时也没有细想。

"照咱们商量过的那样去改,我保证你能发!"作家说,"你放心,没问题!"作家说得很肯定。

作家送他到汽车站的时候又说:"我有一个朋友,报社的记者,听了你的情况很感兴趣,想给你写篇报道。所以你得快些,快些发表几篇。不必要求太高。"

他被成功的前景搞晕了。

回来,一宿都没有睡安稳。秋雨下个不停。闪亮的雨丝一直在窗外的路灯下跳动,像一根根弹动的琴弦。他想象着自己的名字印在刊物上会是什么样;想象着认识他的人看到那份刊物时会是什么样的表情;想象着那个记者来了,自己怎么说⋯⋯报纸上有一篇关于他的报道——"哟!这不是扫街的那个瘸子吗?!"不错,正是!……人们看他时的眼神再不会只是怜悯了,更不会是歧视了,而是惊讶、佩服……她呢?第一件事当然是给她寄一本去。如果能在她所在的那个省发表就更好了,先不告诉她,让她自己买到时吃一惊……她的父母、亲友,还有什么理由说她对他只是出于怜悯呢……

"你别急,你能写出好东西来的。写出来让他们看看。"她仰着脸,后脑勺顶在树干上。

一群白色的鸽子在荒岗上空飞着。她坐在他身旁。春天的天空中还飘着几只风筝,很高。

"让谁们?"

"你知道。"

是。他知道。

"他们只是不了解你。"

是。这他也知道。她的两个姐夫,一个是副教授,一个是年轻有为的画家……

他不睡了,坐起来,拉开灯。从别人的眼神里感觉出自己存在的价值,感觉出自己对别人很有用,是一件来劲儿的事。他穿好衣服,坐在小桌前,铺开作家送给他的那沓稿纸,激动得手都发抖。他想抽那盒好烟,从抽屉深处找了出来。"点子"被吵醒了,在"小木屋"里叫。他把"点子"放出来,让它在床上走。他不断把稿纸展平,吹去落在上面的烟灰。按照商量好的写。总想着那个记者和"身残志不残"这句话。"点子"纳闷儿地在床上走了一会儿,又飞进了"小木屋",它认得黑夜。

他用了五个晚上,写了一篇万把字的小说。拿给那个作家看,作家捏着下巴,好一会儿没言语,最后说:"行,包在我身上。"后来,那篇东西发表了。他现在都不愿意管它叫小说。这么多年来他只发表过那一篇,但那却是最大的失败,或者说是最大的屈辱。

"是个人都想赚点稿费了!"有人说。

他没太在意,认为是一种正常的妒忌。

"行啊哥们儿!多少钱?"有人问。

他回答了,还请了客。

"听说你上报纸了?""听说要给你上电视?"

传走了样儿。他解释了,不过却总想着报纸、电视。那个记者还没来,他不好意思向那个作家去打听。

"真够能瞎编的!"有些人说。

他心里一颤,知道很多地方是瞎编的,不真实。

"就他妈这玩意儿还发表哪?假里咕叽的,挂块骨头狗全会!"也有人这么说。

他心里发虚,不敢争辩,很别扭。

"嘘——瞎嚷嚷什么你!你知道作者是……""哟,我不知道,是吗?!"

他像是突然掉进了冰窟窿,有些清醒了。

"我最看不起为了发表胡编滥造的人了,艺术水平差点倒还可以原谅。""算啦,有能耐你跟那些名家嚷嚷去!一个残废人,你还要他怎么着?"

他原来是在走向深渊,而他却还以为是在爬向山顶呢!

…………

他头一次清晰地感到,所有的人,所有的好人,在心底都对伤残人有一种根深蒂固的偏见或鄙视。不能像要求一个正常人一样地要求一个伤残人。如果是赛跑倒还有道理,可这是写作!似乎残废的肢体必然配备着残废的灵魂。你跟一个伤残人较什么真儿呢?他们已经够难的了。好像连发表伤残人的作品也不过是对他们的救济。就像街头卖唱的残艺人,唱得不好没关系,人们原本也不指望能得到艺术享受,只是为了救济不得不耐着性子好歹听一听。他猛地想起了那个作家对他说过的一句话:"你应该看到有利条件,我已经和编辑们谈了你的情况……"

天!难道我是要以我的伤残作为什么"有利条件"吗?这时他才明白,所谓"你的情况"是指什么了。好胳膊好腿的人胡编滥造要遭到谴责和轻蔑,而肢体伤残的人胡编滥造为什么就能得到宽容呢?遭到谴责和轻蔑的之所以遭到谴责和轻蔑,是因为人们用人的标准来要求他;得到宽容的之所以得到宽容,是因为……哈!妙透了!费了九牛二虎之力,他本来是想让那些歧视伤残人的心理遭到打击,让那些轻蔑伤残人的断言遭到失败,没想到结果却更为这些歧视和轻蔑提供了根据!唔,是了,我正在走向深渊。不知道她读了那篇东西怎么想。那篇东西一发表,他就寄给了她。这下她的父母和亲友更有理由看不起他了。深渊,更深的深渊!而且,是他自己费了好大劲儿走来的……

他也许是想对了,也许是误解了不少好人,但他却实在是感到了侮辱,而且侮辱他的不是别人,正是他自己。这是最难受的。这是最震动了他的。归根结蒂怨不得别人。你落了残疾,人们同情你,对你更宽厚些,这本来是多么好的事啊。可你却把这当成了"有利条件"!胡编滥造也就能发表!别人看不起你,你还有什么可说的?!他用拳头打自己的脸,打得眼睛直冒金花。夜里,他抽着烟,哭了。没人看得见,他哭了很久。

"点子"在自己的"小木屋"里安静地睡着。它吃得饱睡得着,它灵魂干净,心里就安宁、平和。灵魂的残废是真正的残废。何必总去抱怨歧视呢……

后来那个记者找了他,可他一听什么"身残志不残"一类的话就够够的了。人都不应该志残,和人都应该吃饭一样,与身残没有任何必然联系。干吗总要把"身残"和"志不残"相提并论呢?伤残人难哪,难就难在自己常常弄不清这个逻辑。有时候不愿意别人说到他们的残疾,掩饰,忌讳,似乎那样就可以让人们忘记他们的残疾了。走在街上,有人指指点点地说到他们的残疾,他们会难过,会冒火,会拼命。可有时候又愿意别人说到他们的残疾,"这是一个伤残人写的!"伤残人写的又怎么样呢?又不是跳高或跑步,又不是智力有缺陷,有什么新鲜的?!谁都会说,"我们不需要怜悯"。那么,最好是自己不要诉苦,不要总去提那些容易被人怜悯的事。我都干了些什么呀!他想。先把自己置于一个很低的位置上,爬上了平地,就以为是爬上了山顶,不知道那块平地也是在深渊中。最糟的是,人们对伤残人的偏见就这样铸成了,加深了。

真实的东西才有价值。做一个平等的人,才有意思。

5

唉,那篇倒霉的东西!瞎编的玩意儿!远方的那位姑娘看了,一定是又伤心又失望。他为这事后悔了好几年了。去找鸽子的这天夜里,他又后悔起来,虽然也知道后悔没用。假如她没看见就好了。假如她还没来得及看,就把那本刊物丢了就好了。当你需要"偶然"来帮帮忙的时候,你可指望不上它。已经发生了的事,你就别指望"假如不"。你后悔了,就别硬充好汉,说你"从来不后悔"。

他是真后悔。因为那姑娘真是在心里把他平等相看过。

……她噘起嘴,吻那只鸽子的眼睛,嘟嘟囔囔地对鸽子说话。她总爱和她的鸽子嘟嘟囔囔地说一阵子。

"你知道它叫什么吗?"刚把鸽子抱来的那天,她问他。

"我还没长到能够分辨什么是鸽子,什么是乌鸦的年龄。"

她被逗得"咯咯"地笑。

"凭这叫声判断,是鸡!"

她笑得更厉害了:"我是说、这只鸽子、叫什么名字。它叫'点子',逗不逗？简直像个人,像个瘸子!"

他慢慢收敛了笑容,用手指的关节敲着桌子。

她愣住了。鸽子从她怀里跳上窗台。

街上传来小贩的吆喝声。秋阳静静地照着,门前的落叶黄得耀眼。

"你生气了?"她嗫嚅地问,声音很轻。

他想着别的事。有一次走在街上,迎面碰上一群打打闹闹的姑娘,姑娘们走近他的时候都没了声音,偷偷地瞟了几眼他的腿。走过去之后她们大概会吐舌头……

"你真生气了?"她惶然地看着他。

他想起了好多事。有一次,忘记是为了什么事了,要登记,要填写一张表格,人很多,他挤不上去。"我替你填吧,"负责管那些表格的中年妇女对他说,"多少岁?""二十六。""职业?""嗯……工人。""没结婚吧?"那女人没等他回答已经在表格上填上了"未婚"二字。他摸摸自己的胡茬儿,真想让那女人的自信心遭一回打击,可是不行……

"你怎么啦?!"她有些着急了。

"没怎么。没事儿。"

"我忘了,真的,我忘了,我……"

他看着她。

"……我总是忘。"

噢——他沉重的心一下子变轻了,剧烈地跳着,仿佛在水底憋了很久,忽然冒出了水面。他感激地望着她。但愿所有的人都像你一样,忘了。忘了吧,别总记着。只记得有那么个名称倒没关系……

他继续走。想着那只鸽子。忘记了腿疼,也许是腿已经麻木了。顶着风走,风太猛的时候,他就背过身去站一会儿。领口的扣子没了,早春的风很硬,夜里很冷。

那只鸽子叫"点子",他总觉得这绝非偶然。像个人,像个瘸子。就是说,"点子"像他,似乎是命运的一个启示。每回"点子"从天空中飞下来,飞到他身旁的时候,他都觉得是一个启示,心中于是升起一种莫名的柔情和希望。他抬头望着黑色的苍穹。如果"点子"这时飞来,就像一驾白色的马车,接他回去,回到过去,回到她身旁,回到那个平等、温暖的港湾,他绝不再写那种胡编的东西了,绝不再让她伤心、失望……

马车从天上下来,把我带回我的家乡……

这歌是她教的。那时候她还没走……

"太慢,太慢啦!"

他的两条残腿使劲蹬着前面的座位,靠腰和腹的力量往后挺,水花溅了她一身。

"我看你也够笨的,还说你的胳膊有劲儿呢。"

小船在湖面上"之"字形前进。他气喘吁吁。

"马车从天上下来,把我带回我的家乡。"她低声唱着,坐在船尾,摆弄着一块木板,说那是舵,说她是掌舵的。"从约旦河那边我望见什么,把我带回我的家乡……"

船向前划。前面有一个小岛。

腿刚刚残废的时候,他常常向往着一个荒岛。一个鲁滨孙式的荒岛,他一个人住在那儿。用不着一个小木屋,有一个山洞也就行了。开一片田地,可以爬着去开,反正岛上没有别人。最重要的是没有别人。没有轻蔑和歧视,也没有那么多怜悯的目光总盯着他。并不需要一个卖烧饼的,如果自己能够独立生活就活下去,如果不行,就死。也并不需要一个姑娘,有风声、海声做伴,在风声和海声中静静地了此一生。他那时候奇怪鲁滨孙为什么一心一意要回到大陆去。

　　有一群天使下来迎接我,把我带回我的家乡……

　　如今看来,真是要有一个姑娘。这可笑吗？谁愿意笑就笑吧。重要的是有另一颗心,做你的心的港湾。每一颗心都像是一只小船,在风浪中漂泊。要有一个港湾,小船可以在那儿停靠。幸福,是心与心之间的一条小路,只有在另一颗心那儿,你的心才能找到欢乐。否则,你失败了,到哪儿去抱怨呢？你成功了,又和谁一起来庆贺呢？荒岛不是港湾,也没有那样一条小路。"……你合计到那么一个没人儿的岛上去,好？"扫街的老头这么问过他。"没人,也就没那么多烦心事。"他说。老头沉吟了一会儿,说："可也就没什么高兴事了……什么事都没了还不跟死了一样？""死就死呗！""那敢情省事了,可你不是没死吗？"……可不是吗？还活着。活到了想和风声、海声说说话的份上,其实心里得多孤独！并不是什么事都没有了,是高兴的事没有了,痛苦还在。

　　"你若能先一步回到那地方,把我带回我的家乡,"她还在轻缓地唱着,"请告诉朋友们我也就要来到,把我带回我的家乡……"

　　何如去追求！

　　他使劲地摇桨。太阳在山顶上飘,在水面上跳,一切景物都退得非常遥远,空间那么广大、深邃。他觉得有些晕眩,也许是因为累,也许是因为别的。闭上眼睛,世界上就只有她的歌声和自己手中的桨。天地间荡着一只自由自在的小船。他奋力地划桨,觉得能够永远这样划下去。人生仿佛就是这样,有个魂牵梦萦的港湾,那么就划吧,有足够的力气！就愿意做很多事,有足够的力气！

　　那也就是我最幸福的日子,把我带回我的家乡……

　　他闭着眼睛,用力划。他想他会写出好作品来的,一年不行就两年,两年不行就五年、十年,反正永远不松劲儿还不行么?他想他会是个好丈夫,除了扫街、写作,别的事他也会做,炒菜也挺有意思,设计服装也挺有意思,还得改一改自己的脾气,不发愁,不冒火。他当然也会是一个好父亲。用积木搭成的房子,白的;用积木搭成的港湾,蓝的;用红积木搭成的红轮船,轮船上飘着一串小手绢,对孩子说,那是小彩旗,轮船要开到大海里去……老了,就做个好老头,别对年轻人那么凶,要是再也写不出东西来,就光去扫街,像那个扫街的老头那样,把街扫干净……两个老人——他和她,并排坐着,看鸽子在天上飞,听那鸽哨声,让鸽子的影子落在他们身上……

"你怎么啦?!"

用力太猛了,划得太久了,他的腿簌簌地抽,直挺挺地弯不回来。小船都跟着颤抖。

"我忘了,我忘了,疼吗?"她又是揉,又是搓。

"没事儿,歇会儿再划。"

"得啦。都是你吹牛,说你胳膊有劲。我忘了你的腿了。"

"记着胳膊就行了。"

他躺在小船里,任她揉,任她搓……幸福绝不在一个荒岛上。人可真是怪,当你被蔑视的时候,你疯了似的要求尊严,甚至仇恨怜悯和同情;当你感到了真正的平等,你有时候又愿意承认自己的弱小,承认离不开别人。他觉得再也离不开她了,生怕失去这个温暖的港湾……

但那港湾到底是被冲塌了,终是幻影,终归消逝了。

月亮在云层中流浪。月亮真像是一只船,还在那乌云的浪涛间漂泊。

夜深了,很少有亮着灯的窗口了。

他"嘞儿——嘞儿——"地呼唤着。晚睡的人们都听见过。

弯弯扭扭的树枝从路边的院墙里探出来。

腿又疼了。腿真疼。细细的小街，真长。他真希望他的鸽子就在此刻飞来，在这灰黑的云层中忽然出现它洁白的身影，像一道电光，像一缕柔情，像一驾白色的马车。

　　我有时欢乐也有时悲伤，把我带回我的家乡，但我的灵魂仍向往着天堂，把我带回我的家乡……

他仿佛又听见了那歌声。

可是"点子"还是没有飞来。歌声像一段清晰的梦。

他走上一条没有街灯的路。可能是什么地方的电线被风刮断了。在这漆黑的夜里，没有别人，不妨对自己诚实一点：双腿残废之后，他首先想到的是死；当那个港湾出现之前，他一直都盼望着死。哦，在这静寂的夜晚，自己对自己诚实一点，是一件多么轻松的事！那时他想死，绝不是如作家和记者们想象的那样——因为感到自己再不能为这个世界做什么贡献了。不是。也许有的人是，但他不是。他压根儿就不具备英雄的气质。他那时盼望着死，只是因为——恰恰相反——感到再也得不到什么了。得不到什么了呢？都是些什么呢？却模糊。至少是有这么一回事：二十岁。青春的大门刚刚向他敞开，却就要关闭；那神秘、美好的生活刚刚向他走近，展露了一下诱人的色彩，却立刻要离他远去，再也与他无缘了……假如不是人，假如人世间本没有那美好的生活，也就好办。不幸的是他是人，走到了青春的门前，又没有人的身份证。他的身份证上有一个"残"字，像犯人头上烙下的印疤。这就够用的了。那门里有五光十色的生活，你就只能站在门外望一望，然后走开，走到你那孤独的屋顶下面去……还不如走到人间以外的地方去！还不如走出这非人非鬼的躯壳！——就这么回事，归根结蒂是这么回事。哦，没有别人，在这不吵不嚷的夜里，自己用不着对自己装蒜。贡献？谁也不会愿意为那种把自己排除于外的"美好生活"而努力地去做什么贡献的。至少他是这样。

……他像个虾米似的躺在手术台上,大夫们在他背后忙活。做腰穿检查,第八次了。也许是那种很容易剥离的脊髓瘤?大夫们总不愿意放弃这种怀疑,不如说是不愿意放弃这个希望。他看着那些药柜、药柜里的那些药瓶:针剂、片剂、水剂……看不清药名。不知有没有氰化物或者安眠药。假如不是那种容易剥离的脊髓瘤的话,能有一瓶安眠药就好了。大夫在他腰上涂碘酒,涂酒精,冰凉。他像个犯人那样等待着判决。他奇怪为什么很多人都更怕死刑。他可宁愿是死刑,也别是无期徒刑。最好是那种很容易剥离的肿瘤,要么干脆是癌!从药柜的玻璃门上,他看见了窗外的绿树和远山。淡蓝的、深绿的、灰的、黛色的远山。他在那些山上跑过……雨后的山路很滑,母亲领着妹妹在后面小心地走,他在前面跑。"走这边,这边不滑!"他在前面开路。他不怕滑,他的腿有劲儿,浑身都是劲儿,敏捷地跳,毫不吃力地攀登,像个真正的男子汉。"这儿!这儿有个大蘑菇!"他喊。妹妹那时只有五岁,叫着:"让我采!让我!"他把妹妹抱上山坡,去采那个大松蘑……他是母亲为之骄傲的儿子,是妹妹可以依赖的哥哥。以后呢?将来呢?他听见钢针刺透了软骨的声音,大夫的声音:"好了,别动!"他一动不动,浑身都抽紧了,求求上帝,是个容易剥离的肿瘤吧!他望着远山,望着那座兀傲的山峰,在心里祷告,许愿:如果腿能治好,我第一件要做的事就是跑上那座山的山顶,搀着母亲,拉着妹妹,一同去……"如果是个肿瘤,又是长在脊髓表面,很容易剥离,那就什么残疾也落不下了。"他反复回忆着那个年轻女大夫的话和她说话时的表情。女大夫是想安慰他,或者也是想向他暗示:要有另一种准备。另一种准备?当然有:死!

"呼气……吸气……憋气……"压脖子。压肚子。"呼气……吸气……憋气……"压肚子。压脖子。"呼……吸……憋住……"

"髓腔是畅通的,没问题。"大夫说。

"可以肯定,不是肿瘤。"这可怕的声音终于响了。

"就是说,还是脊髓本身的病变。"宣判了。无期徒刑。上帝决心不保佑你……

……晚上很热,同屋的病友都到院子里去了。那个老大学生也坐着轮椅去找人下棋了。他一个人躺在病房里,听着街上乘凉的人们的吵闹声。有一支笛子,有一个孩子在唱:"蓝蓝的天上云和月,有只小白船儿,船上有棵桂花树,白兔在游玩……"他拉住床栏坐起来,朝窗外望。树影婆娑,月光皎皎,像是神话剧里的舞台布景。"……飘呀,飘呀,飘向天边……"像是幕后天使的歌声。他从来没有觉到人间是这样美过,这样平和、温柔、安逸……但又是这样遥远,可望不可及。他像一个鬼魂窥视着人间。不仅是羡慕,简直就是嫉妒。他使劲站起来,想走到院子里去。两腿不住地抖。扶着床栏,扶着墙,他拼命地难为那两条残腿,还想像过去那样走。摔倒在门旁。躺在地上喘气。他用目光在屋顶上发狠地写着"死",写着"癌",写"氰化钾""D.D.V."。只要虔诚,上帝会派死神来帮个忙!

墙上有一个电源插座,他记得,不高,他够得到。他早就在褥子下面藏了一根电线。他往床边爬……他家住的那条胡同里有一个扫街的老头(他后来就是和这个老头一块扫街,结下了很深的交情),一条胳膊是残废的,腰也伸不直。老头过去摆过烟摊,不会抽烟的人走过他的烟摊也要买一盒。可是人们吓唬孩子的时候怎么说?"拐子来啦!"或者:"不听话就把你送给那个拐老头去!拐老头正想要个孩子呢!"……他往床边爬,奇怪那个老头为什么还能活着。窗外的笛声又响起来,孩子又在唱,唱着一个童话……上中学的时候,体育课上测验立定跳远,他自己也没料到能跳了那么远。"哟,真行!"女同学们喊喊嚓嚓地互相说,偷偷地望着他。男同学拍他的肩膀。一连几天,他都觉得似乎有什么好事在等着他。那种朦朦胧胧的感觉一直有,好多年,直到病之前还有……他往床边爬。水磨石地板上有一片迷蒙的月光,一堆圆圆的光斑交错跳动,树叶的影子,和他的模糊的影子。明天呢?明天这地上还会有一片月光,窗外也还会有歌声,只是没有了他的影子。他的尸体在另一个地方。影子总是会有的,烟也有影子。只是不知道有没有灵魂。眼前爬过一只小蟑螂,他没有捻死它。他想,自己大约就是被上帝无意间捻了一下,这漫不经心的一捻会给一个性命造成什么呀!他爬到了床边,抽出那根电线,咬去两端的塑料皮。又想起了那个年轻女大夫的话:"有时候,死比活要简单、容易得多。"让她说对了。说对了又怎么样呢?他扶着床栏站起来,扶着墙慢慢走过去,用小螺丝刀拧开了电源插座的胶木盖……

偶然,偶然真是个古怪的东西!他想。

他走着,对着自己摇晃的影子吹了一声口哨。像一声苦笑。这影子居然还在晃,晃的幅度也不小,频率也不慢。别人还以为是那个女大夫的"激将法"起的作用呢,他想,其实呢?风马牛不相及。当然要感谢那位女大夫。不过那一次他没有死成,纯粹是偶然。他不小心把螺丝刀同时碰上了地线和火线,病房里立刻一片漆黑。护士们惊慌地叫喊。他赶紧拧上电源的胶木盖,爬回到病床上……那根电线丢在了门旁,第二天被卫生员缠巴缠巴拿走扔了。腿坏了,也上不成吊,也爬不上窗台,跳不成楼。这影子现在就还在晃,去找鸽子。

他还去找过一次死神。那是在出院之后。不,他先是去找工作。

……知青办简陋的办公室……劳动局那座陈旧、灰暗的小楼……区委,一座中国式的大宅院……知青办主任爱莫能助地叹息,总在捅那只奄奄一息的火炉子……劳动局的那个科长面前有一块大玻璃板,不知他总能在里面寻找到什么,其实只有一些阴冷的绿光……区委那个秃顶的常委没完没了地剪着指甲,可能他特喜欢那把指甲刀……

他不愿意回忆起这些事。即便是在很多年之后的这个黑夜里,一想起这些事,他也会立刻生出一种邪恶的念头:用拳头把每一张端正的脸打歪!

……母亲赔着笑脸,眼里却有泪光。他坐在区委办公室门前的台阶上。他爬不上那高高的台阶,只看得见母亲微驼的脊背和秃顶常委晃动着的皮鞋……秃顶常委走了出来,拍拍他的肩膀:"怎么,小伙子,这么不坚强?"他差点没冒出一句国骂来。母亲只说得出一句话:"他的腿坏了,可上肢还是好的,很多工作都还能做。"秃顶常委也只会说一句话:"再等等嘛。""等到我也秃了顶?"他说。母亲慌忙给人家赔不是……母亲那时还在世。

用刀!或者用枪!看看是不是会说话的东西都会流血!

唔,别去想这些,别这么想。这个世界不需要麻木,但需要镇静。"那些人本来也都是好人,人本来都愿意是个好人。"扫街的老头说。后来他常常跟老头提起这些事,老头就这么说。老头说得也许对,世界本来就是让刀和枪闹乱了的,就是让愚昧闹得疯狂,又让疯狂闹得愚昧了的。

他没有找到工作,有很长时间他没有工作。一个秋天的傍晚,他拄着拐杖溜出了家。好像是从地狱走进了人间,一副拐杖如同一面招牌,扭动着的双腿是一个注释。他觉得街上的人都在盯着他,都在窃窃而语。他又觉得街上的人都不屑于瞧他,人们照常有说有笑,男人飞快地蹬着自行车,女人们认真地评价着苹果和萝卜,孩子拉着小木鸭嘎嘎地跑……他希望能像一缕轻烟,立刻无声地飘散,就像从来没有出生过,一切都不存在。快了,他想。他拐进一条僻静的小街。应该找一个僻静的地方,可别被轧得乱七八糟的给那么多人看。他望着一辆辆飞驰而过的汽车,沉重的车轮上有很精致的花纹。当路面上印下两条红色的图案时,他就不仅没有工作,什么烦心的事都没有了。可那红色的图案实在是难看。滚得浑身是土、是血,像个傻瓜。脸歪着,眼睛鼓出来,像个笨蛋。让人抬起来,扔到一边去,盖一块席子,让别人任意摆弄,像个窝囊废……不行,这么清醒是死不成的。死都要死了,却还怕失去尊严。他靠在路旁的邮筒上,尽力去想那些令人发狂的事。这么活着又有什么尊严呢?也许从文学角度看,那个扫街的拐子老头倒是个值得称赞的男人(这时候他还没有找到扫街的工作,跟老头还不熟),可有谁总从文学角度去看一个人呢?人们对生活的要求是:实际。他又去想一个三十多岁的瞎子,三十多岁还得靠父母供养的瞎子。他又去想那个秃顶的常委。还有那个四十多岁的老大学生。那个老大学生是因为医疗事故瘫痪的,在医院里住了二十年,他那位已经和别人结了婚的恋人有时来看他,那女的走后,他就整个晚上都不言声,自己跟自己下棋……

人为什么一定要坚强地活着呢?是为了坚强还是为了活着?或是为了证明自己比任何人都耐受痛苦,都经折磨?是因为善于忍受痛苦是一种美德呢?还是因为活着就算高明?或是因为这个世界非常需要有人来证明痛苦,否则人间就显得不够全面?喔——就算忍受就是坚强吧,就算这坚强是美德,但人们赞扬着这美德的同时却循着"实际"在生活!人们理所当然地追求着人的生活,却认为伤残人忍受着非人的生活乃是一只纯种儿的"美德"。天一样大的滑稽!

……他去寻找死神。小街很清静,夕阳照在破砖墙上,有几块砖红得刺眼。他在破墙边徘徊的时候,忽然听到了一声叫喊:"哥哥!"循声望去,从一个矮窗里看见了一个和睦的家:一个三四岁的小姑娘正骑在一个十三四岁的男孩子肩上,喊着:"哥哥,快放下我!我都晕了!"男孩子在屋里转着,小姑娘紧紧抱住哥哥的头,又害怕,又笑。父亲笑眯眯地抽着烟斗,看报纸。母亲嗔斥着男孩子……他在那矮窗前站了很久,小姑娘的笑声撕着他的心。

他觉得妹妹正用纤弱的小胳膊抱着他的头:"哥哥!别放下我!"母亲正央求般地望着他,脸上没有一点血色,而过去她总愿意向别人夸耀她的儿子……他那些发狂的想法又都变得瘫软。妹妹还小。母亲快老了。不能再给母亲的心上添一道可怕的阴影,不能让妹妹幼小的感情受太重的磕碰……

那回他还是没有死成,不是因为"偶然"了。假如这世界上还有人需要你,你就会劝死神等待。说不清是因为理智,还是因为感情。大约死神最初的克星还是感情。世界上最牢固的东西是感情。当然不是指什么海誓山盟。

可是,那回他没有死,并不是不再想死,他只是劝自己等一等,等妹妹长大,母亲也再不会知道的时候……

直到那姑娘走进了他的生活。

直到她来了,他才慢慢冷落了死神。就这么回事。当你仅仅是为了别人的需要才活着的时候,你也许很高尚,你也许能因为高尚而得些安慰,你也许能做到表面的乐观、坚强,但你摆脱不了深埋于心中的痛苦、忧郁、怨愤——死神在蛀你的心。只有当你感到那美好的生活也是属于你的,你和别人是平等的,你心中才会真正升起希望。

"活比死更难,看你是懦夫还是好汉……"不不,这不是赌气的事。赌气造就不了坚强,就像忍受造就不了乐观一样。倘若心中只有沙漠和枯井,赌气和忍受只能造出几个麻木和自卑的灵魂。乐观的,是因为有乐观的基础;绝望的,是因为有绝望的处境。

他曾经很走运。他知道坚强和乐观是怎么一回事儿。死,不是被克服的,是被忘记的。爱神来了,顺便带来了乐观和坚强。就像那歌中唱的:

马车从天上下来,把我带回我的家乡;马车从天上下来,把我带回我的家乡……

6

……门把转动了一下,病房的门被推开一道缝。他先是看见了一束盛开的海棠花,然后看见了她,被风吹得发红的脸和那条淡蓝色的小围巾。

那是他又住进医院的时候。也是一个春天的晚上。

她蹑手蹑脚地钻进来,走到他的床前。

"你找谁?"

"就找你。"她笑了笑,举起那束枝枝丫丫的海棠花,"嘘——偷来的,外面的花全开了。"

"可我……我好像没见过你……"

"我看过你写的诗,"她说,"我都快会背了。"

"在哪儿?"

"别人那儿。"

"谁?"

"你认识,我也认识。你写得太忧伤了。有几首也不。"她不住地闻着那束花,"快,插在哪儿?"

同屋的病友都注意着他和她。打牌的还在打牌,看书的还在看书,但声音都变小,目光都往他和她这边瞟。他有些慌乱,不知所措,觉得这未免有点儿太那个……周围的人会怎么想?护士们会喊喊喳喳地撇着嘴笑。保尔都干过什么?那本书里有没有类似的事?好像没有。冬妮娅不怎么样。花花草草算什么?似乎跟某种东西——譬如坚强——大相径庭……一瞬间,他脑子里聚集起无数概念和标准,但都是别人的脑子早先想好的。

"有瓶子吗?茶杯也行。"她捧着那束花。

"不,我不要。"他吭吭哧哧地说。

"嗯?"她一愣,"就是给你摘的,外面的花都开啦!"她强调着另一回事。

"我……不喜欢花。再说,也没地方插……"

那还是把爱情和英雄对立起来的年代。那还是把英雄和坚强等同起来,同时又把坚强和禁欲等同起来的年代。把爱情惭愧地藏起来,只有英雄才能受到尊重。伤残人的模型就是保尔(虽然保尔很会谈恋爱),就是钢铁(又黑又冷就像个英雄了)。当人意识到自己的残疾,就更想做个英雄,一方面是为了弥补自尊,另一方面是为了寻到一面盾牌。这盾牌很有用,可以抵挡住很多东西,甚至抵挡你自己的心……

她把那束海棠花乱七八糟地塞进了书包。

那天她没有待多久。

他呢?他的真心呢?他一直记得那束海棠花,枝枝丫丫的……他盼着她再来。但是你当时要问他,他会否认,而且他也确实没有骗你。他盼着她再来,一开始,连他自己都没有发觉。

海棠花又要开了吧?

他艰难地走着,望着远近一些黑黢黢的树枝。

"也别总觉得自己命运不好,他想。"对上帝也应该公平些。"他对自己叨咕了一句。谁也有走运的时候,人们就是常常忘了自己走运的时候。他想:我曾经真是挺走运!

他本来是掉进了一眼枯井,忽然听到井口上传来了人声。他差点儿给错过了,差点儿当了一位井底的英雄,为了一些概念,差点儿扼杀了自己的心。真是轮到了他走运:她过了几天又来了,又来了,又来了……直到他发现他逐日怠慢了死神,他才承认了一个"英雄"按说是不该承认的事。后来有一次又说起了那束海棠花,她说她当时差点儿哭出来,"我好不容易偷来的,那个看园子的人老不走……"她说。他想,他那时真滑稽,明明一天到晚祈求死神援救,却又会演杂耍似的模仿"英雄"。唔,最好是谁也别模仿谁,大家都按着心愿去走。像她那样。

　　……她轻声地哼唱着那支歌,站在他那间小屋的窗前,背对着他。天上正飞过一群鸽子,鸽哨声像是一架电子琴。无论是"地"还是"的",她都唱成重音。很好听。使人想起一些野花,一些矮树墩,青草地上的小牛犊,周围是夏天的桦树林,白色的树干上有眼睛一样的裂纹……

　　他躺在床上,望着她的背影,想象着她脸上是什么样的表情,希望她永远是欢快的。他写过一首诗,后两句是:轻拨小窗看春色,漏入人间一斜阳。还是住在医院时写的。后来被她看见了。她看了许久不说话,用钢笔在手背上乱画着,写着:人间、人间、人间……"你干吗这么想呀?"她问。"瞎写着玩的。"他说。现在他望着她的背影,希望她永远不要真弄懂那样的诗。

　　他吃力地挪动身子,弄得床嘎吱吱乱响。

　　她转过身来:"要我帮忙吗?"

　　"不。你唱你的。"

　　"唱得行吗?"她的脸有点红。

　　他忽然觉得应该做点什么,只是为了她的欢快,做点什么事情。鸽哨声时远时近。天像海,鸽子像白帆。小时候,他家附近有一所小学校,早晨,窗外的太阳晃他的眼睛的时候,总传来琴声和孩子们的歌声,他就一声不响地躺着,不吵也不闹,瞪着眼睛听……世界是那样晴朗、和平、美妙、神奇……他仿佛又在童年了。

　　他现在还记得当时的心境,记得当时的感觉。那是和死神不相容的心境和感觉。

　　他走上了一条灯火辉煌的大路。明晃晃的路面像一条河,映出路两边的景物。洒水车刚过去。路两旁的店铺早都关了门。只有一家照相馆的橱窗没有上板,橘黄色的灯光下有一个披着长纱的新娘。他觉得这地方有点眼熟,看不出是到了哪儿。橱窗里的新郎太严肃了,一身黑西服,倒像是在参加葬礼。

…………
"咱俩谁先死呢?"
"这要看怎么说了。"
"你尽是歪门邪道。用你的心说!"
"那最好是我先死。"
"嘀——光剩下我是不是?!"
"所以得看怎么说了。"
"还怎么说?"
"用脑子说。用脑子说,你先死。"
"你说什么?!好哇!"
"哎哟哎哟,慢掐,要掐就掐腿,别掐胳膊,留下一样好的!"
"你敢再说一遍!"
"我是说,剩下我,大概我比你更有能力对付剩下的日子。"
她愣了好一会儿:"那……那还是你先死得了……"
"行,那我就不客气了。"
"别别。还不如一块儿呢,同时……"
"嘀,那可得看运气。"
她忽然大笑起来:"说的都是什么呀!"
…………

他离开那橱窗,继续往前走。

安静的大道上响着他蹒跚的脚步声。

他又摸出那枚硬币,一抛,让它顺着平坦的路面向前滚去。"要……'麦穗'!"他心里说。走近一看,真是"麦穗"。可惜事先并没有算点什么。不过,说对了总是吉利的。他总爱抛硬币,遇上什么不好判断的事他就想起抛硬币。有一回"点子"病了。不吃东西,也不喝水。扫街的老头给它找了个大夫。给"点子"吃了药,老头和他坐在"点子"旁边。还能干点什么呢?该干的都干了,他就又一遍一遍地抛开了硬币。"您不信这玩意儿?"闲得没事,他问老头。"干吗不信?"老头说,"你才不信呢。你老一遍一遍扔,你才不信呢。我信,我就不扔了……"

这条路,还有这几座楼,怎么这么眼熟?还有那根大烟囱。噢!他想起来了,这附近有一个小公园,他和她一起来过。是个不收门票的小公园,一座荒废了的古苑。有一道长满了野草的土岗,有一片小树林,一条绿荫盖顶的弯曲的小路,还有一座大铜钟。大铜钟半截埋进了土里,好像是故意站在那儿,为了向人们提醒点什么事……

…………

"昨天夜里我做了一个梦。"

"我做了十个。"

"你梦见什么了?"

"梦见我总在做梦。"

"说真的!"

"嗯,梦见我和你在一个小公园里走,路两边是,"他指指路两边的树,"这是什么树?"

她仰起脸来看了看:"不知道。"

"两边是'不知道',开着毛茸茸的花,遮在我们头顶上。后来,你说你昨天夜里做了个梦,我说我做了十个。"

"你就瞎编吧。"

他想:真不是瞎编。现在就像是做梦。

"梦没梦见你兜里还藏了一包烟,后来发现没有了?"

他急忙摸兜。

她把几乎一整包烟扔进了路边的果皮箱。

"刚抽了一根儿!"

"等你抽了二十根儿,再扔就晚了!"

小路的尽头有一座大铜钟,钟旁边有个老头儿,直眉瞪眼的,不知在看什么。

她低声笑起来:"你看,那老头儿在看什么。"

那老头儿望着的地方有一团红红绿绿的东西———一对挨得很近的恋人。

他慌忙找出一句话来说:"你梦见了什么?"

他本能地感到,他与她之间,有一道不可超越的界线,超越了,会是灾难。

"噢,我梦见你死了。"

"哟,不敢当。"

"可你又活了!"

"我就知道我没那么大福气。"

"你猜你是怎么活的?"

"我家的红灯无人传。"

她又笑起来,笑得很响。他最愿意引得她大笑,笑得像个孩子,像个小疯子。可这一次她马上止住了笑,似乎很委屈的样子。

他赶紧正经起来:"怎么活的?"

"不说了。"

"怎么?"

"你没正形儿。"

不知为什么,也不知从什么时候起,他总愿意在她面前"没正形儿"。需要"正形儿"的地方太多了。"正形儿"往往是假面具。

一人多高的古钟歪着身子站着,底部陷进了土里,身上爬满了铜绿。那个老头儿走了,李玉和在他手里晃晃悠悠地唱。

她在大钟的另一边问:"你看过《白雪公主》吗?"

"她把冰碴弄进了那个男孩子的眼睛,男孩子就变得冷若冰霜。是那个吗?"

"还有这么一个?"她从大钟后面转过来,奇怪地望着他,"我还不知道,你讲讲。"

"男孩子变得冷若冰霜,亲人都不认识了。后来,他童年时的朋友——一个小姑娘,到处找他,用自己的热泪化开了他眼睛里的冰碴……怎么样?小朋友,好听吗?"

"噢……"她许久不说话。她对童话总那么认真。她常常津津有味地讲《小红帽》、讲《鼻拉长》、讲《七色花》,好像每一次讲之前他都是从来没听过似的,她也像从来没讲过似的;讲起来,样子像个"小朋友",和她鼓励他写作时的样子完全对不上号。落日把她飘动的发丝染得金黄,眼睛的颜色很深。她身后是一片安静的草地。树林里有人在吹号,圆号,时断时续,使人想起山谷、田野……她的目光像是在另一个世界里漫游。

许久,她似乎才又回到了这个世界,说:"我说的是另一个《白雪公主》,白雪公主和七个小矮人。知道吗?白雪公主死了,王子赶来,吻了她,她就又活了。不过不完全一样……"

"当然知道,那个老妖婆配了一种毒药,想……"突然,他明白了,知道她做了一个什么梦了,知道自己是怎么活的了。心里忽地一下,说不清是沉下去了,还是升起来了。真心是逃避不了的,不管你用什么危险来警告。

他们默默地往前走。他觉得好像什么时候经历过眼前的情景,也是这样的夏天,这样的微风,这样的落日,远处古殿的檐头也站着几只鸽子……可他以前分明没有到这小公园来过。但愿这不是上辈子的事。但愿这是来世的征兆。如果有下辈子就好了,他一定要再找到她。这辈子不行。这辈子全是梦。全是不应该。不应该拖累别人;不应该耽误了她;不应该使她们家为他而不和睦……不应该,不应该!活得不应该,死还是不应该!

他们坐在那道荒草丛生的土岗上,看着太阳慢慢地下沉。他们都不说话。姑娘没有猜到他在想什么。他在想:要是我能把小说写好,要是我能像保尔似的成了个英雄,也许她父母就能同意她跟我……

那真是一个绝妙的想法,他现在想起来,觉得哭笑不得。不过,他现在也不觉得当年那种冲动有什么可羞愧的,为了爱情而想成为英雄,这动机很原始,也很纯洁。

风更大了,云层被扯散了。星星真多。

可悲的是,到现在他也什么都没写好,写是写了不少,没有发表过。可笑的是,他那时不知道,即便他把小说写好,成了保尔式的英雄,她父母也不会同意。这是她后来告诉他的。那两位老人,怎么说呢?绝不趋炎附势,但却有些专横……

……但他还是写了,似乎只是为了心有个着落……

可是他总梦见一道有机玻璃的高墙。他和她站在墙两边,互相看得见,却摸不着,互相看得见对方在焦急地呼唤,却听不见声音。墙很高,又很滑,爬不上去,也打不碎。她指指前边,他俩开始往前跑,想找到一个大门或者一个缺口。都没有。那墙也没有尽头。他猛地挥拳朝那墙打去……打在了桌子角上。醒了。树影在窗户纸上轻摇,月亮透过窗帘的缝隙射进来一道白光。他望着屋顶,祈祷来世。来世要有个好身体。

……写,写……让心沉进那些方格子里去,离现实远一点,沉到那想象出来的世界中去……

但他还是梦见一道又宽、又长、又深的沟。她在沟那边向他打着手势,但他过不去。她也过不来。他看见沟里是一座座城市,一座座村落冒着淡蓝色的炊烟,一大片漂亮的房子……他们又往前跑。跑到了那道沟比较窄的地方。她笑着往他这边跳,天哪!她跳进了一片泥潭,不见了……他大喊一声,醒了,望着天上的星星,默默地为她祈祷,望着那颗最亮的星星,数一百下,不许眨眼睛,再说三遍"上帝保佑"……

……写,写,写! (把你的心关起来,能写得好么?)也许单是为了填满今世的时间,也许还为了所谓"积下来世的阴德"。人有时候需要一点迷信。相信未来,像是一句叹息……

……四周是高高的楼房,每个窗口里都伸出来一个脑袋,每一张脸上都带着嘲笑……他梦见自己去她家找她,怎么也找不到,谁也不告诉他,她家在哪儿……每个楼门口都站着一些好奇的人,伸长着脖子看他,或是躲在阴影里盯着他。他忽然发现,自己是赤身裸体地走着,两条变了形的残腿非常显眼,丑陋,走路的样子也显得滑稽。他拼命地逃。可四周全是人,密密麻麻,唱着,笑着,摆动起裙裾,挥舞着彩绸和花束,像是在庆祝一个什么节日。欢乐的人群像是一道圆形高墙,像是一座古罗马的竞技场,把他围在了中间。他没处逃,也没处藏。忽然,人群中有一个声音在喊:"就是他!他要毁掉一个姑娘的青春!"人们立刻都低下头来盯着他。又一个声音在喊:"那个姑娘不过是同情他,可他就想利用人家的同情。"人群中发出一阵阵鄙夷的嘲笑声,议论着他那两条难看的腿。又一个严肃的声音:"一个人丢掉了青春,不能再搭上一个!"又一个老练的声音:"狡猾的家伙!想骗取一个好心的姑娘。大家本来都同情你,你要是这么狡猾,谁还愿意再同情你呢?"又一个裁判员似的人,胸前挂了个哨子,一边把人群往后推,一边吹哨子,说:"没关系,没关系,大伙儿都放心吧,反正他和那个姑娘成不了,可以肯定他们最终成不了。"人群向后退去,喊喊咻咻地笑着,议论着,交头接耳,像是在互相传告着一则新闻,一个笑话,一个谜底,只是不告诉他。他觉得自己正在变成一只狗。醒了。又是梦。幸亏是梦。不过,也并不都是梦……

要想逃避那可怕的人言是太难了,跟逃避自己的真心一样难。你要是一扭身离开她,人们会说你是个好人。追求幸福是人的天性,而畏惧人言又是人生就的弱点。放弃追求就可以逃开那可怕的人言,然而心中就只剩了忍受。你要是能忍,人们又会说你是条好汉。然而,这好汉是因为害怕别人的舌头而得名的,并不是因为他不想得到爱情。

满天的星星。

他走在星空下面。

深不见底的天,就像广阔无边的海。

脚下的地球也像是一只漂泊的船。几十亿支桨在划,几十亿个声音哼着艄公的号子,在这黑色的海洋上划,在无限的空间中走,想要走向幸福,走了千万年……人,活着,并且想得到幸福。也许这正是宇宙间的悲剧,也许这才是痛苦的原因。追求的途中布满了痛苦。要么你别去追求,忍受、压抑、苟活,用许多面盾牌封锁住自己的心;要么就拼力去摇动这沉重的桨。两样之中你总得接受一样,没别的办法,因为你活着。尽管幸福的彼岸缥缈,还是不如摇动起双桨,只是因为否则就只有逆来顺受,只是因为不如此就更没有欢乐。摇吧,荡吧,走吧,反正也是活着,何不把自我压抑的力量都用在这沉重的桨上!缩到角落里去流泪,去咬破嘴唇,并不少费力气。摇吧,荡吧,即便摇不到幸福的彼岸,至少荡出自由的欢畅……

自尊是桨,自卑是桨头上碰到的第一个恶浪。

紧接着你就会碰上第二个、第三个、第四个……当他奋力地摇起了桨,那些噩梦就几乎都变成了现实。

他们还是常常在一起。姑娘常常到他的小屋里来。

一般是在晚上。小台灯的光昏暗,但柔和。扫街的老头一见她来了,就不多待,弄得她挺难为情。"您再待会儿吧。"她说。老头摇摇头,笑笑,听得出来她这话说得并不情愿,老头不怪她。"他会生气吗?"老头走了,她惶然地问他。"不会。"他说。她还是不安心,愣愣地听着老头远去的脚步声,目光又变得遥远……老头的身世他们都听说过。许久,他们才又开始说别的事。她跟他讲很多事,单位里的事,外面的事,叽里呱啦,又高兴起来。常常就忘记了时间。"鸡毛蒜皮,你真爱听我说?"她问他。当然真爱听,鸡毛蒜皮不绷着脸吓唬人。忽然想起时间已经太晚了,他们就一块儿编一个瞎话,以便她回家后可以平安无事。常常是编一个"单位里开会"的瞎话……

尽量不去想将来的事。他们爱,是真的;谁也不敢去想结局。想也想不清楚,命运不会像你想的那样去安排。

……最好的时光是在她下了夜班的时候,第二天是白班,她可以在他这儿待一整天。她又说又笑,又连连打哈欠。"真困,得回家睡觉去了。"她一遍又一遍地这样说,仍然待到了很晚。他送她到汽车站,一路上再编一个"加班"的瞎话……

他们有过那么一段好日子,最多隔一天就要见一次,见一次就待很久,有很多话说。

……太阳在白杨树的枝叶间穿行,已经很低了,小路上横着树干长长的影子。他们走走歇歇,歇歇走走。

她忽然在他耳边小声说:"哼,你还不知足?"

"什么?"

"你说什么?——我!"她不好意思地笑。

"噢,谁说不知足了?"真憨,也许是一时不知怎么回答好。

她咻咻地笑个不停:"那你还老跟我吵架?"

"那叫什么吵架呀?!"他急了。她笑得更得意了。

他们有时候吵架,真可谓是替古人担忧,为了小说中的人物应该怎么办而争得脸红耳赤。

"别着那么大急,知足就行了。"她仍然开他的玩笑。

他却认真。他担心自己的小说总写不成；觉得自己什么本事也没有，不配得到她的爱。如果她爱的不是他，而是另一个和他的情况一样的人，他也会在心里为她可惜。

"也许我什么都写不成……"他轻声叹息着说。

"别老想着写得成写不成。'写就是了，干着就行了'，你自己说的话自己老忘！你……"她忽然不说了，觉出了他话中的另一种意思。

"够呛！"她说，看着他。

"什么够呛？"他发现她不大高兴，心里有些慌。

"别装傻，用我揭穿你话里的另一种意思吗？"

他没争辩。他知道，她爱他绝不是因为认定他将来能成功、能写出东西来。不过他冤枉，他那句话里没有别的意思，他只是担心自己无所作为，对不起她。但他不敢再说什么，他拿不准自己是否真有什么不应该的想法。他在她面前像个虔诚的教徒、诚实的孩子。

她看着他的窘态，笑了。他这才也笑了……

这样的日子有好几年。

有一次他也那么问她："你呢？"

"我怎么？"

"知足吗？"

"什么知足？噢——"她想起来了，"不知足！"

"……"

"你要也是个女的就好了。"

"怎么？"

"你就住到我们家去，咱们俩住在一块……"

鸽子在落日里飞。落日像一块透明的红胶片，像是小时候做灯笼时剪下来的，贴在玻璃上。

他们从来没说起过这些。他们知道那会遭到什么样的反对。

她又是个孝顺的女儿……

他们真怕到了必须结婚的年龄。

她什么都好,就是软弱。他知道她不敢反抗她的父母,她自己也知道自己不敢。她父母都上了岁数了,又都有病,高血压、心脏病。他知道那是两位挺好的老人。在她刚认识他的时候,她父母曾很为自己的女儿能真诚地关心一个伤残人而高兴过,要不是后来出乎两位老人意料的发展,两位老人自己也会愿意帮助他的。他们没料到。他们一定是非常后悔了,后悔自己早没有制止女儿去接触那个伤残人。他在他们心中当然会是个恩将仇报的狡猾的家伙。他总告诫自己:不要恨他们,他们在这一点上也并不比别人更……总之,他们是两个挺好的老人,教育出来她的人当然是好人。唉,好人!

马车从天上下来,把我带回我的家乡;马车从天上下来,把我带回我的家乡……

他继续在黑夜中走着,去找他的鸽子,哼着这支歌。

那是一支被歧视的人的灵歌。

有人说,半夜醒来,听见过他唱这歌。

歧视。偏见。最可怕的不是有人追在你屁股后头喊你瘸子,而是别的一些事。譬如:他和她在一起走,常常会遇到一些惊异的目光,那些目光在他和她的脸上来回移动,直到寻找出一些自以为相似的地方,认为他们是兄妹或者是别的亲戚,那目光才似乎是放了心。否则就总大惑不解地往他们这边瞟。再譬如:大家在一起互相开玩笑,开爱情方面的玩笑,这时候他可以放心,玩笑绝开不到他头上来,人们会不约而同地把他忘掉。这些事才可怕。还有,知道他们俩好的人对他们俩的事都保持沉默,这沉默像是否决,像是疑虑,像是哀悼;顶多是叹一口气,像是遗憾,更像在叹息夜里不会出太阳。人们什么都不说,对他们的事不表态。可他甚至希望有人能开他们俩一句玩笑,那也等于是对他们爱情的承认。可是,有些人却在背后把他们俩的事说来说去,似乎是说着一件奇闻。背后的奇闻,意味着不正常,可正是这种背地里的交头接耳、说来说去使他们的爱情变得不正常,像是偷来的,像是滑稽的、畸形的。没有正常的舆论,久了,会使你自己对自己产生怀疑。却有人在不辞辛苦地向她申明利害,替她设想未来,为她画着恐怖的图画。没有谁是坏人。没有谁强迫谁。但舆论最厉害。任何话,说的人多了,就都像真理。唉,偏见!会使本来挺好的爱情变成痛苦的旋涡,它不会直接站出来打翻你的小船,摧毁你的港湾,它没有勇气对抗法律,却有力量在小船四周制造旋涡,使小船在痛苦中自行沉没。爱情应该是幸福的,所以人们才追求,但当爱情被蛮横的偏见压迫得变了形,一排排痛苦的浪头打来,软弱些的船儿的转舵本不该过分谴责。谁愿意忍受那永无休止的折磨呢?然而,此刻偏见又跳出来说:"我说过,你们在一块儿不会幸福!"夸耀它的先见之明:"他们本来就不可能成。看,不出所料吧?"

唉,你还真没有办法反驳它……

……又是那道长满荒草的土岗。细雨蒙蒙。草叶上有一串串水珠。

"世界上的好人很多。"她说。

"当然。"

"我是说,世界上的好姑娘很多。"

"是不少,可这跟我有什么关系呢?"

她为了这句话,吻他,表情却更苦,"可是……"

"可是什么?"

"没什么。没事儿。我也不知道……"

……白花花的太阳。高高低低的房子的黑影印在发黏的柏油路面上。不时有几顶耀眼的阳伞从眼前飘过去。卖冰棍的老太太在树荫下吆喝。他们吃了很多冰棍,吃不出味道。

"你能碰到一个好姑娘的。"她说。

"我已经碰到了。"

"你没有。"

"我说了算。这得由我说了算。"

"我其实特别坏。"

"这也得由我说了算!"

"你说了也没用……"

是没用。连法律都没用。不知道有什么东西能对抗这偏见,能杀死这偏见……

……那山真高,山顶上有一片云,白的,发亮。

"我真想咱们俩一块儿爬上去。在山顶上有一座房子……"

"你将来可以和别人去爬。南方也有山,和那些能爬得上去的人去爬。"

山顶上的云越积越多,慢慢变灰,变黑。那儿大概在下雨。那山真高。

"你将来一定能碰上个好姑娘的,你……"

"是吗?碰上了又怎么样呢?"

"你别这样。我不好。我不值得你爱。"

"不值?昨天有个人跟我说,一块六买了个西瓜,不值。"

她哭了,又说起她父母的病……

他真想说:希特勒也有病,你们要不让他占领全世界,他就得病死。他没说,那样太过分了。他真想说:有个人对你说,把你的脑袋给我吧,否则我就得犯心脏病。你怎么办?你是把脑袋给他呢?还是请他随便到哪儿去歇着?他没说。他什么都没说。说什么都没用。他望着山顶上的云,云在变幻着形状。

"我还要回来的。"

但愿如此,他想。

"答应我一件事:如果你碰上一个好姑娘,就把我忘了,行吗?"

"那我可忘不过来。"

她皱着眉头笑了出来,眼睛里还有泪光,去拉他的手:"行吗?"

"行!"

"你糊弄我。"

"要不然,你糊弄我?"

"真的,我跟你说真的。行吗?"

"真的!你真的没有义务给我成个家!我也没有义务让别人给我包办个婚姻!我不是一把需要配套的茶壶,我是人!人!!配四个茶碗也不成套。我想得到的,别人不允许;别人允许的,对不起,我不识好歹!!"

他把她吓坏了。她那张惊慌的脸,也把他吓坏了……

如今,她已经走了好多年了,没有回来。

让偏见去自吹自擂吧!

半夜醒来过的人,都听见他在唱那支歌,一支关于从天上下来一驾马车的歌,想要回到家乡去的歌。

那姑娘到底是走了,没有回来。姑娘留给他的那只鸽子又飞丢了。他当然是得去找。那是只好鸽子,小城里的人们都知道。

让偏见先去得意吧!他想,这并不算完!绝不算完!看着吧!没完!他又想:可怎么个没完法儿呢……

7

后半夜了。他走到了城边。

古老的城墙上空,悬着一个月亮和很多星星。月亮周围有一个很大的风圈,月亮显得很小。远处就是那座山,就是山顶上现在常常有鸽子飞起来的那座山。

风渐渐小了些。

传来了婴儿的哭声,夜真静。一个小窗口亮了灯,晃动起一个母亲的身影。

每一颗星星都是一个亮着灯光的小岛。

唯有他,是一只永远也靠不了岸的船。

他猛地意识到了一件事:妹妹已经大了,母亲已经不在人世了;如果他现在死去,妹妹能够受得住了,母亲也不会伤心了。夜深人静,他好像刚刚才发现,他曾经等待的那个时候到了。

他走着,去找他的鸽子,为什么?因为活着。活着就都有个心愿,就得去找,不去找心里就难受。可为什么一定要活着呢?这么难,这么苦,这么费劲儿,这么累,干吗还一定要活着?

还有"点子",干吗还要飞?"点子"和他,都像是一首歌里唱的:小鸽子错了……它要到北方却往南飞,它把麦田当作海洋……它把大海当作天空,它把夜晚当作早晨……小鸽子错了,它弄错了……

真是错了,弄错了!他把所有的语言都当成了真的。说"伤残了并不重要,重要的是看你怎么对待",他信了。说"只要尽力去为人们做些事情,扫街也一样,人们就一样会尊重你",他当了真。说"伤残人和健康人是平等的,有爱的权利",他感动……可实际是怎么回事呢?"实际呢?"有一回他冲扫街的老头嚷。他心里憋得慌。老头陪着他。他心里难受的时候,老头看得出来,就来陪他待半天……"你不能那么想,谁那么说也不是想骗你。"老头说。老头又说:"谁那么说也都是想着能那样儿,都是好心,可是……"老头又望着天,不住地喝茶,年老的目光中藏着许多往事,一定不是让人愉快的往事。老头不那么会说话,再说不出什么来。老头的意思是:希望都是那么希望,但现实总落在希望后头,这不新鲜。

  当然,在这个世界上,关心他的人很多。他知道自己应该感谢他们。譬如那个作家和他的妻子。他很久没见到他们了,他们一定会认为他太狂妄。其实他只是渴望平等。善意的宽容比恶毒的辱骂更难忍受。他有时在心里喊:"来吧,来吧!"希望那恶意的歧视冲他来。那样你还能反抗。如果一上来你就被宽容了,便连反抗的权利也被取消了。再说,宽容什么呢?他犯了什么罪了吗?他是在什么还没干的时候就已经被宽容了。譬如,他还没有动笔写什么,就已经被允许可以胡编滥造了,因为他是"残废"。可又有些事,一开始,或者还没开始,他就不能被允许……也因为他是个"残废"……有一次,一个姑娘(为了一件什么事,那时常来找他)对他说:"我们单位的人无聊透了,闲得难受,问我:'你总往那儿跑,谈得差不多了吧?'我说:'算了吧你们!我是去看一个残废人。'"是呀,这是个多么有说服力的反驳,那些"闲得难受"的人一定是立刻理屈词穷了……还有一次,一个平时非常关心他的老太太在他的小屋里碰上了她。晚上老太太又来了,对他说:"那姑娘真好,能对你这么好可真是……她有对象么?正好有个小伙子托我给介绍个对象。那小伙子也挺好,正在念研究生……"他的心一阵抽痛。倒不完全是因为吃醋,而是因为感到了另一种东西,一种"绝妙"的逻辑:他只应该得到照顾而不可能得到爱情这件事,被看得那么理所当然;姑娘对他好足以证明姑娘的好,而他如果也好,就不会想到爱这个姑娘,否则你就证明了自己不好。不过,也有人给他张罗过对象的事。更"妙":给你介绍对象,你却没有说"不同意"的权利,因为,"怎么？你还会不同意?!"当然,你也不用说"同意",因为,"你还有什么不同意的？就看人家同意不同意你了。"他像是一个处理西瓜,摆在柜台边,卖得出去就算够本儿。而他偏偏说了"不同意"！除了她,他谁也不同意,他心里只有一个人。没等介绍人说完,他就说："不行。"介绍人那惊骇的目光,真像是见了鬼。爱不能说爱,不爱也不能说不爱吗？当然,谁也没说他不能说,可他说了,得到的是什么呢？嘲笑。唉,唉,就连最懂得爱情的人也只是劝他："现实点儿吧,想办法找个女的,将来能照顾你的生活就行啦。"爱情呢？那些一直被人们歌颂着、赞美着的爱情哪儿去了？找一个女的？怎么个找法？谈谈价钱,自己出得起,对方也认可,于是拍板成交？或者是有一个女的愿意,而他无论爱不爱也就得感激涕零？又有人劝他："唉,四肢健全的人也未必都能得到真正的爱情。"可是,结果和权利不一样。没有被选上总统的人,有些是有被选举权而没有被选上,有些则是没有被选举权而根本不可能被选上。这不一样。一点都不一样！残废了,但这并不意味着精神也就成了次品,感情也就成了处理品,人格也就成了等外品！

不知是什么时候,他已经在城边的空地上坐下了。两条腿不住地抽动,又酸又疼。身上全是汗。

这大概是在后半夜两点多钟。传说两三点钟的时候,他也没有喊他的"点子",也没有唱那支马车的歌。

黑黢黢的城墙上只有枯草在晃动,月亮把他的影子印在那片坑洼不平的空地上,他心不在焉地玩着那枚硬币,想：就是为了这个！为什么还要这么费劲儿地活着？就是要给那些歧视和偏见做出相反的证明。抗争！否则,就这么死了真不服气,不甘心……

……他后来又做过那个噩梦,梦见那个古罗马式的大竞技场,他站在圆形的竞技场中央,不过不是一条狗了,而是一头骄蛮的斗牛。四周是人群,是彩绸,是刀光,他凭着一双角,一腔血,一条命,叫喊着,横冲直撞……

他把这个梦讲给扫街的老头听。老头听了显出很惊慌的样子,盯着他,好像是在心里喊了一声,然后慢慢垂下头,几乎垂到了膝盖上,他从来没见老头这么惊慌、恐惧过。

"告诉我,"许久,老头镇静了,说,"是不是,所有的人你都恨?"

他觉得心里"咯噔"一下子,什么东西被点破了。但是他否认:"没有。"心里含糊,又改口,"不是恨所有的人。"

老头不听他的,说:"可你能把什么事恨好了呢?"

他还想争辩,老头不容他争辩,说:"没用。你就信我说的吧,什么好东西都不是恨好了的,什么坏事都是越恨越坏了的。"

"有时候,你看着别人过得好,你心里也恨。"老头说。

他不说话,沉着脸。

"有时候,你恨不能所有的人都跟你一样,也残废。"

他不言语,使劲捋头发。

"你谁都恨,你没准儿也恨我。"

"没有!凭良心说话,这我可没有!"他急得喊。

"因为我跟你一样,也是个残废。"老头说,笑了笑。

他松了一口气,又低下头。

"可要是别人也都残废了,你就又该同情他们了,你又该盼着他们能治好了。像你愿意我这胳膊能治好,我盼着你的腿能治好似的。那你何必这会儿盼着他们坏呢?"

"我不是真那么盼。"他声音很低,看着老头。

"可是你心里老憋得慌,老那么想,觉着那么想想就痛快。你要老是这样,你准得变得古怪,让人家怕你,让人看见你就觉着不善净,不像个好人。"

"我用不着他们把我当好人!我就是这副模样儿!"他嚷。

"那你就更让人瞧不起!"老头也抬高了声音。

"我用不着他们瞧得起!"

"那你还嚷嚷什么?! 你不就是怕人家瞧不起你吗?"

惶惶的夕阳,又在墙上颤抖。

"点子"吓呆了,看着这一老一少,不知跳到谁一边好。

"你要是真不在乎别人怎么说倒好了。"老头放低声音。

"甭在乎,有些恶言恶语的你倒真不用在乎。"老头的声音柔和多了,带着歉意,"有些你一下弄不好的事,你也甭在乎。可你自个儿心里得想得明白,你刚才那样不叫能耐。"

他搂着"点子",不说话。

"我没儿子。我把你当儿子看。你妈在世时托付过我。"

他不敢看老头。他怕哭出来。

"我问你一件事,你得说真话。"老头又说,"她有好些日子没来信了吧?"

他点点头。

"这些日子,你又想死?"

他不回答。

"你是想,死给她看!"

他心里又忽悠一下子。他本来没有很清楚地意识到这一层。老头这么一说,他才发现,是,又让老头说着了。

两个人都不说话了。长久的沉默。直到天黑了,星星出来了。老头一动不动地望着天,眼睛偶尔在黑暗中闪一下。月亮也升起来了,照着两个人。

"我都懂。"老头说。

"可你不懂,其实她心里比你还难受。"老头对他说。

"她比你难。她的心两下里扯着,你呢? 你不用。她怎么办也还是心里不好受……"

"可你还说她软弱!"

"她也是有点儿。可她也真够不容易的了。你们俩这些年,你心里有多少苦,她心里也有多少。她比你还多。你是因为这病闹的。她因为什么?她是因为对你好!照这么说,她得恨什么?"

"可你还想用寻死去折磨她。你可真想得出来!"

他搂着他的鸽子,一声不吭,脑袋嗡嗡的。

"你这不算能耐,"老头还在说,"光会折磨别人。有能耐自个儿跟自个儿横着点儿!干出事儿来甭让人家瞧不起。那才算回事儿……"

就是说,那才算个男子汉,算反抗、抗争。

他在城边的空地上坐了很久。月亮贴近了城墙。

反抗歧视和偏见的办法,没别的,保持你人的尊严。

人的尊严不是西红柿,又大又红的就涨价,有点伤残的就降价。伤残人的创作不需要宽容。伤残人的爱情也没有价格。虽然这两条腿的样子很丑陋。

他想念她,直到现在也还是没有一天不想念她的。别人爱怎么样是别人的事。他心里只有她。爱情不要求等量交换,他不知道她现在过得好不好。但他相信她不会忘了他,他总认为她早晚还要回到他身边来。

正像那灵歌中唱的:但我的心仍向往着天堂……

他一次又一次抛着那枚硬币,有"国徽"也有"麦穗"。他不再把这当回事。是"国徽"又怎么样呢?"麦穗"又怎么样呢?他想:我反正还得往前走,得去找我的鸽子。老头的话:你心里想往东,你就别往西。

他掏出那个馒头来,吃着。他知道,还要走很远的路。

"小鸽子错了……"其实,何所谓错,何所谓不错呢?一个伤残人来到世界上也许就错了,但已经来了,就不用再说错不错。来了就得迈开这伤残的双腿,去走。按着心的指引去走,就不错。

"它把星星当作露珠……它弄错了……"也许小鸽子找的就是星星,而是你们总想让它找露珠。总有人对他说:"你何苦这样?何苦这样呢!"有时是说他在写作上太固执,有时是指他对爱情太较真儿。何苦?要是苦他就不这样了。他只有这样"固执","较真儿",才觉得有些欢乐。"把你的裙子当上衣,把你的心儿当作它的家,小鸽子错了,它弄错了……"其实它没错。你把什么当成家,什么就是你的家,只要你的心是真的……

他拍拍身上的馒头渣,站起来。城墙的黑影变宽了,向他靠过来。他走出那古老的拱形城门。

城边一带的居民又听见他在呼唤他的鸽子了。

正像那灵歌中唱的:我的心仍向往着天堂……

8

月光把路面照得发白,弯弯曲曲,起起伏伏,伸向远方。

小城被甩在了身后,前面的路仍然没有尽头。没有终点,也没有目标。只有路,只有走。

靠了两条伤残的腿,蹒跚而艰难地走。为了一只鸽子。那鸽子他可以找不到,但却不能不去找。找不到他也没办法,但是不找他心里就不安宁。

他"嘞儿——嘞儿——"地呼喊。人们忘不了那声音。

近处是一大片树林,远处是那座山,脚下是一条小路,头顶上是无边无际的天。风一点都没有了,到处都静极了。只有星星、月亮和小路有些光亮。小路像是通到宇宙中去的。再往身后看看,也是一样,小路像是从宇宙中伸出来的。你就是在这茫茫无边际的空间中走着。

人到这个世界上来是干吗呢?

千万年来,人类就这么走着,要走向哪儿呢?走弯了腰,走驼了背,走得青筋布满了双手,走得灯油熬瞎了两眼……还是走,走死了一辈,又出生了一辈,走老了一辈,又有一辈年轻的继续走。到底为了什么呢?发明了这个,创造了那个,又为了什么呢?一切还不都是为了摆脱痛苦,走向幸福么?可是,指南针发明了,眼前的路并没有缩短;人上了月亮了,人类面临的未知世界也没有缩小。总还是有那么多你预料不到的灾难来伤害你,总还是有你消灭不了的病痛、歧视、偏见……来折磨你、压迫你。永远不会没有痛苦,永远不会有无忧无虑的日子。痛苦会轻一点么?欢乐会大一点么?其实,欢乐和痛苦都不过是一种感觉。现代人得到一座别墅的幸福,不见得比原始人得到一块兽皮的幸福大;现代人失去一次晋升机会的痛苦,也不见得比原始人失去一根兽骨的痛苦小。唉,人类奋力地向前走,却几乎是原地未动。痛苦还是那么多,欢乐还是那么少,你何苦还费那么大劲往前走呢?欢乐不过总是在前面引诱你,而痛苦却在左右扎扎实实地陪伴着你,你为什么还非要走不可呢?

他的腿一阵阵发软。实在是太累了。你不知道你到底要做什么,你不知道你做了好些事都是为什么,你不知道你什么时候能够歇一会儿,你就会立刻觉得累极了。

他又在路旁坐下来,看着天。

那儿是天堂。在这静寂的夜里死去,多好!

心上的姑娘走了,走了好几年了。小说总是发表不了;他写了多少年了啊!写满了字的稿纸够糊个结实的棺材。再说,发表了又怎么样呢?痛苦就会少一些了吗?哦,母亲不会知道了。妹妹也长大了。连"点子"也飞走了。真可谓一无所有、无牵无挂了。在这静悄悄的深夜,死去,是一件多么轻松、多么惬意的事!他不是保尔,从来就不是。那篇唯一发表的小说引来过几封读者来信,信中都三番五次地提到保尔,都是凭想当然,或者都是为了鼓励。他不是。他自己清楚。保尔只和死神聊过一回天儿,只狠狠地骂过自己一次"懦夫",便与死神结了仇。所以是保尔。所以保尔是英雄。他可不是,他常和死神聊天儿。他害怕得罪了死神,害怕一旦需要死神的时候,死神会给他小鞋穿。过去他只是无数次地对死神说:"别着急,老兄,我再试试……"现在呢?似乎一切都试过了。看不出还有什么必要这么费劲儿地走下去。

他仰面朝天地躺在路旁,双手垫在脑后。他又想到了死。不是为了给谁看。不打扰任何人。他累了,太累了。当太阳出来的时候,好心的人们把他的躯壳拿去烧掉。他变成一缕青烟,到处去飘……

他翻了个身,趴在土地上,轻轻地呻吟着:"啊——真累呀——"浑身都疼。伸了几个懒腰,浑身都松快。有些草已经发绿了。他把脸贴在上面,似乎觉出地球在转,满天的星斗都在转。大约那就是西绪福斯①滚动着的石头,他想,那是个伟大的神话,无尽无休地去滚动。死了呢?死了会是什么样?小时候妈妈总是对他说:"死了?就什么都没有了。""什么什么什么都没有啦?"孩子的有些想法说不清楚。长大了他才知道,没有绝对的静止。假如真有一个天堂,那儿的事也少不了,一样累。从这儿跑到那儿去干吗呢?不过别这么残酷吧,至少留一个可以安息的地方吧,留一个静静的天堂,太累了!唔,假设有那样一个天堂,一个用不着想,用不着盼,用不着走,也用不着喊的地方,永远安安静静,灵魂可以在那儿安歇……他设想着那样一个地方,竟忽然觉得轻松了,似乎得到了一个保障:静静的天堂!早晚是可以去的,而且是非去不可的。死神是个讲信用的家伙,放心,它谁也忘不了,在你实在没了力气的时候,它就会来帮你一把。"命运不会把你忍受不了的痛苦给你",就是这个意思。所以,还怕什么呢?急什么呢?死神老兄还没来,就说明你老弟还有力气。何不用用你的力气呢?闲着

---

① 希腊神话中说,他反复不停地往山顶上推着一块巨石。

也是闲着,闲着等于忍受,闲着就更痛苦。你因为痛苦而想死,何必因为想死而闲着,又因为闲着而更痛苦呢?你因为倒霉而想死,可闲着能让你走运吗?死了的都是因为力气用完了。活着的宁肯把力气白白废掉,也不肯去试试让人间变得走运一点吗?人间所以有背运,也许就是因为人们不肯出力气。徒劳?但你至少可以在沉重的桨端上感到抗争的欢乐,比随意受人摆布舒服,比闲着、忍着多一些骄傲。骄傲就够好的了!还有自由。自由,不是说你想得到什么就能得到什么。你想找到"点子",可你没找到。但是你可以去找,可以再去找,这就是自由!

他猛地翻身,坐起来,像是忽然有了什么新发现,心里一阵亮,一阵跳:所有的"徒劳"也许都是功劳!

其实,他这发现一点都不新。譬如说:你走了一条绝路,你的功劳就是证明了这是一条绝路。当人们不知道宇宙是无限的时候,人们指望走到天涯去找来幸福。人上了月亮,发现嫦娥也是徒劳,这才相信了幸福不在天涯,而在自己的心中。当人们以为有一个没有痛苦的地方,人们打算走到海角去找到那个地方,逃开痛苦。当人们知道了未知世界永远会给人带来意想不到的痛苦,人们反而不再惊慌失措。知道痛苦是逃不掉的,倒镇静了。知道与挫折和苦难抗争本是人生之常,倒得到了解脱。不发愁,也不忍受,倒少了些痛苦。从抗争中去得些欢乐,欢乐不是挺多吗?真的,除去与困苦抗争,除去从抗争中得些欢乐,活着还有什么别的事吗?人最终能得到什么呢?只能得到一个过程!在这个过程中,谁专门会唉声叹气,谁的痛苦就更多些;谁最卖力气,谁就最自由、最骄傲、最多欢乐。

他慢悠悠地抽着烟,摆弄着那枚硬币。他不再抛它。抛也没用。谁都是只相信自己的心。

他就那么坐着。

传说,他听到了一种声音。不是风,而是在寂静之中有一种非常均匀的声音,流动着。传说,冥冥之中,那声音在对他说。他听着。

还传说,他在城外那条小路边的土地上写了几句话,用石头写在黄土上。风沙把那些话掩埋得残缺不全:

着什么急
在通往天堂的路上
没有早晚
别浪费诅咒和惊慌
牵牛花初开的时节
葬礼的号角就已吹响
⋯⋯⋯⋯⋯

走吧,怀着骄傲
用蹒跚的脚印
写下欢笑

每一回心跳
都是一座路标
和一丛结籽的野草

每一次呼吸
都是一片海洋
和一根折断的桅樯

每一阵痉颤
都是一重山峦
和失落在山谷里的呼喊

……………

　　走吧
　　因为活着
　　走吧

　　走吧
　　说着自己的悄悄话
　　再开几个玩笑

　　走吧
　　唱着心中的歌
　　闭上两眼
……………

他上了路。

那条路是通到山上去的。

那已经是接近黎明的时候了。住在山脚下的几户人家都说，听到过他的笑声，都说还以为他找到了"点子"呢。

他独自吓吓地笑，觉得急着去死真是有点滑稽。又不是买豆腐，去晚了就买不上了。又不是不要购货本的鲜黄花鱼，去早了可以多买点。死，是按人供应的，不多不少每人一个，一模一样的一个。小时候，幼儿园的阿姨分苹果，他总是留到最后吃，馋他们。想到这儿，他就想笑，忍不住。把死神和鲜黄花鱼并排放在一起。他不停地笑。

笑声很响，不知道是为了什么，住在山脚下的人说。

不过也别对死神太刻薄了，他想，它已经起了誓，在你的力气用光了的时候来解救你，死神也是个有用的家伙。

相反，活着可是得着急，他想。生命是有限的，不能耽误，他想。否则,什么欢乐也没得到,什么事也没做好,多不开心!关系是没有,不过窝囊,心里别扭,真跟一条死黄花鱼似的。他又笑起来。

山脚下有个火车站。火车站旁边有个通宵营业的小饭馆。值夜班的是个老太太。老太太说,那天夜里,大约三点半了,反正不到四点,那个瘸腿的小伙子到过她的店里,买了一个五分钱的小烧饼,小伙子说他出来得匆忙,只带了一个钢镚儿。

估计就是那枚硬币。命运反正是算不出来的,算出来你也不信,不如用那枚硬币买个烧饼吃吃,还能添些力气。

老太太说,那个瘸腿的小伙子还和她说了一会儿话,总是问起那只鸽子。

"鸽子?"老太太摇摇头,"什么样儿的?"

"黑尾巴,黑脑瓜顶。"他比画着。

"'点子'?就是那只'点子'?"

"嗯。"

"那只鸽子就是你的?"

"丢了。飞走十天了。"

"没回来?"

他摇摇头,抱着一点希望问:"您没看见?"

"没有。"老太太说。

老太太给他倒了一碗热水。他就着热水把烧饼吃了。

没有到站的火车。小饭馆里很清静。

一只大花猫跳到了椅子上,冲老太太叫。

"我养了只猫。"老太太说。

她抱孩子似的把猫抱起来,摩挲着它的脑门儿:"它总跟着我,走到哪儿它跟到你哪儿。它自个儿跑来的,来的时候还小呢,瘦得皮包骨;下着雨,它躲在我那房檐下避雨。小可怜儿,这么大了……"

"您说,会飞到山上去吗?"

"什么?"老太太一愣。

"也许您看见'点子'飞上山了吧?"

"没有。不知道。也没准儿吧……"

"谢谢您啦。"瘸腿的小伙子对老太太说,把喝水的碗放在柜台上,"我还得去找'点子'。"

"上山?"

"上山。"

"行吗?"

"兴许行。"

他离开了那个小饭馆。

老太太从窗户里看见他一摇一晃地上了山。

9

他开始还是走,摇摇晃晃,跌跌撞撞。后来干脆就是爬。身旁是黑色的山谷,头上是兀傲的山峰。山谷里,仍然有风在那儿呼啸。山峰很高,越是走近它,越是觉得它高得可怕。

不要往山谷里看,否则你总会想到要掉下去。也不要总看那山顶,要不你会胆怯,觉得太高了,爬不上去。就只看着你脚下的路吧。

他慢慢地走,爬,不着急。

神不告诉你鸽子在哪儿,也不担保你努力就会找到。

神不给你指路。

神知道,不给人指路,人也还是会去找。

不停地去找,就是神指给你的路。

什么是神? 其实,就是人自己的精神!

都说,当他往那山顶上爬的时候,半山腰上又传来了他的歌声。

　　你若能先一步回到那地方,把我带回我的家乡,请告诉朋友们我也就要来到,把我带回我的家乡……

山路坎坷,有的地方很陡峭,又很滑,又很长。他想着鸽子,羽毛那么轻柔,洁白。他爬得上气不接下气,心里却是平和的。他记着扫街老头的话,他不恨什么,什么好东西都不是恨出来的,路得靠走。

他当然又想起了他的姑娘。她的路比他还要难。他想,等找到"点子",回去要给她写封信了,告诉她不要担心。"我不能使她幸福,倒要她为我心神不安吗?"他想。"放心吧,我什么都能对付!"他想。"我至少不让你担心!"他想。前两天听别人说过一个专治她父母那种病的大夫,他想,等回去打听打听那个大夫的地址,给两位老人寄去。善有善报吗?这么多年了,还求什么报呢?心里好受些,就是善报。

　　……我的罪恶洗净,把我带回我的家乡,那也就是我最幸福的日子,把我带回我的家乡……

他想,以后除了扫街,还是要写些东西,按照自己的心去写。为伤残的人们去写。为自己制造深渊才是伤残,是罪恶。要走出深渊,不能光咒骂歧视和偏见。要让人们懂得伤残人的尊严是怎么一回事,伤残人自己更得懂。

他的心在走出深渊。

他艰难地爬着,爬向山顶。

他的腿在抽疼,簌簌地发抖。他"嘞儿嘞儿"地喊着。那声音在山谷里飘荡,又随着山风传得很远很远……

传说,那声音好响啊,惊醒了小城里不少的人。人们互相询问着,朝那座山上望着。扫街的老头告诉大伙:"是那孩子上了山,准是那孩子上了山。"

传说,他在山上也望见了老头。老头的话只有一句他不信,就是:什么事儿都别往心里去,别那么认真。这句话他不信。活着,就认认真真地活着。

……我的灵魂仍向往着天堂……

有时候,他坐在树林边歇一会儿。

再过些天,树就都绿了,那些树枝上有不少叫得挺好听的鸟,不再像现在这么寂寞了。夏天呢?山上的生命都活跃起来,树丛里有星星似的蘑菇。他想,这世界被弄得挺不错,说不上什么荒唐。秋天有五彩斑斓的叶子和果实。冬天有白皑皑的雪和冒着炊烟的屋顶。他自然也想起了母亲,他相信她在天堂,他想让她知道,他已经走出了深渊。生活是活着的人的事,一步一步去走吧,爱你的亲人才会安心。

他又往前走,往前爬。这不荒唐。只有自寻烦恼是荒唐。走着而又觉得走着是荒唐的,那才真叫荒唐。

传说,他爬到一个很高很高的地方,坐在一块凸出的岩石上,仍然朝地上张望,朝小城里张望,朝遥远的南方的海边张望。姑娘在以前的信中总是说到海,海的声音,水和天的颜色,沙滩上傻乎乎的小螃蟹和漂亮的海星……他没有见过海,想象不出。在海边野餐时她把饭烧焦了。在海上划船,海鸟在船前船后嘎嘎地叫着飞。在海里游泳,她说她有一次差点见了龙王,"准是因为你在为我祈祷,一个浪头又把我捧上了沙滩"。……火红的木棉花,高高的椰子树,清新的海风吹得人透体松爽,"真想拥抱全世界!"……她应该是那个世界的。她应该幸福。"放心吧,我还在为你祈祷。"他在心里说。他在那块凸出的岩石上坐了好一阵子。

每个人都只能在自己的世界上走。他的世界在这儿!抬起头来,世界是天、月亮和星星;低下头,世界是地、树丛和小草;闭上眼睛,世界是咚咚的心跳声;睁开眼睛,世界是崎岖的山路。他站起来,又走,又往前爬。

……告诉朋友们,我也就要到来,把我带回我的家乡……

他一点一点地走呀,爬呀,心里平静极了。

他身后拖着两行歪歪扭扭的脚印,或是一条弯弯曲曲的身体的印记。这起码是一个证明,证明他有胆量,敢往这山顶上爬。

每个人有每个人的命运、路,上帝本来不公平。上帝给了你一条艰难的路,是因为觉得你行。他自己也这么觉得。他一边爬一边在心里对自己说:如果注定要有人倒运,那么还是让我来吧,没有谁能比我应付得更好了。

他感到了骄傲,甚至是狂妄。

他放开嗓子大喊了一阵。

将近黎明的时候,人们听见那喊声已经接近了山顶。

还有笑声,喘气声,和歌声。

马车从天上下来,把我带回我的家乡;马车从天上下来,把我带回我的家乡……

传说,他爬上了山顶。他站在山顶上,接近了天上数不清的星星,望着地上数不清的灯火。

就在这时候,他看见了他的鸽子。鸽子看他看见了它,就又飞起来,向更远更高的山峰上飞去了……

0

天还是灰蒙蒙的时候,那鸽群又在山顶上空飞舞起来了,几十只,上百只,也许更多,像是无数白色的纸花,像是一群欢乐的天使。鸽哨声轻柔、活泼、悠扬,在黎明时分的山顶上、山谷里、小城的每一条街道上空飘,飘,飘……

扫街的老头和几个孩子坐在楼房前的台阶上。

"知道了吗?"老头说,声音不高。他太老了。

孩子们不说话,望着山顶。

凡属传说,都是由数不清的人,你说一句,他说一句,凑成的。说法不一。

关于山顶上这群鸽子的来历,至少有两种说法。一种说法是,山顶上住着一个瘸腿的老人,养了一大群鸽子。他时常下山来,寄出的稿件和他养的鸽子一般多。他总是把稿件寄到遥远的南方去,希望那些稿子发表了,他青年时代的朋友能够看到。

另一种说法是,山顶上住着的并不是一个瘸腿的老人,而是一个姑娘。她从南方回来。她还是那么年轻。为了让和平布满人间,她养了很多鸽子,一到天快亮的时候,就让鸽子都飞起来。鸽群中有一只"点子"——一只黑尾巴、黑脑瓜顶的鸽子……

1984 年

史铁生